新潮文庫

神の棘

I

須賀しのぶ著

目次

神の棘《とげ》 I

主要登場人物

マティアス・シェルノ………フランシスコ会の志願者。ミュンヘン在住
アルベルト・ラーセン………ベトケ法律事務所に勤務。ベルリン在住。マティアスの旧友
イルゼ・ラーセン……………アルベルトの妻
テオドール・ラーセン………フランシスコ会の修道司祭。アルベルトの兄
ハインツ・フォン・ベールンゼン………………修道院院長
ヨアヒム・フェルシャー……修道司祭。テオドールの友人
ラインハルト・ハイドリヒ…保安警察およびＳＤ長官。のちにＲＳＨＡ長官
ヨーゼフ・ロレンツ…………ミュンヘンの弁護士
ギュンター・ベトケ…………ベルリンの弁護士
ヴェルナー・シュラーダー…アルベルトの同僚
アルベルト・ハルトル………ＳＤ第Ⅱ局113課の課長。のちにＲＳＨＡⅣ局Ｂ部部長。
ビルギット・ミュッケ………シュラーダーの恋人
エーファ・ボック……………ケーキ屋を営むイルゼの友人。ユダヤ人

序章

1

一九三六年二月

体が重い。

身が軽いことが自慢だったはずなのに、今は全身が石にでもなったかのようだ。子供のころから、悪戯《いたずら》をしでかしても誰より速く逃げ去ることのできた足は、わずか一歩踏み出すだけでも、なかなか石畳から離れようとしてくれない。

呼吸は乱れ、真冬だというのに汗がしとどに流れる。目に入るせいだろうか、視界も霞《かす》む。寒気が止まらない。

壁に左手をあて、足を引きずり、一歩ずつのろのろと進んでいく。あたりを見回そうにも、何も見えない。どこをどう歩いてきたのかも覚えていないが、覚えていたところで意味はないだろう。

自分はここで死ぬのだから。

「馬鹿馬鹿《ばかばか》しい」

笑ったつもりが、喉《のど》から吐き出されたのは血まじりの痰《たん》だけだった。

今夜の自分の行為は愚かしいものだった。

ミュンヘンで最も治安の悪いこの区域において、迂闊《うかつ》にも正義感などという犬の糞《くそ》にも劣るものに従ってしまったのだから。

女が複数の男に絡《から》まれるなんて、いつものことだ。実際、常ならば何も考えずに通り過ぎる。その相手が勤めているカバレットの踊り子でもないかぎりは。

女の面差しを妹に似ていると感じたのがいけなかった。もっともそれは、度の過ぎたアルコールが見せたまぼろしにすぎない。彼女とは毎日のように顔を合わせていたのに、今日ここで遭うまでは似ていると思ったことはなかったのだから。三年前に死んだはずのエリーザベトが助けを乞《こ》うているように見えて、後先も考えずに飛び込んだ。

五人ぐらいならなんとかなると思ったが、じつに馬鹿げていた。全員に拳《こぶし》を叩《たた》き込むことに成功はしたが、その何倍も喰らったのでは意味がない。体を丸めて少しでもダメージを減らそうと耐えているうちに、いつのまにか嵐《あらし》はやんでいた。顔をあげた時には、誰もいなかった。女ももちろん消えていた。ただでさえ人通りが少ない路地裏で、喧嘩《けんか》が始まった時点で人影は消えていたから、助けを呼ぶことはできなかった。大通りのほうへ歩き出したはいいが、どうも道を間違えたらしい。このあたりは庭のようなものだと思っていたが、なにしろ目が腫《は》れ上がってほとんど視界がきかないのだ。

体は刻一刻と冷えていく。さきほど小便までひっかけられたから臭《にお》いにも閉口するが、それよりも容赦なく体温を奪っていくのに参った。

二月の深夜。朝が来るまでには、自分はこの世を去るだろう。

二十五年の人生の最期《さいご》が、ゴロツキの小便まみれ。転落を続けた自分には似つかわしい最期だ。むしろ、こうなることをどこかで予感した上で、あの連中に声をかけたのかもしれない。

――もう充分だ。落ちるところまで落ちた。ここは奈落《ならく》だ、この先はない。

ミュンヘン、狂乱と堕落の都。

ベルリンもかつてはアナーキーな様相を呈していたそうだが、三年前に『国家社会主義ドイツ労働者党（NSDAP）』なる右だか左だかわからないイカれた名前の政党が政権の座についてから、急激に清潔になっていった。反対派からは、「ナチ」と嘲《あざけ》りをこめて呼ばれる狂信的な政党は、「国民を堕落させる」あらゆる悪徳をドイツから排除することに躍起になっており、首都ベルリンは褐色の秩序のもとに再構成されつつあった。なにしろ今夏にはオリンピックが開催される。過激な排外主義を全世界から警戒されているナチスが、この好機を逃すはずはなく、ベルリンから犯罪という犯罪は駆逐され、居場所のなくなった悪漢たちは他の街へと逃げ出した。

ミュンヘンは、もともとナチスのお膝元《ひざもと》ということもありお世辞にも治安がいいとは言えなかったが、この一年で急激に治安が悪化していると感じる。毎日、この街のどこかしらで何人も死んでいる。

そして自分もいよいよ、仲間入りというわけだ。

「アヴェマリア」

無意識のうちに、言葉が洩《も》れた。死が間近に迫っていると悟った瞬間、口が勝手に動き始める。

「アヴェ、マリア、恵みに満ちた方、主《しゅ》はあなたとともにおられます」

神から見棄てられた路地裏に、朗々と声が響く。もっとも実際のところはろくに歯の根も合わず、喉からはほとんど声にならぬがさした音が洩れるばかりだった。しかし、機能を失いかけた耳には、一心に天使祝詞《しゅくし》を唱えるボーイソプラノが聞こえていた。

暗い視界は途端に明るく開け、眼前に鮮やかな森が広がる。懐《なつ》かしい故郷、森の縁につくられた小さな街。

神の恵み豊かな土地の、敬虔《けいけん》なカトリック信徒の家庭に生まれた少年は、毎週必ず両親に連れられて、近隣の女子修道院のミサに通った。どちらかといえば、ミサの後の贅沢《ぜいたく》な昼食が目当てだったが、侍者もよくつとめたし、なにより腕白にすぎる悪童だった彼は、心清く熱烈な信仰をもつ母に急《せ》かされて、頻繁に告解に通う必要があった。

毎日、慈悲深き聖マリアに主へのとりなしを頼むべく祈った。おまえの魂が清らかなことは知っているけれど、聖マリアのお助けがなければ、すぐに悪徳に染まってしまうでしょう。母はそう言っていつも息子を案じていた。

教会などもう何年も行っていない。告解に至っては、最後に行ったのはいつだったろう?

そして今、アンモニア臭にまみれたこの体は、罪という罪を吸い込んで朽ちかけようとしている。

告解する時間はない。このあたりに教会があるかもわからないし、あったとしてもこんな時間に開いてはいまい。だがこのままでは、きっと母が悲しむ。そう思った時に、思い出の中の少年は一心に聖マリアに祈り始めた。

「あなたは女のうちで祝福され、ご胎内の御子《みこ》イエスも祝福されています。神の母、聖マリア、わたしたち罪びとのために――」

ひどい悪戯をして怒られた時、喧嘩をして相手を泣かせた時、森に入って罠《わな》をしかけ動物を仕留めた時、悲しい顔をした母と共に唱和したように。

「今も――死を迎える時も、お祈りください」

アーメン、と唱えた途端に、体から力が抜けた。

両足が溶けるように折れ曲がると、そのまま彼は倒れ伏した。とっさに手を出したものの、その動きものろく、石畳にしたたか鼻と額をぶつけるはめになった。

気が遠くなる。それでも口は祈りをやめなかった。幸福だった少年時代に戻った彼は、ただ習慣のままに聖母を称《たた》え続ける。

「どうされました?」

頭上から声が降ってきた。母の声ではない。邪魔するな、と心中でつぶやいた。聖母にとりなしを頼んでいるところなのだ。

「しっかりしてください。私の声が聞こえますか?」

最初は遠かった声が、近づいてくる。と思ったら、急に体が揺れた。震動に嘔吐《おうと》を催す。地面に突っ伏していた顔が冷たい空気にさらされ、頬にあたたかいものが触れた。

「邪魔するな……」

今度は、はっきり声に出した。

「聞こえているんですね、よかった。しっかり。もう大丈夫ですよ」

何が大丈夫なものか。いいから放っておいてくれ。怒りをこめて、力を振り絞り瞼《まぶた》を開けた。しばらく何も見えなかったが、何度か瞬《まばた》きを繰り返しているうちに、ゆっくりと焦点が合ってくる。

ぼやけた中に真っ先に見えたのは、金髪だった。街灯の下で淡い光を放っている。

いつのまにか、灯りがある通りに出ていたらしい。

その次に、じっと見つめる青い双眸《そうぼう》に気がついた。晴れ渡った冬の空のような、澄んだ青。

目が合った途端、頭の中でかちりとピースがはまった。

ありふれた色の組み合わせだが、この二つを組み込んだ造形には覚えがある。今の今まで漂っていた少年時代の光景の中に、その人間はいた。

「……おまえ……アル？　アルベルト？」

名を呼ぶと、青い目が大きく見開かれた。

「なぜ弟の名を？」

声はそこで途切れた。正確には、何も聞こえなくなった。

喋《しゃべ》ったことで最後の力を失ったのか、彼の意識は今度こそ闇《やみ》に落ちた。

2

一九三六年四月

四月も終わりに近づいたというのに、昨夜から、冬に逆戻りしたかのような冷たい雨が降っている。

客人から、じきに到着すると連絡を受けて外に出たグンメルト神父は、僧衣の外から突き刺すような冷気に体を震わせた。幾重もの皺《しわ》に囲まれた目で、灰色に煙《けぶ》る山の稜線《りょうせん》をはるかに見やる。晴天であれば、広大なバイエルンアルプスの素晴らしい眺めが望めるが、今日は暗い雨に煙っていた。モノクロームに閉ざされた、何もかもが曖昧《あいまい》な光景をこうして眺めていると、地の果てにひとり取り残されたような感覚に陥る。

それはあながち間違いではない。

フランシスコ会が経営する、このベルゲン養護施設は、山の中腹に埋もれるようにして建っていた。周囲にはほかに人の手による建物はない。神父は、今しがた出てきたばかりの建物を顧みた。チロル風を模した校倉造《あぜくら》に緩い勾配《こうばい》の板葺《いたぶ》き石置き屋根は、美しい山々の光景にしっくりと馴染《なじ》んでいるが、実は施設が突然消えてなくなったとしても誰にも気づかせぬようにするためのものではないかと、時々くだらぬ妄想に囚《とら》われる。

この地を訪れる者は滅多《めった》にいない。収容している患者たちの多くには家族がいるが、彼らは時折、患者への贈り物と寄付金を送ってくるだけで、普段はほとんど寄りつかない。

社会で生きていくには困難な障害を抱えた人々が世俗から遠く離れ——次第に忘れられてゆきながら、ひっそり暮らす場所。

所長のグンメルト神父以下、三十名近い修道女によって運営されているこの養護施設には、五十名以上の患者が生活している。まだ正午をいくらか過ぎたばかりだというのに、窓には明かりが灯《とも》っていた。澄んだ山の空気は療養には理想的だが、ひとたび天気が荒れれば、昼も夜もない闇に閉ざされ、風の咆哮《ほうこう》が住民たちを脅《おびや》かす魔の山と化す。今日はさほど天気は荒れていないが、雨の日は、自室から決して動かず、叫び声を上げ続ける患者もいる。

まして、冬に逆戻りしたようなこの寒さだ。吐く息は白い。朝食の席で、患者が暖房を望んだが、グンメルトは許可しなかった。

この冬は寒く、ずいぶんと暖房費がかさんだ。ようやく春が近づき、少しは息がつけるかと思ったが、今度はパンをつくる小麦が足りないと年かさの修道女に訴えられたところだった。

修道女たちは実によくやってくれているが、もはや財政は、運営側の努力ではとうていぬところまできている。それもこれも、三年前、オーストリアの伍長《ごちょう》がドイツの首相になったからだ。

アドルフ・ヒトラーはどん底のドイツ経済を立て直し、多くの失業者を救い、再軍備を着々と進めていたが、そのわりをくったのは、こうした福祉施設である。ナチスは、障害者、重篤《じゅうとく》な遺伝病を患《わずら》う者は社会に何も還元しないと主張、ただ健常者の金を食い荒らすだけのものとしか見なしていない。彼らは施設への援助を減らすばかりか、悪魔の所業としか思えぬ悪法「断種法」を強行した。その名の通り、子孫を残すのにふさわしくないと判断した者に避妊手術を強いる法であり、カトリック教会は猛抗議したが、教会勢力をも敵視するナチスは歯牙《しが》にもかけなかった。すでに十万近い患者がこの「ヒトラー・カット」を受けていると言われているが、幸いこの施設から犠牲者は出ていない。グンメルトたちの抵抗の成果と言えるが、引き替えに昨年から極端に予算が減らされた。

閉鎖に追い込まれる日も遠くはない。抵抗しても皆いずれこの灰色の霧の中に溶けていくさだめならば、ナチが言う「国民の使命」とやらを果たす道も検討すべきではないのか。どのみち、ここの患者たちが子を成す可能性は低いのだ。彼らの命を守るために、手術を受けさせるぐらいならば妥協を図っても——。

暗く霞んでいた視界に突然光が現れ、グンメルトは我に返った。途端に震えに襲われ、自分の頭から悪魔の考えを閉め出した。命に優劣などあるものか。いずれも神が与えたもうた気高い魂だ。正しい教えのもと、排除されようとしている人々に奉仕することを喜びとする自分が、なんと恐ろしいことを考えてしまったのだろう。

粟《あわ》だった腕を僧衣の上から擦《こす》り、グンメルトは褐色の目を凝らして朧《おぼろ》な光を見つめた。光はしばらく頼りなく揺れていたがすぐにかき消え、かと思えば再びあらぬ方向から現れる。蛇行する山道を登ってくる車のヘッドライトに、神父はいつのまにか硬直していた体から力を抜いた。

六十も半ばを過ぎた体にはこの寒さは徹《こた》える。ぎくしゃくと動かせば、関節がところどころ痛んだ。にもかかわらず、彼は小雨の中に進み出た。一刻も早く光に近づきたかった。

とうとうヘッドライトが正面に現れた。雨音を裂くエンジン音とともに、灰色のバンが姿を現し、水しぶきをあげて車寄せに停車した。

ライトは消えたが、運転席から客人が降り立った途端、グンメルトはいっそう周囲が明るくなったように感じ、目を瞬《しばたた》いた。

「グンメルト神父、わざわざお出迎え感謝いたします。ああ、濡《ぬ》れていらっしゃるではありませんか」

慌《あわ》てたように近づいてきたのは、一人の修道士だった。グンメルトと同じフランシスコ派の茶色い修道服をまとった彼は、長身の部類に入るグンメルトよりさらに背丈があるが、年齢は彼の半分にも達していない。

北欧の血を色濃く感じさせる骨格に肌の色素。北方アーリア人種なる優越人種を何より尊ぶナチスならば、民族の理想そのものと太鼓判を押すにちがいない。淡い金髪が頭部をふちどるように輝き、瞳《ひとみ》の青はこの薄暗がりの中にあってもいささかも色を損ねていなかった。

「君が来てくれるというのに、悠長に中でなど待っておられんよ。遠いところよく来てくれた、ラーセン神父」

グンメルトが両腕を広げると、年若い修道司祭は微笑《ほほえ》み、抱擁をした。

「ご無沙汰《ぶさた》してしまい、申し訳ありません。お変わりなく安心いたしました」

「ここが変わりなく見えるかね？」

ラーセンは注意深く建物を見やり、「外壁に修復が必要でしょうか」と慎重に言った。

「外壁だけではないがね」

「少しはお役に立てると良いのですが」

テオドール・ラーセン神父は体を離し、バンの後ろへと回った。車の後部には、箱や袋が所狭しと詰め込まれている。その中に入っているのは、衣服や毛布などの消耗品、そして小麦だ。

月に一度の割合で、修道院から援助物資を携えて修道士がやってくるが、ラーセン神父が同行する時には明らかに物資が多い。彼みずから信徒に寄付を募った成果だ。テオドール・ラーセン神父と会うたび、グンメルトは神に祝福された人間というものは本当に存在するのだと感じ入る。十五の時に召命《しょうめい》を受け、以来五十年以上もフランシスコ会修道士として神に仕えてきたグンメルトにとって、その感覚は、ただ純粋な喜びに満たされたものだった。あと二十、いや十歳も若ければ、この輝かしい青年司祭に、まったく妬心《としん》を抱かずにいることはできなかったかもしれない。同じ修道司祭の道を歩む者でありながら、ラーセン神父は、ただ実直だけが取り柄だと自認しているグンメルトには持ち得ぬものをいくつも備えていた。

大学を中退してこの道に入ったというテオドール・ラーセンは、最初から他の者たちと異なっていた。絢爛《けんらん》たる才知と弁舌は、狂おしいほどの神への愛と類《たぐ》い希《まれ》な忍耐強さ以上に際立《きわだ》っていた。修練期に進むころには、枢機卿《すうきけい》にまで至る逸材ではないかと噂《うわさ》されていたものだ。

くわえて――彼は美しかった。フランシスコ会の門を叩いた時、彼は一介の修道士としてひたすら祈りと奉仕に生きることを望んでいたが、それにはあまりに聡明《そうめい》すぎ、容貌《ようぼう》が整いすぎていた。周囲の説得により修道司祭への道に進むことになったが、それは正しかったとグンメルトも思う。テオドール・ラーセンはまさに、人に道を説き、導き、仰ぎ見られるために生まれてきたような人間だ。ローマの神学校で哲学と神学を学び、二年前に司祭に叙階《じょかい》されて帰国した彼は、派遣された現修道院はもとより、たちまち世俗の信徒をも魅了してしまった。

おかげで、この養護施設もずいぶんと助かっている。彼を近くの修道院に遣わしたフルダ管区のお歴々には感謝せねばなるまい。

「おお、今日はずいぶんたくさんもってきてくれたのだね。本当に助かるよ」

弾んだ声をあげたグンメルトに、ラーセンは微笑みかけた。

「信徒の方々のおかげです。ここで暮らす兄弟たちを案じている証《あかし》です」

「ありがたいことだ。ナチの支持率を目にして絶望を抱きそうになったのだが、まだこの国で信仰は死んではいない」

「無論ですとも。厳しい時代ですが、神は耐えられぬ試練をお与えにはなりません。

修道士《ブルーダー》ゲオルグ、下ろすのを手伝ってください」

ラーセンが声をかけると、助手席から一人降りてきた。栗鼠《りす》を連想させる顔はまだ少年といっていいようなあどけなさで、大きな褐色の目は怯《おび》えたように周囲を見回している。それほど小柄なわけではないが、見えざる力に押しつぶされているように体を縮こませ、そのくせ落ち着きなく手先はぶらぶらさせているので、幼い子供のように感じられた。

「ようこそ、ベルゲン養護施設へ、ブルーダー・ゲオルグ。私が所長のグンメルトです」

「あ、よ、よろしくお願いします」

雨音に溶けそうな声で挨拶《あいさつ》を済ませると、ゲオルグはろくにグンメルトの顔も見ずに距離を置き、大急ぎで荷物を下ろし始めた。

「人見知りが激しいのです。いつもは他の施設へ奉仕に行っておりまして、慣れた相手ならば問題ないのですが」

小声で謝罪したラーセンに、グンメルトは鷹揚《おうよう》に頷《うなず》き、荷下ろしを手伝いはじめた。若くして修道士を志す者は、自分も含め変わり者が多い。このゲオルグにはラーセンも手を焼いているのだろう。

「終生誓願は？」

「まだです。十六で志願して、初誓願から今で三年目ですね。信仰心厚く、奉仕も実に熱心に行っている兄弟ですが、終生誓願にはまだ迷いがあるようです」

熱烈な意志をもって修道院にやって来た者であっても、生涯を修道士として神に捧《ささ》げる「終生誓願」までには、何度もふるいにかけられる。

まずは志願期で召命がなかった者は脱落する。その次の修練期でも脱落する者はいる。そこを乗り越えてようやく初誓願を宣立し、修道名を頂いて本格的に修道生活に入ることになるが、この期間は「有期誓願期」と呼ばれ、毎年神への誓いを新たにする必要がある。そして五、六年の有期誓願期を経て、ようやく終生誓願へと至るのだ。

志願からここにまで到達できる者は、十分の一もいればいいほうだろうか。それほどに修道院の生活は厳しいし、また俗世の誘惑は大きい。

戦争が終わり、空前絶後の不景気のせいで修道院の門を叩く者が激増した時期があったが、現世に疲れたからといってやっていけるような場所では到底ない。熱烈な信仰心を有している人ですら、終生誓願に至るのに何度も迷いが生じるものなのだから。

「そうか。彼の迷いが晴れるよう祈っているよ。君は、有期誓願者の指導も担《にな》っているのだね」

「はい。彼らの気持ちはとてもよくわかりますから」

次々と荷を下ろしているうちに、修道女たちも音を聞きつけ慌てたようにやって来た。ラーセン神父を見ると皆一様に心からの喜びを見せ、人目を避けるように荷物を運ぶゲオルグのことも戸惑いつつ受け入れてくれた。

ここしばらく重苦しい静寂に包まれていた施設内に、久しぶりに活気が甦《よみがえ》る。ラーセンの来訪を知らされていた患者たちも、いそいそと食堂に集まり、彼が現れると歓声をあげて出迎えた。

「皆さん、ご無沙汰して申し訳ありません。お変わりありませんか?」

テオドール・ラーセンが微笑んだだけで、久しく表情を動かすことがなかった患者の顔にも、同じような笑みが浮かぶ。何日も声を発さなかった患者が、「テオ、テオ」と親しげに彼に呼びかけ、手を伸ばす。

ラーセン神父はその手を取り、ひとりひとり抱擁した。愛する家族にするように心から無事を祝い、神の祝福を捧げる。

グンメルトは、幸福に満たされた光景にしみじみと見入った。

この施設を飲み込まんとじっと隙《すき》を窺《うかが》っている灰色の闇も、絶えることのない笑い声にたじろぎ、今日ばかりは窓の前で立ち往生しているようだった。

食堂は、ごく質素な、いっそ殺風景といってもよい空間だった。壁には大きな十字架、もう一方の壁に聖母子の絵が掲げられているが、目につくものといえばそれぐらいで、春が遠い山中では飾る花も乏しい。

しかし、ようやく待ちかねた日射《ひざ》しがここにも届いた。

世界が困難に突き進もうと、我々はまだ忘れ去られてはいない。光訪れるかぎり、人々の心から消え去ることはないのだ。

グンメルトは神の与えたもうた幸福に感謝し、いつまでも続くように祈った。

その数時間後には、この光景が崩壊することも知らずに。

第一章　天使祝詞

1　一九三六年十月

注意深く、鋸《のこぎり》を挽《ひ》く。

長く挽き続けているために腕は痺《しび》れ、腰ばかりか背中一面が強《こわ》ばっている。晩秋の山中はすでに冬の息吹《いぶき》に満たされているが、もう何時間も作業しているので、マティアスの全身は燃え上がるようだった。

山の中腹にあるベルゲン養護施設における男性は六十代半ばの老神父のみ、後は修道女たちによって運営されている。ミュンヘンより南に百キロ近く下ったこのあたりは標高が高い山が多く、寒さが厳しい。暇さえあれば冬に備えて薪《まき》を切っているとのことで、最近は奉仕活動に訪れるたびに裏手の林に入っている。他にも壁の修繕だの何だのと力仕事は全《すべ》て、若き志願者たるマティアスの仕事だった。それを不満に思ったことはない。薪割りは、マティアスが自信をもって出来る数少ないことのひとつだし、なによりこの林は美しい。こう言っては修道士たちに怒られるだろうが、修道院の聖堂で祈るよりも、ずっと心が穏やかになる。

ここには苦痛はなにもない。

彼の故郷は、バイエルン州北部のバンベルク郡、広大なハウプツモールヴァルトの森に位置する美しい谷間・シュトルレンドルフである。医師フランツ・シェルノとその妻アンナの次男として一九一一年に誕生したマティアス＝マリア・シェルノは、幼いころから森に親しんでいた。当時は戦争中、食糧は配給制でだれもが飢えていたはずなのに、五人も兄弟がいたにもかかわらずそれほど苦しかった記憶がないのは、母が苦心してやりくりしてくれたからだろう。マティアスも兄ハインリヒと森に出かけては、魚釣りや狩りに精を出し、よく獲物を持ち帰っていた。

学校から帰るとすぐに森に飛んで行き、暗くなるまで兄弟や友人たちと遊びまわり、家庭でにぎやかな晩餐《ばんさん》を過ごし、両親が語る数々の物語を聞いているうちに眠りにつく。

だが、幸せな子供時代は十一歳の時に一度断ち切られることになる。戦争が終わった四年後、父の仕事の関係で一家はミュンヘンに移り住むことになったためだ。ミュンヘンには母の実家があり、それまでに数度訪れていたが、シュトルレンドルフとは全く異なる刺激に満ちた大都市だったので、期待に胸膨らませて列車に乗った。しかし、中央駅から車でミュンヘンの街を駆ける間に、期待はどんどん萎《しぼ》んでいった。人口が多いのは知っていたが、皆あまりに薄汚れている。マティアスは幼く、戦後ドイツを襲った凄《すさ》まじいインフレと失業を身をもって知っていたわけではなかったが、街中のいたるところで見かける傷痍《しょうい》軍人と失業者のおびただしい数に、現実を知ったのである。

六月という最も美しい季節であるにもかかわらず、街全体が灰色のヴェールをかぶったようだった。その日はたまたま天気が悪かったこともあるが、行き交う人々の服の色彩もどことなく暗い。

一家を乗せた車は、豪壮華麗なネオゴシック建築の新市庁舎に抱かれた、街の中心マリエン広場からテアティーナー通りを北上していく。ギリシア神殿を模した白亜に輝く将軍堂《フェルトヘルンハレ》と、黄色い外壁が目に鮮やかなテアティーナー教会に囲まれたオデオン広場を通り過ぎると、パリの凱旋門《がいせんもん》を思わせる壮麗な門が彼らを出迎えた。ミュンヘンの東西南北を守る門の中で最も大きな北門《勝利門《ジーゲストール》》である。ここからは、すっきりとした立ち姿の美しい並木が並ぶレオポルド通りが延びていた。この広大な大通りの東側に平行して走るカウルバッハ通りは、ミュンヘン大学に通っていた父がかつて下宿していた街で、今や七人家族の長となった彼が新居と定めたのは、この二つの通りを結ぶギーゼラ通りにあった。

シュトルレンドルフ時代、父は麗《うるわ》しのミュンヘン——その中でも最も洗練された学生街シュヴァービングでの日々のことを、よく子供たちにも語って聞かせた。母アンナと出会ったのも、この街だったという。

たしかに戦前フランツが過ごした学生街シュヴァービングは、パリのモンマルトル、ロンドンのソーホーに比肩《ひけん》しうる、最先端の流行と前衛的な芸術を花開かせた文化の発信地だったのだろう。父の青春の舞台であるカウルバッハ通りなどは、パリの小綺《こぎ》麗《れい》な裏通りにそっくりなのだそうだ。

しかし今や昔日《せきじつ》の輝きは失われ、ミュンヘンは共産党員と狂信的な民族主義者《フェルキッシュ》がなりあい、ところ構わず血みどろの闘いを繰り広げる、無法の地と化している。ミュンヘン大学の前から英国庭園《エングリッシャーガルテン》へと延びるギーゼラ通りは、昔から文学者や芸術家が数多く住んだ場所で、普段は閑静な街だが、ここに縁のなさそうな連中の喧嘩《けんか》をマティアスはしばしば目撃した。

　五人きょうだいのうち、十七歳の長男ハインリヒ、十四歳の長女アマーリエ、そして次男マティアスの三人は揃《そろ》って近くのギムナジウムに編入した。上の二人はすぐに適応できたものの、マティアスは日に日に生気を失っていき、両親をいたく心配させた。一日じゅう森を駆け回っていた彼にとって、この大都市はあまりにも狭すぎ、人が多すぎたのだ。たしかに英国庭園は数日かけねばまわれないぐらい広大で、人工の川や湖、滝まであるし、ちょっとした森と呼んでもよいぐらいだ。マティアスも最初は喜んで遊びまわっていたが、庭園のあちこちにたむろする傷痍軍人や失業者の群れを意識しないわけにはいかなかった。いや、庭園にいる者たちはまだいい。敗戦によって権利や生活を失った者の一部は街中に出て、義勇軍《フライコール》という名の暴徒となって暴れ回った。日々、街のいたるところで、闘争という名の喧嘩が起きた。

　くわえて、編入したギムナジウムは、高齢で厳格にすぎる教師たちによって支配されていた。彼らの指導はヒステリックで陰湿であり、精神的な拷問《ごうもん》としか感じられなかったし、ただ年齢が上というだけで理不尽な暴力をふるい平然としていた上級生たちの愚かしさも、とうてい許容できるものではなかった。シュトルレンドルフにも頑迷な教師や、手に負えない年長者はいたが、かの地にはもっと自然な秩序があった。

一言で言えば、マティアスはミュンヘンという都市とまったく合わなかったのだ。

しかし彼は、肌に合わぬ現実を遮断し、殻に閉じこもることで自分を守ろうとする子供ではなかった。同世代にあってずば抜けて運動能力が高く、力も強かったマティアスは一月も経《た》たぬうちに仲間たちを支配下におさめると、押しつけられる権威に対して頻繁に反乱を起こすようになった。彼は、仲間や年少者には親切だったが、上から押さえつけてくる者にはいっさい容赦しなかった。教師たちはこの反逆児に報復をしかけたが、そのことごとくをはねのけた。

母アンナは頻繁に学校に呼び出された。その後には決まって母子そろって教会へと向かい、聖マリアにとりなしを頼んだ。息子はその時ばかりはしおらしくなるものの、数日も経てば再びそのありあまる力を制御できなくなり、暴れ回る。

自分でも、なぜこれほどにむしゃくしゃするのか理解できず、衝動を止めることができないのだ。母が悲しそうな顔をするたびに胸をかきむしられ、どうか私の心をお鎮《しず》めくださいとマリアに必死で祈るのに、道理の通らぬ難癖をつけてくる上級生や教師を前にすると、凶暴な怒りを抑えられなくなる。相手も狡猾《こうかつ》で、次第にマティアス本人ではなくその取り巻きを狙《ねら》うようになり、彼の怒りにいっそう油を注いだ。

七年生の鼻と歯の何本かをへし折ってけろりとしている息子をもてあました両親は、

再び環境を変えることを決意した。ただし今度は、マティアスのみである。

十四歳の時にミュンヘンを離れた彼が目指した先は、スイス国境近くのザーレムである。新たな学舎《まなびや》は、美しい城だった。バーデン公マックスは、敗戦後に教育改革の必要性を強く感じて、盟友たる教育者クルト・ハーンと共に「指導者たりうる真の市民をつくる」ことを目的とした全寮制の学校を創立、領地を提供した。

近くには小川が流れ、青々と茂る草原に果樹園、よく手入れされた畑が広がり、慎《つつ》ましやかで豊かな小村が点在する光景に、マティアスはたちまち夢中になった。大きな建物はいずれも古く、中世から大切に修繕されながら生き残っているものばかりで、周囲の自然にしっくり溶け込んでいる。行き交う人々は、少年にも礼儀正しく、親しみ深く挨拶《あいさつ》してくれた。

はじめての休日には、まだ二十代半ばの若々しい教師に連れられて、ハイキングに行った。学校の近くを流れる小川を辿《たど》った先は、ボーデン湖へと行き着く。それまで地図上でしか見たことのなかった、ドイツ、スイス、そしてオーストリアの国境にまたがるこの巨大な湖は、真っ青な水をたたえて鏡のように輝き、少年を出迎えてくれた。対岸の靄《もや》越しにうっすらと見えるのは、スイスだ。陽炎《かげろう》の中に幸せの国を見た瞬間、少年はここでの日々が人生最上のものとなると確信した。

期待は裏切られなかった。

広大な敷地で生活を共にする生徒は全学年あわせて六十名程度にすぎず、ドイツのあらゆる地方から集められている。生徒監はバーデン公のきわめて典雅な息子がつとめていたが、生徒の出身階級は多岐にわたり、近くの農村から通学する生徒もいた。教師たちはみな若く、新生ドイツを担《にな》う生徒たちをもっとも良き世代としようという熱意を有し、理想の兄のように接した。共同生活において重視されたのは「フェアであること」であり、かつてマティアスを苦しめた偏見と理不尽は、ここには存在しなかった。

なにより彼を癒《い》やしたのは、雄大なアルプスの自然である。

森はいい。古き良きドイツそのもの。都市よりもよほど肌になじむ。

卒業後はミュンヘンに戻り大学に通ったが、ニューヨークの株価大暴落から始まった世界恐慌《きょうこう》の波が押し寄せた街は完膚なきまでに彼を叩《たた》きのめした。荒れ狂う怒りの炎に心身を焼きつくされたマティアスは、一時は命も失いかけた。

再びこうして街を離れ、森の息吹を感じることができるのは、マリア様が手をさしのべてくださったからだろう。

感謝をこめてふかぶかと息を吸い、木の根元近くに斧《おの》を押し当てる。水平に切り口を入れ、その上から斜め下にくさび形の切り込みを入れる。それから木の反対側に回り、追い口を切る。

始めたころは、目当ての木にロープをくくりつけて倒したものだが、今はロープなどなくとも倒したい方向に倒すことができる。追い口がだいぶ深くなったところで軽く押すと、めりめりと音をたててクヌギは傾きはじめた。

近くから鳥が勢いよく飛び立つ。マティアスは額の汗を拭《ぬぐ》い、たったいま自分が命を奪ったクヌギが倒れゆく様を見守った。クヌギが地面に激突すると足下から震えるような衝撃が来て、地面を覆《おお》っていた枯れ葉が派手に舞い上がる。まだ紅葉している木もあるが、クヌギはあまり紅葉が美しくない。

鉈《なた》で枝を切り落とし、幹を適当な長さに分断する。長さを揃えた木を手早く括《くく》り、荷車に載せて、ようやく一息ついた。クヌギ二本を立て続けに片付けた。一人で運べる限界だし、これぐらいで勘弁してもらおう。

今年は冬が早く、施設ではすでに毎日のように暖炉や薪ストーブを使用しているという。暖房施設のない修道院で震えながら生活しているマティアスは、施設を訪れるたびに、その暖かさに驚くぐらいだ。

時折パンすら焼けない日もあるだけに、せめて寒さは感じないように。グンメルト所長の気持ちは痛いほどわかる。マティアスも来るたびにせっせと患者たちのために木を切った。ついでにどんぐりも拾えるだけ集め、荷車に載せ、林を出る。どんぐりは栄養があるし、パンに練り合わせれば風味も出る。資金難の現在は入所者に大層喜ばれる。

山を少しばかり下ると、すぐに施設の裏庭に出た。昼食後の散歩の時間だ。患者の車椅子《いす》を押して庭に出ていた修道女たちが、いっせいに安堵《あんど》したような微笑《ほほえ》みを浮かべた。

「お疲れ様、マティアス。なかなか戻ってこないから、何かあったんじゃないかって心配していたのよ。もう少しで、森まで探しに行くところだったわ。まあ、ずいぶんたくさん切ってきてくれたのね」

最も年かさの修道女《シュヴェスター》マグダレーナは、荷車を見て感心したように言った。

「良い木があったので張り切ってしまいました」

「マティアス、あんたはたいした木こりだが、お昼には戻ってこないといけないよ。皆、とても心配していたんだよ」

マグダレーナが押していた車椅子におさまっていた老人が、子供のようにあどけない表情で言った。

「そうだよ、お昼は皆で食べないと」「お祈りもしないとね」

患者たちが次々と口を開く。皆、週に一度訪れる若者のことを、子か孫のように気に懸けてくれている。その中から、ひときわ冷ややかな声が響いた。

「私がマティアスの無事を祈ったから無事だったのですよ。山に入ってはいけないと言ったのに、あなたったら。この山は呪《のろ》われているんですよ」

しかつめらしい顔でマティアスを諭すのは、その時代がかったふるまいと丁寧すぎる口調から、「公爵夫人《ヘルツォーギン》」と呼ばれている老女だった。彼女は、自分が皇帝ヴィルヘルム二世の従妹《いとこ》だとかたく信じており、この施設は日によってサンスーシ宮殿であったり、公爵家の別荘であったりと姿を変える。祖国が戦争に敗北したことも、彼《か》の偉大なる従兄《いとこ》である皇帝がとっくに退位してオランダに逃げてしまったことも、彼女の中ではなかったことになっているらしい。彼女の心中ではまだドイツ帝国は揺るぎなく、公爵家の華麗な日々を脅《おびや》かすものはなにもない。

「呪われているなんて。縁起でもないことを言わないでくださいな、公爵夫人」

公爵夫人の車椅子を押していた、年若いアグネス修道女が困惑顔でたしなめる。患者から光栄な女官の役を仰《おお》せつかっている彼女は、必ず公爵夫人と呼びかける。夫人の世界を揺さぶってしまうと、その後が大変だからだ。

「だって本当の話でしょう。私のテオを奪うなんて。彼ほど神に愛されていた若者はいないのに。この山に棲《す》む悪魔はテオに嫉妬《しっと》したのよ」

公爵夫人は、憤然として言った。途端に周囲の空気が重く沈む。

誰もがあえて口にしなかったことだ。話題の禁忌に疎《うと》い患者たちですら、口を噤《つぐ》む不幸。しかしそれを勇気をもって口にし、このぼんやりした若者に注意を促すのが、高貴な自分の義務であると、公爵夫人は信じているようだった。

「いくら雨が降っていたからといって、山道から車が滑り落ちるなんて、考えられませんよ。この山ではずっと事故なんて起きなかったのに。あれは悪魔の仕業です」

「公爵夫人、おやめください」

アグネスが半泣きで止めるが、夫人は自分の言葉にますます興奮したように続けた。

「もしかしたらあの修道士に悪魔が入りこんだのかもしれないわ！　あの若者はどこかおかしかったもの。絶対に私の目を見なかった」

「おやめなさい、ルイーズ。死者を冒瀆《ぼうとく》してはなりません。修道士ゲオルグは、はにかみ屋なだけで、親切で立派な若者でした。そうでしょう、マティアス」

マグダレーナが強い語調で遮り、マティアスに顔を向ける。

「はい、その通りです。ラーセン神父も、ゲオルグ修道士も、素晴らしい兄弟でした」

マティアスはわずかに目を逸《そ》らして言った。

「なぜ目を逸らすの、マティアス」

「申し訳ありません、公爵夫人。まだ、この話をするのが辛《つら》いのです。彼らは本当に、よくしてくださいましたから」

「わかりますとも、マティアス。毎週ここにやって来て、辛い労働を一手に引き受けてくれているんですもの。志願期にありながら、兄弟の遺志を継ごうとされるのは本当に立派なことですよ。あなたはきっと、よい修道士になるでしょう」

マグダレーナは微笑みかけ、目で「ごめんなさいね、もう行っていいわ」と語りかける。マティアスは軽く頭を下げると、荷車を引いてその場を後にした。公爵夫人がまだ主張を続けていたが、患者たちからもいっせいに反論の声があがり、マティアスの耳には届かなかった。

建物を回りこみ、薪小屋の前まで来てようやく立ち止まると、何度も深呼吸をした。心臓がうるさい。さきほどまでは暑いぐらいだったのに、今や体は冷え切っていた。

呪われた森。公爵夫人がそう呼ぶのも、無理はない。

なにしろここは、半年前に同じ修道会のテオドール・ラーセン神父とゲオルグ修道士が同日に揃って死んだ場所なのだ。

春先の冷たい雨が降りしきる、寒い一日だった。ラーセン神父とゲオルグ修道士の二名は夕方四時前には施設を出たものの、終課（七時半）を過ぎても帰着するどころか連絡ひとつ寄越さなかった。修道院院長が警察に届け出ようとした矢先、その警察から電話があったそうだ。二人が乗ったバンが、谷底で発見されたという知らせだった。

山道にかすかに残っていたタイヤの跡を見るかぎり、薄暮《はくぼ》のなか濡《ぬ》れた山道でスリップし、そのまま滑落したと見られる。警察官はそう語った。

修道院は深い悲しみに包まれ、修道士たちは夜を徹して兄弟のために祈った。誰もが嘆き悲しんだが、ことにマティアスの動揺は激しかった。ゲオルグ修道士とはあまり接点はなかったが、テオドール・ラーセン神父は命の恩人であったからだ。

今年の二月、ミュンヘンの歓楽街で行き倒れたところを救われた。彼が通りかからなければ、マティアスはこの世を去っていただろう。

数カ所の骨折だけではなく、アルコール中毒を抱え、栄養失調に陥りかけていたマティアスは、三ヶ月近く修道院内の病院で過ごすこととなった。退院の許可が出た後は神父の熱心な勧めに従い、そのまま修道院にとどまることにした。怪我《けが》を治しても元の生活に戻ればすぐに体を壊すだろうし、祈りと労働の生活の中で、君はもう一度自分の人生と神についてよく考えるべきだと諭された。これまでならば鼻で嗤《わら》って踵《きびす》を返したろうが、マティアスは意識を失う前、自分が天使祝詞を唱えていたことを覚えていた。

聖マリアにとりなしを乞《こ》うた結果、薄汚れた街角で落とすはずだった命をテオドールが拾ってくれたのだ。そして三ヶ月にわたる入院生活での、神父や修道士たちの献身ぶりにも深く感謝した。正直言って、修道士として生涯を神に捧《ささ》げられる人間であるとは考えられなかったが、志願期はそれを見定めるためのものでもある。迷いはあったが勧めに従い、修道院へと入った。召命がなければ、静かにこの道から離れればよいのだ。

そのように考えていたマティアスに、テオドール・ラーセンの死は嵐《あらし》のように襲いかかり、体ごと揺さぶった。

テオドールがいなければここにはいなかった。テオドールは、将来を嘱望された司祭だった。死後、近いうちにヴァチカンに行くことも決まっていたのだと聞いた。次期教皇の呼び声も高いパチェリ枢機《すうき》卿《けい》の法律顧問を務めるローマ貴族のもとで、教会法を究めるためで、この修道院から初めて誕生する枢機卿になるだろうと誰もが噂《うわさ》していたという。

誰に聞いても、テオドールは素晴らしい修道士であり、司祭だった。神を熱烈に愛し、主の被創造物たる人間に熱心に奉仕していた。まさに司祭になるべくして生まれてきたような男だった。

ゲオルグ修道士についてはあまり知らなかったが、十六で志願したということだから、やはり熱烈な信仰の持ち主であることは疑いようがなかった。

二人の命が奪われ、自分が生き延びた。その事実は、マティアスをひどく痛めつけた。

主はなぜ、明らかな咎人《とがにん》である自分を残し、主に忠実な者たちを殺したのか。

日に日に憔悴《しょうすい》していく彼にベルゲン養護施設を訪れるよう勧めたのは、修道院長のベールンゼンだった。

「君が生き延びたのは、召命の証《あかし》である。生きて為《な》すべきことをせよと神は仰せなのだ」

その言葉は、マティアスの心に響いた。聖職者として為すべきことがあったのはラーセンたちのほうだったにちがいないが、志半ばで倒れた彼らのためにわずかでもできることがあるならば。彼らの魂の安寧を祈ることができるなら。マティアスは院長の勧めに従い、週に一度、この地を訪れるようになった。

最初の数回は、テオドールと親しかったというフェルシャー神父が同行してくれたが、彼がローマに去ってからは、一人で来るようになった。志願者が一人で出歩くなどありえないことだが、奉仕活動の一環であるし、テオドールとゲオルグの遺志を継ぎたいのだと訴えれば、納得してもらえた。

じっと呼吸を繰り返しているうちに、波立っていた心は次第に落ち着きを取り戻す。マティアスは空を見上げ、口の中でマリアへの祈りを唱えると、薪割りを始めた。

一時間が経つころには、また汗だくになっていた。割った薪を全て小屋に運び、斧《おの》をしまうと、すでにいい時間になっていた。

麓《ふもと》からのバスは、一日に二本きり。二本目を逃すと修道院に帰れない。マティアスは急いで帰り支度を済ませ、朝に挨拶をしたきりのグンメルト所長の部屋へと向かった。

「グンメルト神父、マティアスです。そろそろ帰ります」

扉をノックし、声をかけると、「あいているよ」と答えがあった。扉を開くと、グンメルトがにこやかに立ち上がった。

「ちょうどいいところに来てくれた。マティアス、君を探しにいこうと思っていたんだ。素晴らしい友人を紹介するよ」

しかしグンメルトの声は、マティアスの耳を素通りしてしまった。

何度も瞬《まばた》きをした。目を擦《こす》った。

グンメルトの向かい側に、ここにいるはずのない人間が座っている。マティアスと目が合うと、彼も微笑んで立ち上がった。

グレーの良質の三つ揃いに包まれた体は、ずいぶんと高かった。その上にある白い顔は若々しく整っている。櫛《くし》の目がわかるほどきっちりと整えられた髪は明るい金。そしてこちらに向けられた双眸《そうぼう》は、晴れ渡った冬の空のような青色をしていた。

「テオ?」

マティアスは、思わずその名を口にしていた。そんなはずはない。テオは死んだ。だが目の前の男は、あまりにも彼に似ている。

「テオは死んだだろう、マティアス」

テオの亡霊は小さく笑った。声も似ていたが、笑った途端に目の前の男の顔は、テオと似ても似つかぬものになった。彼は決して、人を小馬鹿《こばか》にするような笑い方はしなかった。

さらによく見れば右のこめかみに、小さい傷がある。これもテオドールにはなかったものだ。

「まさか、アル？」

懐かしい旧友の名を口にすると、青い目から皮肉の影が消えた。テオドールとうり二つの造作に、かつての繊細な面影が重なる。

「忘れられたわけじゃなかったんだな。久しぶりだ、マティアス」

アルベルト・ラーセン。人生最良のザーレムの日々の中に彼も存在していた。曾祖《そうそ》父《ふ》の代にスウェーデンのマルメから移住したラーセン家の少年は、十四歳の時点ですでに身長は百八十を超えていたが、手足は急激な成長に追いつかず華奢《きゃしゃ》で、整った顔立ちには思索に耽《ふけ》る青年と多感な少年の双方の特質がまじりあい、ボーデン湖に似た青い目にはどこか不安定な影があった。

初対面の印象は、こいつとは親しくなれそうにもないな、というものだった。シュトゥットガルト大学の工学教授を父にもつ彼は、マティアスの周囲に群がる同級生たちから一歩引いたところに立ち、周りの者すべてが馬鹿に見えてしょうがないといった顔つきでこちらを眺めていた。

「驚いた。まさか君とこんなところで会おうとは」

じつに七年ぶりだ。マティアスの言葉に、アルベルトは快活に笑った。

「それはこちらの台詞《せりふ》だ。まさか君が修道士を選ぶとは。平服のようだが」

「まだ志願者だから」

「なるほど。だがいずれ君が、修道服を着るわけか……」

アルベルトは遠慮のない視線で、頭のてっぺんからつま先まで見回している。儀礼的な微笑みの下で何を考えているかは、手にとるようにわかる。

ザーレムの中で、最も将来の修道士にふさわしくなかった人間といえば、マティアス・シェルノだったろう。それぐらいの自覚はある。

ミュンヘン時代より落ち着いたとはいえ、それでも彼はザーレムの中で際立って活発だった。スポーツ全般、とくにホッケーの試合でのめざましい活躍は周囲の学校にさえ聞こえていたが、それよりも彼が有名なのは決闘の常連であったことだ。

ドイツの学校の神聖にして野蛮な伝統「決闘」は、ザーレムでも盛んだった。もっともかの地では、校長立ち会いのもとでのボクシングの試合という形をとっており、アルベルトと親しくなったきっかけも決闘である。

ザーレム校に編入して三日目だった。ホッケーの試合後、プレーにおける連携について同じチームのアルベルトに意見をした。まともに言葉を交わすのはそれが初めてだったが、シュトゥットガルトの学者の息子は、マティアスの意見を聞き終えてからようやく口を開いた。

「下品なバイエルン訛《なま》りでがなりたてるのはやめてくれ、猿の鳴き声のようで頭に入ってこない。人に意見をするならば、人間の言語を話すのが礼儀だろう」

全く瑕瑾《かきん》のない、美しい高地ドイツ語だった。

マティアスはさっそく、生徒に許された権利のひとつを行使した。名誉を著しく傷つけられた者にはそれを回復する権利がある。

ボクシングの経験はなくとも、身長こそ見上げるほどだがひょろ長いだけのアルベルトは難しい相手とは思えなかった。ホッケーの技量もたいしたことはなかったし、楽観して試合に臨んだが、結果は惨敗だった。学者の息子は見かけによらずボクシングを熟知しており、攻撃は全て的確だった。

アルベルト・ラーセンは、大事に臨む際には、あらゆる状況を想定し、やりすぎだというほどの準備を整える人間だった。当時はそんなことは知らなかったが、マティアスは強い人間をすぐに尊敬する単純明快な少年だったので、素直にアルベルトの技量を称《たた》え、教えを請《こ》うた。

「なぜ僕に。ボクシングの指導を担当している上級生がいる。彼に頼めばいい」

アルベルトは冷ややかに断ったが、とりすました顔がはじめて揺らいだのをマティアスは見逃さなかった。その時に、こいつとはこのまま徹底的に敵となるか、唯一無《ゆいいつ》二の友になるかのどちらかだろうと予感した。

どうやらそれは周囲の不謹慎な賭《か》けの対象にもなっていたらしいが、マティアスの言葉から完全に誂りが消えるころには、二人は自他ともに認める親友となっていた。親交は四年近く続いた。卒業まであと一年というところで相手が突然ザーレムを去った日まで。

「なんと素晴らしい奇跡だろうか。マティアス、テオが言った通りだよ。君はたしかに聖母の特別な加護を受けているにちがいない」

記憶の海に身を委ねていたマティアスは、グンメルト神父の感極まった声で我に返った。

「君は死の淵《ふち》でアルベルトさんの兄であるテオと出会い、命を救われ、道を開かれた。君はテオを見て、アルベルトの名を呼んだと言うじゃないか。その時にテオは確信したのだそうだよ、この出会いは神が用意された奇跡なのだと」

アルベルトは驚いたように神父を見やった。

「ほう、それは興味深い話です。本当かい、マティ」

「覚えていないが、そうらしい」

「ならば僕がここに来たのも必然だったのかな。兄の足跡《そくせき》を辿ってみようと思い立ったのは、つい先日のことでね。君がいる日に来るとは運命的だ」

「テオの足跡を？」

「訃報《ふほう》を受けるのが遅れて、葬儀に間に合わなかったんだ。生前世話になった方々に、お礼がてら話を聞ければと思った」

なんでもないことのように彼は語った。が、訃報が遅れた理由も、葬儀に間に合わなかった――いや、おそらくはあえて来なかったのだろう――理由も、マティアスには察しがついた。しかし、ラーセン兄弟と志願者の再会を奇跡と信じ、神に感謝を捧げている神父の前で明らかにする勇気はなかったし、アルベルトの顔にはりついた微笑みも、何も知らせるつもりがないことを告げている。

「世話になっていたのは私たちのほうですよ、ヘル・ラーセン。しかもあなたにまで、ずいぶんと寄付を頂いてしまって」

すかさず礼を述べたグンメルトを見て、マティアスは神父がずいぶん機嫌がよい理由を悟った。

「喜捨は信徒の義務です。福祉施設の苦境は我々も憂慮しておりますから。事務所にもよく相談が来るんです」

「事務所？」

マティアスの疑問には、グンメルトのほうが答えた。

「ラーセン氏は、ベルリンの弁護士事務所にお勤めだそうだ」

眉間《みけん》に力が入るのを感じた。弁護士。この世で最も嫌いな職業だ。

「弁護士になったのか」

「まだ雑用係だがね。何かあったらぜひ、我がベトケ弁護士事務所へ。うちのボスは口は悪いが腕は確かだよ」

「何かあってもわざわざベルリンまで頼みに行く理由がないけどね」

そっけなく返すと、グンメルトは慌《あわ》てたような顔をしたが、当のアルベルトは気分を害した様子もなく「違いない」と笑った。

「それより、君がまさかテオと同じ修道会とはね。世間は狭い上に驚異に満ちているよ。これから修道院に帰るんだろ？　ミュンヘンに戻るから送っていくよ」

「親切にありがとう、だが結構だ。バスで帰る」

断られるとは思っていなかったのだろう、アルベルトは目を丸くした。

「なぜ」

「決まりだ。労働時間以外に、外の人間と私語を交わすのは禁じられている。志願期に一人でこんなところまで奉仕に来るのも特例中の特例なんだ」

「言わなきゃバレやしないよ。修道院から離れた場所でおろせばいいだろう。グンメルト神父、友人が旧交を温めるのを神は戒められるでしょうか」

アルベルトが水を向けると、グンメルトは微笑ましそうに目を細めた。

「とんでもない、これは主が与えたもうた一日だ。マティアス、ヘル・ラーセンと帰るといい。これは禁則にあたらぬよ、安心なさい」

神父にまでこう言われては、もはや拒絶することはできなかった。

なにも罰が怖いわけではない。ただ単に、アルベルトとあまり話したくなかっただけだ。たしかにかつては親しい友だった。ザーレムで彼と共有した四年は、記憶の中で色あせることはないだろう。

だからこそ、今だけは会いたくなかった。これが神の意志であるならば、あまりにも意地が悪い。

もっとも気まずく感じているのは、マティアスのほうだけだったようで、アルベルトは機嫌よくグンメルトと挨拶し、にこやかにマティアスを促して部屋を出た。

「お待ちなさい！」

正面玄関に向かったところで、奥から声をかけられる。同時に漂ってきた香りに声の主を悟った。果たして、修道女を車椅子の背後に従えた公爵夫人が、猛然と近づいてくるところだった。

「またすぐに来るのでしょうね。いくらテオでも、今回のように何ヶ月も音沙汰《おとさた》なしなんて、二度と許しませんよ。次にやったら、枢機卿にお願いして、あなたをただちにローマから返してもらいますから!」

「公爵夫人」

マティアスは慌てて口を挟んだ。彼女は今、テオと呼んだ。数時間前まで公爵夫人はテオが死んだと理解していたはずだったが、このわずかな時間のうちに、物語は旧来のものに戻ってしまったらしい。さすがにアルベルトに失礼だろうと、過《あやま》ちを正そうとしたマティアスは、軽く腕を引かれて目をあげた。アルベルトが、小さく首を振る。

「もちろんです、公爵夫人。今回のように長らくのご無沙汰はいたしません。しばらくこちらに滞在いたしますし、次は時間をおかず参上いたします」

「きっとですよ。約束を破ったらひどいですからね」

アルベルトは「身にしみております」と笑うと、恭《うやうや》しく夫人の手をとり、唇を寄せた。きざったらしい仕草にマティアスは絶句したが、公爵夫人はしごく満足そうに頷《うなず》き、笑顔でアルベルトを見送った。最後まで、マティアスの存在には目もくれなかった。

「何だ今の」

外に出るなり、マティアスは尋ねた。アルベルトは顔をしかめている。夫人の前では平然としていたが、やはり香水の匂《にお》いが堪え難かったのだろう。

「何だも何も、顔を合わせたらいきなり、テオがやっと帰ってきたと泣き出すからこっちが驚いたよ。グンメルト神父から、とにかく話を否定しないようにと注意を受けていたから、適当に合わせてみたまでだ」

「最後の挨拶もか」

「テオは毎回あの茶番につきあってたらしいぞ」

「彼は夫人のお気に入りのようだったから」

「聞いたか？ テオの役どころは、ヴィッテルスバッハ家の宮廷付き司祭で、この半年挨拶にも来なかったのは、ヴァチカンに赴任していたからだそうだ。笑いをこらえるのに必死だったよ」

「不在の理由がヴァチカンってのは、あながち間違いじゃない。テオは、近いうちにヴァチカンへ赴くことになっていた。夫人はそれを覚えていたんだろう」

「ヴァチカン？ あっちの神学校にいたという話は聞いたが」

「専門は教会法だったから、枢機卿の顧問弁護士のもとで学ぶことになっていた。分野が違うとはいえ、同じ法律畑に進んだあたり、やっぱり兄弟だな」

「やめてくれ」

アルベルトは心底厭《いや》そうに顔をしかめ、車寄せに迷わず足を向けた。ならば、さきほどから異様な存在感を放っているビュイックのサンドカラーのスポーツカーはやはり彼のものなのだろう。

彼はおよそものに執着する質《たち》ではなかったが、車だけは例外だった。ラーセン家は当初、ウルム郊外に居を構えており、非常勤講師だった父親ヘルマン・ラーセンはバイクを乗り回していたという。そのバイクの特徴も、アルベルトはおそろしく詳細に覚えていた。彼が六歳の時、家にオペルの小型車『ドクトルヴァーゲン』がやってきて、時々ヘルマンの運転でドライブに出かけることもあったという。羨《うらや》ましい話だ。マティアスの父もフォードを所有してはいたが、裕福な家のほとんどがそうであるように、専属の運転手を雇っていた。父の運転という言葉には、妙に親しげで、幸せな響きがある。

ヘルマン・ラーセンは厳格を絵に描いたような人物で、いつもむっつりと不機嫌そうだったが、ハンドルを握っている時は別人のように目を輝かせ何かと甘くなるので、子供たちは車には不思議な力があると信じるようになったという。当時の記憶を語るアルベルトは楽しそうで、とくに「あのドクトルのやつが」と車をまるで愛犬のように呼ぶ時には深い愛情が滲《にじ》んでおり、ドクトルヴァーゲンが彼にとって幸福の象徴であることは間違いなかった。

やがて一家はシュトゥットガルトに引っ越した。ヘルマンが工学部の教授に昇進すると、愛車はこの街に本社を置くダイムラー・ベンツのメルツェデスに変わった。ドクトルヴァーゲンは売り飛ばされる運命にあったが、アルベルトの懇願で残されることとなり、彼の恰好《かっこう》の玩具《おもちゃ》となったらしい。嘘《うそ》か本当か知らないが、寄宿舎時代も、帰省するたびに郊外をこっそり走っていたという。ずいぶんガタがきているが、大事に修理しながら乗ってきたから僕にとってはこれが一番なんだ、と嬉《うれ》しそうに語っていたことを覚えている。

「ドクトルヴァーゲンはどうした?」

懐かしい思いで尋ねると、アルベルトは呆《あき》れたように笑った。

「とっくに処分したよ。今時あんなボロ車に乗ってるやつはいないだろ」

ビュイックに近づくと、強い花の香りが鼻をついた。黒いルーフは開け放たれたままで、助手席に花束が置かれている。

「デート帰りか？」

「こんな花束を渡したらふられるのは確実だろうね。別の花束は、シュヴェスターに捧げておいたが」

百合《ゆり》を基調とした花束は、明らかに弔いのためのものだ。そもそもアルベルトの右手の薬指には金の指輪が光っている。

「ずいぶんいい車を持っているじゃないか。女をひっかけるのにぴったりだ。弁護士ってのは羽振りがいい仕事なんだな」

「借り物だよ。さすがに新米にこんなものを買える余裕はない。あったとしても、スポーツカーは選ばないが。ああ、花は下にでもやってくれ」

助手席に乗るよう促して、アルベルトは運転席へと乗り込んだ。借り物と言いつつ、やけに慣れた仕草でキーを入れ、ボタンを押す。隣におさまったマティアスは、花束の置き場所に困り、結局膝《ひざ》の上に置いた。さすがに足下に置くのは忍びない。しかしそうすると甘い香りが顔の真下から立ちのぼり、早々に酔いそうになった。目を覚ましたビュイックは、しばらく不機嫌そうに唸《うな》っていたが、やがて滑るように動き出した。

「昨日仕事で会った相手に、この施設に行くという話をしたら、中古でよければと貸してくれた。バスが一日二本しかない不便な場所だからと」

「ずいぶん気前がいい相手だな」

「ロレンツって弁護士だ。知ってるか」

「知らん」

「代々中央党（カトリック系政党）の顧問弁護士をやってる家で、バイエルンの法曹界じゃそれなりに知られてる弁護士だ。修道会やこの施設にもずいぶん寄付していたそうだが」

「法曹界に知り合いなんていないし、喜捨を集めるのは俺の仕事じゃない。まあ、テオなら知っていただろうな」

「ああ、友人だったそうだ。俺を見て幽霊にでも会ったような顔をして、それからおいおい泣きだした。まったく勘弁してほしいよ」

テオドールは顔の広い男だった。思索的でどちらかといえば一人を好む傾向があったが、社交術には長《た》けており、ミュンヘン近郊のフランシスコ会修道院にいた一年たらずの間に、多くの信奉者を獲得していた。彼が死んだ時には大勢の信徒が詰めかけ、その中にはマティアスですら知っているようなバイエルン政財界の大物もさりげなく混じっており、驚かされたものだ。

「仕方がない、本当によく似てるんだから。うちの修道院に顔を出したら騒ぎになるぞ」

「ここに来る前に行ったよ。やっぱり幽霊でも見たような顔をされた」

「行ったのか。それはお疲れ様」

「ああ、明らかに歓迎されてなかったね」

山道に入るなり、ビュイックは激しく揺れ始めた。さきほどまで見えていた秋の空はたちまちのうちに枝葉に覆《おお》われ、突然夜が訪れたように感じた。バスに乗っていた時は気にならなかったが、ルーフを開けたままの車に乗っていると冷たい風が容赦なく切りつけてくるので、マティアスはできるだけ背中を丸めて我が身を護《まも》ろうとした。

「ルーフおろすか？　百合がきついからあげておいたんだが」

運転席のアルベルトが笑う。彼はまったく、この薄闇《うすやみ》も風も気にならないようだった。「いい。しかし、よく運転できるな」

マティアスは、声をはりあげて応《こた》えた。頭上では絶えず葉が鳴り、揺れもひどい。腹に力をこめて喋《しゃべ》らないと、届きそうになかった。

「山道は得意だ、知ってるだろう」

「知らん」

「ザーレムにいたころ、休日のたびに一緒に出かけたじゃないか」

「あのころは徒歩か自転車だったがな。ＮＳＫＫ（国家社会主義自動車軍団）に行けば大歓迎されるぞ」

「法学部を出ても仕事がなかった時には、多少考えなくもなかったけどね」

「司法試験に受かって何よりだよ。あのあと心配していたんだ。なのに連絡もつかなくて。大学はどこへ？」

このまま事故当時の話に繋《つな》がるのは避けたかったので、さりげなく話題を変えた。事故およびテオ、そしてゲオルグの話は、外部の人間に不用意にしてはならないと、ベールンゼン修道院長からきつく言われている。

「ハイデルベルクだ」

「あそこも山好きには魅力的な街だな」

「ああ、素晴らしかったよ。君もぜひ一度行くといい」

アルベルトの目は輝きを増し、今まで制覇した山について熱心に語り出した。

大学から歩いて十五分程度の下宿屋は、たいそう古びて部屋は狭かったが眺望はすばらしく、ハイデルベルク城やネッカー川を見下ろすことができたし、下宿前の駅からは、大学の天文台が設けられている名峰ケーニヒストゥールに向かうケーブルカーが通っていたのだそうだ。ケーニヒストゥールだけではなく、ネッカー川の向こうの丘にも何度も出掛けたし、休日にはバイエルンやチロルに遠征してアルプスの山々を踏破した。ドイツ最高峰のツークシュピッツェもすでに三回登っている。

マティアスは適当に相槌《あいづち》を打つだけだったが、アルベルトは構わず語った。本当に山岳を愛しているのだろう。

美しき学問の都で法学を学び、ワンダーフォーゲルに没頭した学生生活。

「羨ましいもんだ」

口に出すつもりはなかったが、つい声が出ていたらしい。しまったと思っても後の祭り。アルベルトが気まずそうに眉《まゆ》を下げた。

「すまない、山のことになるとつい長話になってしまうね。君は卒業してからずっとミュンヘン？　シェルノ先生にお変わりないか」

「死んだよ」

平坦《へいたん》な声で答えた。

「みんな死んだ。シェルノ家で生きてるのは俺だけだ」

アルベルトは目を伏せた。

「……それは……すまない。なんと言っていいか」

「もう過去のことだ、胸も痛まん。むしろそういう顔をされるほうが徹《こた》えるよ」

「わかった」

アルベルトは神妙に頷いた。

そう、とっくに過ぎたことだ。

ミュンヘンに移ってからしばらくは順調な暮らしが続いた。一九二九年にアメリカで起きた世界恐慌《きょうこう》の大波をまともにくらい、企業や銀行が次々と倒産し、街に失業者が溢《あふ》れる中、シェルノ病院はもちこたえていた。

しかし一九三一年春、父フランツと姉アマーリエが急死した。結婚を間近に控えた姉が祖父母に報告に行った帰りに、乗っていたフォードが銃撃を受けたのだった。発見された時、車は血の海だった。フランツは即死だったらしく後部座席に座ったままだったが、アマーリエは車から少し離れた所で息絶えていた。運転手はいちはやく逃げていた。犯人は、熱烈な愛国者でドイツ純血主義を掲げる元兵士だった。敗戦によって軍が十分の一に縮小されたために、軍人の大半は失業した。多くの者は「義勇軍《フライコール》」なる民兵組織を作り、街の治安を守ると称したが、実際のところはただ気に食わない敵――共産主義者やユダヤ人、資本家などを襲うならず者の集団にすぎず、フランツ・シェルノを襲ったのもそういう類《たぐい》の男たちだった。首領のカール・バイルケは、殺害理由についてこう述べた。

「我々から金をむしり取るユダヤ人の医者はアーリア人の気高い肉体にとって病原菌でしかありえない。排除せねばならない」

裁判で堂々と宣言した彼らは、シェルノ家にはユダヤの血は一滴も入っていないことを知って青ざめた。大学に入って自宅から離れていたマティアスは知らなかったが、誰が言い出したのか、一年ほど前からフランツはユダヤ人だという噂が流れていたという。たしかに医者にはユダヤ系が多く、フランツにも少なからぬ友人がいた。病院のスタッフにも何名かいたはずだ。シェルノ家としては全く気にしておらず、噂を放置していたが、結果的にはそれがまずかった。否定しない噂は、事実となる。

思い込みから医師を殺した者に下った刑は、遺族が愕然《がくぜん》とするほど軽いものだった。自称義勇軍の被告についた弁護士は、当時はまだ与党ではなかったナチスのバッジをつけていた。弁護士は被告の犯した罪よりも、いかに大戦で勇敢に戦い、犠牲を厭《いと》わぬ愛国者であったかを滔々《とうとう》と述べ、さらに過去のシェルノ病院の些細《ささい》な納税ミスを誇張して指摘し、巧みに法廷内の空気を誘導した。あれから、マティアスは弁護士というものをいっさい信じていない。

シェルノ家は急激に転落した。院長の非業《ひごう》の死とそれにまつわる噂のせいで患者は激減し、不動産に買い手もつかず、二年後に病院は倒産した。その直後、あらゆる面倒ごとを一手に引き受けてきた兄ハインリヒは、下戸のはずなのに大量のアルコールを摂取して路上で冷たくなっているところを早朝に発見された。

残された家族は労働者向けのアパートに移り住んだ。もともと体の弱かった二歳下の妹エリーザベトは環境の激変に耐えられず、あっというまに肺炎で死んだ。さらに半年後には六歳下の末弟エーミールが殺された。父と同じく銃によって死んだのだった。限界まで痛めつけられていた母アンナの精神は、末っ子の無残な死によって崩壊した。

一家が呪われていると囁《ささや》かれたのは、必然だった。大学を中退して煙草《たばこ》工場に勤め、夜はシュヴァービングの酒場で働いていたマティアスには、最初のうちこそ同情が向けられたが、やがて遠巻きにされるようになった。フランツ・シェルノはユダヤ人ではなかったかもしれないが、人の生き血を啜《すす》るような悪業によって地位を築いたのだ——否定されない噂は、やはり真実として人々に共有された。

振り返ってみれば、わずか三年のうちにシェルノ家に起こった悲劇は、あの大戦の後、このドイツではどこにでも転がっていた類のものだった。天文学的なインフレのせいであっというまに資産を失い、自身は日雇い労働で消耗、妻や娘は夜の女に身を落としたブルジョワ一家の話など枚挙にいとまがない。

しかし当時は、くだらぬ噂を否定する気力もないほど、マティアスも現実に打ちのめされていた。父と兄を失ってから、狭く辛気《しんき》くさいアパートに帰るのが厭で、シュヴァービングの娼婦のもとに護衛と称して転がりこんだ。雀《すずめ》の涙ほどの報酬は全て家族に送っていたが、母が病死して気力を失い、工場にも店にも行かなくなった途端、女にも放り出された。

奈落の底まで落ちたあげく、死にかけたところを救われ、現在はフランシスコ会の修道士見習い。我がことながら華麗な経歴だ。

アルベルトに懇切丁寧に語ってもよかったが、厭味になりかねないのでやめた。彼だって身内を亡《な》くしているのだし、これが初めてではない。

アルベルトがザーレムから去ったのは母親が死んだからだった。それも敬虔《けいけん》なカトリック信徒としては最も不名誉な死——自殺だった。

あの時、深い悲しみとそれを凌《しの》ぐ激しい怒りに燃えていた友を、マティアスは心から憐《あわ》れみ、慰めた。この素晴らしい学校を離れ、母を追い詰めた者たちと戦う覚悟を決めたアルベルトの未来が辛いものとなることを予感し、どうか彼を救ってくださいとマリアに祈ったものだった。

その祈りは届いたのだろう。

前代未聞《みもん》の就職難の時世、彼は首都ベルリンの弁護士事務所にあっさりと入りこみ、仕立ての良いスーツを着て、スポーツカーを乗り回している。一方、こちらは毛玉だらけのセーターに裾《すそ》がすり切れたスラックス、誰のものだったかわからない軍の外套《がいとう》で寒さをしのぎ、隣で小さくなっている。まったく、神はじつに公平だ。

「見事だ」

過去に沈んでいたマティアスは、ふいに開けた視界に声をあげた。

眼下に広がる景色に、マティアスは思わず身を乗り出す。ところどころに残る紅葉は、傾いた陽の光を浴びて輝き、周囲から浮かび上がっているように見える。最後の命をいきいきと燃やす様に、思いがけず胸が詰まった。

景色を堪能《たんのう》している友人に遠慮していたのか、しばらく黙って車を進めていたアルベルトが、迷いを滲《にじ》ませた口調で切り出した。

「そういえば、グンメルト神父が、テオがきっかけで君は修道会に入ったって言っていたが本当か」

「ああ、俺が死にかけているところに偶然通りがかってくれてな。テオは、彼を通して聖マリアが君を助けたのだと言っていたが」

「へえ。マリア云々《うんぬん》はともかく、あいつもたまに役立つことはするんだな。で、どのへんだ？」

「何が」

「テオが落ちた場所」

マティアスはぎょっとしてアルベルトを見た。彫刻めいた横顔をぴくりとも動かさず、「せっかく来たんだ、花ぐらい手向けようと思ってさ」と、背後を指さす。

「……ああ、そうだな。半年前のことだから、正確には覚えてないが」

そう前置きした上で、カーブの手前で声をかけた。ひときわ大きなクヌギが目印となっているので、おそらくここで合っている。アルベルトは慎重にカーブを曲がった後で車を止め、ドアを開いた。

「急カーブと聞いていたが、全く急じゃないぞ。何をどうすればこんなとこから落ちるんだ」

続いてマティアスも、花束をもって車を降りる。残光を浴びた木々の葉は、元来もつ色合いをやわらかく鈍らせて、静かに眠りにつこうとしていた。ゆるやかな斜面が行き着く先は、ドナウの支流イーザル川である。谷底を照らすには夕陽は弱く、色とりどりの絨緞《じゅうたん》の中、バイエルンの母なる川は暗い色の蛇のようにひっそりと横たわっていた。

「雨が降ってたんだ」

「だが土砂降りってわけじゃないだろ。運転していたのはテオだそうだけど」

「ブルーダー・ゲオルグは運転ができなかったからな」

そうか、と気のない相槌をうち、アルベルトは柵《さく》に近づいた。以前、ここには柵も何もなかった。事故の後、カーブに設置されたが、いかにも貧弱でとても意味があるとは思えない。

アルベルトは柵から身を乗り出すように下を見下ろし、マティアスをはらはらさせた。

「おい、あまり近づくな。危ないぞ」

「大丈夫だ。ここから落ちたのか。テオも山が好きだったから、ここで死んだのなら悪くないかもしれない」

「ここも悪くはないが、テオはもう主の御許《みもと》にいるだろうから安心しろよ」

「それはどうかな」

「何？」

「公爵夫人がテオはゲオルグに殺されたと主張していたぞ」

アルベルトは笑っていたが、声には明らかに棘《とげ》がまじっていた。

「知ってるだろ、彼女の世界と現実は全く異なるものだ」

「でも妄想にはたいてい何らかの根拠はあるんだろう？　テオがヴァチカンに行くのを知っていたから、半年も姿を見せないのはヴァチカンにいるのでって話になった。公爵夫人がゲオルグが怪しいというなら、それなりの理由があるんじゃないか」

「全ての妄想に根拠があるわけじゃない。そもそもゲオルグが神父を殺すはずがないだろ。あれは事故だ。それに運転していたのは君の兄貴のほうだぞ。警察だって、現場の状況から事件性はないと判断したんだ」

「現場といったって、ぬかるんだ道にスリップした跡があっただけだろう。谷底の車は原型を止《とど》めてなかったと聞いているし、工作があったとしても全てぺしゃんこじゃなにもわからない」

「殺されていてほしいと言わんばかりだな」

横目で睨《にら》みつけると、アルベルトは肩をすくめた。

「事故であってほしいとは思うよ。だがいざここに立ってみると、偶然滑り落ちるのは難しいと思わないか？　当時はこの柵はなかったようだが、多少滑ったところで落ちるような幅ではないと思わないか」

「すぐに落ちそうなところだったら、もともと柵を設置していたんじゃないか」

「それはそうだ。でもやはり違和感がある。事件性がいっさい顧みられなかったのはおかしい」

アルベルトは体ごとマティアスに向き直った。青い視線が容赦なく注がれる。マティアスは負けじと睨み返した。

「警察がそうではないと判断したんだ。事故だ」

「命の恩人を盲信したい気持ちは理解するが、この事故にまつわる噂ぐらいは耳に届いているだろう？」

彼は運転席に投げ出された鞄《かばん》を手にとり、中から雑誌を差しだす。悪趣味な表紙を見てすぐにそれとわかる三流誌だ。マティアスは眉を顰《ひそ》め、目を背けた。

「見ろよ」

「君がそういうものを読むとは意外だ」

「普段は手にも取らないけどね。いいから見てくれよ。まあどんなことが書いてあるかはわかっているようだけど」

しぶしぶ目を戻すと、開かれた誌面に、おどろおどろしい文字が躍っていた。

『心中か、殺害か？ ソドムの園・修道院の悪習がもたらした悲劇』

『美しき神父の獣の本性。過去の被害者たちの証言』

大きな見出しを見ただけで気分が悪くなる。

「まさかこんなくだらん記事を鵜呑《うの》みにしたわけじゃないだろうな」

マティアスは雑誌を押しやり、ビュイックに寄りかかった。無性に煙草が吸いたい。

「鵜呑みにするものか。だが火のないところに煙はたたない」

「火のないところに煙をたてるのが連中の得意技だ。取材もしていないことを、見てきたように書く」

「つまり事実無根だと？」

「当たり前だ。テオは素晴らしい司祭だった。ゲオルグ修道士のことを心配して面倒を見ていたが、ここに書かれているような関係じゃない」

「人格の高潔さと下半身の事情はまた違うさ」

あけすけな物言いにマティアスはかっとした。

「なんてことを。おまえ、弟だろうが！」

「弟だからよくわかってるんだよ。テオのおかげで、僕たちがどれだけ苦労したと思ってる？」

アルベルトの半生は、四歳上の兄テオドールに翻弄されたと言っても過言ではない。

ラーセン家の長男は、幼少期は神童と称えられ両親の自慢の種だったそうだが、思春期を迎えたころから一気に堕落していったという。堕落、と吐き捨てた時のアルベルトの憎々しげな顔は、今もマティアスの脳裏に刻まれている。

フォイエルバッハ、そしてマルクスに傾倒したテオドールは教会を全否定し、十代後半から共産党系列の学生団体に出入りし始め、典型的な「よき市民」であった両親と、その周囲の市民的偽善を激烈に批判し始めた。自慢の息子の豹変《ひょうへん》に夫妻は驚き惑い、敬虔なカトリック信徒である夫人は思い悩むあまり悪魔祓《エクソシスト》いまで依頼したという。

家には毎日のように父親の罵声《ばせい》と長男の怒号、母親の泣き声が響いた。父はテオドールに見切りをつけ、ラーセン家の未来を「まだ汚染されていない」次男に託した。万が一にも兄から悪い影響を受けさせぬよう、古い知己である教育界の新星クルト・ハーンの全寮制学校へと送りこんだのだった。ハーンの田園教育は一見したところは時代遅れだが、学校の創立理念は「市民をつくる」というものだった。目指すものは、前時代的な――たとえばニーチェが忌《い》み嫌ったような、思考することなくただ常識やルールに従うことを是とした凡庸な民ではなく、真実を判断し、正しいと思ったことを迷わず行動に移すことのできる、真に独立した自由意志をもつ市民の養成である。リーダーを育《はぐく》むべく組まれたカリキュラムは生徒の自主性を重んじるものであり、また肉体の鍛錬やスポーツにも重点が置かれていた。

キリスト教徒にふさわしい道徳心を備えた公明正大な紳士、勇敢なリーダー。かつてテオドールに望まれたものをそっくり背負って、アルベルトはザーレムに送りこまれてきたのだった。出会った当初、妙に頑《かたく》なで人を見下した印象があったのは、そのあたりに理由があるのだろう。親しくなってみれば、アルベルト・ラーセンは、生真《き ま》面目《じ め》で心やさしい少年だったのだから。

アルベルトが楽園を去らねばならなくなった理由もまた、テオドールに起因していた。

八年生のクリスマス休暇が間近に迫ったころ、学校にラーセン夫人の訃報が届いた。突然の母の死にアルベルトは深く悲しみ、生徒や教師たちの心からの弔いと慰めを背に故郷へと向かったが、休暇明けに戻ってきた時には別人のように面変《おもが》わりしていた。みずみずしかった頬は丸みを失い、晴れ渡った空を映す湖のようだった双眸《そうぼう》は、長い冬に閉ざされた北海に姿を変えていた。

ハーン校長から突然、アルベルトが九年生のクラスに編入されることが発表された時には、誰もが耳を疑った。もともと成績は飛び抜けてよく、上級生の授業にも難なくついていける学力を有していたとはいえ、飛び級の話は休暇前は一言もなかったはずなのだ。誰もが理由を訊《き》きたがったが、校長もアルベルト本人も決して口を割らなかった。以来アルベルトは、余暇の時間も全て勉強に充《あ》て、マティアスらと出歩くことはなくなった。副主将をつとめているホッケー部の練習は真面目に参加していたが、時間が来ればさっさと引き上げ、チームメイトたちと馬鹿遊びをすることもなくなった。

友と過ごす時間など無駄だと言わんばかりに、ただひたすらアビトゥーア（大学入学資格試験）の高位通過を狙《ねら》って勉学に打ち込む姿は、出会って間もないころの頑なな姿を思い起こさせ、マティアスはいたく気を揉《も》んだ。なにしろアルベルトは、議論などではうんざりするほど弁舌が立つくせに、自分のことになると途端に口が重くなる。このザーレムに入学するに至った経緯を知ったのも、親しくなってから一年近く経過してからだった。

「いったい何があったんだ？　あと一年でお先に卒業なんて、あんまりじゃないか。君がいなかったらホッケーのチームが回らないだろ。考えなおしてくれよ」

冗談めかしてどうにか真意を探ろうとしたが、「エースの君がいれば問題ないだろう」と一蹴《いっしゅう》された。それでもマティアスは食い下がった。

「そんな言い方はないだろう。俺たちはみな心配しているし、君を失うことが寂しいんだ。よほどの事情があることは推察できるし、助けられるなんてうぬぼれちゃいないが、君の気持ちに寄り添うことぐらいはできるかもしれない。話してみてはくれないか」

アルベルトの目はわずかに揺らいだが、結局は黙って首を振った。もともと頑固な男だが、今回は重症だった。

しかし、彼がいかに口を閉ざそうとも、そのころには彼の母が自殺したこと、その原因が兄の醜聞にあったことが生徒たちの耳にも入るようになっていた。

自分に向けられる目の色が微妙に変わったことを敏感に察したアルベルトは、ますます心を閉ざした。関わろうとしては冷たく拒絶されたマティアスは、ある日アルベルトにひどく侮辱的な言葉を投げつけられたために再び決闘を申し込んだ。

今度は、マティアスの圧勝だった。アルベルトはまさか全く歯が立たないとは思っていなかったらしく、鼻血まみれの顔で茫然《ぼうぜん》と座りこんでおり、手を貸さなければ立つことすらできなかった。校長にやりすぎだと叱《しか》られたマティアスは、和解のための小旅行を申し出た。ハーンはあっさりと許可を出した。マティアスのとった方法はだいぶ乱暴だったが、アルベルトには効果的であると知っていたのだろう。抵抗するかと思われた当人も、諦《あきら》めた様子で了承した。

顔から青痣《あおあざ》が消えたころ、二人は一泊二日の自転車旅行に出かけた。

春先の風はまだ冷たかったが、若草萌《も》える丘を走るのはじつに爽快《そうかい》だった。学校を離れ、三つ目の丘を越え、中世に建てられたという城塞《じょうさい》の上に登ったころには、アルベルトの顔からは久しぶりに影が消えていた。

そして城塞の近くにキャンプを張り、火を囲んでコーヒーを飲んでいたころ、ようやく重い口を開いたのだった。

「母は、自殺だった」

耳を澄ませていなければ風にさらわれてしまいそうな声で、アルベルトは言った。その目は、頭上に輝く満天の星を見上げていた。

「いや、兄と父が殺したようなものなんだ。君の耳にも噂《うわさ》は届いているだろうが……」

決してマティアスを見ないまま、彼は淡々と語り出した。

彼がザーレムに来るきっかけとなったラーセン家の長男は、反逆を始めてから同性愛的嗜好《しこう》を隠さなくなっていた。そして、二十一歳のころに大きな醜聞を引き起こした。あろうことか恋人と名指しされた男は両親が支持する中央党の有力者で、このスキャンダルは民族主義団体が発行する新聞によってすっぱ抜かれた。くだんの相手は、これは共産党の陰謀で自分ははめられたのだと涙ながらに語り、党も全力で彼を擁護した。ラーセン一家は完全に立場を失った。父親は、大学教授の座こそ奪われはしなかったものの学閥からは弾《はじ》かれ、その怒りは理不尽にも妻へと向けられ、夫と絶望を共有することすら許されなかったラーセン夫人は自ら命を絶ったのだった。

語るうちにアルベルトの顔は朱に染まり、口調も激しさを増していく。彼は決して消えぬ炎を身の内に抱えていた。母を失った悲しみよりも、好き勝手に振る舞い家族を崩壊させた兄と、妻に全ての責任を負わせた父に憤《いきどお》っていた。

「だが、なにより腹立たしいのは、自分自身に対してだ。僕は何も知らなかった。母さんがそこまで追い詰められていたことに、ここに至るまで気づきもしなかった」

色を失った唇を震わせる友を見るのは、マティアスにとっても辛《つら》かった。まだ経験したことのない圧倒的な悲劇を前にして、彼もまた途方にくれた。

「それは仕方がないだろう。君はここにいたんだ。お母さんからの手紙にだって、そんなことは、何ひとつ書かれていなかっただろう」

「母が、僕を不安にさせるようなことを書くはずがない。そんなことは知っていたはずなのに、僕は何も問題がないと思い込んでいた。いや、正確に言おう。本当は、どこかで気づいていたんだ。この家はもう駄目だと。でも、わからないふりをしていたんだよ。そして母を殺してしまった」

「自分を責めるな。誓って君のせいじゃない。ここで過ごしてほしいと願ったのは、他ならぬ君の親だろう」

「ああ、親だ。ただし、母ではなく父が。母は、僕が家から遠く離れることを寂しがっていたよ。離れてはいけなかったんだ。だから僕は、退学を望んだ」

マティアスはぎょっとした。

「なぜそうなる」

「ここは素晴しい学校だが、いかんせん金がかかる。これ以上、奴《やつ》の世話になりたくない。もっとも、校長に相談したら叱責《しっせき》を受けたがね。あと半年ここに残って、死にものぐるいでアビトゥーアをとったらどうかと提案された。どうせ八年次の学費はすでに払い込まれているし、今やめるも半年残るも同じだからと」

「校長にこれほど感謝したことはないよ。だが、それほど生き急ぐのは、君自身も父や兄の犠牲になっているということじゃないか。君もザーレムを愛しているだろう。なら、本来与えられた時間を全うしてからだって――」

「ここでの日々をこの上なく愛しているからこそだよ、マティアス」

アルベルトはまっすぐマティアスの目を見て言った。

「もう安全な避難所にいるわけにはいかない。戦わなくてはならないんだ。たしかにあと一年ここで過ごすのは、僕にとって最も幸せな選択だ。だがマティ、事実を判断し、正しいと思ったことは迷わず行動に移すことのできる人間――今こそ、この教えを実践すべき時だと僕は思う。そのためにこそ、幸福なザーレムで過ごすことを許されてきたのだから」

そう言い切ったアルベルトの表情はよく覚えている。あの時マティアスは、友人がすでに旅路を終えてしまったことを悟った。

完璧《かんぺき》であることをおのれに課し、その厳しさによって人を遠ざけてもいたこの不器用で繊細な友人は、人生で最も豊かで輝かしい、少年時代という名の序章の幕を下ろしてしまった。

あれから七年の歳月が流れ、アルベルトは再び目の前に存在する。自信に満ちた、人生の成功者として。容赦なく断罪する王のように、兄が消えたイーザル川を睥睨《へいげい》しているのだった。

「君にとってテオは悪魔に等しい仇敵《きゅうてき》だったということは、理解している。許せないのは無理ないと思うが、これは不幸な事故なんだ」

マティアスの声は、尻《しり》すぼみになって消えた。どんな闘争《カンプフ》があったかはわからない。確かなのは、アルベルトは勝ったということ。だがそれまでの道のりは決して平坦ではなかったに違いない。

少年時代ならば、君の気持ちはわかるよ、と肩を抱くこともできただろう。実際、当時のマティアスは、君の兄貴はなんと身勝手な男なんだと憤慨していた。しかし今は、テオドールという人物を知っている。彼が、過去の罪をどれほど悔い、どんなに他人のために自らを捧《ささ》げてきたかを、身をもって知っている。だがそれを、アルベルトにどう伝えていいかわからない。

「なにも昔のように恨んでいるわけじゃないさ。まあ、あれだけ一家をかき回しておきながら、過去にさんざん罵《ののし》った教会に逃げこんだ挙げ句、ご立派な神父様になられていたとはどんな喜劇なのだと思うが、修道院の門を叩《たた》いたということは俗世の家族とは完全に縁を切ったということだ。もう二度と我々が迷惑を被《こうむ》ることはないという証《あかし》だったから、歓迎したよ。なのに、最後の最後でこれとは、やってくれる」

いまいましげに雑誌を左右に振ると、アルベルトはそれを谷底に放り込む。他人の不幸を願う大衆の好奇心と妄想をぱんぱんに閉じ込めた雑誌は、あっというまに豆粒となり、川に吸い込まれていった。

「せめて一人で落ちてくれればいいものを、若い修道士と一緒ときた。どこまで恥をかかせてくれるんだ。おかげで親父《おやじ》は一気に老《ふ》け込んだ」

口調の冷たさに、マティアスは花束を渡そうとしていた手を止めた。百合の香りがひときわ強く立ちのぼる。

「昔はどうあれ、テオは立派な修道司祭だった。たしかに君たちは苦しんだかもしれない、だがテオはそれ以上に苦しんだんだ。過《あやま》ちを犯さぬ人間はいない。何人《なんぴと》も傷つけずに生涯を全うできる人間もいない。少なくともテオは、罪を自覚し、二度と繰り返さないと誓いを立て、主の愛のもと市井《しせい》の人々に奉仕をする道を選んだ」

「真に迫っているな。自分もそうだったから擁護に力が入るってところか」

マティアスの顔がさっと強《こわ》ばったのを見ると、アルベルトは髪をぐしゃぐしゃにかき混ぜ、頭をふった。

「許せ、今のは失言だった」

マティアスから外した視線を、彼は谷底へと向けた。

日没が近い。傾いた日が大きく膨れあがり、その縁が、正面の山並みにかかろうとしていた。低い場所から放たれる陽光にマティアスは目を細めた。

「もちろん、下衆《げす》な噂だ。わかっている。事実無根なら頭から否定して、父を安心させてやりたい。だが、もし事実ならば――」

アルベルトはいったん言葉を切り、手をかたく握りしめる。

「――事実ならば受け入れねばならない。いずれにせよ、僕らにできることはそれだけだ。相手は死んでいるのだから。だからこそ、どっちつかずは駄目なんだ。僕らは真実を受け入れることで、ようやく区切りをつけて前進できる。ミュンヘンに来てみて、ラーセン神父の知己だという人間に何人か会ったが、みな兄を賛美していた。誰もが、神父となるべく生まれてきたような人物だったと語った。正直、複雑な思いもあったよ。だが、喜びのほうが勝《まさ》った。やはりあれは低俗な噂だったんだ、兄は立派に更生して、ただ不幸な事故により命を落としただけなのだ。出だしは上々だったんだ。思えば僕は、真実を知らねばと言いながら、都合のいい答えだけを探していたんだろう」

寂しげに笑い、アルベルトはマティアスを見た。

「その後、いささか不愉快なことがあってね、結局テオへの怒りが抑えられなくなった。マティアス、君は正しい。僕の怒りに同調してくれないからといって君を攻撃するのは、あまりに幼稚だった。すまない」

アルベルトの気持ちは痛いほどわかる。一度貼《は》られたレッテルを引き剝《は》がすのは容易なことではない。そのせいでマティアスの家族は全て喪《うしな》われてしまった。

目の前の旧友は、故郷から離れたハイデルベルク大学を選び、さらに遠いベルリンに職を得た。それなのにこんな形で過去が追いかけてくる。今が順調であればあるほど、苛立《いらだ》ちは募るだろう。

「君の気持ちはわかるよ、アルベルト。だが、不愉快なことというのは何だ？　テオを貶《おとし》めるようなことを言った輩《やから》がいるのか」

「いや、そうじゃない。どこで聞いても彼の評判はよかった。まあ、死者のことを遺族に悪く言う者はいまいがね。ゲオルグ修道士については、皆よく知らないと言葉を濁すんだ。テオは一昨年、今の修道院に来たが、ゲオルグはその前からいたはずだろう。知らないはずはないと思うんだ。それと、修道院の対応が少し気になってね」

そういえばさきほど、明らかに歓迎されていなかったと零《こぼ》していた。

「ブルーダー・ゲオルグは人と話すのが苦手なんだ。外の人間と目を合わすだけでパニックに陥る。彼らにも話しようがないだろう。修道院の対応が気になるというのは、何か皮肉でも言われたからか？」

「いや、テオについては親切に話してくれたんだ。ただ、僕が名乗ってから、ずいぶん待たされた。いきなり顔を出したから仕方がないと思っていたんだが、どうもその間に勤務先と州弁護士連盟本部に確認していたらしくてね。修道院を出た後、ボスに電話したら、『坊主《ぼうず》がお前のことを事細かに訊《き》いてきたが何かしたのか』と怒られた」

「つまり院長は、君が本当にそこに勤めているのかどうか確かめたってことか?」

「そもそも、ベトケ法律事務所が実在するのか、からね。なんだってこんなことをするのかと思ったよ。誓って他意はなかったんだが、生前テオとゲオルグは親しかったのかと訊いたら、院長の態度が露骨に変わって、慇懃《いんぎん》に追い出された。諸手《もろて》をあげて歓迎してくれとは言わないが、さすがに気分はよくない」

話しているうちに怒りが甦《よみがえ》ってきたのか、端正な顔がはっきりと歪《ゆが》んだ。ベールンゼン院長とアルベルトが相対している場面の空気がありありと思い浮かんで、マティアスはため息をついた。

「この半年、修道院も大変でな。ぴりぴりしているんだ。許してやってほしい」

「そこに三流紙の記者が押しかけたわけだな」

「そういう輩はまだいい。院長が一喝して追い返すから。だが、簡単に追い返せない連中もいる」

アルベルトの顔が曇った。

「秘密警察《ゲシュタポ》か」

「ついこの間までは、連中は共産党員やらユダヤ人やらを追いかけていたが、最近の流行は聖職者の調査みたいでな」

「ああ……道徳裁判か」

アルベルトはため息をついた。

道徳裁判、別名聖職者裁判。

ここ数ヶ月で、聖職者による性犯罪の摘発数が爆発的に増えている。実際に罪を犯した者も含まれているのだろうが、裁判のほとんどがナチ党のバッジをつけた検察官と弁護士、そして裁判官のもとで行われている時点で、意図は一目瞭然《りょうぜん》だ。起訴されれば有罪率はほぼ百パーセントで、判決後は強制収容所行きが待っている。先月には、ある者の有罪から芋づる式に修道院内の悪行が発覚――あるいは捏造《ねつぞう》され、バンベルク近くの修道院がひとつ潰《つぶ》されるに至り、バイエルン・カトリック界に激震が走った。

「そういうことだ。そのつど院長が追い返していたが、修道士たちが奉仕に出る時間を狙《ねら》って、若いのに近づき、とにかく有利な証言をとろうと躍起になっている」

「君もつけ回されたのか?」

「俺は退院したばかりで事情は知らないと言ったら、すぐ解放された。連中も志願者の素姓までは気にしなかったんだろう。助かったよ」

テオとゲオルグの間に不適切な関係があり、痴情のもつれの末に死んだという三文芝居に仕立て上げたいゲシュタポの追及はしつこかった。祈りと静寂の中にあるはずの修道院に院長の怒声が響き渡ることも珍しくなかった。

バイエルン・カトリック界にあって「闘犬」とあだ名をつけられている修道院長のベールンゼンは、非常に短気で、かつ大の共産党嫌い、ナチ嫌いということで知られている。極左と極右は、共にカトリックの敵だからだ。十年ほど前までは、街なかで共産党員やナチ党員、義勇軍《フライコール》たちとかち合えば、たいてい喧嘩《けんか》を起こしたという生粋の武闘派だ。さすがに上から怒られて、拳《こぶし》に頼ることはやめたようだが、ナチスが政権をとってからもミサの説教などで激烈な政治批判をぶったため、SA《エスアー》（突撃隊）の襲撃を受けることもしばしばあったという。

三年前にナチスとヴァチカンが政教条約《コンコルダート》を結んで和解してからは、おとなしくしているものの、やはりナチスは生理的に嫌いらしく、ゲシュタポが現れると雷のような怒声を浴びせる。修道士たちは兄弟の死を悼むよりも、いつあの罵声が響くかという恐怖を募らせていった。

ベールンゼン院長は、ゲシュタポだけではなく、外部の人間に何を訊かれても全て知らぬ存ぜぬで通すよう厳命した。それどころか、修道士たちが二人について語ることすら禁じた。主の側《そば》に呼び寄せられた二人について、事実とは異なる憶測を巡らせることは意味がないどころか罪にあたる、ただ二人の魂が安らかであるよう祈るに留《とど》めよと、きつく言いつけた。おかげで、院内でテオとゲオルグの名を発するのは禁忌となってしまった。

修道士たちの気持ちは、要約すれば「放っておいてくれ」。これに尽きる。

「なるほど。それは同情するが、つまり僕もゲシュタポの一員と疑われたってことか」

苦笑したアルベルトに、マティアスは慌《あわ》てて言った。

「いや、最初に確認した時点で疑いは晴れただろうよ。そもそも弟を疑うなんてどうかしている。院長も、いつもはそこまで厳しくはしないんだが、今は修道院を守ろうと必死なんだ」

「ああ、中傷の辛《つら》さは僕も身にしみている。考えが至らなくて、申し訳なかった。でもやはり来てよかったよ。思いがけず君に会えた」

アルベルトはおもむろにマティアスに向かって手を差しのべた。一瞬ためらった後、花束を渡す。アルベルトはすぐに大きく腕を振り、谷底へ向けて放った。甘い薫香《くんこう》が強く香ったのは一瞬で、白と紫の花はあっというまに視界から消えた。

「きっと、兄が引き合わせてくれたんだろう。もし僕一人で訪れていたら、おそらくここで彼に恨み言を言うしかできなかっただろうから。それでは何も変わらない」

もう見えなくなった花束を目で追い、アルベルトはつぶやいた。

「テオを許せたか？」

「どうかな。まだ何もわかっていないんだ」

「であれば、客観的な事実を真実と受け入れるのが無難じゃないか」

アルベルトはしばらくじっと地の底を見ていた。

「帰ろう。時間をとらせて悪かった、マティアス。修道院まで飛ばすよ」

「安全運転で頼む。そうすれば舌を嚙《か》まずにテオのことを話せると思うからね」

顔を見合わせて笑う。ようやく記憶の面影にかさなる表情を見いだすことができて、マティアスはほっとした。

修道院に帰り着いたのは、晩課（夕べの祈り）の直前だった。

アルベルトが途中で道に迷ったために最後は飛ばしに飛ばし、予定では修道院より少し離れた場所でおろしてもらうはずが、門に直接つけてもらうことになった。

「今日はありがとう。君が修道士でなければ、ビアホールにつれていくのに残念だ」

車から降りたマティアスに、アルベルトは開けた窓から右手を差しだした。

「少しでも役に立てたのならいいんだが」

「ああ、おかげでテオのことが少し理解できた気がするよ。親父にも話していいかい」

笑う顔からは、最初に会った時のようなよそよそしさは消えている。車内の会話は一時間にも満たなかったが、二人の間には長年共に過ごしたような気安さが醸成されていた。

「もちろん。君たちとテオが、いつか必ず和解できると信じているよ」

マティアスは、差し出された旧友の手を握った。

「僕は明日ベルリンに帰るが、いつでも連絡してくれ。また会おう」

明るく笑い、アルベルトは車で去って行った。最後に軽く右手を振った際に、薬指のあたりにちかりと細い光が瞬《またた》いた。握手をした時にもかたい感触があった。

どこから見ても隙《すき》のない、幸せな人生を突き進んでいる。テオが知っていれば、心から喜んだことだろう。人生の王道と呼ぶにふさわしい道を歩む弟を素直に祝福したにちがいなかった。

＊

呼び出しを受けたのは、夕食の片付けのさなかだった。

「マティアス、ベールンゼン院長がお呼びです」

食堂で声をかけてきたのは、志願者の指導にあたっていた修道士で、その顔にははっきりと気の毒そうな表情が浮かんでいた。

同情の視線が自分に注がれるのを痛いほど感じつつ、マティアスは食堂を後にした。

修道院では、病室以外は暖房を使わないので、夜の廊下は凍えるほど寒い。靴音をたてぬよう修道士たちと同じサンダルを履いていたので、空気の冷たさがいっそう身にしみた。室内だけではなく、真冬もこのまま平気で戸外を歩き回る彼らの神経が、いまだに信じられない。

静まりかえった夜の修道院ではサンダルの間抜けな足音すら大きく響く。反響のせいで、すぐ後ろを誰かがついてくるような錯覚に囚《とら》われ、マティアスは急いで廊下を進んだ。このまま永遠に院長室に着かなければいいのにと願ったが、あっさりと目的地に着いてしまい、樫《かし》の扉を叩《たた》く前に、何度も深呼吸をしなければならなかった。

「マティアスか?」

扉ごしだというのに、低い院長の声が胸に突き刺さった。

「はい」

「入りなさい」

静かに扉を開く。院長室といっても、他の修道士の房より少し広いぐらいで、中には大きな机と書棚があるだけだ。この部屋に重々しい緊張感と威厳を付与しているのは、机の向こうで忙しくペンを走らせている男である。

ベールンゼン神父は、七十に手が届こうという年齢だったが、すっと伸びた背筋と厚みのある胸板は年齢を感じさせない。革サンダルを履いただけの素足は逞《たくま》しく大きく、砂漠でもどこでも平然と駆けていきそうだった。

かつてナチス最大の暴力装置だったSAと何度もやりあったというだけあって、顔にはいくつか傷痕《きずあと》があり、いっそう彼を猛々《たけだけ》しく見せていた。彼の顔を見るたび、褐色の僧衣の下にある無数の傷痕を、想像せずにはいられない。

「なぜ呼ばれたかわかるかね」

開口一番、ベールンゼンは言った。書き物をする手は止めず、目はまだ卓上の便箋《びんせん》に据えられたままだった。

「はい。規則を破り、労働奉仕とは無関係の人間と接触しました」

「アルベルト・ラーセンが、我々のもとを訪れた後、あちらに行くとは考えなかった私も不覚だったがな。何について話した？」

「昔のことを」

「テオの件は？」

「それも、少し」

「外の人間に話すことは禁じたはずだ」

「申し訳ありません。ですが、彼は模範的な神父であったと話しただけで……」

「言い訳は聞かぬ」

ようやく院長は手を止め、マティアスを見た。

机ごしに放たれる眼光は鋭く、マティアスは背筋を冷たいものが伝うのを感じた。今までに、殺気を撒《ま》き散らすろくでなしを大勢見てきたが、そのいずれもが、この「闘犬」には敵《かな》わないだろう。僧衣をまとった巨体が、シュヴァービングをのしのしと歩いたなら、それだけで悪徳という悪徳が逃げ出しそうだった。

「マティアス、私は命じたはずだ。いっさい話してはならぬと。相手がどんなに親しい友人であろうと、たとえ家族であろうとも。アルベルト・ラーセンがここに現れた際には私が直接対応し、他の者にはいっさい口を開かせなかった。なぜそこまでするのか、もう一度告げねば理解できないか？」

マティアスは口を引き結び、体の横に垂らした両手を握りしめた。

「ゲシュタポどもは、一の言葉から百の嘘《うそ》をつくりあげる技に長けているのだ。道徳裁判で使われた修道士や信徒たちの証言の多くは、明らかに自発的なそれではない。巧みに誘導され脚色されたものだ。ただの兄弟の抱擁が、神の愛に基づく発言が、全て性的なものへと変換される」

ゲシュタポはある日突然、目当ての修道院や施設に押しかけ、若い修道士や見習いたち、学童などを片っ端から尋問しては、性犯罪者として裁判所に送りこむ。世慣れぬ青少年たちは、その脅迫的な尋問に怯《おび》えるあまり、思考力を奪われ、相手の望む通りの言葉を与えてしまいがちだった。彼らの若者らしい自意識過剰、性衝動の誘惑への葛藤《かっとう》は、ゲシュタポの手によっていくらでも「坊主による邪悪な誘惑」へと姿を変えられてゆく。

「院長は、彼がゲシュタポの一員だと思われているのですか」

「悪魔は我々を誘惑するために変化《へんげ》する。脅迫に屈しなければ、懐柔に出るのが常道だ。我々の心を試すのに最もふさわしい姿を、悪魔は熟知しておるのだ。実際、テオとそっくりな姿を見て、マティアス、君は動揺しただろう」

「はい驚きました。ですが、彼の素姓は確認されたのでしょう」

「経歴は問題ない。だが、彼は兄の葬儀に姿も見せなかったではないか。父親のラーセン氏によれば、ここ数年家族ともほとんど連絡をとっていなかったらしい。それがなぜ今になって？」

「没交渉ゆえ訃報《ふほう》が届くのが遅れたのです。家族とはいつか和解ができるでしょう。そのための一歩を踏み出したところなのです」

「友を信じる心は大切だ。だがゲシュタポは、そういう心情にこそつけこんでくるのだよ。偽装も年々巧みになっている。用心にこしたことはない」

ベールンゼンは噛《か》んで含めるように言った。マティアスの苛立ちは募る。院長は恐ろしいが、旧友にあらぬ疑念をかけられるのは我慢がならなかった。

「お言葉ですが、ご懸念《けねん》は無用です。彼は、私と同じザーレム校の出身者です」

「それがなんの根拠になる？」

「ハーン校長はヒトラーに反旗を翻《ひるがえ》し、投獄されました。現在はエディンバラ公のご尽力によってイギリスに亡命しておりますが、校長は自らの命を賭《と》して、我々に意志を示されたのです」

マティアスは、いつもならば恐れて見ることのできない院長の灰色の目をまっすぐ見つめて告げた。

クルト・ハーンがバーデン公の援助のもとザーレム校を創立したきっかけは、「現在の文明は疫病《えきびょう》であり、多くの場合、若者が発達する前に本来持っている力を弱体化させているが、文明に対して強くならなければならない」と主張していたためだ。自然への回帰や団体生活における経験の重視、母国への愛着などの点から、同じく既存文明を否定し激烈な国粋主義に走るナチスには理想的に見えたらしい。ヒトラーは当初ザーレム校の教育を賞賛し、ハーンにドイツ全土の再教育を任せようとさえしたという。

しかしハーンは、この誘いを敢然と撥《は》ねのけた。

ザーレム校の生徒は、自由で勇敢な実行型市民となるべく教育された。彼らは社会のエリートとして人々を支え、時には導く存在ともなりうるが、それはあくまで民主主義と議会のもとで行われるべきであり、祖国や大地への愛情は、隣人愛の精神の延長としてごく自然に発生するものだ。

ナチスはそうではない。彼らはただそれら全てをヒトラーへの信仰の手段としているのだ。総統以外の全ての権威を否定し、あらゆる批判を封殺し、大衆を暗愚な集団に貶《おとし》めるだけである。

「ナチスにつくか、母校たるザーレムにつくか。全卒業生は態度を決めよ」

ハーンは、ドイツ中に散っている卒業生に宣言した。

マティアスはすでに大学を辞め、身を堕《お》としてはいたが、校長の回状は深く心に響いた。この素晴らしい教育者のもとで青春を過ごすことができたのだという喜びを噛みしめたが、それだけに我が身の現状が恥ずかしかった。

「私のように堕落した人間でも、ナチスに与《くみ》するなどありえませんでした。ましてアルベルト・ラーセンは優秀な生徒で、自由市民としての自覚を備えておりました。彼が校長を裏切るはずがありません」

熱心に友人を擁護するマティアスを、ベールンゼンは苦虫を噛みつぶしたような顔で見た。

「ヘル・ハーンの件はよく知っている。素晴らしい信念をもつ教育者だ。だがその薫陶を受けた人間がみな同じ信念と勇気をもてるかと言えば、また別の話だ。君が友人と母校を愛し信頼するその姿勢は素晴らしいと思うがね。美徳に警戒の鎧《よろい》をまとわせねばならない時代なのだ。アルベルト・ラーセンは充分に警戒すべき人物だと私は判断した」

「まさか」

「まさか、などと奴《やつ》らに対しては思わぬほうがいい！」

ベールンゼンは、勢いよく机を叩いた。厚みのある巨大な手が生み出す音は凄《すさ》まじく、マティアスは身を竦《すく》ませた。

「奴らは、一度敵と見なしたものには実に狡猾《こうかつ》に執念深く迫ってゆく。手段なんぞ選ぶものか。政権をとってからしばらくおとなしくしていたせいで、鳥頭の大司教どもはすっかり忘れていたようだがな、『わが闘争』にはっきりと、教会は滅ぼすべしと書いてある。実際奴らは本気で我々を潰しにかかっていた。コンコルダートなど、一時しのぎの方便にすぎん。わかりきっていたことなのに、目の前の餌《えさ》に釣られてまんまと騙《だま》されおって。おかげでこのざまだ！」

そもそもナチス黎明《れいめい》期において、カトリックは主な敵のひとつと見なされていた。その誕生の瞬間から、領邦国家の庇《ひ》護《ご》のもとで発展を遂げていったために、国家や民族といった思想と結びつきやすかったプロテスタント諸派とは異なり、カトリックはヴァチカンという総本山を戴《いただ》く世界宗教である。よって、ドイツ民族の再生と団結を謳《うた》うナチスに熱狂的に賛同した一部プロテスタントに比べ、カトリックの態度は冷ややかだった。ＳＡが共産主義者やユダヤ人とならんで司祭たちをも容赦なく攻撃していた事情もあり、ドイツ・カトリック司教団は信徒がナチスに入党することを禁じ、もし入党した場合にはいっさいの秘《ひ》蹟《せき》を受けることもミサに出席することもゆるされないと宣言した。

しかし、カトリック最大の敵はなんといっても無神論を唱える共産党である。共産党を真っ向から攻撃するという点において、ナチスに勝る政党はなかった。

一九三二年七月の選挙でナチスは二百三十議席を獲得して第一党に躍り出たが、共産党もまた八十九議席を獲得し、百三十三議席の社会民主党に迫る一大勢力に成長した。危機感を強めたカトリック系の中央党はヒトラーと手を結び、翌年の一月には連立政権が発足する。

ヒトラーは政権をとるやいなや、カトリック・プロテスタント両教会はドイツ国民の精神を支える屋台骨であり、これからもそれは変わらないと声明を出し、さらに議会でも、教会の地位は保障されるという趣旨の演説をした。

一国の首相が議会で公約したという事実に、教会はそれまでの警戒を緩めてしまい、カトリック司教団はとうとうナチス入党者拒否を撤回する共同教書を発したのだった。

時を同じくして帝国議事堂炎上などの共産党員によるテロが起き、治安維持の名目で政府に立法権を委《ゆだ》ねる全権委任法が採択された。ここでも積極的に票を投じたのは、共産党の徹底排除を狙う中央党だった。

ヴァチカンとのコンコルダートが締結されたのは、そのわずか四ヶ月後のことである。ヒトラーは中央党に属する副首相パーペンを全権代表としてローマに派遣し、それまでヒトラーに不信感をあらわにしていた教皇ピウス十一世を説得させ、「余はヒトラーを気に入った」とまで言わしめた。

「コンコルダートの内容は知っているな、マティアス」

こみあげる怒りを抑えるように、ベールンゼンはことさら低い声で言った。

「ドイツ国内の教会によるいっさいの政治活動を禁じるかわりに、ナチスも国内カトリックの全施設に干渉しないというものであったかと」

「その通りだ。まったく、なんという愚かなことを。中央党は自ら、自身の死刑宣告に署名したようなものだ」

教会の政治活動のいっさいを禁じる。それはすなわち、教会と結びついている中央党の存在も許さないということだ。

共産党を破壊するためにナチスを利用し、用済みとなれば議会から排除すればよいと考えていた中央党幹部たちは、結局は利用された上に用済みとして追い出されてしまったのである。

「ですがそれも、ドイツ国内の信徒の安全を守るため、やむをえない選択だったのではないでしょうか」

マティアスはおそるおそる口にした。彼の父は、中央党の熱心な支持者だった。コンコルダートに関して思うところはないではないが、それまではＳＡによって教会が襲われる事件が頻発していたことを思うと、中央党の政策を非難する気にはなれなかった。

「そこで終われば、な。だが結果はお前の目に映っておる通りだ。政治活動を封じただけでは奴らは満足しない。次々と、理由をつけて弾圧を続けている。私は最初から、奴らはどうあろうと我々を潰すつもりだから戦わねばならぬと主張したのに。見てみろ、こちらがおとなしくしていれば、今度は性犯罪者のレッテル貼《は》りときたものだ！　次はなんだ、詐欺《さぎ》か、殺人罪か？」

ベールンゼンは再び吼《ほ》えた。鼓膜どころか全身が痺《しび》れてしまい、耳を押さえたかったが、マティアスはどうにかこらえた。

とにかく血の気が多いベールンゼンが、ドイツでも有数の規模のフランシスコ会修道院の院長となったのは、三年前。まさにコンコルダート締結の年だった。あまりに政権党に嚙みつくので、院長に据えれば少しは自重するであろうという期待と、彼がミュンヘン大司教ファウルハーバーの従兄弟《いとこ》であることが就任の理由だと言われている。

「いいかねマティアス、おまえたちはナチスの狡猾《こうかつ》さを軽視している。悪魔はじつに巧みなものなのだ。オーバーだと感じるほどの気概をもってせねば、奴らには対抗できん。私はおまえたちを守りたい。神の愛によって結ばれた家族に、その使命を全うさせるのが私の役割なのだ。わかってくれるだろうね？」

「もちろんです、ベールンゼン院長」

「おまえには酷かも知れないが、今後アルベルトとは一切接触をもつべきではない。彼のことは忘れるのだ。君の友も家族も、ここにいるのだから」

「……はい。もとより、再会する気はありませんでした」

ベールンゼンは満足そうに頷《うなず》いた。怒りに染まっていた顔に、慈父の微笑《ほほえ》みが宿る。彼は短気ではあったが、怒りの全ては熱烈な信仰と強固な正義感に由来しており、信念の人と断言できる。暴力には敢然と立ち向かうことから民衆に人気があり、彼を慕って入門する者も多かった。そして兄弟として受け入れた者は、何があっても守ろうと努めていた。修道士たちも皆、この老いてもなおお群れを率いんとするライオンを、畏《おそ》れつつも慕っている。

「彼とはいつか語らう時も来よう。今、おまえの魂に必要なのは、我らとともに神に奉仕し、赦《ゆる》しを乞《こ》うことだ。我々はいつでもおまえの力になる。マティアスよ、ここがおまえの故郷であり、家なのだ」

「はい」

さきほどまでの怒りが嘘のように、院長はマティアスを優しく諭した。最初はこの落差についていけなかったが、これは決して演技ではなく、どちらもベールンゼンという聖職者の本質なのだということを、今のマティアスは理解している。

「テオとゲオルグについて、おまえが苦しむ必要はない。全ては、神の思《おぼ》し召《め》しなのだから」

院長室を後にしたマティアスは、重い足どりで暗い廊下を歩いていた。解放されたというのに、呼び出しを受けた時よりよほど体が重かった。

「ここが故郷、か……」

吐く息が白い。這《は》い上る冷気に両手を擦《こす》り合わせ、マティアスは背中を丸めて歩いた。

ふと、足を止める。目の前の薄暗い壁には、聖フランシスコの油絵が掲げられていた。有名な、小鳥に説教する聖人の図である。

――私たちが雨に濡《ぬ》れそぼち寒さに凍え、空腹に耐えてようやく教会にたどりついた時。

聖フランシスコの説教の一句が頭に浮かんだ。

――門番が、「悪党め、世間を欺《あざむ》き布施《ふせ》を巻きあげるいかさま師ども」と罵《ののし》り扉をあけてくれず、一晩中、雪と雨の中、ひもじさと寒さに震えて立ちつくしたとしたら、そのとき私たちが不平を感じず、門番の仕打ちを神の思し召しと素直に信じて耐えることができたなら、それこそが喜びである。

信徒ならば誰もが知っている。マティアスも幼いころから耳にたこができるほど聞かされた。しかし、命からがら病院に運ばれ、ようやく自分の足で歩けるようになり、テオに導かれてこの絵の前に来た時、雷に打たれたような衝撃を受けた。気がつけばマティアスはその場にくずおれ、号泣していた。

家族が死んだ時も一滴も涙を流さなかった。子供のころから、人前で泣くのは恥だと思っていたし、なにより激変する状況とあまりにも簡単に愛する者たちが失われていく現実に、頭がついていかなかったのだ。これは夢なのだという思いがどこかにあって、現実に向き合えぬまま自分もまた転落していった。

しかし聖フランシスコと相対した時、マティアスは、これは全て現実であると悟った。

聖なるお方が、夢路を歩く迷い子が帰ってくることを、ここで待っていてくださったのだと信じた。この世の全ての者がマティアスを罵り、門戸を閉ざしたとしても、神だけは微笑んで迎えてくださるのだと。

未《いま》だかつて感じたことのない激しい歓喜に震え、また失われた家族への溢《あふ》れんばかりのいとおしさに、ただ涙を流した。あの瞬間、マティアスはたしかに神の愛に包まれていた。悲しみも絶望もなく、ただ偉大な方がともにあられることを、幼子のように素直に信じられた。

震えるばかりで立ち上がれない彼をテオは感極まった様子で抱擁した。

「召命があったのだね。神の愛を知ったのだね、兄弟よ」

マティアスは頷いた。あえぐように口を開き、嗚咽《おえつ》の中からどうにか言葉を絞り出す。

「……すると主は、『わたしの恵みはあなたに充分である。力は弱さの中でこそ充分に発揮されるのだ』と言われました」

するとテオドールは力強く頷き、美しいバリトンで歌うように続けた。

「だから、キリストの力がわたしの内に宿るように、むしろ大いに喜んで自分の弱さを誇りましょう。それゆえ、わたしは弱さ、侮辱、窮乏《きゅうぼう》、迫害、そして行き詰まりの状態にあっても、キリストのために満足しています。なぜなら、わたしは弱いときにこそ強いからです」

『コリントの使徒への手紙二』の一節である。

かつて使徒パウロは、主より素晴らしいまぼろしと啓示を受けた。そのために奢《おご》りかけたパウロに、サタンによって棘《とげ》が与えられる。病苦の激しい痛みにのたうちながら、パウロは必死に、サタンを去らせてくれるよう神に祈った。その返答が、「わたしの恵みはあなたに充分である。力は弱さの中でこそ充分に発揮されるのだ」という言葉である。

おのれの力で何もかも切り開けると信じた者は、自分ではどうにもならぬ絶望の淵《ふち》に至った時、耐えられずに何かを呪《のろ》い出す。他人を呪う。神を呪う。それは、おのれがまったくの無力であると認められないからだ。誠実に努力を重ねてきた者こそ、裏切られたという思いは強くなるだろう。

神の恵みは常にそこにある。常にあるものに、人は注意を払わない。失意に沈んでいる時も、怒りと悲しみに目が眩《くら》んでいればやはり何も見えない。

しかし、おのれの弱さを知り、目を開けば、神がいつもそこにおられたことを知るだろう。

自分は弱くなったのではない、誰かによって弱められたのではない。もともと、どうしようもなく弱い存在である。それを心から受け入れてはじめて、神の愛を知ることができるのだ。

「我々は無力だ。何ももたない。そこから全て始まるのだよ、マティアス。何ももたないが、神は常におそばにいらっしゃる。だからこそ我々は、無力であってもその中で知恵を振り絞り、勇気をもって、どんな困難にも立ち向かうことができるのだ。それを知ることができたとは、なんと幸せなことだろう」

マティアスを祝福し、テオドールは微笑みながら泣き続けた。

共に家族を失った二人は、神の愛のもと、兄弟となった。

「君と私が共に家へと帰るために、主が用意してくださった道なのだ。迷わず帰ってくるといい」

修道院をテオは家と表現した。家。もう自分には関係ないと思っていたもの。

当時の感激を思い出し、マティアスは重い息を吐いた。

喜びを分かち合った兄弟は、もういない。この家にひとり、また遺《のこ》されたのだ。

2　一九三六年十一月

車窓から見える光景は、一月前に比べるとずいぶんと色合いを変えていた。赤や黄に色づいていた葉も今はだいぶ色あせ、冬が間近に迫っていることを知らしめる。いや、ここはもう冬と言っていいだろう。車内だというのに息は白く、顔を近づけすぎるとすぐに窓が曇ってしまう。

マティアスただひとりを乗せたバスはゆっくりと山道を登り、やがて開けた場所に出て停まった。運賃を支払い、地に降りた途端、立ち上る冷気に全身が粟《あわ》立った。

正面に、チロル風の大きなファサードが見える。それは、秋の色に染まり始めた豊かなバイエルンの山林に一見しっくりと馴染《なじ》んでいるようだが、ごく近くまで来て仰ぎ見れば、古さばかりが目立つ。ことに今日は、色づいた葉を輝かせる陽光もなく、霙《みぞれ》まじりの雨に濡れた山々は重い鉛色に沈んでおり、ベルゲン養護施設は廃墟《はいきょ》じみて見えた。

ここに来るのは、一月ぶりだ。

あの日以来、マティアスは罰として外出を禁じられた。労働時間も全て修道院内で過ごさねばならず、労働奉仕に出かけることができなかったのだ。宗派によっては一生外に出られないところもあるそうだし、中だろうと外だろうと働くのは同じだと思っていたが、一歩も外に出られないというのは思ったよりもこたえた。

ベルゲン養護施設には他の修道士が通っていたようだが、先方からの依頼もあり、一ヶ月目にしてようやく訪問が許されたのだった。喜びいさんで訪れたはいいが、ここはこんなに荒《すさ》んだ外観だったかと驚いた。本格的な冬が来る前に、補修を行うべきかもしれない。

中に入ると、薄暗かった。やはり照明は抑えているようだ。清潔に保たれてはいるが、昼なのにこれほど暗く寒いのは頂けない。

「まあ、マティアス！　待っていたわ！」

マティアスに気づいた修道女が、事務室のガラス戸から顔を出して微笑んだ。

「ご無沙汰《ぶさた》しております。今日は一ヶ月分、薪を切り出しますよ」

「そんなことはいいのよ。早く皆に顔を見せに行ってあげてちょうだいな。エマさんなんかあなたを孫だと思っているんですから。患者さんと楽しく過ごしてくれることが、一番ありがたいわ」

「それは喜んで。でも、薪は……」

「ああ、それは先週に、アルベルトが来てやってくれたのよ」

まったく予想していなかった名前が出てきて、マティアスは息を止めた。

「あなたがいつもやってくれていたけど最近来てくれないって話をしたら、自分でよければって申し出てくれたのよ。本当に親切な方ね。さすがラーセン神父様の弟だわ。やっぱり似ているのは顔だけじゃなくて……」

「待ってください、彼がまた来たんですか?」

放っておけば、滔々《とうとう》と語り続けそうだったので、マティアスは慌《あわ》てて口を挟んだ。

「ええ、先週にね。あなたに会えなくて残念がっていたわ。そうよマティアス、あなた駄目じゃないの。忙しいのはわかるけれど、お返事ぐらいは書きなさいな」

「え?」

「アルベルト、手紙を何度か出したと言っていたわよ。でも返事が全然来ないって。あなたは手紙を書くようなタイプじゃなかったからって笑ってたけど、いくら友達同士だからってそういうところは――」

修道女の説教は続いていたが、途中からまるで耳に入らなかった。

手紙なんて受け取っていない。もともと、家族もいない自分に手紙など来ることはなかったからおかしいとも思わなかったが、彼女は「何度か出した」と言った。アルベルトが嘘をつくとは思えないし、そんな必要もない。

「シュヴェスター・クララ」

突然、真剣な表情で距離を詰めてきたマティアスに、修道女は目を丸くした。

「な、何かしら？　あなた、話を……」

「電話を貸してください」

「え？」

「すぐ済みます。失礼します」

返事も待たずに事務室に入り、懐《ふところ》から手帳を取り出した。挟まっていた紙は、アルベルトから貰《もら》ったものだ。受話器を手に取り、紙に記された通りの連絡先を交換手に告げる。しばらく待ったが、返答はない。再度試しても同じだった。

法律事務所なのに肝心な時に電話が繋《つな》がらないのでは意味がないではないか。舌打ちし、受話器を叩きつけると、立ち尽くしているクララ修道女を顧みた。

「シュヴェスター、まことに申し訳ないのですが、お金を貸していただけないでしょうか？」

「お、お金？」

「はい、バス代ぐらいしか持ち合わせがないのです。至急ベルリンに行かねばならなくなりました。片道分だけで結構です、すぐお返ししますので」

修道女は目を白黒させた。

「あなた何言ってるの？　そんなの、私の一存でお貸しすることはできませんよ」

「ならばグンメルト神父に頼みます」

「え、ちょっとマティアス」

慌てて呼び止められたが、かまわなかった。まっすぐ所長室へと向かい、扉を叩く。

「グンメルト神父、いらっしゃいますか。シェルノです。マティアス・シェルノです！」

「マティアス、いけません、ご来客中なんですから！」

クララが息せき切って追いついてきたが、「ならば在室中ってことですね」とマティアスは容赦なく扉を開けた。

ソファに座ったグンメルト神父は、あっけにとられた様子でこちらを見ていた。その向かい側に座った、恰幅《かっぷく》のよい客人も、丸眼鏡の奥の目を同じぐらい丸くしている。

「マティアス、急になんだね」

「突然申し訳ありません。至急ベルリンに行かねばならないのです。交通費を貸して頂けませんか」

「ベルリンだって？」

神父は、客人との話を邪魔された怒りと、それを上回る戸惑いで混乱しているようだった。マティアスにも焦《あせ》りのあまり順序だって説明できるような余裕はなく、結局この場でいちはやく落ち着きを取り戻したのは、まったく無関係な客人だった。

「マティアス？　君、マティアスというのかね？」

「はい。お邪魔して申し訳ありません」

「それはかまわんとも。違っていたら申し訳ないが、ひょっとしてマティアス・シェルノ君ではないか？」

今度はマティアスが目を丸くする番だった。神父の二倍はありそうな横幅をもつ体を包むのは、上質な焦《こ》げ茶の三つ揃《ぞろ》い。肉付きのよい顔は愛嬌《あいきょう》があるが、四十代後半から五十といったところだろう。茶色い髪と髭《ひげ》は几帳面《きちょうめん》に整えられ、ソファの横には上部に象牙《ぞうげ》と銀をあしらった美しい杖《つえ》がある。

「はい。あなたは？」

「ミュンヘンで弁護士をやっているヨーゼフ・ロレンツだ、よろしく」

聞き覚えのある名だった。急いで記憶を探り、アルベルトとの会話の中にその名があったことを思い出す。

「テオの友人の？」

「そう、そうとも。テオもよく君の話をしていたよ。聖マリアの特別の加護をもつ、素晴らしい若者だと」

ロレンツは、その大きな目に涙を浮かべ、背広の胸ポケットからハンカチを取り出した。

「きっと優れた修道士になると言っていた。君の将来を誰より楽しみにしていたろうに、残念だよ。そう、アルベルト君とも何度か会ってね。彼も君を話題にしていた。まさかこんなところで会えるとは」

いそいそと立ち上がると、彼は右手を差しだした。光栄です、と軽く握る。ようやく我に返ったグンメルト神父は、あきらめたように笑った。

「マティアス。たしかに君は特別な加護をもっているようだ。この施設はめったに客人が来ないのに、君が来る時はいつも得がたい友人もやって来る。しかし顔を出すなりベルリンに行くとはどういうことかね」

「至急、そのアルベルトと会わねばならぬのです。すぐにお金はお返しします。非礼は重々承知です。どうかお願いします」

「そんなことをしたらベールンゼン神父に私が怒られてしまうよ。そもそも今からベルリンなんて、終課どころか、今日中に戻ることも不可能だ」

「はい、もう修道院に戻るつもりはありません」

グンメルト神父は、目ばかりか口まで大きく開けた。

「ベールンゼン院長には後日改めてお詫びいたします。ですがその前に私は、彼に会わねばなりません。会って、謝罪しなければ」

「……何があったのかね？」

しばしの自失から立ち直ったグンメルトは表情を改めて尋ねてきた。が、マティアスは首を振る。

「お話しできません。ともかく、私はこれ以上、あそこにはいられないのです。今までよくしていただいたのには、深く感謝しておりますが」

「マティアス、私にそのような手助けができるはずがないだろう？　ベールンゼン神父は私の古い友人なのだよ」

「はい。無茶を申しあげました。申し訳ありません。それでは」

マティアスはあっさりと身を翻《ひるがえ》した。無理を承知で頼んでみたのだ、断られたならばこの二本の足で向かうほかない。

「待ちなさい、マティアス！」

声が追ってくるが、かまわず走る。そのまま外に飛び出し、山道を駆け下りはじめた。

とてもではないが、じっとしてはいられない。次のバスが来るのは、六時間後。待っていては、列車を逃すことになる。いや、その前にグンメルトから修道院に連絡が行き、誰かが迎えに来てしまうかもしれない。

天が与えたもうた唯一《ゆいいつ》のチャンス。もしこのまま修道院に戻ったら、おそらく二度と外には出られまい。

「ベールンゼンの野郎が」

敬愛していた修道院長のことを、マティアスは思いきりこき下ろした。

一ヶ月閉じ込めて、旧友からの連絡さえ遮断する。もっともらしいことを言いながら、ベールンゼンはただ恐れているだけなのだ。

マティアスが、あの秘密を誰かに漏らしてしまうことを。

「つまり俺を全く信用してないってことだろ」

マティアスは走った。怒りが彼の体に爆発的な力を与えていた。清貧を旨《むね》とする修道院での祈りと労働の生活は、思いがけずマティアスを壮健にしていた。シュヴァービングにいたころよりずっと体が軽い。

この山を駆け下りるのにどれぐらいかかるのかはわからない。だがひとまず下に降りて大通りまで出てしまえば、車は拾える。得体のしれない男を乗せてくれる親切な運転手もいるかもしれない。

一ヶ月の軟禁は罰として理解できるが、手紙を破棄するのはやりすぎだ。罰などではない。ベールンゼンは、もはや外界に繋がりのないはずのマティアスが、思いがけずテオの弟と結びついたことによって、秘密が漏れるのを恐れたのだ。マティアスに釘《くぎ》を刺すだけでは足りず、徹底して遮断を行った。

マティアスが抱えている秘密。それは、今の状況では、修道院を破滅に導きかねない。なにしろ、ゲシュタポが捏造《ねつぞう》してでも罪状としようと躍起になっていることそのものなのだから。

修道院に来た当初から、めったに人と目を合わさないはずのゲオルグとしょっちゅう目が合った。そこに敵意があることはすぐにわかったし、理由を知るのにさほど時間はかからなかった。なにしろ、テオがマティアスに声をかけた後に必ず睨みつけてくるのだから。馬鹿《ばか》らしいと思ったが、厭《いや》がらせをしてくるわけでもないし、そもそも志願者と修道士は一日に何度も顔を合わせるわけではないので放っておいた。

ある日マティアスは、二日連続で深夜の読書課中に熟睡してしまい、さらに朝のミサでも居眠りしてしまったために、院長より罰を与えられた。普段はあまり使わない古い聖堂の掃除をひとりでやり遂げることになり、毒づきつつ埃《ほこり》と格闘していたところ、祭壇裏手の床を雑巾《ぞうきん》がけしているところでまた眠気に襲われた。次に目ざめたのは、啜《すす》り泣くような声が聞こえたからだった。驚いて祭壇横から顔を出すと、ゲオルグがテオに縋《すが》りついていた。親愛の抱擁というには異様な光景で、テオの横顔にははっきりと懊悩《おうのう》があらわれていた。できることなら、見なかったことにしたかったが、動揺したマティアスはがたりと音をたててしまい、二人に気づかれた。二人が何か声を発する前に、マティアスは「誰にも言わない」と言い残して逃げ出し、実際誰にも伝えなかったのだが、この出来事は結局はベールンゼンの耳に入ることになった。他ならぬテオから、そう打ち明けられたのだ。

「君に知られたことで、院長に告白する決意がついた。感謝するよ、マティアス。私は、どうにか自分で解決せねばと悩むあまり、何も見えなくなっていた」

深く感謝された。そして改めてベールンゼンに呼ばれ、口止めされた。

テオのローマ行きの話が出てきたのはその直後で、彼はその準備に忙しいという理由で年若い修道士の指導から外され、テオと年の近い先任神父が担当になった。さらに、ゲオルグがアジア方面への布教の随行を志願したと聞き、修道士たちを驚倒させた。

あの運命の日、最後に二人で奉仕活動に出かけたのは、テオの親友である神父が院長に懇願した結果だと後に聞いた。テオのかわりに、若手の指導を請け負った先任の神父である。少し足の悪い、黒髪に碧《みどり》の目が印象的なヨアヒム・フェルシャー神父は、神学校時代からテオと親しく、彼が自分に続いてこの修道院にやって来た時には、それは喜んだという。親友といってよい間柄だった。

院長に知られて以来、挨拶すらかわせぬ二人に、せめて最後に語らう時間を。一人はローマ、一人はアジアに赴けば、生涯再会することはない。その前に一度だけ、かつてはそうしていたように、神の愛のもとに奉仕をする喜びをわかちあってほしい。院長に、フェルシャー神父は必死に訴えた。

「あれはゲオルグのためだったんだ」

二人が死んでしばらく経《た》った後、フェルシャーはマティアスだけにそう語った。彼は、テオの過去を全《すべ》て知っていた。その時はじめてマティアスは、テオはずいぶん前からこの甘い顔立ちの神父にだけは苦悩を打ち明けていたと知った。

「あの気弱なゲオルグがアジア行きを志願するなど、よほどのことだ。彼は自分の罪に怯えきり、後悔で憔悴《しょうすい》しきっていた。このまま行かせるわけにはいかないと思ったのだよ。せめて、最後にテオとの時間を与えたかったんだ。彼らはかつて過《あやま》ちを犯したが、だからといって何の解決もせぬまま引き剝《は》がしてはかえって思いを募らせるだけだ。改めて兄弟として正しい絆《きずな》を結び、晴れやかに旅立ってほしいと思ったのだよ」

それがまさか、こういう結末を生むとは。顔を覆《おお》ったフェルシャーの姿を、今も忘れることはできない。

あれは、事故などではない。少なくとも二人のうち一人には、あそこで全てを終わらせる意志があったのだ。そしてその一人はゲオルグだろうと、フェルシャーもマティアスも――おそらくはベールンゼンも確信していた。

テオに崖《がけ》から飛ぶ理由はない。どんなに苦しんだとしても、自ら命を絶つ選択をするような人間ではなかった。フェルシャーの話では、ローマでの新しい生活に希望を見いだしていたという。そもそもヴァチカン行きの話は一年ほど前から内々に出ていたもので、傍目から見ても明らかな栄達だったし、ジョーカーを引くのはゲオルグだけだった。彼がこの格差に怒りを覚えても、無理はない。

彼らはおそらく車内で揉《も》み合い、その結果転落してしまったのではないかとマティアスは推測している。

体格差を考えるならば、テオがゲオルグに抵抗することは難しくはなかったはずだ。しかしテオは、最後の最後に、兄弟の絶望を受け入れてしまったのかもしれない。かつて、マティアスと完全に心をひとつにして神の愛に涙していた彼ならば、道連れを望んだゲオルグの強い悲しみに抗《あらが》わなかったような気がする。

そして一ヶ月後には、ヨアヒム・フェルシャーも修道院から立ち去った。亡《な》き親友が与えられた使命を果たすべく、ローマへと旅立ったのだ。

これで、秘密を知る者は、ベールンゼンとその腹心の司祭や修道士、そしてマティアスだけとなった。

わかってはいたのだ。テオの死に衝撃を受け、修道院から立ち去ろうとしたマティアスを、「君は召命を受けた」と引き留めた理由くらい。だがあの時、共に祈り、赦しを乞おうと慰められたのは、たしかに救いであったのだ。

それがこのざまだ。彼らは一度もマティアスを兄弟などと思ったことはなかった。ひとかけらも信じてはいなかった。ただ旧友と再会しただけで、こんな暴挙に出るほどに。

修道院を守りたいという気持ちはよくわかる。だがそれならば、説得だけで充分だったのに。ベールンゼンの言葉をマティアスは素直に受け入れていたのに。

行動を決めるのは自分自身だ。あるいは、神、そのひとだ。神の名のもとに、騙し討ちされるなど冗談ではない。

召命などなかった。それだけだ。もう二度と、修道院に戻らない。

アルベルトに会って話そう。彼は真実を欲している。受け入れて、区切りをつけるためには真実が必要なのだと彼は語った。

それはおそらく、マティアスにとっても同じなのだ。

テオとゲオルグの死を事故だと思いたいのは、誰よりも自分自身だ。彼らは罪を犯してはいない、それゆえに死んだのではないと信じたかった。神の愛を説き、奈落《ならく》から救い出してくれた恩人、人生の指標としていたテオドール・ラーセンが、肉欲に引きずられてみじめな死を迎えたのだと認めたくない。マティアスが求めていたのは自分を導く聖人であり、苦悩を分かち合う友人ではない。

自分は何も見なかった。そうすれば全てなかったことになる。どこかに、そういう思いがあったのはたしかだ。それがベールンゼンの思惑とも合致した。

――テオドール・ラーセンは昔も今も、誰もが称《たた》える理想的な神父でなければならない。

だが、もう終わりにしなければ。襲いくる過酷な現実から逃げ込んだ祈りの世界。あそこに自分がいるべき場所はない。

真実を！

それを手にするために、元いた俗世に戻らねばならない。

突然、背後でけたたましい音がした。大きなクラクションにぎょっとして思わず足を止めると、紺色のフォードが近づいてくるところだった。慌てて走り出すが、逃げ切れるはずもない。あっさり追い抜かれた。少し走ったところで車は止まった。

「待ちなさい、マティアス君。まさかベルリンまで走って行くつもりじゃないだろうね？」

車上から声をかけてきたのは、さきほど院長室で会ったロレンツ弁護士だった。

「さすがにそれは無理です」

「そうか、最低限の理性は残しているようでよかった。ああ、安心しなさい、引き留めるつもりはない。場合によっては君を助けられると思って追ってきたのだ」

微笑むロレンツを、マティアスは胡散臭《うさんくさ》そうに見やった。

「送っていただけるので？」

「駅までなら。もちろん、話によっては、だが」

「お話しできません」

修道院の不名誉になることは言えない。真実は、それを知るべきものだけが知ればよいことだ。アルベルト以外に話すつもりは毛頭なかった。

「急にベルリンに行きたいと言い出すのも奇妙だが、二度と修道院に戻らないというのはただごとではない。よほどの事情があるのだろう。全ては語らずともよい。話してみんかね？」

「志願者が修道生活の過酷さに逃げ出すなどよくあることですよ」

「そういう顔ではないね。アルベルトに会わねばならないのだろう？　何かあったのかね」

「用事があって施設にいらしたのでしょう。どうぞお戻りください」

「いや、用事は済んだよ。ビュルガーさんのご家族がアメリカに移住された件でいくつか手続きがあっただけだからね」

ロレンツの顔がわずかに曇る。

「ビュルガーさん？」

「ああ、たしかここでは公爵《こうしゃく》夫人と呼ばれているのだったかな」

「……ご家族、移住されたんですか？」

「ニュルンベルク法のせいでね。最近出国する人が増えているよ」

昨年九月に、国会で「ドイツ人の血と尊厳の保護のための法律」が制定された。同時期にニュルンベルクでナチスの党大会が行われていたことにちなみ、「ニュルンベルク法」という名で知られるこの法律は、八分の一の混血までをユダヤ人と規定し、公職から追放、生活を著しく制限するものだった。

マティアスは、公爵夫人がユダヤ系だったことを初めて知った。途端に、それまではただ奇矯《ききょう》で尊大な老婦人だと思っていた彼女が、ひどく身近に感じられた。

ユダヤ。その名のもとに、非ユダヤ人のマティアスの父は殺された。職のない帰還兵たちの怒りを一身に受けて。

ナチスが政権を獲《と》る前の話だ。今や国家を支配する政党が、一民族の排斥を堂々と宣言している。国外に避難したくなるのは無理もない。だが――

「待ってください。家族が移住した、とおっしゃいましたよね。では公爵夫人は？」

ロレンツは憂鬱《ゆううつ》そうに首を横に振った。

「彼女がここで生活できる充分な資産は遺されているよ。そのために私が来たのだから」

マティアスは愕然《がくぜん》とした。

反ユダヤ、反障害者の嵐《あらし》が吹き荒れる祖国に、ただひとり置いていかれた老女。おそらく彼女は、その事実を理解していないだろう。それはせめてもの幸せかもしれないが、なんと哀れなのだろう。

「罪の意識があるのだろう、ビュルガー家はベルゲン養護施設にずいぶん援助してくれた。これで少しはあの施設は改善されるだろう。グンメルト神父はお喜びだったが、人生とは難しいものだな」

強烈な人工の香りに包まれた彼女の姿を思い出す。尊大だが優雅な仕草は、幼いころから培《つちか》われたものだったのだろう。公爵夫人――ビュルガー老嬢の病気が生まれつきのものなのか、突如発症したものなのかはわからない。だが彼女が住む空想の箱庭があそこまで強固なものである理由が、少しだけ理解できたような気がした。

「わかるかい、マティアス。私も今、やりきれない気分でね。世界なんぞふっとばしてしまいそうな若者と、ドライブがてら話でもしてすっきりしたいのだよ」

嘘《うそ》をついているようには見えなかった。たしかアルベルトが以前、中央党と結びつきの強い彼は修道院にも多額の寄付をしていると言っていた。ベールンゼンともそれなりにつきあいはあるはずだ。

「ああ、もし私が修道院に君を連行しようとしているのではと疑っているのなら、心配無用だと言っておくよ。ベールンゼン神父とは父の代からのつきあいだが、修道院内のごたごたについて彼に加担する義理はないからね。素晴らしい指導者ではあるが、まあ、いささか強引なところもあるし」

同情をこめて言おうとしたのだろうが、それよりも苦々しい実感が面に表れていて、マティアスは噴《ふ》き出してしまった。

「あなたも苦労されたようだ」

「そりゃあまあ。私というより父がだがね。今でも闘犬だのと称されているが、若いころのベールンゼン神父は狼《おおかみ》と虎《とら》と灰色熊《ぐま》をまぜあわせたようなもので、何度か裁判沙汰を起こしたんだ。彼は十字軍の時代にでも生まれるべきだった」

「狼と虎と灰色熊とは凄《すご》いですね」

笑うと、ロレンツは片眉《かたまゆ》をあげた。おどけた表情を作るのがうまい。丸々とした体つきと生まれ持った品のよさのおかげで、滑稽《こっけい》な仕草が厭味にならず、他人の警戒心を解いてしまう。得なタイプだな、と思った。

「言い過ぎだと思っているね？　誇張ではないんだよ、これが。まあカトリックの敵に容赦がないだけで、戒律を人一倍厳しく守っていたから破門されるようなことにはならなかったが……当時の彼に比べれば、徒党を組まなければ暴れられないナチなんぞかわいいものだ」

ナチの名に、マティアスの肩がぴくりと動く。

「君が修道院に戻らないなら、ベールンゼン神父の愉快な武勇伝もいくらでも話せるよ。乗らないか？」

「ですが私には話せることがありません」

「テオの話題があるじゃないか。彼は、修道院に入るまでのことは全く話さなくてね。ぜひ聞かせてもらえればと思うよ。私は本当に、彼が大好きだったんだ」

愛嬌のある大きな目が、またうっすらと涙で滲《にじ》む。アルベルトも、自分を見るなり彼が大泣きして参ったと零《こぼ》していた。

感情が豊かで、またそれを表現することになんの迷いもない人物なのだろう。そしてそれが、自分にとってプラスになることもよく承知している。

「わかりました」

マティアスは腹を決め、フォードに近づいた。

＊

ベルリン中央駅からもう一度電話をかけると、幸いにも繋がった。出たのは所長のベトケ弁護士で、あいにくアルベルトは不在だという。しかし夜には戻ってくるはずだとの返事を聞いて、一時間後の訪問を約束した。

ロレンツに往復の交通費——にしては多すぎる金額を渡され、生まれてはじめて首都に足を踏み入れたマティアスは、街のあまりの巨大さに圧倒された。街と呼ぶには大きすぎる。そしてそれぞれの建物も大きい。

地図と、道行く人に頼りながらUバーンだのSバーンだのを乗り継ぎ、ベルリンの下町クロイツベルクに辿《たど》りついた時には、完全に日も暮れていた。それでも、その日のうちに着いたのはずいぶんと幸運だった。まだ午前の早い時間に施設を飛び出して、良かった。

《ギュンター・ベトケ法律事務所》は、クロイツベルクの端の、いかにも古びたアパートの一階を占めている。

明かりの漏れる窓を確認し、扉をノックすると、ややあってから「はい？《ヤー》」と低い声が聞こえた。

「さきほどお電話しましたシェルノです」

やがて音を立てて扉が開く。立て付けが悪いのか、開閉にコツがいりそうだった。

「やあ、ミュンヘンからはるばるどうも」

現れたのは、棒のように細い男だった。真っ先に目につくのは、鳥の巣のようなブルネットの頭髪だ。あまりに自由自在な方向に髪が跳ねているので直前まで寝ていたのではないかと思ったが、黒い双眸《そうぼう》には理知の光があり、睡魔の影はない。顔色は悪く、顎《あご》にはうっすらと無精髭をはやしていた。そして強烈に煙草《たばこ》臭い。

事務所の主、ギュンター・ベトケだ。彼についてはロレンツがいろいろと教えてくれた。ベトケとは年齢が近く、古い知り合いでもあるらしい。アルベルトがロレンツに会いに行ったのも、ベトケの紹介だったそうだ。

「はじめまして。ヘル・ベトケ」

男はもじゃもじゃの髪に手をつっこみ、頷《うなず》いた。

「ラーセンになんの用？　まさかミュンヘンからはるばる弁護の依頼に？」

「相談したい件が」

「それは、とるものもとりあえず飛んでこなきゃならないほどのものかい」

口調はのんびりしていたが、探る視線は容赦がない。

「……そうです」

「ふうん。まあ暇だからかまわんが。中で待つといい」

招じ入れられた事務所は、当人の印象とは裏腹に、整然としていた。壁紙やカーペットは年代を感じさせたが、掃除は行き届いており清潔だ。書棚には開いただけで頭が痛くなりそうな分厚い法律書がずらりと並んでいる。ちらかし放題のベトケ氏の横で、眉間《みけん》に皺《しわ》を寄せて棚の整理をしているアルベルトの姿がありありと浮かんでしまい、おかしくなった。おそらくこの想像はそう外れてはいないだろう。

事務所は小さいが、ギュンター・ベトケはまごうことなき「民衆の味方」だ、とロレンツは語った。ナチスが政権をとる前は、党の暴れん坊として名高かったSAの隊員を襲撃した共産党員の弁護を請け負い、そのためにSAに目をつけられ、街角で負傷させられたこともあるらしい。

骨と皮だけのような見かけからはとてもそんな覇気は感じられないが、過去の逸話はマティアスを安堵《あんど》させた。アルベルトもベトケもナチスのバッジをつけてはいなかったが、ひょっとしたら、という疑いは頭の隅にあった。アルベルト自身は無関係でも、ベトケが通じている可能性もあるからだ。だがひとまずは、安心してもよさそうだった。

「あんたは運がいいよ。ラーセンは昨日までイタリアにいたんだ」

一度隣の部屋に引っ込んだベトケは、コーヒーを手に戻ってきた。テーブルに置かれたカップを礼を述べて受け取り、ほろ苦い香りを嗅《か》いだ途端、胃がぎゅっと縮こまった。昼からろくなものを食べてなかったことを思い出す。

「イタリア？　休暇ですか？」

「いや、仕事さ。重要な証人がそっちにいるんでね。丁重にお迎えに」

ベトケは向かい側に腰をおろすと、さっそく煙草を銜《くわ》えた。

「で？　相談とはラーセンの兄貴の件かな？」

いきなり核心を突かれ、マティアスは息が止まるほど驚いた。反応を見て、ベトケは冷ややかに目を細めた。

「やっぱりね。悪いが、話すことは何もないよ。うんざりしているんだ」

どうやらここも、過去をほじくり返そうとする者たちにずいぶん突撃を受けたらしい。

「ちがいます。お話を訊《き》きに来たわけではないんです。私は、テオと同じ修道院におりました」

マティアスは慌てて言った。ここは下手に隠し立てしてもいいことはない。

「ほう、修道院」

「もっとも、もう戻る気はありませんが。私とアルベルトは旧友です。彼が先月ミュンヘンに来た時にも一度会っています。その時に少し話したのですが……改めて伝えたいことがあって、ロレンツ弁護士に頼んでここまでの交通費を貸していただいたのです。なんでしたら、今ここで確かめていただいても結構です」

「ふむ、ヘル・ロレンツが」

ベトケは吐き出した煙ごしに、マティアスをじっと見つめた。

「まあネタに飢えた記者って顔じゃあないね。しかし世の中は狭いもんだ。この仕事をしていると、何度も実感するが。悪いことはできないもんだよ」

「嘘《うそ》ではありません！」

「嘘とは言っていないさ。ま、アルベルトが戻ってくればわかることだ」

「彼の仕事ぶりはどうですか」

「悪くないんじゃないか。病的な綺麗《きれい》好きなのが困りものだが、まあ真面目《まじめ》だね。職務にはとことん忠実だ」

「想像通りです」

「しかし修道院か。今は厳しいな。こっちも道徳裁判が花盛りで憂鬱になるよ」

カップをもつ手に力が入る。

「……道徳裁判の弁護を引き受けることもあるのですか」

「あー、悪いが坊主《ぼうず》関係は引き受けてないんだ。ナチは嫌いだが、教会は苦手でね。

おまえさんに言うのもなんだが、俺に言わせりゃ、どっちもどっちだ」

「そういう面もあるかもしれません」

暗澹《あんたん》たる面持ちで同意した客人に、ベトケのほうが慌てたようだった。

「おい、そんな暗い顔すんなって。冗談だよ。ナチよりはよっぽどマシだと思うぜ」

「それならいいのですが、どうでしょうかね。道徳裁判で有罪になると修道院が取りつぶされる事態にもなりうるというのは本当ですか？」

「全部が全部そうじゃないが、最近は増えてるな。まあもともとそれが目的だろうからな。修道院は金をためこんでる。ナチからすりゃあ宝の山だ」

なるほど、そういう話か。清貧を掲げるフランシスコ会修道院を取りつぶしたところでたいした財産があるとは思えないが、世には文字通り宝の山を有する修道会も存在する。それを合法的に取り上げられるのならば、こんなにいいことはない。

「ギュンター、いつものコーヒー豆なんですが、売り切れで仕方なく特売の……」

前触れもなしに、扉が開いた。続いた早口の男の声が、不自然に途切れる。

出入り口に向けたマティアスの目は、戸口で茫然《ぼうぜん》としているアルベルトの姿を映していた。上質のウールのコートに革の鞄《かばん》、大きな紙袋を抱えている。

「お帰り、アル。ご覧の通り、ミュンヘンからはるばる君に会いに来てくれた人がいるよ」

ベトケが芝居がかった動きで両手を広げると、ようやく自失の状態から立ち直ったアルベルトの口が動いた。

「マティアス？　なんでまた」

「先週、ベルゲンに顔を出したそうだな。俺に手紙も送ってくれたとか」

「ああ。まさか返事より先に本人が来るとは」

「俺は受け取っていないんだ。だから直接内容を聞いて、答えるつもりで来た」

アルベルトの目に理解の色が浮かぶ。

「そういうことか。修道士は用心深いんだな」

「悪いことをした」

「君のせいじゃない。だが、こんなところに来て大丈夫なのか？　許可はとってないんだろう？」

「戻るつもりはない」

アルベルトは目を瞠《みは》った。まじまじとマティアスを見た後、何かを訴えるように上司を見やる。

「ああ、豆はやっとく。特売なのは腹が立つが。もう帰っていいぞ」

「ありがとうございます。お言葉に甘えます」

「なに、いいさ。友達は大事にすべきだからな、アルベルト君」

その口調に含みを感じ、思わずベトケの顔を見たが、彼は涼しい顔で煙草を吸っていた。

「その通りですね、ギュンター。じゃあマティアス、出ようか」

アルベルトは袋を下ろすと、閉じたばかりの扉を開けた。マティアスは慌てて立ち上がり、コート掛けからぼろぼろの軍用コートを摑《つか》んで肩にひっかけた。お邪魔しました、とベトケに礼を述べると、民衆の味方である弁護士は目を細めて笑った。

「さようなら、マティアス・シェルノ。神のご加護がありますように」


クロイツベルクの事務所を出て三十分後、アレクサンダープラッツ駅から地上に出たマティアスは、とてつもなく幅の広い通りが延びているのを見て、足を止めた。

西南の方向に向かって延びる大通りの左右には、豪壮華麗なバロック様式の建物が向かい合わせに並んでいる。

むかって左側が王宮、右側がベルリン大聖堂、通称ドームである。名の通り、巨大な天蓋《てんがい》を頂いているが、これはローマのサンピエトロ大聖堂の模倣だ。

十八年前までは、王宮には皇帝ヴィルヘルム二世とその一家が住んでいた。右側の大聖堂《ドーム》はホーエンツォレルン家の墓所だった。皇帝は敗戦という絶望に国民を陥らせたままオランダに亡命し、カトリックの牙城《がじょう》を模して作ったプロテスタントの教会は、実のない栄光を追い求めた彼の虚栄心の残骸《ざんがい》として、かなしい偉容を晒《さら》している。

「オリンピックの期間中、このあたりは毎日ごった返して参ったよ。だいぶ落ち着いた」

ホーエンツォレルンの夢の痕《あと》を無感動に見やり、アルベルトは言った。

「そういえばそんなものがあったな」

「そんなものって。国を挙げての一大イベントだったじゃないか」

「修道院には関係ない」

マティアスは近くの屋台でドームの絵はがきを買うと、外套《がいとう》のポケットに無造作に突っ込んだ。アルベルトは少し困惑した様子で、ついてくる。

彼の家はシュティーグリッツという地区にあり、ここからUバーンでさらに三十分ほどかかるという。事務所を出た時に、帰宅までの時間をくれとマティアスが申し出ると、アルベルトに提案された。

「話があるならどこか店に入ったほうが。もちろん、君さえよければうちでもいい」

マティアスは断った。修道院生活に慣れてしまったからか、店で食事をしながら話すのはどうも落ち着かない。アルベルトの家も気がすすまなかった。彼は既婚者だ。妻がいるところで、こんな話などできるものか。

なにより、勢いこんでベルリンまで来たはいいものの、いざアルベルトの顔を見ると、迷いが出てしまった。

真実がいつも耳に心地よいとはかぎらない。それでも真実を欲すると言ったのはアルベルトだったが、もう一ヶ月も前のことだ。今さらそんなことは聞きたくないかもしれないし、果たしてわざわざここまで来て告げる価値のあることなのだろうか？　秘密を抱えるのに疲れた者が、他者にそれをぶちまけて楽になりたいだけではないのか。

しばらく無言で大通りを歩く。シュプレー川を渡ると、ウンター・デン・リンデンがまっすぐ西へ延びている。ここからでも、遠くにブランデンブルク門が見えた。

右側にはベルリン大学、左側に国立歌劇場。歌劇場の隣が、カトリックの司教座聖堂《カテドラル》、聖ヘドヴィク教会である。長らくプロイセンの支配下にあったベルリンには圧倒的にプロテスタント信者が多いが、カトリック信者も少なくはない。かつて鉄血宰相ビスマルクは、バイエルンを中心にドイツ南西部やポーランド付近で絶大な力を誇り、ベルリンに隠然たる力をふるっていたカトリック勢力を政治から排除しようと努めたが、結局はかなわず、自らの政治生命を縮めることとなった。以来、共和国となっても、中央党を通じて深く政治に介入していたカトリック勢力をたたきのめしたのが、ヒトラーだった。彼は、ビスマルクさえ為《な》しえなかったカトリックの完全排除、そして本当の意味でのドイツ統一を成し遂げた。

マティアスは聖ヘドヴィク司教座聖堂《カテドラル》を目ざし、旧王立図書館と歌劇場に囲まれたフランツ・ヨーゼフ広場を横切った。が、その途中で足を止める。振り向けば、ウンター・デン・リンデンごしに、ベルリン大学が見える。知と信仰、そして芸術に囲まれた広場。

「焚書《ふんしょ》は、前触れにすぎない。本を焼く者は、最後には人間も焼いてしまうだろう」

マティアスがつぶやくと、アルベルトは怪訝《けげん》そうな顔をした。

「なんだって？」

「『アルマンゾル』の一節」

「ハイネの戯曲？」

「ああ。未来を予見したような文章だ。ナチも本を燃やしたろう」

アルベルトは得心がいった様子で、人もまばらな広場を見回した。

「三年前のか。そうか、ベルリンはここだったたか」

ナチスが与党となった一九三三年、五月十日。全国の大学都市で、NS（ナチス学生連盟）の学生たちが、大量の書物を焼き捨てた。

焼却されたのは主に社会主義に関する書物、そしてユダヤ人作家による著作だった。マルクス、フロイト、フッサール、ベンヤミンといったユダヤの学者たちの著作、前世紀に期せずして焚書を予告したハイネの著作もユダヤ人であるという理由で燃やされた。ブレヒトやトラーといった左翼系作家、『西部戦線異状なし』のレマルク、ハインリヒ・マンの著作も「健全ではない」と判断されて火に投じられた。

ミュンヘンにいたマティアスは、その現場を目《ま》の当たりにした。

その日のラジオはどこもこの狂える祭典を放送していたため、否応《いやおう》なくベートーヴェンの『エグモント序曲』が耳に入った。学生連盟長だけではなくミュンヘン大学学長や州文科相の演説が流れてくるに至り、バイエルン政府が支援までするとはよほど大規模なものなのだろうと、魔がさしてうっかり大学に足を向けてしまった。

彼の目に映ったのは、大学から続々と現れる松明《たいまつ》の行進だった。ルートヴィッヒ通り《シュトラーセ》を行進し、オデオン広場《プラッツ》を抜けた学生たちは、ブリエナー通りにある党本部

「褐色の家《ブラウネス・ハウス》」の前で誇らしげに敬礼をする。そして会場であるケーニッヒ広場に辿《たど》りつくと、そこにはすでに、「精神を汚染する」本が積み上げられているという寸法だ。参加者はドイツ学生同盟の歌を唱和し、偉大なるドイツからユダヤ的な文化を排除するこの記念すべき日を称える演説に酔いしれた。そして日付が変わると同時に、本の山に火が点じられた。

わきあがるブラヴォーの声。響き渡るドイツ国歌、続いてナチ党歌『ホルスト・ヴェッセルの歌』。総毛立ったマティアスは逃げ出した。とても、二十世紀の光景とは思えなかった。

「異端判決宣告式《アウト・デ・フェ》の火刑そのものだった。ハイデルベルクはどうだった？」

こみあげてくる苦い思いを押し殺して尋ねると、アルベルトは肩をすくめた。

「さあ。学生連盟の連中の馬鹿騒ぎなんて見る価値もないと思ったからね。しょせんはヴァルトブルクの祭典の真似《まね》だろう」

一八一七年、ヴァルトブルク城の近くで、宗教改革三百周年を祝う祭典が開かれた。その際に、かつて教皇からの破門状を公衆の面前で焼き捨てたルターに倣《なら》い、全国から集結した学生結社《ブルシェンシャフト》の面々が、大がかりな焚書を行った。ドイツ諸邦がナポレオンによって征服され、フィヒテの有名な演説「ドイツ国民に告ぐ」によってナショナリズムが最高潮に高まっていたさなかの出来事だった。ナポレオン法典や、ドイツ的ではないと判断された書物が火に投じられたという。

「この国の精神は、何かあると暗黒の中世に戻るらしいな。まあ、君が所属していた学生結社がNS学生連盟じゃないことがわかっただけでもいい」

からかいまじりに言ったが、本音でもあった。ベールンゼンが言うように、アルベルトがナチに関わっているなどとは思っていない。しかし、念には念を入れたかった。

「やめてくれよ」アルベルトは気分を害した様子で頭を振った。「途中で辞めたとは言え、僕だってザーレムの出身者だ。その直前の弁論大会で、大々的にナチスを批判しちまったせいで決闘騒ぎまで起こしたぐらいだから関係は最悪だった」

「決闘とは懐《なつ》かしい」

「そういえば君ともやったな」

「ザーレム時代に俺が負けたのは一回だけだ、誇っていいぞ。ひょっとして、その傷は決闘のものか?」

こめかみの傷を指し示すと、アルベルトは苦笑した。

「大学ではボクシングというわけにはいかなくてね。僕が所属していた結社も決闘を奨励していたし、やらないわけにはいかなかったんだ」

学生は基本的に、いずれかの学生結社に所属しなければならない。マティアスもミュンヘン大学に通っていた頃はカトリック学生連盟に所属していた。信仰心ゆえではなく、ただ単に最も巨大な学生連盟であり、融通がきいたからだ。そこには当然、決闘の伝統などなかった。

ミュンヘン大学にも、決闘を尊ぶ結社はあった。そもそも前世紀の大学生は顔面に決闘による傷がどれほどあるか競ったというから、これもまた由緒《ゆいしょ》正しい結社と言える。

ザーレム時代のアルベルトは、無用な暴力を嫌う少年だった。申し込まれた決闘を受けはしたが、自分から申し出ることはなく、言葉で解決しようとした。しょっちゅう決闘騒ぎを引き起こすマティアスを、たしなめる立場にいたはずだ。

その彼が、大学では決闘を尊んでいたという事実が、胸に痛かった。ザーレムを去る時、この友は宣言した。僕は戦うのだと。

「負けたのか？」

「まさか！　相手の鼻は半分ぐらいもげてたよ。彼はあのままSAに入れば勇者としてもてはやされただろう」

「それはよかった。決闘で負けるなんてザーレムの恥だからな」

「肝に銘じておくよ。ミュンヘンの焚書はもっと大がかりだったんじゃないか？　君は見たのか」

マティアスは目を細め、おのれの立つ広場を抱えるように両翼を広げるバロック調の建物を見上げた。かつてレーニンがマルクスやエンゲルスをここで研究していたという、旧王立図書館だ。

「好奇心に負けた。後悔したね」

バイエルンの知の殿堂、ミュンヘン大学の学生たちが、嬉々《きき》として知の結晶を燃やす。その書物の罪深さを読み上げ、ドイツの未来のためにと高らかに宣言し、火に投じるのである。

狂乱に耽《ふけ》る学生の中には友人もいた。祭典に参加していたのは、NS学生だけではない。プロテスタント学生連盟や他の結社の連中の姿もあった。

「友人のあんな姿は見たくないものだ。俺がまだ学生だったら、力尽くで止めたかもしれん」

自嘲《じちょう》を込めてつぶやくと、アルベルトの顔が曇った。

「在学中に遭遇した事件については聞いたよ。気を悪くしないでほしいんだが、この間会った後で気になって、グンメルト神父やヘル・ロレンツに教えてもらったんだ。

知らずにすまなかった」

「謝ることじゃない。前にも言ったが、もう過ぎたことだ」

「君は、僕の母が死んだ時に親身になってくれた。君が家族を失った時に何も手助けできなかったのは悔しい。今からでも、できることがあればいいんだが」

ザーレムを去ってから、アルベルトとはほとんど接触がなかった。一月後に、元気にやっているという手紙が来て、長い返事をしたためたが、それにはなんの反応もなかった。クリスマスカードは届いたが翌年は来なかったし、その次の年はマティアスがそれどころではなくなった。

アルベルトは新たな闘争を勝ち抜くのに必死で、幸福だった過去に属する者を顧みる余裕はなかったのだろう。マティアス自身、ここ数年はただ日々を生きるだけで精一杯だった。あまりに惨《みじ》めで、家族やザーレムの日々を思い出したくなどなかった。

「その言葉だけで救われるよ。それに、焚書の前に大学を辞めていたのはむしろよかったと思ってもいるんだ」

「なぜ」

「焚書に前後して、ユダヤ系の教授が追放されただろう。俺が教えを乞《こ》いたいと願っていた経済学や哲学の教授も追放された。その後釜《あとがま》に座ったのは、ハイル・ヒトラーを叫ぶ輩《やから》ばかりだ。君も、フライブルク大のフッサール教授と恥知らずのハイデガーの話は知ってるだろう」

アルベルトの眉間に深い皺が刻まれた。

「知っているとも。あの恩知らずのナチ御用学者。たしかに、あいつが現代ドイツの知性の代表のように言われる現状は我慢ならんね」

いまいましげに吐き捨てるアルベルトは、現象学を提唱したエルムント・フッサールを敬愛していた。現代ドイツの知の巨人として国際社会からの尊敬を集めるフッサールは、同時に国家に忠実な愛国者でもあったが、一九三三年、ユダヤの血統ゆえに教職から追放された。彼だけではなく、この年ユダヤ人は全ての公職から追放され、教師・芸術家・音楽家は業界から閉め出されることとなった。

フッサールの後を継ぎ、彼の推挙のもとフライブルク大の総長におさまったのは、愛弟子《まなでし》のハイデガーである。フッサールがいかなる時も援助を惜しまなかった、野心あふれる若き俊英は、自分を見いだした恩師をあっさりと切り捨てた。師の解任に異議を唱えなかったどころか、絶縁状を叩《たた》きつけたと噂《うわさ》されている。ナチ党員となったハイデガーはヒトラーを称揚し、大学のナチ化を推し進めている。

「大学はもう、どこもあんなものだろう。俺は、共産党よりもナチのほうがよっぽど我慢できないんでな。大学に残ったところで毎日決闘や喧嘩《けんか》に明け暮れて、勉強どころじゃなかっただろう。だから、とっととやめて正解だったんだ」

マティアスは、かつて無数の英知が灰と化した広場を睨《にら》みつけた。

実行者は学生たちだ。教育界からユダヤ人を追放したのはナチスであっても、焚書は学生たちの自発的な行動である。

彼らは望んだ。強く清潔なドイツを。唯一《ゆいいつ》絶対の、新たな指導者、国家の神を。

学生たちが無邪気に希望を託したヒトラーは、ドイツ唯一の政党の党首にして首相と大統領を兼ね、たしかにドイツを悲劇的な不況から救った。経済を安定させ再軍備も完了し、ラインラント非武装地帯への進駐を果たした。大戦で失った国土を、ドイツの誇りを、彼こそが取り戻しつつある。ベルリンオリンピックは近年まれにみる大成功をおさめたし、外交上でも威信を取り戻すことに成功した。

ドイツのこれほどの躍進を、正しく予測していた者はどれほどいただろう。

『アドルフ・ヒトラーこそが、このドイツを救うべく遣わされた神なんだ。兄さん、この試練は我々がそれをなかなか認めようとしなかったから、目を覚ますために与えられたんだ。我々ドイツ人は今こそ過去を克服し、手を携えるべきじゃないか』

今も頭を離れない言葉。三年前の、妹《エリーザベト》の葬儀の時に聞いた言葉だ。

エーミールは糊《のり》のきいた褐色のシャツにハーケンクロイツの腕章をつけた姿でやって来た。孤独と悲しみが支配する空間の中で、場違いな若々しさをふりまき、夜の仕事と酒で憔悴しきった兄に眉をひそめた。妹の変わり果てた姿を見た時はさすがに涙をこぼしたが、埋葬が終わると、ふがいない兄に向き直り、熱心にヒトラーとＮＳＤＡＰのすばらしさを説いた。

信じがたいことだが、エーミールはシェルノ家で唯一のＮＳＤＡＰ党員であり、熱心なＳＡ（突撃隊）隊員だった。

少年の頃からヒトラー・ユーゲントの活動にのめりこんでいたエーミールは、父が義勇軍《フライコール》に無残な殺され方をしたにも拘《かか》わらず、実業学校を卒業するとそのままＳＡに入隊した。彼によれば、フライコールとは有象無象の集まりであり、選ばれた者のみが集められたＮＳＤＡＰのＳＡは全く違うものだという。マティアスから見れば、ＮＳＤＡＰの敵に手当たりしだい喧嘩をふっかけるＳＡも戦後雨後の筍《たけのこ》のように現れたフライコールと全く同じで、弟の説明にいくら耳を傾けても差異がわからなかったが、とにかく彼にとっては別物らしかった。

そこまでならばよかったが、すっかりナチズムに洗脳されていたエーミールは、シェルノ家の悲劇は父たちが犯してきた搾取《さくしゅ》に対する報いであり、国家社会主義に目覚め、個人の幸福よりもドイツ民族全体の幸福に奉仕する道を選んでいればこのような結末を迎えることはなかったと宣《のたも》うた。

あまりの暴言にマティアスは怒り、兄弟は墓場で取っ組みあいを繰り広げた。互いに絶縁を宣言したが、その翌日にはもうマティアスは後悔していた。

エーミールは愚かに違いない。だが、あそこまで心を奪われてしまうほど、彼の絶望は深かったのだろう。

もっとも幸福であるべき少年の頃に、全てを毟《むし》り取られた。家族の愛情を共同体への忠誠に、友情を熱狂的な同志愛に代替させるしかなかった。ファナティックな奴隷《どれい》となることでしか、彼の傷ついた心は救われなかったのかもしれない。

ナチスにはどうしても好感はもてないが、エーミールが幸せならば仕方ないと思った。なにしろ、当時ナチスは与党となったばかりだった。これからは彼らの天下である。数年のうちに世界の隅に追いやられたシェルノ家の中で、エーミールだけは光あたる道を進んでいけるのだ。

二度と会うことはなくとも、どうか幸せに。父や母、妹のぶんまで。マティアスは、心から願っていた。

しかし、それも果たせなかった。最後に会ってからわずか半年後、一九三四年六月三十日。ヒトラーを政権に押し上げた最大の貢献者であるはずのSAは、突然クーデターの疑いをかけられ、粛清された。党首ヒトラーの長年の盟友であった幕僚長エルンスト・レームはじめ多くの者が、下部組織であるはずのSS（親衛隊）の襲撃を受けて処刑された。《長いナイフの夜》《ナハト・デア・ランゲンメッサー》と呼ばれた粛清の嵐は全土で吹き荒れ、エーミールもその犠牲となった。彼が敬う小隊長たちと一緒に引き出され、処刑されたという。彼はおそらく、処刑されたSA隊員の多くがそうであったように、共産党の残党の襲撃にあったのだと信じたまま、高らかにハイル・ヒトラーを叫びながら息絶えたのだろう。

突然、明るい笑い声が耳を衝《つ》いた。はっとして振り向くと、図書館の向かい側に立つ国立歌劇場から、五、六人の集団が現れたところだった。セーターやスラックス、形の崩れた外套といった歌劇場にあまり似つかわしくない服装をした彼等は学生のようで、一人が裏声でイタリア語のアリアを歌うと、他の者たちが体を折るようにして爆笑した。舞台がはねるにはまだ早い時間だが、「あれならエマの金切り声のほうがまだマシさ」と喚《わめ》いているところをみると、途中で見切りをつけ、堂々と退出してきたということらしい。服装からいっても、舞台がろくに見えない格安の席だったのだろう。

「まったく、学生ってのはこの世で一番傲慢《ごうまん》な生き物だな。それにしてもひどいイタリア語じゃないか」

アルベルトも苦笑して、おのが蛮行を誇る学生たちを眺めている。

「そういえば、昨日までイタリアにいたんだろう。オペラのひとつでも見てきたかい」

「残念ながらそんな時間はなかったよ。用件を済ませてとんぼ帰りさ」

「弁護士ってのは想像以上に動き回るんだな」

「今回は特例だ。少し厄介な相手でね」

苦笑する顔にはやや疲れが見える。もういい時間だし、あまり長く引き留めるのも悪いだろう。意を決して、息を吸い込んだ。

「すまん、とっとと用件を済ませよう。手紙をくれたそうだが、内容を訊いてもいいか?」

「ああ、それについて訊きに来たんだっけ。なんて書いたんだったかな……」

アルベルトはしばらく考えこんでいたが、「ああ」と手を打った。

「昔、テオと話したことを思い出してね。それを書いた」

「テオと?」

「そう。十一歳ごろの話だ。一度、修道院からパンを盗んだことがある。僕は無性に腹が空《す》いていて、どうしても我慢できなかった。夢中で食べたがその後ですぐ胸が罪悪感でいっぱいになって、泣きながら母に告白した。母は僕を叱《しか》った後で、一緒に修道院に謝りに行ってくれた。修道女たちは笑って許してくれて、もちろん司祭に告解もした。それから僕は毎晩、言われたとおり天使祝詞を唱えた」

どこかで聞いたような話だ。マティアスは幼いころの数々の悪戯《いたずら》と、母の悲しそうな顔を思い出し、気まずい思いで頬を掻《か》いた。

「毎晩マリアに祈る僕を見て、テオは嗤《わら》ったよ。赦《ゆる》されたつもりになれればそれでいいのかと。一度罪を犯したら最後、隠蔽《いんぺい》しようが、正直に告白しようが、司祭に赦されたとしても、その事実は変わらない。事実は事実として残る。なにより、自分の魂の中に火は燃え続ける。だから最初から赦されようなどとは考えるなと」

「なかなか厳しいな」

修道司祭となった姿からは想像できない。彼の説教は慈愛に溢《あふ》れていた。赦しがいかに素晴らしいものかを、いつも説いていた。

「彼も当時はやさぐれていたからね。僕はもちろん反発した。それでは何のためらいもなく罪を犯すような人間になってしまうだろう、兄貴は開き直ってるだけだってね。

するとテオはこう言った」

——人間はどうしたって、生きていくためには罪を犯す。おまえがパンを盗んだのは、母さんがあまりに厳しくて、ひもじさに耐えられなかったからだろう？　おまえが前にいけすかない教師に仕返ししたのは、彼が無意味な折檻《せっかん》をしたからだろう？　つまりアルにとってはそれは必然性のある行為だった。だから恥じる必要はない。

「恥じる必要はない、か」

「そう。さらにこうも言った。恥じる必要はないが、それで誰かが困ったり、痛い思いをしたのもまた事実だ。罪というのは、そういうものなんだ。自身の行為そのものに生じるわけではない。他人との関わりの中で、あくまで相対的なものとして存在する」

「なら、自分が必要だと感じたことならば全て行ってもかまわないって話にならないか」

マティアスの言葉に、アルベルトはにやりと笑った。

「僕も全く同じ質問をしたよ。もはや屁理屈《へりくつ》合戦だね。テオは、するなとは誰も言えない、せよとも言えない、決めるのはおまえ自身だと答えた。絶対的な罪があるとしたら、誰かに勧められたからとか、神様に命じられたとか、決断を自分以外のものに委《ゆだ》ねることだと」

アルベルトは一度息をつくと、目を閉じた。記憶の中にしか存在しない兄との対話を、正確に思いだそうとするように。

「ただ、おまえの決断によって、辛《つら》い思いをする他人がいるということを忘れてはいけない。そしてその行為が人の一生を左右してしまうかもしれない。だから、自分がやってしまったことを一度でも後悔したなら、その痛みを死ぬまでずっと抱えて生きてゆくべきなんだ。自分の中の悪魔から決して目を逸《そ》らしてはいけない」

重い言葉だった。マティアスはきつく眉根を寄せ、小さく息をついた。

もし同じことを、昨年再会した時にテオに言われていたとしたら、どうなっていただろう。

「昔の話を、ずいぶん細かく覚えているんだな」

「あんな屁理屈でも、当時は真面目に受け止めていたからね」

アルベルトは目を開け、少し恥ずかしそうに笑った。

「だがテオは真剣だったし、思い返してみれば彼の行動は、常に彼なりの哲学に基づいているんだ。その彼がなぜ修道士の道を選んだのかはわからないが、少なくとも自身の救済なんてものは一ミリも求めていなかったのは確かだろう。そして案外、テオは最後まで、その信念を貫いていたんじゃないかと考えたんだ」

「……最後まで？」

「おかしなことを言っているのはわかっている。だが僕にとっては、あれは事故ではないほうが救いになるんだ。もしテオが決断した結果ならば、それがどれほど教義では罪深いとされていようが、僕はそれこそテオだと納得できると思う。だから、もし君が、僕が傷つくことを恐れているなら、その必要はない。手紙には、そう書いたんだ」

「そうか。わかった」

マティアスは広場の途中で止めていた足を、再び動かした。ローマのパンテオンを思わせる建物の前で再び立ち止まる。聖ヘドヴィクカテドラルだ。ドームの巨大さには目を瞠《みは》るものの、さきほどのベルリン大聖堂よりはずっと簡素に見える。内装も同様で、全《すべ》てにおいて装飾過多な大聖堂より、こちらのカテドラルの控えめな美しさをマティアスは好もしく思った。

そもそもルターの宗教改革のきっかけは、イエスの教えとはかけ離れた豪壮華麗なサンピエトロに象徴されるカトリックの腐敗と拝金主義への疑問だったというのに、そのプロテスタントの教会がサンピエトロを模し、カトリックのカテドラルより遥《はる》かにごてごて着飾っているというのもおかしな話だ。

後をついてきたアルベルトが、入り口で立ち止まったままのマティアスに声をかけた。

「入らないのか？」

「いや、いい」

「修道院から逃げ出して、神に合わせる顔がない？」

「そんなところだ」

「気にするなよ。志願して初誓願に至る者は三分の一以下だって聞くじゃないか。それにこう言っちゃなんだが、君はそもそも修道士って柄じゃないよ」

「柄じゃないのは認める」

マティアスは大きく息を吸い込み、振り向いた。からかうような口調とは裏腹に、アルベルトは静かな表情でこちらを見ていた。

カテドラルの近くは、人もまばらだ。背後には神の家。きっとこれ以上の場所はない。

「あくまで個人的な見解だ。だが事故ではないと実は俺も思っている」

切り出すのは勇気がいった。アルベルトは黙ったまま、目で先を促している。

「おそらくテオは、ゲオルグの自殺に巻き込まれたのだと思う」

「……自殺」

「ああ」

「根拠は？」

「ある。その数ヶ月前に俺が見たことなんだが――」

マティアスは経緯を淡々と語った。ベルリンに向かう列車の中でも、何度も話すべき言葉を吟味した。冷淡にならない程度に簡潔に。

アルベルトは黙って聞いていた。端正な顔に表情はなく、青い目は一瞬たりともマティアスから外れることはなかった。

「なるほど。つまり……」マティアスが語り終えると、五秒ほど間を置いて口を開いた。「二人には教義に反する関係があり、最終的にゲオルグがテオを道連れに死んだということか」

「ゲオルグが前々から計画していたかどうかはわからない。いや、その可能性は低いと思う。おかしいところがあれば、テオだって回避できたと思うんだ」

「なぜゲオルグが仕掛けたと考える？　テオのほうがやったかもしれないじゃないか。いや、覚悟の心中かもしれない」

「テオに死ぬ理由がない。彼はローマ行きに意欲を燃やしていた。ただ……」

言いよどむと、アルベルトが怪訝そうな顔をする。

「ただ、何だ」

「テオは、ゲオルグの意図を察したとしても、さほど抵抗しなかったんじゃないかという気はしていた」

「ほう」

「テオが以前、話してくれたことがある。君にとっては聞きたくもない話かもしれないが……中央党の実力者との関係をすっぱ抜かれたことがあっただろう」

アルベルトはやはり表情を変えなかった。が、それが努力の結果であろうことはわかっている。マティアスは慎重に続けた。

「テオによれば、相手は立派な紳士で、保守層に身を置いていながらも左派勢力にも一定の理解を示していたし、政治やカトリックの改革についても意欲的だった。彼とともに、不倶戴天《ふぐたいてん》の敵である教会と共産党がいつか手を携える未来をつくるんだと真剣に語り合っていたそうだ」

「ありえない。世間知らずの少女の妄想より現実味がない話だ」

「そう、君の言うとおり、全てテオの妄想だった。現実はテオを切り捨て、そして君たちの母親が失われた。テオは深い悲しみと、それ以上に生涯償いきれぬ罪を背負った」

決して許さない。僕は戦う。青ざめた顔で宣言した少年の顔が、表情を消してこちらを見つめている友の顔に重なる。テオドールとよく似た面差《おも》し。

修道院でテオドールと共に過ごす間、彼がアルベルトの兄だと思い出すことは、実はあまりなかった。顔立ちはそっくりでも、アルベルトから聞いた人となりとは全く異なっていたし、どんな相手にも惜しみなく愛を注ぐ姿は、誰かの血縁云々《うんぬん》というより、司祭としての側面を強く感じさせるものだったからだ。

しかし、こうして相対していると、やはり兄弟だと思う。深い知性に輝く青い目は、マティアスには見えぬ真実をとうに捉《とら》えているかのようだ。

「かつてテオが君に話したように、罪は消えない。それを知っていた彼があえて、修道司祭の道を選んだ。おそらく、テオの本質的な望みは世俗にいたころと変わってはいなかったのだと思う。社会から取り残され、虫のように疎《うと》まれ死んでいこうとする人々を救いたい。かつて望んだように政治という手段ではなく――そんな世界からどうしようもなく取りこぼされた人々の魂を守るために彼はこの道に入ったんだ。神に仕えるように、彼らに仕えるために」

かつて、テオドールは自分のために心から泣いてくれた。あの涙が心に響いたのは、テオドールには自分と同じところに堕《お》ちてきた経験があると、知っていたからだ。そうした感覚は、ごく本能的なもので、言葉にせずとも察することができる。

人は生まれた瞬間から本質的に一人であり、ただ神の前に魂を晒《さら》し続けている。それを悟ることは恐怖であり、たいていは絶望や憤怒《ふんぬ》を伴う。だがその向こうにあるのは、清澄な安らぎだ。たとえどんなことが起ころうとも、死の先に神が待っていてくださるという喜びが、そこにはある。

「自殺は教義に反する。だからこそ院長たちも決して認めなかった。俺も認めたくはなかったよ。だが、君からテオの言葉を聞いて、目がさめた。君が言う通りだろう、アル。テオは信念に従い、身を捧《ささ》げたんだ。ゲオルグの魂を救うために最善の道をとっさに選んだのだと思う。たとえそれが、世間的には誤ったものだとしても」

孤独に震えるゲオルグの顔に、血で結ばれた弟の泣き顔が重なりはしなかっただろうか。世界への怒りのあまり、顧みることのなかった数々の愛すべき人たちを、そこに見いだしはしなかったか。

テオドールは、迷わず身を捧げたのだろう。その時が来たらそうすると決めていたように、自ら生《い》け贄《にえ》の祭壇に進んだのだ。

「なるほど」

じっとこちらを見つめていたアルベルトは、かすかに口元を緩ませた。

「参考までに訊くが、君がテオだったらどうだ？　同じ選択をしたか？」

「怪しい動きを見せた時点で殴って気絶させただろう。あの状況でそこまでできるかはわからんが。たとえ世界で一番いとおしいと思っている相手でも、一緒に死んでやることはできないし、死なせてやることもできない。それなら迷わず修道院から一緒に逃げ出すほうを選ぶ」

「僕もそうするね。だが君は、テオの判断も正しかったと言うんだな」

「それを決めるのは神だ」

「そいつはずるい」アルベルトは笑い、天を仰いだ。「だがまあ、わかったよ。君がいいやつだってこともね」

「本当にいいやつだったら、今ごろ心を入れ替えて一心に聖堂で祈ってるだろうさ。……区切りはつけられそうか？」

アルベルトはしばらく、星の見えない空を見上げたままだったが、一度息をつくと目を下ろし、正面から向き直った。

「ああ。もう何の迷いもない。話してくれてありがとう、マティアス。君の友情と勇気に敬意を表する」

「おおげさだ。俺も肩の荷を下ろした気分だよ」

「これからどうするんだ？　いや、それより今夜の宿はあてがあるのか？」

「いや。だがこれだけでかい街なんだ、どこか見つかるだろう」

「なら、この近くにうってつけのところがある。案内するよ」

「助かる。お言葉に甘えるよ」

南の方角へと足を向けたアルベルトに従い、マティアスも歩き出す。心なし、足が軽い。

「自由の身になったら、ぜひうちにも来てくれ。ここからだいぶ西に行ったところで、少し距離はあるんだが。妻も紹介したいし」

「ありがとう。いつ結婚したんだ？」

「今年。司法試験に合格して求婚したんだ。学生時代からのつきあいでね」

「ハイデルベルク大の学生だったのか」

「いや。行きつけのカバレットで働いていたんだ。一目惚《ぼ》れさ」

マティアスはまじまじと隣を歩く友人の顔を見た。夜目にも、白い横顔がうっすら赤らんだのがわかった。

「君がカバレットとは意外だ。相当な美人なんだろうな」

「僕だってそういうところぐらい行くさ。イルゼは女優志望なんだ。まずはガールズ目指してオーディションを受けてるところだ」

「ガールズか。レビュー映画ももうずいぶん観《み》てないな」

ドイツで絶大な人気を誇るレビュー映画には、ヒロインの背後で人形のように無表情で踊るガールズが欠かせない。そこから大女優が生まれる可能性も充分にある。

「君はもともとレビュー映画はあまり見ないだろう。たしかフリッツ・ラングが好きだったな。《M》も観に行ったんだろ」

「《M》はラングの最高傑作だ」

力をこめて、マティアスは言った。

「妻もそう言ってる。君たちは案外話が合いそうだ。ラングの亡命はつくづく残念だな」

「全くだ。ファンからすれば、名誉ドイツ人の権利を受けてくれればよかったと思うが、それは矜持《きょうじ》が許さなかったのだろうな」

《メトロポリス》などの大作を次々世に送り出したドイツ映画界の重鎮フリッツ・ラングは、自身はカトリック信徒だったがユダヤ人の血が入っていたために、二年前にフランスに亡命し、現在はハリウッドで活躍している。映画狂の宣伝相ゲッベルスは、彼に名誉ドイツ人としての権利を授け引き留めようとしたが、ラングは毅然《きぜん》と拒否したという噂だった。

「真相は逆だぞ」

アルベルトは意地の悪い笑顔で言った。

「逆?」

「ラングはどうにかしてくれと泣きついたが、ゲッベルスに蹴《け》られたのさ。自分の才能ならばユダヤ人でもお目こぼしして貰《もら》えると思ったようだが、ゲッベルスは党の中でもとくにユダヤ人排斥の意識が強い。ゲーリングあたりに頼めば違ったかもしれんな。あの派手好きな空軍大将殿は金持ちと権力のあるユダヤ人とは親友になりうるというお考えの持ち主だから」

「詳しいな」

「ベルリンにいると、それなりにね」

アルベルトは周囲を見回した。つられて顔をあげれば、いつのまにかヴィルヘルム通りに入っていたらしい。このあたりには総統官邸をはじめ、中央省庁が集中している。人気はなく、堂々たる建物が道の両側に聳《そび》え、威圧するようにマティアスを見下ろしていた。

「こんなところに手頃な宿があるのか？」

「もう少しだ」

アルベルトが足を止めたのは、ヴィルヘルム通りの角を占める、ネオバロック様式の建物だった。

「ここはプロイセンのアルブレヒト王子が住んでいた宮殿だそうだ」

プリンツ・アルブレヒト。その名に、マティアスは総毛立った。なにも、アルブレヒト本人に思うところがあるわけではない。しかし、かつては華麗な宮殿だったバロック建築の入り口には、銃を手にした警備兵が威圧するように立っている。

プリンツ・アルブレヒト通り。ベルリンに来たのは初めてだが、幸か不幸かその悪名は知っている。ゲシュタポ本部がある場所だ。

「……おい、アルベルト」

「君は行動する人間だ、マティアス」

問いかけを無視し、アルベルトは建物を見上げたまま言った。

「真実を判断し、実行する。ハーン校長が求めた通りの人物だ。状況がどれほど厳しかろうと、対する相手が誰だろうと、君は怯《ひる》まない。それは美質だ。だが同時に、もっと熟考すべき時もある。しばしば、そう注意されていたな」
背中を悪寒《おかん》が這《は》い上る。アルベルトはゆっくりとこちらを向いた。笑みを浮かべている。

「ザーレムの時代錯誤な教えも、たまには的を射ている。クルト・ハーン、あのイギリスかぶれの男は、生徒の資質を見抜くことにかけては一流だった」

端正な顔に浮かぶのはやわらかい微笑《ほほえ》みだったが、青い目には悪意が凝り固まっている。マティアスは無意識のうちに後じさった。何度か口を開閉した後、ためらっていた言葉をようやく切り出した。

「まさか、おまえは、ゲシュタポなのか？」

「ゲシュタポ？　まさか！」

アルベルトはさもばかばかしいと言いたげに鼻を鳴らした。同時に伸びてきた指に、マティアスは腕を摑《つか》まれる。その容赦のない力に、息が詰まった。

「ヴァイマルの無能な警官くずれの老害と一緒にしないでくれよ。それは隣だ。君は幸運だ、マティアス・シェルノ。君のことはゲシュタポだってマークしていたんだ。あちらに捕らえられるよりは、我々のほうがずっと紳士的だからね」

「ふざけるな！　俺は何もしていない、離せ！」

もがくと、拘束がわずかに緩む。が、逃げ出すことはできなかった。警備兵の銃口が、こちらを向いている。

「逃走を企てるほど無謀ではないようでよかったよ」

笑い含みの声に、怒りをこめて睨《にら》みつける。アルベルトは頓着《とんちゃく》せず、マティアスの背を押した。

「夜は寒い。中でゆっくり話そうじゃないか、我が友よ」

ホールは外観に恥じぬもので、床の紋様も、立ち並ぶ斑《まだら》の大理石の柱も実に見事なものだったが、アルベルトに背を押され、よめろくようにして歩くマティアスに、堪《たん》能《のう》する余裕はなかった。

もう夜の九時を回っているためか、ホールにはほとんど人がいない。足音がやけに響く。

「不安そうな顔をするな。心配しなくていい、君が罪に問われるわけじゃない」

見透かしたような口調が、腹立たしい。

「じゃあ何だ」

「道徳裁判の証言に立って欲しいだけだ。話が済めばすぐに解放する。裁判の日に戻ってきてくれるならね。ああ、法廷はミュンヘンだからわざわざこっちまで足を運んでもらう必要はないから安心してくれ」

「証言すべきことなど何もない」

「さっきテオとゲオルグについて詳細に話してくれたじゃないか」

マティアスはたまらず振り返った。

「おまえ……」

「院長に気兼ねしているのなら必要はない。だいたい、おかしいと思わなかったのか？　俺と接触させないために手紙は握り潰《つぶ》されていたんだろう？　それなのになぜ、急にベルゲン養護施設に行ってもいいと許可が出たと思う」

アルベルトは足を止めることを許してはくれなかった。顎《あご》をしゃくり、マティアスの背を強く押す。状況に頭がついていかなかった。ほんの数分前まで、彼はよく知る男だったはずだ。ザーレム時代と変わらぬ、生真面目《きまじめ》で誠実な友だった。しかし今や、懐かしい全ての仕草は全く別人のものに変わってしまった。

ベールンゼンの忠告が、耳の奥でよみがえる。アルベルト・ラーセンからは厭《いや》な気配がする。彼とは会うな。ああ、あの時に自分はなんと馬鹿《ばか》な反論をしたのだろう。ザーレムの卒業生がナチであるはずがない？　馬鹿な！　この男はさきほど、敬愛すべき校長をどう表現した？

「もう隠す必要がないからだよ。兄貴とゲオルグが不適切な関係に陥り心中を図ったという事実は、とっくに明るみに出ていたってことだ。むしろ院長は、志願者である君を巻き込む前に解放しようと意図したのかもしれない」

答えぬ彼のかわりに、アルベルトは言った。細められた目は愉快でたまらぬというように笑っていた。

マティアスは口を開いた。だが声が出ない。あまりの怒りに歯の根が合わない。

「だがよかったよ。どうすれば君が話してくれる気になるか、ずいぶん悩んだ。手紙は握り潰《つぶ》されてしまったが、結果的に君みずから出頭してくれたんだからあの労力は無駄ではなかった」

「……俺が証言したとして、いったい誰を罪に問えるというんだ？ テオもゲオルグも死んでいるんだぞ」

「被告はベールンゼンだ。修道院内の淫行《いんこう》、殺人を知りながら、責任者として隠蔽《いんぺい》した。君たちの修道院は存在価値を失う」

「淫行も殺人も起きていない！ 言ったはずだ」

「それは君の見方だ」

ホールを抜け、階段を上り、二人はいつしか扉が並ぶ長い廊下に出ていた。扉のひとつが開き、若い男が顔を出す。

背丈はマティアスよりやや低いぐらいで、真っ先に顔のサイズに比してやたらと大きい耳が目についた。幅の狭い顔には、大きなブラウンの目がはまっており、額は広い。控えめな鼻と、何もせずとも笑っているように見える口の形をしていた。妙に愛《あい》嬌《きょう》のある顔立ちで、灰色の制服を着ていなければ、コメディアンかと思ったかもしれない。

「待ちかねたぞ。ずいぶん遅かったじゃないか」

声もやや高く、どこか剽軽《ひょうきん》な響きがあった。

「悪い。先に始めていてくれ」

「了解。さてヘル・シェルノ、こちらにどうぞ」

男は笑顔で扉を大きく開けた。アルベルトはマティアスをそちらに押しやると、一顧だにせず階段のほうへと進んでいく。

素早くあたりを見渡す。人気《ひとけ》はないといっても、今登ってきた階段の近くには警備兵がいた。ここから逃げ出せるとは思えない。ため息をつき、男の待つ部屋へと向かった。

扉のむこうは、予想していた通り、部屋だった。中央に小さなテーブルが置かれ、向かい合うように一対の椅子《いす》が配置されている。さらに壁際《かべぎわ》にはもうひとつ机があり、こちらには眼鏡をかけた男が腰掛け、熱心に何かを書きつけていた。

勧められるままマティアスが奥の椅子へと腰をおろすと、男も手前に腰をおろし、人好きのする笑みを浮かべた。

「初めまして、ヘル・シェルノ。シュラーダーＳＳ曹長だ。ＳＤ本部へようこそ」

「ＳＤ？」

訊《き》き返すと、シュラーダーＳＳ曹長は呆《あき》れた顔をした。

「知らないで来たのかい？　ＳＳ保安情報部《ジッヒャーハイツディーンスト》」

彼は顎の下で手を組んだ。その際、左の袖《そで》に菱形《ひしがた》のワッペンが縫いつけられているのが見えた。そこに記された文字にはたしかにＳＤとある。

「ゲシュタポとは違うのか」

「違う。まあ、じつは俺たちも時々よくわからなくなるので説明は省かせてもらうよ。さて、マティアス・シェルノ。経歴を見たが、君の半生には同情を禁じ得ないよ。神の悪意さえ感じるね」

シュラーダーは卓上のファイルを手にとって言った。

「クルト・ハーンの学校ではアルベルトと同級だったそうだな。成績もなかなかだ。とくに陸上競技と野外鍛錬の成績は素晴らしい。親衛旗《ライプシュタンダルテ》が涎《よだれ》垂らしてほしがりそうな逸材だ。いや、しかし身長が二センチほど足りないか。入隊条件が一七八センチ以上なんだよ」

マティアスは何も答えなかった。ザーレム校時代の成績や身長の正確な数字まで把握されていることにぞっとしながらも、それよりもライプシュタンダルテの響きに、腹の奥が燃えた。

正式には、ライプシュタンダルテ・SS・アドルフ・ヒトラー。その名の通り、ヒトラーの私的な護衛集団として発足した武装集団である。

SS自体にも何代か前まで純潔のアーリア人であることを証明しなければならないといった意味不明な入隊基準があるが、一般とは区別されたVT（特務部隊）にはさらに厳しい基準があるという噂《うわさ》は聞いている。皆、バイエルンのバートテルツにいつのまにか開校していたSS士官学校を出ているらしい。校長が国防軍《ヴェアマハト》の元中将だというから、それなりなのだろう。

マティアスが彼らの名を記憶に刻んだのは、一九三四年の、エーミールが殺されたあの血の粛清のときだった。

《長いナイフの夜》と呼ばれた、SA粛清事件。執行したのがSS特務部隊である。党内闘争も知らぬ若者たちの寝込みを襲い、引きずり出し、ハイル・ヒトラーを叫ぶかつての同志を無残に銃殺した、血も涙もない殺戮者《さつりくしゃ》。

「ああ、弟さんのことは同情するよ。同じSSとはいえ、あれはちょっとどうかと思うね」

見透かしたように、シュラーダーは言った。心から同情しているように見えるのが、たちが悪い。こみあげる嫌悪《けんお》感《かん》と怒りに、拳《こぶし》を握る。

「しかしエーミール君も、闘争がしたいのならば、SAではなくSS＝VTを選んでいればよかったのに。SAなんてのは君、血気に逸《はや》って暴れ回るだけのろくでもない連中さ。一方、SS＝VTは、士官学校で正式な軍事訓練も受けた精鋭集団だ。ドイツの未来のために戦うのであればそちらを選ぶべきだったし、シェルノ家の知的水準から考えても、SAよりよほどふさわしいと思うのだがね。なぜSAを志望したんだ？　まあおおかた、ヒトラーユーゲントの指導者がSAだったとかそんなところだろうが」

「知るか」

「そのようだね。君は弟と不仲だったようだ。嘆かわしいことに、君がミュンヘン大学で交際していたロッテ・バウワーはアカだったじゃないか！　エーミール君には耐えられまい」

大仰な驚きように、マティアスはうんざりして顔をしかめた。大学時代の恋人の名前を知られていたことにも、もう驚きはない。このぶんでは、退学後につきあった踊り子や、同棲《どうせい》していた娼婦《しょうふ》についても全て調べ上げているのだろう。

つまり、ベルゲン養護施設でのアルベルトとの再会は、天の配剤によるものでも何でもなかった。最初から仕組まれていたのだ。

テオとゲオルグの不審死を修道院を叩き潰す理由にすべく、利用できそうな関係者を探った結果、自分の名が出てきたのだろう。ベールンゼン院長の箝口令《かんこうれい》は徹底しており、他の修道士たちは口が堅い。

だがそこに、テオの弟であり、幸せだった時代を共有した友人が現れれば？　思い返せば、アルベルトの揺さぶりは実にさりげなく、巧みだった。確実にこちらの弱点をついてきた。

まんまと罠《わな》に嵌《は》まったのだ。忠告に耳も貸さず、美しい過去に酔い、気の毒な友人と兄とのわだかまりが溶ければいいとすら願っていたのだ。アルベルトはいったいどんな思いでこの道化を眺めていたのだろう。

「ミュンヘン大学に入学、経済学を専攻――二年の途中で自主退学。父と長男が相次いで亡くなり、病院は倒産。気の毒に。しかもまだ地獄の入り口ときた。我々SSは、キリスト教なんてものは認めていないが、これほどの目に遭えば神に縋《すが》りたくなるのは無理もない。坊主《ぼうず》なんてものは、弱っている時にこそ、つけ込んでくる奴らだからね」

「それはおまえたちも同じだろう」

唸《うな》るように反論したものの、よく喋《しゃべ》るSD隊員は聞こえないふりをして続けた。

「瀕死《ひんし》の状態で命を救われ、親身になって面倒を見てくれた相手なら、忠誠を誓うのも無理はない。テオドール・ラーセンも君にはずいぶんと目をかけていたようだ。死んだハンス・ブルナーなぞよりよほど仲睦《なかむつ》まじかったと」

聞き慣れぬ名だったが、そういえばゲオルグ修道士の本名がハンスだった。新聞か何かで一度だけ見た気がする。

「だがいささか睦まじすぎたようだね。君とラーセン神父が、ただならぬ関係にあったという証言が出ているのだよ」

一瞬、なんと言われたのかわからなかった。唖然《あぜん》としてシュラーダーに目をやると、下種《げす》な笑いを浮かべている。

「……なんだと？」

「耳が遠いのかね？　君とラーセン神父がいかがわしい行為に耽《ふけ》っていたという目撃証言が」

「あるわけないだろう！　何を抜かしやがる」

声を荒らげ立ち上がると、壁に向かっていた記録係がとっさに立ち上がった。立つと意外に大柄な男は今にもとびかからんばかりだったが、シュラーダーが手を上げると動きを止めた。

「座りたまえ、シェルノ。私はただ証言を得ていると事実を述べたまでだ。文句があるなら、証言者に言ってくれ」

「そんなふざけたことをほざきやがったやつは誰だ。いや、いるわけない、全てはおまえらの妄言だ」

「そうは言っても証言があるのは事実だからね。もう一度言う、座りたまえ」

マティアスは歯軋《はぎし》りをして、乱暴に腰を下ろした。シュラーダーが目配せすると、記録係もようやく元の位置に戻る。

「俺は、そんなくだらない虚言のために連れてこられたのか？」

「包み隠さず話したほうが身のためだ。君はもう修道院とはなんの関係もないのだろう？」

「テオは命の恩人であり、尊敬すべき兄弟だ。それに変わりはない」

「法廷で証言するのが苦痛ならば、書簡にして提出することもできる。できれば出てほしいがね、まあ強要はせんよ。君は被害者だから。君の嗜好《しこう》はいたってノーマルなことはわかっているから安心したまえ」

ナチスは「不健全さ」をおおいに嫌う。同性愛もそこには含まれていた。同性愛者は露見すれば、強制収容所に送られる場合もある。あくまで強要された被害者であると訴えれば、その悲劇から逃れられるとシュラーダーは言いたいらしい。

「あいにく被害者でも加害者でもない。言え、死者の尊厳を貶《おとし》めるような讒言《ざんげん》をしたのは誰だ」

偽証の出どころは修道院内の人間であることはまちがいない。だがいったい誰が、こんなナチ好みのことを捏造《ねつぞう》するというのか。

収賄《しゅうわい》もあるにはあるが、道徳裁判における被告の罪状の大半が性犯罪である。社会において尊敬を受ける聖職者の権威を最も効果的に破壊するのがそれであると、ナチはよく知っているからだ。

テオの「悪行」が事実とみなされれば、それを黙殺していたベールンゼンも、そして修道院もまちがいなく破滅だ。証言者も家を失うことになるのになぜだ？　怨恨《えんこん》か？　いや、最もありうるのは、目の前の男たちによる脅迫に屈したというシナリオだ。

「それは重要なことかね？」

シュラーダーは困ったように首を傾《かし》げた。

「当たり前だ」

「ふむ。まあ、どうせいずれは明らかになるのだ、教えてやろう。ヨアヒム・フェルシャー神父だ」

鈍器で頭を殴られたような衝撃が来た。

「……フェルシャー？」

黒髪と深い碧《みどり》の目が脳裏に浮かんだ。テオドールの遺志を継いで、ヴァチカンへ赴任した、心やさしき青年司祭。

ヴァチカン――ローマ。

『イタリアに重要な証人がいるんでね、丁重にお出迎えに』

ベトケ弁護士の言葉が、脳内でこだまする。

「彼はテオドール・ラーセンの前から修道院にいたし、ベールンゼン院長の信頼も厚い。さらにラーセンとは古い友人であり、性癖も承知している。彼の証言は信頼できる」

「馬鹿を言え！　フェルシャー神父がそんなことを言うはずがないだろう！」

「ならアルベルトに聞いてみたらどうだ？　当のフェルシャーはすでにミュンヘンSDに預けてあるが、実際に奴《やつ》を連れてきたのはアルベルトだ」

力という力が抜けていくようだった。フェルシャーがなぜ？　いや、こいつらはまるっきり嘘《うそ》を言っているに違いない。ただこちらを揺さぶっているだけだ。だが、それではなんのためにアルベルトはイタリアへ？

惚《ほう》けて虚空《こくう》を見つめる彼に、シュラーダーは慰めるように声をかけた。

「気持ちはわかるとも、シェルノくん。フェルシャー神父もさぞ苦悩しただろう。修道院への君たちの忠誠はよく理解できる。だが、真に修道院の未来を願うのであれば、悪徳は糺《ただ》さねばならない。神父は、信仰に背を向けなかった。聖職者とはそうあるべきだろう。君の恩義もわかる、だが真実はいつか必ず明らかになるものだ」

「ならばフェルシャーはこれから、嘘を口にした罪で生涯怯《おび》えねばならないだろう。どんな理由があろうとナチに阿《おもね》ったのだから」

「堂々巡りだな。このままでは君も、ダッハウに送られることになりかねんぞ。フェルシャーの証言を認め、強要されたのだと訴えれば、無罪だ。そう、君は被害者なんだよ、マティアス・シェルノ」

「違うと言っている」

マティアスはうんざりして天を仰いだ。ぐるりと張りめぐらされた廻り縁《ぶち》には細かい組紐《くみひも》状の模様があったが、天井の真ん中にぶらさがるのは裸電球である。机も椅子もいかにも間に合わせの簡素なものだ。宮殿の時代、この小部屋はいったい何に使われていたのだろう、と思った。

「……フェルシャーの証言が採用されたら、院長はどうなる」

「どこまで事情を把握していたかによるな。修道院から枢機卿《すうきけい》を出すという野望にとりつかれ、ラーセン神父の罪状を全て把握していながら素知らぬふりをしていたのであれば、ダッハウ行きかな。それは君の証言次第だろう」

シュラーダーは意味ありげに笑った。

「証言台で掩護《えんご》でもしろと？　いずれにせよ俺に証言できることは何もない。ゲオルグの件はアルベルトに全て話した」

「それは興味深いが、ゲオルグに関しての証言はフェルシャーのもので充分なんだ。いやあ、予想以上に大胆でまいったね。君たちの修道院はどうなっているのやら」

唖然とした。フェルシャーはどう発言したというのか。二人が死んだ後、なぜこんなことになったのかと泣いていたのは、なんだったのか？

いや、落ち着け。彼は脅されたにちがいないのだ。ゲシュタポに連行された共産党員は、数日後には、ありもしない陰謀と、存在しない凶悪な仲間の名前を吐いてしまうというではないか。

「吐いたか？」

ノックもなく扉が開き、シュラーダーと同じ灰色のジャケットを着た背の高い男が現れた。マティアスは舌打ちし、その顔を見上げた。

まちがいなく、先ほどまで語らっていたアルベルト・ラーセンだった。やはりこれはたちの悪い悪夢などではないらしい。左腕には、やはり菱形の黒いワッペンがついている。ＳＤの徽章《きしょう》だ。

「こんな短時間で吐けば誰も苦労しないだろ。もう帰っていいか？」

ペンを回しながら面倒くさそうに言う同僚を、アルベルトは呆れた顔で見やった。

「一時間も経《た》ってないぞ」

「昨日から誰のおかげで帰れないと思ってんだよ。ビギーに浮気を疑われるのはごめんなんだ」

「それはおまえの生活態度のせいだろう。さて、マティアス、俺も昨日ローマから帰ってきてから書類に追われていて休む間もないんだ。ご協力を願うよ。ここのベッドは、ホテル並とは言わないが、修道院の寝床よりはマシなはずだ」

軽口を叩《たた》くSD隊員を、マティアスは殺意をこめて睨《にら》みつけた。

「道路で寝るほうがマシだな。俺には何も言うことはない、即刻解放しろ」

「真実を伝えるためにベルリンまでやって来た君の勇気はどこへ行ったんだ」

「真実は伝えた。この男から聞いたが、きさまらのつくりあげた三文芝居はたいした出来だな！　フェルシャー神父の口からそんな下劣な妄言を引き出すとは、いったいどんな手段を使ったんだ」

「拷問《ごうもん》で証言を引き出したとでも？　とんでもない。彼はじつに協力的だったよ。フェルシャー神父はせっかく、ヴァチカンでの栄達の道を手に入れたんだ。こんなところで、汚《けが》らわしい醜聞に巻き込まれて全てを失うわけにはいかない。勇気をもって真実を明らかにすれば、信仰は正しいと証明される。彼の未来にはなんの陰りもない」

アルベルトはテーブルをまわりこみ、マティアスの背後に立った。椅子の背もたれを摑む気配がして、総毛立つ。

「卑怯《ひきょう》でもなんでもないさ。彼は守るべきものを守っただけだ。いいか、もしこの件にゲシュタポが介入してみろ。奴らははるかにえげつないぜ。フェルシャー神父を兄貴殺しの黒幕に仕立て上げるぐらいはするだろうね。動機はいくらでも後付けできる。たとえば、フェルシャー神父はずっと兄貴を憎んでいて、ヴァチカン行きを知って怒りを爆発させた。テオを慕っていたゲオルグをけしかけて、殺すよう仕向けたとかね」

立ち上がって、背後の男の胸ぐらを摑んでやりたかったが、拳を握って耐えた。振り向くのは、彼をまともに相手にしてやるようで厭だった。ささやかな抵抗など見透かしているのか、頭上で笑う気配がする。

「君らの尊厳は叩き潰される。手に手を取ってのダッハウ行きも充分あり得る。死者の自業自得《じごう》で済ませたほうがいいんじゃないか」

「おぞましい罪をお前の兄テオにかぶせろと?」

「現実の罪だ。君も気の毒に。テオの毒牙《どくが》にかかるとは」

「俺とテオがそんな関係を結ぶはずがない。そんなことはおまえが一番知っているだろう」

含み笑いが降ってくると同時に、乱暴に髪を摑まれる。

「黒髪の巻き毛。情熱的な瞳《ひとみ》。一本気な性格。ああ、それと母方の祖母がイタリア人だったか？　テオは昔からイタリアに傾倒していたし、君はまさに兄貴の好みだよ」

頭に血が上る。怒りにまかせて、手を振り払い、背後の男に言い放った。

「地獄に堕ちろ！」

「悪いが俺はとっくに棄教している。よって、君たちのいう地獄とは無縁だ」

「棄教だと？」

「ＳＳには、人を堕落させる宗教なんぞは必要ない。人は、闘争によって進化する。ドイツは今、何世紀にもわたる堕落のツケを払う時期に来ているんだ。本来ならば生存すら許されぬ病人たちを、クソのような哀れみで飼ってきたおかげで、ドイツはここまで弱体化した。我々アーリア人は、最もすぐれた支配者種族《マスターレイス》であるにもかかわらずだ」

マティアスはうんざりして、数刻前まで友だった男を見やった。彼が口にしたのは、ミュンヘンのいたるところでナチがわめき立ててきたこととそっくり同じだった。

彼が生粋のナチであることは、もはや疑いない。ザーレムの中でも群を抜いて知的だったはずのこの男から、ゴロツキどもと同じ妄言を聞くのは、苦痛だった。

「ダーウィンにニーチェ、それとヘーゲルにショーペンハウエルか？　都合のいい理論を抽出してねじ曲げたごった煮だ。昔、そう言ってこきおろしていたのは他ならぬおまえだったんだがな。闘争による進化？　マスターレイス？　正気で言ってるとは思えん」

「それが君の限界なんだ、マティアス。だからテオなどにやすやすと籠絡《ろうらく》される」

アルベルトの顔から、それまで漂っていた薄ら笑いが消えた。

「いいか、マティアス。我々のスローガンは『汚物一掃』だ。テオドールという汚物が消えたのは喜ばしいが、完全に人生から排除しなければ意味がない」

「イカれてる」

「心外だ。これこそエーミール君が命を捧げた理念じゃないか」

弾《はじ》かれたように起き上がった。エーミール。その名を、汚らわしい口で呼ばれた途端、頭が真っ白になった。

気がつけば、飛び上がるようにして、顎に拳を叩きつけていた。アルベルトを背後の壁に叩きつけた直後、マティアスも勢いよく机の上に叩きつけられた。後ろ手に腕を捻《ひね》りあげられ、体重をかけられる。骨がみしみしと音をたて、激痛が走る。意地でも悲鳴はあげなかった。

「感謝する。これで君を明日以降も拘束する理由ができた」

涙に霞《かす》む視界の端で、アルベルトが口元を拭《ぬぐ》って笑う姿が見えた。

「弟の件は気の毒だったが、教訓とすべきじゃないか？　彼は誠実で、愛国心に燃える素晴らしい若者だったのだろう。だが、所属する先を見誤れば、簡単に命を失う。そういう時代なんだよ、マティアス。一度貼《は》られた悪意あるレッテルはそう簡単に剝《は》がれず、命すら奪いかねないということは、父上が教えてくれたじゃないか」

「おまえが俺の家族を語るな」

腕がいっそう捻りあげられた。痛みのあまり、吐き気がした。せりあがる不快感を、唇を嚙《か》みしめて押し殺す。

「シェルノ家の生き残りとして、もっと賢く生きろよ。このままではご家族も浮かばれまい。命を救われたとはいえ、修道院とは情けないじゃないか。未来がないものの筆頭だ」

「修道院にはナチスの何百倍の歴史がある。与党なんてものはすぐに変わるが、人が神を求めるかぎり教会も修道院も消えない」

「たしかに、全ての人類が神を必要としなくなる日は来ないだろう。だが、神の姿もまたいくらでも変わる。時代の都合にあわせて、どれだけ聖書の解釈が変わってきた？」

「我々人間には限界がある。神の御言葉《みことば》はあまりにも深く、理解しきれぬことも多い。

何世代にもわたって少しずつ真実に近づこうとする努力の何がおかしいのか」

「詭弁《きべん》だな。神学論争は恣意《しい》的な上に、常に論理的整合性を持たぬほうが勝利する、特異な学問だ。どのみち君は還俗《げんぞく》するんだ、ならば我々のもとに来ればいい。ゴロツキや修道士よりもましな生活を与えると、約束するよ」

「おまえらなんぞに与《くみ》するぐらいなら、ダッハウのほうがマシ――」

最後まで言えなかった。とうとうねじ切られた、と思った。痛みのあまり、悲鳴も出ない。かわりに、大きく開いた目と口からぬるい水が流れ落ちた。

「カウフマン、もう離していい。二人とも出てかまわんぞ」

アルベルトの声がひどく遠く聞こえる。

「しかし」

「肩を外したのなら動けんよ。何かあっても、こいつの拘束が延びるだけだ」

背中にかかる圧迫は消えたが、肩の激痛はいっこうに収まらない。そのくせ、肩の先の感覚は全くなかった。

「ラーセン、最初からあんまりとばすなよ。こいつは馬鹿だが、ユダヤ人でもアカでもないんだから」

痛みのあまり体を支えることもできず床に崩れ落ち、悶絶《もんぜつ》するマティアスを憐《あわ》れむように見下ろすと、シュラーダーはさっさと部屋から出て行った。カウフマンと呼ばれた記録係も、しばしためらった後に続く。扉が閉じると、アルベルトは労《いたわ》るような手つきでマティアスを助け起こした。その手を乱暴に払い、よろめきながら椅子に座る。アルベルトは薄く笑い、シュラーダーが座っていた椅子におさまった。

「さて、ここからは非公式だ。マティアス、友の友情を無にしないで欲しい」

組んだ手の上に顎を載せ、アルベルトは一転して悲しげな面持ちで言った。

「君をダッハウなんぞに送りたくはないんだよ。残念ながら俺は思想的にはザーレムの敵に回ってしまったが、友誼《ゆうぎ》は変わらない。さあ、証言をしてくれ」

激しい痛みで、ろくに頭が働かない。これだけ苦しんでいる人間を前にして、よくもここまで涼しい顔ができるものだと思う。

「何度も同じことを言わせるな。嘘はつかない。証言することは何もない」

「テオはどうせ死んでいる。いくら罪をかぶせても問題はなかろう。それよりも、ベールンゼン院長や他の兄弟、なにより君自身を救うことに心を砕くべきじゃないのか?」

「最初から俺を利用する目的で近づいたくせに、どの面下《つらさ》げてほざく」

「ああ、わざわざ君が出向く日を調べて、あんな山の上まで行ったのに無駄骨だった」

アルベルトはわざとらしく嘆息した。

「君は簡単には寝返りそうになかったし、埒《らち》があかないから、標的をフェルシャー一人に絞ったが、彼は予想以上に話がわかる男でね。君は完全に用済みとなってしまったよ」

「なら放っておけばいいだろう」

「放っておくつもりだったとも。のこのこここまで会いに来たのは君だ。ならば利用させてもらうしかないだろう？　これぞ神が与えたもうた奇跡ってやつだろうな」

マティアスは何も答えない。正確には、答えられなかった。怒りと痛みに歯の根が合わない。罵声《ばせい》を浴びせてやりたくとも、かなわなかった。喋るだけでも辛いのだ。

「まあ君の怒りもわからないでもない。復讐《ふくしゅう》の機会を狙《ねら》うなら、ここは一時協力しておくほうがいいんじゃないか。でなければ、ダッハウ行きだ。よく考えろ。ありもしない罪を負わされて人生を台無しにすることはないだろう」

子供を教え諭すような、やさしげな声音が腹立たしい。

「捏造と認めたと取っていいんだな」

「言ったろう、非公式な尋問だ。記録係はいない」

アルベルトは両手を広げ、悠然と笑みを浮かべた。

「だが、法廷で認められれば全て真実となる。俺は、兄貴が何をしたかなんてどうでもいいんだよ。ただ俺の人生から完全に排除できればね」

「排除もなにも、もう死んでいるだろう」

「死んでも血縁というのは消せない。同性愛者なんてのは、ユダヤ人と一緒だ。この国に存在してはいけないんだよ。死んでまで、俺の人生を邪魔されるのはかなわない。それだけだ」

口調は淡々としていたが、マティアスを見据える目は燃え上がるようだった。彼がこれほど激しい感情をあらわにしたのは、ザーレムを去った時ぐらいではなかったろうか。僕は決して許さない。戦い続ける。静かに宣言したあの時と、彼の本質は変わっていないのだ。

「憐れな」

マティアスはつぶやいた。正直な気持ちだった。怒りはある。だがそれよりも勝るのは、憐れみだ。

アルベルトもまた、自分と同じように家族を失った。父親は存命しているが、彼の心情としては、母親の自殺を知った時点で父も兄も敵となったのだから、天涯孤独も同然だ。だからこそ再会した時には親近感も覚えた。自分は転落したが、過酷な運命にみごとに打ち勝った友を誇らしくも思った。

しかし彼は、勝ってなどいない。まだ一人で戦っているのだ。

「憐れか」

それまで余裕ぶった表情を崩さなかったアルベルトは、口角をわずかに引きつらせた。

「俺がザーレムを離れる時も、君はずいぶん憐れんでくれたな。当時は、なにもかももっている君に見下されているようで腹立たしかったが、この状況でも変わらないのはたいしたものだ。だが俺より自分を案じるべきじゃないのか。痛くてたまらないだろう？　意地を張ると、その痛み以上のものが生涯にわたって君を襲うことになる」

朦朧《もうろう》としかけていたマティアスを憐れむように、アルベルトは手を伸ばした。肩に触れた途端、またねじきられるような痛みが走った。咆哮《ほうこう》をあげて突っ伏したところに、穏やかな声が降ってくる。

「マティアス、苦行を負うことはない。死んでしまった者に義理立てする必要などないんだ。君は自分の意志で修道院を離れたのだからね。立派に更生してこそ、テオやベールンゼン神父も喜ばれるのではないか」

やさしげな口調は、死の危険を察知した本能に、甘い水のごとく染《し》み渡る。

そうだ。もうテオは死んだ。ベールンゼン院長も有罪を免れ得ないだろう。こいつらがそうすると言ったら、そうなるにちがいない。

ならば真実に固執することもないのではないか。院長の命が奪われるわけではない。彼自身が淫行を犯したわけではないのだし、高齢だから執行猶予《ゆうよ》がつく可能性もある。

ならばいっそ——。

「……リア」

マティアスはつぶやいた。

「なんだって？」

アルベルトが顔を寄せてくるのを感じた。マティアスは机に伏したまま、慣れ親しんだ言葉を口にした。

「アヴェ、マリア……恵みに満ちた方、主はあなたとともに……おられます。あなたは女のうちで祝福され、ご胎内の御子イエスも祝福されています。神の母……聖マリア、わたしたち罪びとのために、今も……死を迎える時も、お祈りください」

邪《よこしま》な考えに傾きかけた私を、どうかお許しください。友を、師を、なにより神を裏切ろうとした私を。

天使祝詞を唱え続けるマティアスに、アルベルトは立ち上がった。

「よほどダッハウに行きたいと見える」

「神の前で嘘をつくぐらい……ならば、痛みに……耐えるほうがましだ」

きれぎれの声に、けたたましい笑い声が被《かぶ》さる。

「志願者に過ぎないというのにたいした忠誠ぶりじゃないか！ なるほど、修道士と聞いた時にはなんの冗談かと思ったが、存外素質があるのかもしれないな。テオもよくぞ見抜いたものだ。では君は、喜んで汚名を受け止めるというわけか」

「真実は、神が全てご存じだ。それで、充分だ」

「すばらしい。君はまったく、期待を裏切らないね」

ひとしきり耳障《みみざわ》りな笑い声が続く。嵐《あらし》のような音だった。

「いいだろう、言う通りにしよう。君の信念がどこまで通じるのか、じつに楽しみだ」

「哀れなやつだ、魂の牢獄《ろうごく》に捕らわれているのはおまえのほうだというのに。おまえは闘争などしていない。ただ、権力にすり寄っているだけだ」

体じゅうの力をかき集め、マティアスは顔をあげた。

「人生が幕を閉じる時、真に勝ったのはどちらか、思い知るだろう。せいぜい一時の勝利を誇っていろ、アルベルト・ラーセン」

「ご忠告、感謝する。ああ、今からその日が楽しみだよ」

腕が振り下ろされる。頭に激しい衝撃が来る。意識が遠のいていく中、マティアスは悟った。

人生最良の季節は完全に消え去った。他ならぬアルベルトの手によって、跡形もなく破壊されたのだ。

第二章　燃えるがごとき憂慮をもって

＊

これは魔方陣だ。

篝火《かがりび》が揺れる広間を見回し、アルベルトは思った。

左右の壁には、旗手が掲げた国家社会主義ドイツ労働者党――ＮＳＤＡＰの党旗が隙間《すきま》なく並んでいる。党の象徴である逆スワスティカ――ハーケンクロイツが、篝火の明かりにくっきりと浮かび上がり、この広間を現実の空間から切り離していた。

魔術的な匂《にお》いのするシンボルが囲むのは、黒い制服を身にまとった青年たちだ。アルベルト・ラーセンもまた、ここでは無数の黒い記号のひとつにすぎない。

逃げ場を失い、巨大な魔方陣に閉じこめられた彼らは、おそらく生《い》け贄《にえ》だった。彼らが捧《ささ》げられる先は、山羊《やぎ》の頭をした異形のものでもなく、翼をもつ何かでもない。

青い瞳《ひとみ》を正面の壇上に向ける。そこでは、生け贄たちと同じ黒ずくめの男が派手な演説をしていたが、アルベルトの視線は彼を素通りし、その背後に掲げられた肖像画をとらえた。

翼をひろげた黄金の鷲《わし》の紋章の下、祭壇画のごとき恭《うやうや》しさで描かれているのは、ダークブラウンの髪とやや時代遅れな口ひげをもつ中年男だった。

造作がすぐれて整っているわけでも、特別な威厳を有するわけでもない、ごく平凡な容姿の男だったが、ただひとつ、青緑に輝く双眸《そうぼう》だけは、異様に美しかった。この薄暗い空間を照らす星のように、そのふたつの目は、アルベルトたちを見つめていた。

「ジーク・ハイル！」

壇上から、高らかに声が響く。それまで微動だにしなかった黒い塊が、いっせいに右腕をあげる。津波のような動きに続き、栄光《ハイル》を繰り返す嵐《あらし》の叫び。

総統にしてドイツ帝国首相であるアドルフ・ヒトラーに生涯の忠誠と勇気を誓う。

忠誠こそ我が名誉、天も照覧あれ。

この宣誓式に至るまで、SS志願者は何度も何度も、なぜ我々は総統に忠誠を誓うのかという問答を繰り返し、答えをたたき込まれる。行為の反復は、思考を麻痺《まひ》させ、習慣として定着させる。問答の過程で、若者たちは総統と栄光の未来に仕える戦士としての自覚を培《つちか》っていく。そしてこの闇《やみ》と光が織りなす神秘的な魔方陣の中、宣誓と歌によって、自覚は熱狂的な感動に昇華される。志願者はここで俗人としての生を終え、烙印《らくいん》を押された神の生け贄として生まれ変わるのだった。

感動の涙を流し、ハイルを繰り返す者たちの中で、アルベルトはつとめて冷静な思考を保とうとした。

ＮＳＤＡＰは、長年にわたって人間の真の自立を妨げた害悪として教会の存在を否定している。だがこの儀式は実に宗教的である。絶対的な服従を要求しており、この制服も、明らかにイエズス会修道士たちの模倣でしかない――そう考えてみても、完全に冷静であり続けることは難しかった。ＮＳＤＡＰの演出力が効果的であることは、アルベルトも認めざるをえなかった。

やがて彼らの熱狂は、党歌『ホルスト・ヴェッセルの歌』とＳＳ隊歌の斉唱で、頂点を迎える。

ＮＳＤＡＰは歌を愛する政党だった。歌と行進と喧嘩《けんか》をとくに好む。それは、ドイツ人が好むものと一致していた。

たとえ全《すべ》てが背くとも
我らが忠誠揺るがぬかぎり

我らが隊旗はとこしえに地上に翻《ひるがえ》れり
若き友よ、より良き時代を築く者よ
願わくば潔《いさぎよ》く身を捧げよ
美徳と愛すべき死へと、その身を捧げよ

歌詞は、彼らが生け贄であることを露骨に示していた。しかしほとんどの者が、陶酔をもってその運命を受け入れ、こう誓う。

Meine Ehre heißt Treue.
忠誠こそ我が名誉。

与えられた短剣に刻み込まれた言葉は、彼らの命となった。

1　一九三七年二月

悪徳の巣を一掃せよ。

合い言葉のもとに昨年秋から本格的に始まった教会弾圧は、一九三七年に入って、ますます激しさを増していた。

聖職者道徳裁判はドイツ全土ですでに百件を越えており、有罪判決を受けた多くの聖職者が、ダッハウ収容所に送られた。彼らは生涯そこから出ることはない。NSDAP政権がたおれぬ限り。

コンコルダートはもはや死文化しており、ドイツ司教団が抗議する度に「これはコンコルダートに抵触しない」と一蹴《いっしゅう》されている。

SDⅡ局（国内諜報《ちょうほう》局）113課、すなわち全カトリック・プロテスタント対策課に所属するアルベルトも激務に追われ、ろくに眠れない日が続いている。ようやく一件報告書を提出したと思ったら、その場で課長のハルトルに新たな紙を渡された。日々更新される、「疑わしき」聖職者のリストだ。

未解決のリストにはまだ百名近い名前がある。収賄《しゅうわい》や傷害もまじっているが、ほとんどが性犯罪であり、これが全て事実であるとすれば、ゲシュタポの「坊主《ぼうず》と犯罪者は同義である」という言葉も納得がいくが、濡《ぬ》れ衣《ぎぬ》も多い。リストには反政府的傾向のある聖職者の名を連ねてあるだけで、起訴に足る理由を付与するのが、SSの役割だった。

「この男の調査を頼みたい」

ハルトルが指し示した欄には、コルネリウス・ロサイントと記されていた。ベルリン司教座聖堂付の助祭とある。

「連絡員から要注意との知らせがあった。カトリック青年運動の活動家だが、政治運動に関わっている可能性が高い。いや、関わっていると断定していい。あのいまいましい司教を潰《つぶ》す好機だ。期待しているぞ」

ドイツ国内の全ての十字架《クロイツ》を逆さ十字《ハーケンクロイツ》のもとに屈服させる。それが、113課長ハルトルSS大尉《たいい》の願いだった。いや、ほとんど信仰といってもよい。

ハルトルはもともと神学校で学んだ神父だったという。ミュンヘン大司教ファウルハーバーによって叙階されたが、禁じられていたNSDAPの運動にのめりこんだために破門された。そして今や、SSにおける教会取り締まりの責任者である。彼は復讐《ふくしゅう》に猛《たけ》り教会を潰しているのではない。心の底から、これがドイツ国民のためであると信じているのだ。キリスト教の神から、アドルフ・ヒトラーという目に見える神に鞍替《くらが》えしただけの熱狂的な信者だった。

113には、このハルトルのように、宗教的とさえ言える使命感をもって任務に当たる者もいないではない。しかしアルベルトはそうではなかった。113は志望した課ではなかったし、そもそもSSに入隊した時ですら、NSDAPのイデオロギーには全く興味がなかった。

四年前、ハイデルベルク大学で法律と政治学を修めたアルベルトは、州裁判所で司法修習生として研修中の身の上だった。しかし仮に州司法試験に合格したところで、今世紀最大と言われる大不況の中にあって就職先のあてなどないに等しく、他の学生同様、将来に大きな不安を抱えていた。経済的にも厳しく、夜はレストランで働いていたが、ある晩、運命を大きく変える人物に声をかけられた。

「ラーセン君じゃないか。夜も勤勉だね、君は」

ハウスワインを手に朗らかに笑いかけてきたのは、ハイデルベルク大の講師ヘーンだった。ドイツ法曹界の俊英として注目されており、その胸に政権をとったばかりの

NSDAPのバッジが燦然《さんぜん》と輝いている点でも有名だった。

かつては「ナチス」と嘲笑《ちょうしょう》されていたNSDAPも、今は堂々たる与党であり、ハイデルベルク大学内でも、とうとう先日NS学生連盟の人数が、ずっと最大派閥だったカトリック学生連盟の数を抜いたという。

「いろいろと金が要るんです。先生が私をご存じとは思いませんでした」

「君は優秀だからね、すぐ覚えたよ。バーデン公の学校を飛び級で卒業したそうじゃないか」

最高のシュニッツェルを求めて店を転々としているという彼は、この店の味がお気に召したらしく、しばしば顔を出すようになった。自然と言葉を交わすことが多くなり、二ヶ月が過ぎたころ、アルベルトはとうとう大学のヘーンの部屋へと呼び出された。

「将来に不安を感じているのだろう？　ならばNSDAPに新しくできた情報機関をおすすめするよ」

単刀直入に彼は言った。思いがけない言葉にどう反応すべきか困っていると、ヘーンはかまわず上機嫌で続けた。

「ラーセン、君はどこの政党にも所属していないだろう。ならばこの際、入党しなさい。そしてSS（親衛隊）に志願するんだ。SSには近ごろ、保安情報部《ジッヒャーハイツディーンスト》——SDというものが出来てね。私は近々、第2課の課長となることが内定している」

彼は、バーデン法令によってユダヤ系の教授が一掃された後、大学に流れこんできた若い講師の一人である。その中ではましな部類で、NS学生を露骨に贔屓《ひいき》することもなく、そこそこ公平だという評判だった。しかし時々、「指導者原理《フューラープリンツィプ》」や「民族共同体《フォルクスゲマインシャフト》」といった、いかにもNSらしい怪しげな哲学を論じることもあり、授業を離れてまで教えを請《こ》いたい相手ではない。アルベルトは困惑したが、相手の機嫌を損ねぬよう注意深く言い返した。

「SSの保安情報部というと、諜報や警察関係という印象を受けますが」

「そういう部署もある。だが私が統括するのは、法律と経済を扱う部署だ。我が国の法曹界及び経済界は瀕死《ひんし》の状態にある。全く新しい秩序を必要としているんだよ。その礎《いしずえ》となる部署だ。なおかつ、破格の給料が約束されている」

破格の給料という言葉に、アルベルトの心は大きく揺れた。この時代、先立つものの保障はなにより切実な問題だった。

「一般SS隊員には給料などないが、SDはれっきとしたNSDAPの党機関だからね。まずSSに入隊し、それから州司法試験に合格すれば、短期間で重職につくことができるだろう。我が党ならば、君が望む弁護士としての活動の場も提供できるはずだよ。どうかね」

魅力的な申し出ではあった。実現すれば、アルベルトが抱えている問題がいっぺんに解決する。しかし、なにしろ相手はナチスだ。

「ヘル・ヘーン、言いにくいのですが……私は先日の弁論大会でも、NSDAPを『ナチス』と蔑称《べっしょう》を用いて批判してしまい、NS学生連盟の連中との決闘騒ぎまで起こしました。そんな人間が入党し、しかもSSに入隊などできるとは思えません」

「あれは傑作だったね！　そう、あの様子を見て私は、君に声をかけようと思ったのだよ」

思い出したのか、ヘーンは声をころしてひとしきり笑った。

「私が言うのも何だが、今のNS学生連盟に真っ向から喧嘩を売る勇気は買うよ。権力に阿《おもね》らず、絶えずそれを疑う視点をもつ君だからこそ、この我々の党をうまく利用できると思うのだ」

利用という言葉に目を丸くしたアルベルトに、年若い講師は意味ありげに笑った。

「君のように優秀な人間が、信念を実現するために権力を利用することは決して悪ではない。人生は短すぎるし、我々の為すべき仕事は多すぎる」

「ありがたいお言葉ですが、なぜそのように私を買ってくださるのかが不思議です」

「君の演説は的を射ていた。たしかに現時点では、我々の法哲学は矛盾を多くはらんでいる。君がごった煮の劣化と称するのも、いたしかたない。だが今は、過渡期なのだ。硬直化し進化をやめたドイツ法曹界を破壊し、新たな哲学体系を組み上げる過程では、相反する意見がいくつも出てくる。それをまとめあげるのが私の仕事だ。生涯かかるかもしれぬ大仕事となるだろう。だからこそ、権力に阿らず、単独で行動する勇気をもつ君に手助けしてもらいたいのだよ」

熱心な口調に、アルベルトはますます困惑した。

「しかし、ナ……NSの理念は、私には理解しかねることが多いのです。人生は闘争である、というスローガンは悪くないと思うのですが」

「それが理解できるのなら十分だ。我々の本質だからね。それに君も、外側から見ただけでNSについて誤解していることも多々あると思う。なにより我々はSSの一員ではあるが、彼等とは一線を画する存在だ。君ぐらいの人間がちょうどいいんだ」

「私ぐらいでちょうどいい、ですか」

「心配は無用。SD長官は私の友人で、元海軍のハイドリヒという男なんだがね、非常に合理的な考え方の持ち主なんだ。SDに年寄りはいらない、若く柔軟な思考をもち、新しい国家を築く熱意に燃えた若者がほしいと常々公言している。SDに見合う頭脳をもっているのなら、NSDAP流の熱狂的な国粋主義者ではなくてもかまわん。必要なのは国を変えるという熱意なんだ。ぜひ考えてみてくれたまえ、ラーセン」

ヘーンは、SDがいかに選りすぐりの知的エリート集団であるかを、詳細に語った。その口調にはよどみがなく、巧みであり、繰り返し説得されているうちに、アルベルトの心は入党に傾いた。

ヘーンは予想以上に広汎《こうはん》な知識をもった、尊敬しうる相手だった。若くして講師となったのは、NSDAP党員だからというだけではない。むしろ彼が言う通り、彼は党によってもたらされる恩恵を、ドイツの未来のために生涯かけて還元しようとする誠実な人物のように感じられた。

なにより、この就職難の時代、仕事を斡旋《あっせん》してもらえるのはありがたい。アルベルトは、一刻も早く自立したかった。仕事で認められ、愛する女と家庭をもち、何があっても最後まで守り抜く。父や兄とは違う誠実な人間になりたかった。

三ヶ月ほど悩んだ結果、アルベルトはNSDAPに入党し、SSに志願した。半年の訓練を経て、秘密結社めいた宣誓式に参加した時はいくらか高揚を覚えはしたものの、やはりNSDAP独特の人種観や過激なイデオロギーには共感できなかったので、

SDに入るためとわりきって任務をこなした。二年後ぶじに司法試験に合格し、ヘーンの待つSD2課に配属が決まった時には心の底から喜んだ。生活の基盤を得られたので、三年つきあった恋人のイルゼとも晴れて結婚することができた。

しかし、結婚式を終えて新婚旅行から帰ってくると、突然ベルリンのプリンツ・アルブレヒト街にあるSD本部より呼び出しがかかった。

その日のことは今でもよく覚えている。静かな廊下を歩き、扉を開け、「ハイル・ヒトラー」とNS式の敬礼をしたアルベルトを出迎えたのは、SSのナンバー2、SDとゲシュタポを含む保安警察を束ねる三十二歳の若き長《おさ》、ラインハルト・ハイドリヒSS中将だった。

彼は、アイスブルーの目を細め、終始、親しい友人のようにアルベルトを扱った。部屋から出てきた時、アルベルトは113へ異動することが決まっていた。気は進まなかったが、ハイドリヒじきじきの命令ならば受け入れるほかない。アルベルトにできるのは、こんな最悪なタイミングで最悪な死に方をした兄テオドールを心中で罵《ののし》ることぐらいだった。

あれから、半年が経《た》つ。兄の死を利用してバイエルン・カトリック界の大物ベールンゼンとその一派を叩《たた》き潰すことに成功したアルベルトは、113の中でも着々と実績をあげ、ハルトルからも信頼を寄せられる存在になっていた。

気がすすまぬ仕事でも与えられたものならば全力でやるだけだ。そうすれば今度こそ2課に異動できるかもしれない。

この日もアルベルトは、ハルトルの命令を受けて、早速ロサイントの調査に出かけた。カテドラルの助祭とわかっているので、本人はすぐに見つかったし、情報も簡単に集められた。

容姿も経歴も、ごく平凡な男だった。総統崇拝という異教が蔓延《まんえん》する現状を憂《うれ》え、頻繁に信徒を集めて聖書の勉強会を開いているところまでは判明したが、とくに危険な人物とも思われない。おそらく、彼が目をつけられたのは、カテドラルの助祭だからという理由なのだろうと判断した。

ベルリンは、ホーエンツォレルン家の支配が長い土地であり、伝統的にプロテスタントの勢力が強い。そのため、ミュンスターやバイエルン地方のような、カトリック系住民による政府への激しい抵抗はあまり見られなかった。

しかし三年前、政府が本格的な教会統制を行うため教会省を設置した直後に、バイエルンのアイヒシュテットから一人の司教が転任してきた。現ベルリン司教コンラート・フォン・プライジングである。彼は以前より、ミュンスター司教ガーレンと並び、司教団の中で最も手強《てごわ》い敵だと目されていた。現ローマ教皇ピウス十一世と個人的に親しく、気性もまた教皇に似て、猛々しい。

　ドイツとヴァチカンの関係は加速度的に悪化していた。ピウス十一世は、世界中の誰もがヒトラーを警戒していた頃まっさきに手をさしのべた人物だったが、この時期にプライジングを首都に送ったということは、その考えに大きな変化があったと見ていいだろう。

　実際、彼が着任してから、ロサイントら若い司祭たちの動きも活発になり、信徒たちに深刻な影響を及ぼしている。

　プライジングの経歴に隙はない。名門の出であるし、教皇と親しい司教にさすがに問答無用で連行する《保護拘禁》は適用できない。ゆえに、彼の庇護《ひご》のもと熱心に活動する若い司祭たちに白羽の矢が立てられたというところだろう。

　気の毒な男だ。アルベルトは、聖堂の前で信徒たちと熱心に話すロサイントを眺め、口の中でつぶやいた。

　彼は潔白なのかもしれない。しかし、密告があり、リストに名前が載った以上は、いつかはダッハウの強制収容所に放り込まれることになるだろう。反政府活動の疑いが晴れたとしても、性犯罪の容疑をつきつけられる。そんなものはいくらでもつくりだせるのだ。

この半年で八名の聖職者を調査した。うち七名に有罪判決が出ている。ダッハウ行きは三名だ。

七名全員が本当に有罪だったとは、正直言って思わない。かなり強引に押し切った例もある。だが、たいした問題ではなかった。教会は共産主義と同じく、排除すべき敵である。遠慮することはない。

空は暗く翳《かげ》り、気がつけば霙《みぞれ》まじりの雨が落ちていた。ひとまず初日の調査は切り上げよう。アルベルトはプリンツ・アルブレヒト街に戻ると、資料をまとめた。

本部を出る頃には霙は雪になっていた。早く帰らないと面倒だと思ったが、今日は帰りに寄るところがあった。ついてない。

先日、昨年しばらく世話になっていたギュンター・ベトケ弁護士から手紙が届いた。事務所をたたんで、チロルにて念願の隠居をすると記されていたので、今日は餞別《せんべつ》をもって挨拶《あいさつ》に向かうつもりなのだ。

テオドール・ラーセンの件が片付いたのが、昨年の十二月。そのあと一度荷物の整理に訪れたが、それ以来、多忙でクロイツベルクに足を踏み入れることもなくなっていた。

二ヶ月ぶりのクロイツベルクは、懐《なつ》かしいにおいがした。全てが広々とし、整然と騒然が絶妙にまじりあったミッテ区とは全く違う、下町独特の風情《ふぜい》がある。ベトケは人使いが荒かったが、仕事はできたし、一滴も酒が飲めないアルベルトのために大量のコーヒー豆も用意してくれるところはありがたかった。もっとも買い物はすべてアルベルトの担当だったが。

夜の九時をまわっていたが、クロイツベルクのはずれの、良い立地とはいえない場所に建つ事務所の窓はまだ明るかった。呼び鈴を鳴らすと、巻きの強いブルネットの髪を四方へ伸ばした頭が現れた。

ベトケは驚きもせず、おう、とアルベルトを招き入れた。雑然としていた事務所の中は、だいぶ片付いていた。かつてベトケと友人で経営していたというこの事務所は、五ヶ月前にアルベルトが訪れた時には、主《あるじ》と手伝いの中年女性しかいなかった。茶を飲んでばかりの女性には暇を出したが、アルベルトが去った後は誰も弁護士を雇わなかったらしい。

「もてなしたいが、コーヒーすらもうなくてな。安物のワインだけなんだ」

「おかまいなく。いつチロルに？」

「三日後だ。明日、最後の裁判があるんでね。それが終われば、おさらばさ」

「しかしなぜです。依頼はあるんでしょう」

「いやあ。こういう職業は信用が第一だからね。SSに協力してたなんてバレたら、もう駄目さ」

せいせいしたと言いたげに、ベトケは笑っていた。

彼は、SS隊員でもなければ、NSDAP党員でもない。アルベルトは彼と引き合わされた時、「SDの《連絡員》だ」と紹介された。

SD連絡員は、ドイツ全土に存在する。NSDAPとは全く関係のない職についている者がほとんどで、主婦や学生も含まれている。ベトケのように、入党すらしていない者もいた。彼らは自分たちの生活範囲で情報を収集し、定期的に報告を上げる。SDの徽章《きしょう》をつけることはなく、SD本部に近寄ることもない、ある意味もっとも得体が知れず恐ろしい、影の隊員である。

ベトケは、ドイツ法曹界に深く絶望していた。かつて、共産党員や政治犯、同性愛者、ユダヤ人などがダッハウ強制収容所に送られて虐待《ぎゃくたい》を受けていることをつきとめ、収容所の廃止を求めた正義心溢《あふ》れる数多《あまた》の検事たちも、今は右手を高く掲げ、ハイル・ヒトラーを叫んでいる。反ナチとして名高く、ベトケが尊敬していたある検事正は、現在SSの幹部だ。収容所の虐待問題担当検事はプロイセン地区のゲシュタポのトップ。ベトケ一人が法廷であがいても、検事に全てたたきつぶされる。

彼の誇りと事務所の財政状態はいたましく破壊された。折悪《おりあ》しく金銭トラブルが持ち上がり、事務所閉鎖の危機に追い込まれたところに、絶妙なタイミングでSDが近づいたのだった。

定期的に顧客から収集した反政府的活動についての情報を送るだけで、事務所と我が身の安全を保障してもらえた。そして、ヘーンの紹介でアルベルトが事務所を訪れた時、自分に害が及ばぬことを何度も確認した上で、アルベルトを「雇った」のだった。

アルベルトが彼を選んだのは、鼻がきき、用心深い「闘犬」ベールンゼンを相手にするにあたって、NSDAPとは全く関係なさそうな背景が必要だったからだ。実際にベールンゼンは、アルベルトが現れるとすぐに州弁護士連盟に確認をとった。

「まあ後は畑でも耕してのんびりやるさ。法廷はもういいよ」

ベトケはすっきりした顔で、本棚に残っていた法律書を箱につめている。自分のせいで職を失うことになったのだから、胸が痛まないと言えば嘘《うそ》になる。しかし、申し訳ありませんでしたと謝罪するのもおかしい。しばし考えてから、アルベルトは「お世話になりました」と口にした。

「こっちこそ世話になったな。人を雇う金もなかったし、おまえさんが来てくれて助かったよ。しかもこっちが給料もらう立場だったからな」

「たいしてお役に立てませんでしたが」

整理整頓《せいとん》には多少役に立ったかもしれないという自負はある。

「いやいや、金さえあれば本格的に雇いたいぐらいだったがね。あと十年早ければ、いい弁護士になったはずだよ、あんたは」

「ありがとうございます。また何かあればこちらに籍を置きたいと思っていたのに残念です」

「よく言うよ。坊主《ぼうず》を楽しく追いかけ回しているみたいじゃないか。一度は弁護でもしてやったらどうだ」

「道徳裁判の検事や弁護士の派遣は教会省の仕事です。私の仕事は資料を提出するまでですので」

「ふうん。そういや、前ここまで来たあんたの友達はどうなった。修道院、潰しちまったんだろう?」

「さあ」

「さあって、おい。それだけか」

「後はミュンヘンSDの管轄《かんかつ》です。私があちらまで出向いたのが特例中の特例なんですよ。あまり介入すると、いい顔をされませんしね」

ベトケは興味深そうに、二度ほど大きくまばたきをした。

「SDってのは、おまえさんみたいな奴《やつ》が多いのかい」

「私のようなとは」

「昔、俺をさんざん脅してきたSAなんて、そりゃあひどいもんだった。SSもおっかないがな。あんたはなんというか……ナチらしくない」

「どうでしょう。たしかに我々は、他のSSから批判されることは多いですね」

SD長官であるハイドリヒは、SS国家長官ヒムラーのように、宗教じみた世界観教育にほとんど興味がなかった。そのためかSDには、教養面では問題ないものの社会経験のほとんどない、ハイドリヒが自由に使えそうな若者が多く存在している。そうした人間に、ハイドリヒは必ずしもNSDAPの理念に忠実であることを求めなかった。正確に言えば、彼はそのようなものを必要としなかった。人を忠実な犬とするために、ハイドリヒはもっと効果的な方法を知っており、それを誰よりもうまく使いこなしたからである。

「たしか、元副首相だったかね」

「は？」

「総統、あなたは悪魔を追い出すために、魔王を呼び入れてしまった」

「ああ……中央党のパーペンの言葉だと言われていますね。真偽のほどは知りませんが。それが何か？」

かつてSAの一組織にすぎなかったSSこそが、SA大粛清の執行者だった。惨劇の後、副首相がヒトラーにそう言ったという噂《うわさ》は、まことしやかに流れていた。

「SAより、SSのほうが恐ろしい。だが俺には、さらにあんたたちSDのほうが恐ろしく見えるね」

ベトケは息をつき、最後の一冊を箱に詰めた。

「おまえさんの理性がいつかおまえさんに復讐することがないようにと願うよ。達者でな、アルベルト・ラーセン」

事務所にいた時間は、十分にも満たなかったかもしれない。餞別《せんべつ》を渡しに行っただけだし、SDと連絡員という関係だったから歓迎されるとは思わなかったが、少々寂しい気もした。

クロイツベルクの外れに位置するこのあたりは日中はそれなりに賑《にぎ》わうが、この時間ともなるとほとんど人が通らない。アルベルトは外套《がいとう》の襟《えり》をかき合わせ、最寄りの駅へ急ぐことにした。

広い通りに出たとき、高い塀ぞいに数名の男が立っているのが見えた。こちらに気づき、ぎょっとした顔をすると、慌《あわ》てて逃げていく。暗がりでもずいぶん赤いとわかる髪の男など、化け物にでも会ったような顔をしていた。

「失礼だな」

そのまま行きすぎようとしたが、彼らがいたあたりの塀に何かが揺らめいているのが見えたので、不審に思って近寄った。そこにあるものを見て、なぜ彼らが脱兎《だっと》のごとく逃げ出したのかわかった。

「共産党か」

塀には小さな紙が、いくつも貼《は》られていた。そのうちの一枚が糊《のり》が充分ではなかったようで、半端《はんぱ》に揺れていたのだった。

いずれも、大人の手にすっぽりおさまってしまいそうな大きさだ。小さな字でびっしりと、スローガンや民衆への呼びかけが書いてある。こんなに小さくて誰が読むのかと思うし、内容だって変わりばえしない。政府の暴政を非難し、共に立ち上がろうと訴えかけるものだ。こうしたステッカーは、塀や建物の外壁、橋の欄干《らんかん》など、街のいたるところに貼られている。共産党お得意の戦術だ。

というよりも、できることは、これぐらいしかないのだ。かつて最大の政敵として NSDAPの前に立ちはだかった党員たちだが、今や多くの幹部は収容所に送られるか国外に逃亡し、組織立った活動は不可能だった。

ゲシュタポの目を盗んで、こうして民衆や、他の抵抗組織に共同戦線を呼びかけるのが関の山だ。

夜風に揺れる紙を剝《は》がし、文字を読んだアルベルトは、失笑を漏らした。

あろうことか、そのステッカーが呼びかけている相手は、カトリックの信徒たちだった。その隣の紙はプロテスタント。節操がない。

これまで呼びかけていた相手は、同じ左派の社会民主党の残党が多かった。

しかし、とうとう、教会にまでラブ・コールを送る始末だ。彼らの追い詰められぶりは滑稽《こっけい》だった。

キリスト教、とくにカトリックと共産主義は、どう考えても協力しあえるはずがない。水と油だ。反共産主義という点においては、カトリック教会はNSDAPに決してひけをとらない。世界で最も共産党なるものを忌《い》み嫌い、排除しようと願っているのは、ヴァチカンだろう。ピウス十一世がヒトラーと手を結ぶことを決意した大きな理由はドイツを共産主義の防波堤とするためだった。

共産主義は、それまでに築かれてきた、あらゆる権威を否定する。神を筆頭に。その嵐のような思想はロシアを支配し、大戦の後はヨーロッパを席捲《せっけん》した。ヴァチカンは、彼らを最も危険な信仰をもつ敵と見定めた。共産主義に比べれば、ナチズムなど、歴史上にしばしば見られた反動的な国粋主義の一現象にすぎないのだろう。

むろんドイツにあっても、双方は激しく相争った。妥協など決して考えられなかった。

しかし、教会への弾圧が激しくなるにつれ、民衆は教会に向かうという、不可思議な現象が起きていた。ニーメラー牧師、ボンヘッファー牧師らプロテスタントの一派は早々に《告白教会《ベケンネンデキルヒェ》》を立ち上げ、政府に服従した大多数のプロテスタント《ドイツ的キリスト者《ドイッチェ・クリステン》》に徹底抗戦の構えを見せていたし、カトリック界でも、学校から十字架を撤去しようとするSSと住民の間で闘争が起きる等の事件が起きている。共産党が目をつけるのも無理はない。

アルベルトは、ステッカーをたたんでポケットにつっこんだ。他のものも剝がそうかと思ったが、きちんと貼りつけてあるステッカーを剝がすのは、存外手間がかかる。こういうことは、ゲシュタポのほうが得意だろう。

とりあえずこれだけでも、共産党担当の121に渡しておこう。ステッカー集めはもううんざりだよ、と顔をしかめる121の同僚の顔が思い浮かび、小さく笑った。

SD本部のあるミッテ区からシュティーグリッツは、Uバーンを乗り継いで三十分そこそこという距離だった。

駅を出て、こぢんまりとした店が並ぶシュロス通りを進むと、ひとつだけ場違いなほど巨大な建物が聳《そび》えている。九年前につくられた映画館である。客席二千を誇るこの映画館は、ドイツ最大のものだ。引っ越してきた当初は、毎日でも映画が見られると妻と話していたが、結局一度も行っていない。そんな時間はとても取れなかった。

映画館からさらに十五分ほど歩いたところに、アルベルトの住居はあった。薄い褐色の冴《さ》えない集合住宅だが、どの窓の家にもゼラニウムや花が飾られている。入り口から暗い廊下を抜けると、さして広くない中庭に出る。その奥の階段を四階まで上り、右のつきあたりが、彼の住まいだった。

「お帰りなさい、アルビー。遅かったわね」

扉を開けると、手前のキッチンからすぐに妻のイルゼが顔を出した。

「ああ、ちょっとね。ギュンターのところに行ってきた」

キスをして、そのまま奥の広い居間へと向かい、崩れ落ちるようにしてソファに座った。このソファも含め、寝室と居間を兼ねる広い部屋を埋める家具は、ほとんどイルゼが持ち込んだか、彼女が選んだものだった。アルベルトは昔から物には全く頓着《とんちゃく》しない質《たち》だったし、大学時代の下宿には古びていたが頑丈な家具が揃《そろ》っていた。大量の書物と、祖父から譲りうけた金時計、ザーレム入学時に母から贈られた銀の万年筆、そしてほんの少しの洋服、靴、帽子。くたびれた鞄《かばん》。それがアルベルトがここに持ち込んだ全てで、イルゼを呆《あき》れさせたものだった。

赤を好む彼女は、いたるところに赤を取り入れていた。このソファもくすんだ赤紫のベルベット地に、さらに濃い色で蔓薔薇《つるばら》が描かれたものだったし、カーテンも赤い。小さなテーブルやベッドは柔らかな白で、ベッドカバーは若草色に焦《こ》げ茶を重ね、部屋のいたるところに燭台《しょくだい》を置いていた。棚の上には、二人の写真にまじって、女優や映画監督のポートレイトがずらりと並ぶ。ライティングデスクが寄せられた壁にも、やはり映画のポスターや写真がパズルのように並んでいた。

「ベトケさん、元気だった？」

「三日後にチロルに発《た》つそうだ。あんなに片付いている事務所は初めて見た」

コーヒーを盆に載せてキッチンから出てきたイルゼは、白いテーブルに盆を置くと、アルベルトの隣に腰を下ろした。コーヒーの薫香《くんこう》にまじり、清々しい草原のような香りがする。誘われるように、アルベルトは妻を見つめた。

イルゼ・ラーセンは美しい女だ。彼女と会った大半の人間はそう言う。中には、個性がなくてつまらない顔だと意地悪く批評する者もいたが、それだけ彼女の造作は過不足なく整っているということだった。

肌は抜けるように白く、彼女が憧《あこが》れてやまないマレーネ・ディートリヒを意識した眉《まゆ》の下には、明るい榛色《はしばみいろ》の目が太陽のように輝いている。本人はやや高すぎるのではないかと気にしている鼻も、時には快活に、時には官能的に動く上唇の厚い口元も、なにもかもがアルベルトの気に入っていた。どこをどう見れば個性が乏しいと感じられるのか、全く理解できない。

「気の毒に。SDに利用された挙句に捨てられてしまうなんて」

イルゼが首を傾《かし》げると、金の髪がさらりと揺れた。

「彼が望めばSDに迎えたさ。今日は出かけたのかい？」

「ええ、オーディションだったから」

なんでもないことのように肯定した妻を、アルベルトは信じられない思いで見つめた。

「イルゼ、君のおなかに赤ちゃんがいることを忘れてはいないだろうね？」

「もちろん。でも今日は悪阻《つわり》もひどくなかったから……」

「合格したら、撮影に行かなきゃいけないんだぞ。何かあったらどうする」

「それは安心して。落ちたから」

途端にイルゼの顔が曇る。

「今は、ガールズの役も競争率が高いわ。ベルリンには、《ヴィンター・ガルテン》みたいに質の高いレビュー劇場やカバレットがたくさんあるでしょ。そっちからみんな獲《と》ってくるみたいなの」

彼女の夢は一流の女優になることだった。それは、イルゼが幼い頃から大切に抱いてきた夢だ。

両親を相次いで亡《な》くし、カトリック教会の施設で育った少女の孤独な心を支えたのは、スクリーン上で繰り広げられる数々の物語だった。一時は一年に六百本もつくられた映画は、不況に喘《あえ》ぐドイツ国民にとって、安価に夢を見ることのできる大切な娯楽だった。

とくに好まれたのは、レビュー映画である。ドイツにはもともとオペレッタ文化の素地があるため、アメリカ発祥のレビュー映画はあっさりと受け入れられ、爆発的な人気を博した。少しでも金が手に入ると全て映画に費やしたというイルゼは、いつしか自分がその世界の主人公になることを望むようになった。

「焦《あせ》ることはない。君なら必ずガールズ以上の役を射止められる。だがしばらくは体を優先してくれ。ずいぶん痩《や》せたよ、鏡を見てるかい？」

丸みを失った頬に手を当て、嚙《か》んで含めるように囁《ささや》くと、イルゼは気まずそうに目を伏せた。

「だって、家にいるとよけいに気分が塞《ふさ》ぐんだもの」

「気持ちはわかるが、散歩ぐらいにとどめておいてくれ。食事はしたのか？」

今日はずいぶんましなようだが、悪阻がひどい時は一日ベッドで過ごすこともあったし、食べてもすぐに吐いてしまう。しかし今日は、テーブルの上に食べかけの白っぽいケーキが置いてあった。よく見ればイルゼの好きなレモンタルトだ。

「それは大丈夫。ビギーが来てくれたから。むりやり、オートミールと、なんとかっていうお茶を流しこまれたわ。健康にいいんですってよ」

「このタルトも彼女がつくってくれたのか」

「いいえ、それはエーファからですって」

「エーファ？」

聞き慣れぬ名前だった。ビギーことビルギットは、アルベルトの同僚シュラーダーの恋人で、頻繁にこの家にやって来る。他にも、イルゼの口から出る友人の名といえばSDの関係者ばかりだから、たいていは把握しているはずだった。

「ああ、クロイツベルクのほうの、菓子屋《コンディトライ》の奥さんよ。エーファ・ボック。ビギーが教えてくれて、最近よく行くの。あなたに最近出しているのも、ずっとそこのものよ」

まさにそのクロイツベルクに出向いてきたところだ。事前に知っていれば、と思ったが、よく考えたらこんな時間に店があいているはずもない。

「へえ。食べてもいいかい」

「もちろん。コーヒーのおかわりは」

立ち上がる様子は、ずいぶんしんどそうだった。

「いや、自分でいれるよ。君はベッドに行くべきだ。もうずいぶん遅い」

「あなたはまだ寝ないの、アルベルト」

「まだ少しやることがあるんだ。もうちょっとだよ」

どこか落ち着かない彼女の肩を抱き、ベッドへと向かう。体を横たえたイルゼの額にキスを贈り、アルベルトはそっとブランケットをかけてやった。彼女はなにかを訴えるように夫を見つめ、実際に口を開いたが、結局発した言葉は「おやすみなさい」だけだった。アルベルトはしばらくイルゼの髪を撫《な》でていたが、かすかな寝息を確認すると、もう一度キスをして立ちあがった。キッチンに向かいコーヒーを沸かし、資料を手にカフェテーブルに落ち着く。そのまま仕事に取りかかったが、コーヒーをあと一口で飲み干す、というところまで来た時に、悲鳴が聞こえた。アルベルトは立ち上がると、寝室へと急ぐ。驚きはない。毎晩のことだからだ。

果たして、ベッドの上では、妻が激しく肩を上下させていた。

「イルゼ、大丈夫か」

ベッドに腰掛けて腕に触れると、深く垂れていた頭がゆっくりとあがった。金色の髪が揺れ、汗まみれの白い顔があらわれる。まだ焦点のさだまっていない榛色の目は、夫の顔を認めると、一気に潤《うる》んだ。

「アルビー、よかった。生きてた」

吐息のような声とともに、腕が伸ばされる。その手を取って頬にあて、もう一方の手で髪を撫でる。

「また俺が殺される夢か」

「……ええ」

イルゼがきつく目を瞑《つむ》った。まだ目の裏に残る光景を振り払うように、何度も瞬《まばた》きを繰り返す。起き上がらせると、疲れ果てた様子で肩に頭を預けた。呼吸が荒く、震えもなかなかおさまらなかった。

アルベルトは辛抱強く、髪と背中を撫で続けた。ほぼ毎晩のことで慣れている。

「落ち着いたかい?」

ようやくイルゼの震えが止まると、アルベルトは低い声で語りかけた。ええ、と掠《かす》れた声が答え、大きなため息が続いた。

「ねえアルビー。引っ越しましょう」

「まだ一年も経っていないのに?」

「だって、ここは敵に知られているわ。いつ復讐に来るかわからない」

「敵?」

「あなたがダッハウに送った人たち……。仲がよかった友達もいるって聞いたわ」

イルゼは再び、大きく震えた。

彼女が悪夢に苛《さいな》まれるようになったのは、SS機関誌《シュヴァルツェ・コール》での夫に関する記事を見てからだった。アルベルトの名前こそ書かれてはいなかったが、ミュンヘンの修道院で怪死を遂げた同性愛者の司祭の弟とあれば、アルベルトを知る者ならばすぐに彼とわかるだろう。修道院はおぞましい悪徳の園のように書きたてられ、肉親の罪を勇気をもって告発し、悪を一掃したSS隊員の高潔さが大げさに賞賛されていた。

アルベルトは、それまでイルゼに、自分の職務内容をいっさい話してはいなかった。漠然と教会を相手にする仕事だということは知らせていたが、何を目的に動いているかは伝えていなかった。

記事を読んだイルゼは、毎晩のように、苦しむようになった。夫を恨む司祭や修道士、そして信徒たちが復讐にやって来るという妄想に取り憑《つ》かれてしまったのだった。

「誰も来ないよ。大丈夫だ。誰もここを知らないんだから」

アルベルトは噛んで含めるように言った。

「相手は教会よ。その気になれば住所なんていくらでも」

「彼らは祈るぐらいしかできないさ。ただ、引っ越すというのは、いい案かもしれないね」

イルゼがこちらを向いたのを感じ、アルベルトは顔を傾けると、頬に口づけした。

「本当にそう思う?」

「子供が生まれたら、ちょっとここでは手狭かもしれないと思っていたんだ。近いうちに新しい部屋を探そう」

イルゼの顔にようやく色が戻る。口許《くちもと》が震え、笑みに近い形をつくる。

「ありがとう、アルビー。私のわがままのせいで、ごめんなさい」

「いや。君が不安になるのも無理はない。俺ももう少し考えるべきだった。君をこんなに怯《おび》えさせるなんて、子供にも叱《しか》られてしまう」

安心させるように手を握ってやると、彼女は急に嬉《うれ》しそうに笑った。

「なんだ？」

「思い出したの。あなたのプロポーズの言葉。こうやって、急に手を握って——」

「思い出したということは、普段は忘れているのかい。一世一代の告白を」

「再現できるわ。一言一句違《たが》わずに」

イルゼは咳払《せきばら》いをして、真面目《まじめ》な顔をつくりアルベルトの手を握り返した。

「必ず君を幸せにする。何があっても護り抜く。俺はできないことは口にしない主義だ」

改めて耳にすると、赤面してしまう。イルゼのくすくす笑う声が続く。

「どう？　似てた？」

「さあ、喋《しゃべ》り方というものは自分ではよくわからない。だが、あの時は本当はもっと気の利《き》いた言葉を考えていたんだ」

「あら、わりと感動したのに。なんて言おうとしたの？」

「忘れた」

「残念。でも忘れてよかったと思う。アルビーの気の利いた言葉なんて、きっと聞けたものじゃないわ。山以外は興味がないような感性ですもの」

すっかりいつもの調子に戻ったらしい。ずいぶんひどいことを言われている気がするが、ひとまず安堵《あんど》した。

「それで思い出した。どこかの高峰にたとえてプロポーズしようとした気がする」

「やっぱりそうではなくて、よかったわ」

「君だって山は嫌いじゃないだろ」

「でもたとえられても嬉しくないわよ」

笑う唇に軽くキスをすると、アルベルトは起きあがった。途端にイルゼは不安そうな顔をする。

「キッチンの電気を消してくるだけだ。俺ももう寝るよ」

今日は仕事をしている場合ではないだろう。電気を消して寝室に戻ってくると、イルゼは少し左に寄って待っていた。二人はいつものように抱き合い、眠った。妻が寝ついた後もアルベルトは窶《やつ》れの目立つ頰に手を添え、彼女を見つめていた。

ＳＳ入隊式では、総統アドルフ・ヒトラーへの生涯の忠誠を誓った。忠誠は我が名誉。SSの魂であるその言葉は授与された短剣に刻まれている。

誓いとは神聖なものだ。自分の意志で誓ったのなら、何が起きても果たさねばならない。イルゼにも誓った。SSに入るずっと前に。

——何があっても、最後まで君を護ると。

＊

「異常は？」

背後から声をかけると、同僚のシュラーダーSS上級曹長は振り向きもせずに言った。

「なし。面子《メンツ》もいつも同じ」

「そうか」

ヴルストを差し出すと、シュラーダーはようやく笑顔を見せた。小柄で、目鼻が顔の中心に寄っているせいか、いまだに学生に見られることが多いらしいが、実際はアルベルトよりひとつ年上だ。

「腹と背中がくっつきそうだった。助かるよ」

手にしていた本をベンチに置くと、シュラーダーはさっそくヴルストにかぶりついった。鼻の頭が真っ赤だ。今日は風が強い。何時間もここで本を片手に粘るのは、辛《つら》かっただろう。

「その本、面白いか？」

「普通に集中して読んだら面白いんじゃないかと思うけどね」

うんざりした様子で答えながらも、シュラーダーの目は一瞬たりとも目の前の建物から逸《そ》れない。カトリック信徒のためのささやかな集会所がある。古びた茶褐色の建物の一室で、ロサイントは有志と定期的な勉強会を開いており、今日がその日だった。

ふと、道の向こうから修道女が二人、歩いてくる姿が目に入った。二人とも大きな袋を抱えている。袋からはみ出した棕櫚《しゅろ》の葉を見て、そういえば明後日は枝の主日だった、と思い出す。

イエス・キリストのエルサレム入城を祝うこの祭は、ちょうど復活祭の一週間前、聖週間の始まりとして指定されている。

「ああ、枝の主日か」

シュラーダーはくぐもった声で言った。食べながら喋るのはやめてほしい。

「おまえ、行くの？　ミサ」

「俺は棄教しているんだぞ」

「イルゼは行くんじゃないの？　妊娠してから、ミサに出かける回数が増えているんだろう。一人で行かせて平気か？」

イルゼは、普段はめったに教会に行かないが重要な祝日のミサには参列するという、最も多いタイプの信徒だ。

アルベルトはＳＳ入隊時に規定に従って棄教をしたが、完全に神から離れることにためらいを見せた妻に強要はしなかった。ＳＳの規定では、配偶者も棄教しなければならないが、夫婦揃ってそれを守っているほうが稀《まれ》だ。シュラーダーに至っては、本人も棄てていない。理由を訊《き》いたら「いや何か、やっぱりクリスマスとかあったほうがいいし」と適当な答えが返ってきた。

「まあ近くまでは一緒に行くよ。あとは広場で飯でも食いながら待っている」

「中で食えば？　最高のいやがらせになる」

「教会は捨てたが、神を冒瀆《ぼうとく》するつもりは別にない」

二人の表情が、ほぼ同時に変わった。

監視対象のロサイントが仲間と語りあいながら、建物から出てくるのが見えた。いつ見ても冴えない男だ。二人はヴルストを食べ、他愛《たわい》ない話を交わしながら、全神経をそちらに向けていた。

ロサイントが仲間から離れ、一人で歩き出したのを見て、アルベルトはさりげなく立ちあがった。新聞を手に、充分な距離をとって追跡する。

ロサイントは司祭館とは反対の方角に歩いてゆく。そのままシュロス橋に足を踏み入れ、もう少しで渡り終えるというところで、ふと足を止めた。シュプレー川の水鳥が驚きでもしたのか、いっせいに羽ばたいた。通行人の中には何人か足を止めて見入る者もいた。欄干にもたれるようにして、しばらく水鳥が飛び去る様を見上げていた彼は、やがてなにごともなかったかのように歩き出した。

後に続いたアルベルトは、ロサイントの姿を見失わないよう気をつけながら、同じ場所で立ち止まり、シュプレー川に目を落とした。とくに変わったところはない。欄干に何かが貼り付けてあるのに気がついた。もっともそれはここにかぎったことではなく、シュロス橋の欄干に少なくとも四つは貼られている。共産党のステッカービラならばすぐにゲシュタポが回収するが、無難な宣伝ステッカーならば一日ぐらいは生き残る。アルベルトの手の下にあるものには、子供の落書きのような線で描かれた女の裸とスラング、そして意味不明な数字が並んでいた。明らかにその手の店の宣伝、もしくはいたずらだ。あのお堅そうな神父がこれに気づいていたら、きっとひどく顔をしかめたことだろう。

ロサイントは風をきるような足取りで、ベルリン・ドームのほうへと歩いていく。プロテスタントの教会になんの用事があるのか知らないが、アルベルトも後を追う。しかし、その足はすぐに止まった。

向こう側から、見覚えのある男が歩いてくる。誰だったか。距離を置いてついてきた113の人間に、目でロサイントを追うよう促すと、歩調を緩めてさりげなく男を観察した。

ひょろりと背の高い、若い男だ。帽子からのぞくのは鮮やかな赤毛。男はシュロス橋で立ち止まり、欄干を見た。川ではなく、はっきりと欄干のほうを見た。そこにはあの悪趣味なステッカーがある。十秒ほど見入った後、男は歩き出した。

そのときには、アルベルトも思い出していた。

十日前、クロイツベルクでステッカーを貼っていた男たち。その中に赤毛がいた。

2　一九三七年三月

四旬節は、内省と悔悛《かいしゅん》の時期である。

信徒の多くは、肉や好物を控え、慈善活動に精を出し、きたるイースターへの期待に胸膨らませる。

フルダに居を構えた修練院でもいつも以上に厳しい節制が課されるが、ある修練士の異常ともいえる行動に、修練院長は頭を悩ませていた。

昨年、バイエルン・カトリック界を揺るがす大事件が起きた。クリスマスの直前に行われた道徳裁判で、ミュンヘンのフランシスコ会修道院内で横行していた悪徳が暴露されたのだ。院長のベールンゼン神父に一年の懲役が言い渡され、修道院も閉鎖はかろうじて免れたものの、大幅に縮小されることとなってしまった。問題の修練士は、その修道院で志願者として生活していた若者で、名をマティアス・シェルノといった。

極端に口数の少ない青年で、他の修練士と親しく交わることはなく、思い詰めたような目で常に祈りを捧《ささ》げていた。寝食を忘れ、ひたすら祈り、労働に打ち込んでいたが、四旬節に入るとますますエスカレートし、ほとんど苦行といっていいものになった。食事もわずかなスープしか口にせず、固形物はいっさいとらなかった。

体は痩せこけ、目は落ちくぼみ、荒野の聖ヒエロニムスさながらの彼を見かねて、修練長は懇々《こんこん》と諭した。

「なぜそこまでおのれを追い込むのかね。修道院では、君は明るい若者だったと聞いている。辛い経験をしてきたのはわかるが、君はまるで罰を望んでいるように見える。それは間違っているよ、マティアス。試練の時こそ、神を信じ、今あることに喜びを感じねばならない」

マティアスは力なく首をふった。

「罰を求めているわけではないのです。今こうして無事でいられることに、感謝もしております。ですが、私がここにいられる理由がわからないのです」

「わからない？　召命があったのだろう？」

「……ベールンゼン神父はそのように判断されました。しかし正直なところ、私に神の御声《みこえ》は聞こえません……」

苦渋に満ちた表情で吐き出された告白は、要は「来たくて来たわけではないので途方に暮れている」ということだった。修練長は驚き呆れた。望まぬ者をおいておくほど、修練院も余裕があるわけではない。

本来ならば、その場で追い出してもよかった。しかし、神父たちから推薦があったのも事実である。こうしている間にも、静かにマリアへの祈りを捧げている青年を見ているうちに、修練長の心には同情が湧《わ》き上がってきた。

ゲシュタポに長く拘束されたと聞いている。きっと、ひどい拷問《ごうもん》を受けたのだろう。志願者となる前に、家族を次々失い、呪《のろ》われた血筋と後ろ指をさされ、ひどい生活をしてきたとも聞いている。

そういう者をこそ、神は救われる。神はあらかじめ救う人間を決めており、そこから外れた者はいくら善行を積もうとも、天国に招かれることはない。しかし、選ばれている自覚のない者には、時に過酷な試練を用意される。裕福な家庭に生まれたマティアス・シェルノに突然襲いかかり、今なお彼から去る様子のないそれは、神の深い呼びかけの証《あかし》とも言える。しかし過酷であるがゆえに、長く祈りから遠ざかっていた彼には、まだ理解が追いつかないのだろう。

だからこそ、ベールンゼンたちは、この若者を修練院に託したのだ。修練長は、マティアス・シェルノをなんとしても初誓願まで持ちこたえさせようと心に決めている。

積極的にマティアスとの時間をとり、魂の闇《やみ》を払おうとしたが、修練士の心はなかなか晴れないようだった。

「――残っていた頭は消え失《う》せ、その頭のところに移っていた二つの翼が支配するために立ち上がったではないか。しかしその治世は短く騒ぎに満ちていた」

薄暗い読書室で、マティアスは本を読んでいた。窓からはおぼろな日差しが差し込んでいたが、二月半ばに始まった四旬節も、二週間が過ぎた。日課のひとつである。始まった四旬節も、二週間が過ぎた。かじかむ手に白い息を吹きつけながら、マティアスはエズラ書を捲《めく》った。旧約聖書の中の、古代ユダヤの歴史を綴《つづ》った『歴代誌』の続編にあたるもので、修道院に入るまでは一度も目を通したことがなかった。学生時代からラテン語はお世辞にも得意とは言えなかったので四苦八苦しながら読み進めているが、どうにか十二章まで到達した。

「私は見た。二つの翼は消え失せ、鷲《わし》の全身は焼けてしまったではないか。そこで地は恐れおののいた。私は心のひどい乱れと大きな恐怖のために目を覚まし、自分の霊に言った。あなたがいと高きお方の道を探し求めるから、こういうことになったのだ。ほら、私の魂はまだ疲れ、私の霊は弱り果てている。今宵私が受けた大きな衝撃のため、私の中にはわずかな力も残っていない。だから今私はいと高きお方に、終わりの時までわたしを強めてくださいと祈ろう」

神による、謎《なぞ》に満ちた夢を見たエズラの混乱と消耗が、わがことのように感じられた。

何が起きたのか、何が起きようとしているのか。今ここにいる自分は何者なのか。

昨年、マティアスは騙《だま》し討ちに近い形でアルベルトに拘束された。正体を明らかにしたかつての友人に、決して屈しないと宣言し、数々の汚名を背負って収容所に行く覚悟まで決めたというのに、なぜか自分はここにいる。

アルベルトと顔を合わせたのは、SD本部に連行された晩だけだった。翌日の尋問はシュラーダーが行い、さらに翌日にはミュンヘンSDに身柄を移された。そこでどれほど過ごしただろう。クリスマスが終わってすぐ、突然解放されたので、その足で急いで修道院に行ってみれば、すでに裁判が終わった後だった。

ベールンゼンは拘束されたままで、警備という名の監視がついた修道院では、修道士たちが暗い顔で後始末に奔走していた。帰ってきたマティアスを見て一様に驚き、SDに拘束されていたと言うと絶句し、「よく生きて帰ってこれたな」と涙を流した。

裁判は、ほぼアルベルトが言っていた通りに進んだらしい。証人席にはヨアヒム・

フェルシャー神父が立ち、テオドールからしばしば苦悩の相談を受けていたこと、諫《いさ》めた甲斐《かい》もなくテオドールとゲオルグが不適切な関係に陥ったことを証言した。そして事件は希望を失ったゲオルグ修道士による無理心中であると断言した。さらに、事前に二人の関係を知っていた院長はテオドールの経歴と修道院を守るために黙殺し、ゲオルグ修道士に布教に加わるよう半ば強要したと語り、ベールンゼンもこれを認めた。

ベールンゼンには懲役が命じられたが、高齢なことと、ファウルハーバー大司教のとりなしの甲斐もあり執行猶予《ゆうよ》がつくこととなった。ダッハウ行きは免れたが、いっさいの公的活動を禁じられ、聖職者としてのキャリアは完全に断たれた。

アルベルトの予言で完全に外れたものもある。彼はマティアスもダッハウ行きになるだろうと言ったが、結局何事もなく解放された。一ヶ月近くもSD隊員たちに修道院での生活とテオドールとの関係をねちねち探られたというのに、いきなり放り出され、何が起きたのかわからなかった。伝え聞くところによると、フェルシャーの証言の中にマティアスの名は出てこなかったという。

つまり、アルベルトは単にカマをかけただけなのだろう。もし本当にフェルシャーが「自白」したのなら、もっと早い段階でマティアスは拘束されていただろうし、べールンゼンもなんらかの措置をとっただろう。

ではなぜアルベルトはあんなことをしたのだろう。旧友に八つ当たりをしたかったのか？　むろん、ベールンゼンを完全に追い込むためには、テオの被害者を増やすに越したことはない。うまく偽証にもっていければという思いはあっただろう。だが、もし屈してテオと関係があったと言えば、ベールンゼンだけではなくマティアス自身もダッハウに送られることになるのは容易に想像がつく。

アルベルトは明らかにそれを望んでいた。SD本部で相対した冷たい目を思い出すと、今でも悪寒を覚える。

親友だとまで思っていた人間に憎まれていたと知るのは、身を切られるほど辛い。汚物一掃、と彼は言った。想像していたよりはるかに深く、アルベルトは兄を憎んでいた。その兄を敬う人間も許せなかったのだろうか。どうやら、友人だと思っていたのは、自分だけだったらしい。アルベルトにとってはもはや、テオドールと同じく、排除すべき存在でしかないのだ。

のこのこベルリンまで出向かなければ、アルベルトもそこまでしようとは思わなかっただろう。それはかつての友情ゆえではなく、駒《こま》としても使えぬ存在になりさがった男など思い出す価値もなかったからだ。

あのまま忘れ去られていればよかったのに、なぜ寝た子を起こすような真似《まね》をしたのか。ベールンゼンの言葉を心から信じていれば、あんなことにはならなかったのに。ナチは巧妙な手を使ってくる、アルベルトからは厭《いや》なものを感じるとまで言われていたのに、過去を美化するあまり目が曇り、院長に裏切られたとすら感じ、飛び出してしまった。

あそこでベルリンに行かずとも、院長の有罪は変わらなかっただろう。しかし、守ろうとしてくれたベールンゼンを信じることのできなかった自分がこの迫害と無関係とはとうてい思えなかった。

家族を失い、恩人を失い、師も失った。同時に友も失った。

これほど奪われ続け、しかし生き長らえている自分とは何なのか。なぜ、ベールンゼンは哀れなこの男に召命があると判断したのだろう？

SDで拘束されていた時期、もし解放されることがあったなら、反政府運動に身を投じようとマティアスは決めていた。しかし、修練院に送られたのでは、それもできない。

そもそも、ドイツ司教団は何をしているのか。明らかなコンコルダート違反が続々犯されているというのに、抗議の声はいっさい聞かれない。こうしている間にも、兄弟がダッハウに送られてゆく。

カトリック界の弱腰は今に始まったことではないが、苛立《いらだ》ちはおさまらない。歯を食いしばって耐えていれば、ヒトラーはいつか良心に目覚めて悔い改めるとでも思っているのか？　ありえない。このままでは、彼らの行動はエスカレートしていくばかりだろう。ベールンゼンが抱えていた激しい怒りが、今ならばよくわかる。当時、いささか被害妄想が過ぎるのではないかなどと思っていた自分を殴りつけてやりたい。

院長の憤《いきどお》りがおおげさではなかったと気づくのは、何もかも奪われた後なのだ。教会にかぎったことではない。共産党から始まり、障害者、教会、ユダヤ人――〝汚物〟を次々と排除していく彼らは、やがて自分は関係ないと思い込んでいる民衆にも牙《きば》を剝《む》くだろう。敗戦と大不況で蔓延《まんえん》した失意と怒りを原動力に権力の階段を駆け上がってきたナチスは、排除すべき敵が存在しなければ、おのれを維持することはできないのだから。

民衆の多くは、ヒトラーを救国の英雄だと無邪気に称《たた》えている。プロテスタント信徒の一派《ドイツ的キリスト者《ドイッチェ・クリステン》》は、彼を神が遣わした救世主だと語っている。モーセの十戒、その第一戒に「わたしのほかに、なにものをも神としてはならない」と記されているにもかかわらず。

世界の終末に現れ、民衆を惑わし、教会を滅ぼすという偽預言者《反キリスト》《アンチ》は、悪人の顔では現れない。必ず義人の仮面をつけて現れると、ルターも言っているではないか。

このままではいけない。彼らはドイツに繁栄ではなく破滅をもたらす者であると知らしめなくてはならない。長く続いた失意の時代に疲弊した心を心地よくくすぐる、ドイツ民族の至上性という教義は、猛毒を秘めた飴玉《あめだま》なのだと人々に伝えねばならない。

むろん、危機感を募らせている者は少なくない。市井《しせい》にも多く潜んでいるだろうし、カトリックの信徒たちにも抵抗している者は大勢いる。去年はミュンスターラントで、学校から十字架を撤去しようとするSSの部隊と、怒り狂った生徒や住民が衝突する事件も起きている。

プロテスタントには、《告白教会》《ベケンネンデキルヒェ》がある。もともとは少数派だったドイツ的キリスト者と結びつき、プロテスタント信徒の多くを取り込んでしまったナチスに危惧《きぐ》を抱き、ボンヘッファー牧師やニーメラー牧師が組織した反ナチの一派である。今のところナチスの攻撃はカトリックに集中しているとはいえ、勇気ある活動家たちが、いつゲシュタポの餌食《えじき》となるかわからない。

信徒たちが戦い、プロテスタントの牧師たちが立ち上がったというのに、カトリック界を統《す》べる司教団は何をしているのだろう。もはやコンコルダートを持ち出している場合ではないのに。

いっそフランシスコ会を飛び出して、告白教会に加わろうか? 改宗は簡単にできることではないが、協力ならばきっと問題ないだろう。あるいは民間の地下活動組織と接触できないか。一人では何もできない。とにかく、ここで暢気《のんき》に祈っている場合ではないのだ。

激しい焦燥《しょうそう》に駆られ、明日には立ち去ろうと思いながらいつも実行できないのは、ここに移れと命じたのがベールンゼンだからだ。これ以上、師の信頼を裏切りたくはない。ならば、ここでできることを探すしかない。しかし、修道院の中でできることは見つからない。堂々巡りである。

「マティアス」

控えめに声をかけられ、顔をあげた。ひどく腰のまがった老人が、すぐそばに立っていた。修道院での雑用を任されている修道士である。

「あなたに面会人です。おいでなさい」

わざわざこんなところまで面会に来るような相手に心あたりはない。釈然としなかったが書物をしまい、老修道士の後に続いた。

寒風吹きすさぶ回廊を抜けたところで、マティアスはもう一度首を捻《ひね》った。てっきり、面会室がある棟へ行くのかと思っていたが、方向がちがう。やがて庭に出ると、小さな聖堂が現れた。

老修道士が扉を開く。祭壇前に跪《ひざまず》く姿があった。困って顧みると、修道士が頷《うなず》いたので、仕方なく足を踏み入れた。

足音に気がついたのだろう、憂いを帯びた聖マリアに一心に祈っていた相手が振り向いた。その瞬間、マティアスの頭に血が上る。

「どの面《つら》下げて来やがった」

地を這《は》う声は、獣が唸《うな》る声に近かった。黒髪に碧《みどり》の目のフェルシャー司祭は、足を引きずりながら近づいてきた。小児麻《ま》痺《ひ》の後遺症だと聞いている。

「殴られても文句は言えないと思っているよ。一度君とは会わねばならぬと思っていた」

「言い訳をするためにか？　裁判の後ローマに逃げるように帰ったそうだな。よくもまあ、祖国の地を踏めたものだ」

修道院でも、フェルシャーの評判はさんざんだった。勇気をもって告発したと庇《かば》う者もいないではなかったが、仲間を売った卑劣漢と見なす者が多かった。ベールンゼンは、彼の行動は間違っていないのだから決して恨んではならない、悪いのは全て私だと諭したそうだが、頭では納得できても、心まで従わせることは難しい。

残された者たちに、深刻な不信と不和をまき散らす。かつて尊敬を向けていた周囲の信徒からは冷たい軽蔑《けいべつ》と拒否を受ける。これこそが、道徳裁判の最大の問題だった。他の修道院からは、ゲシュタポに脅され、虚偽の証言をしてしまった若い修道士が孤立し、自責の念にさいなまれるあまり自殺未遂を起こしたという噂《うわさ》も聞こえてくる。ナチスという政党は、人間の精神を殺していく方法を、実によく知っているのだ。

「私は、ヘル・レオナルディの手伝いをしているのだ。長期に渡ってローマを離れるわけにはいかない」

「《黒い貴族》か。彼もよく、あんたを再び迎え入れる気になったもんだ」

現在、フェルシャーの後見人は、次期教皇に最も近いと言われているヴァチカン国務長官エウジェネオ・パチェリ枢機卿《すうきけい》の法律顧問、リッカルド・レオナルディ氏である。世俗に身を置き、ヴァチカンと代々深い関係をもつ《黒い貴族》の有力者である。彼の後見のもと、フェルシャーは教会法を究めんとしていた。

「誰かが告発しなければならないのなら、テオの代理としてローマに行った私以上にふさわしい者はいない。他の者に、私が味わっている苦痛を背負わせるつもりはなかった。ヘル・レオナルディも事情はご存じだ」

「味わっている苦痛？　虚言を弄《ろう》して友人を貶《おとし》め、ベールンゼン神父を破滅に追い込んでおいて何を」

「虚言ではないよ」

静かだが、決然とした響きがあった。マティアスは息を呑《の》む。

「事実だと言うのか？」

「ああ。ベールンゼン院長が認めた通りだ」

「以前相談した時は、そんなこと一言も言っていなかったじゃないか！」

「君がテオを崇拝していたからだ」

フェルシャーは目を伏せた。

「だが、それも間違っていたのだろう。私にとっても、彼は理想の具現だった。理解しているつもりでも、受け入れきれぬところはあったのだと思う。友情から忠告したが、ただ理想を押しつけていただけかもしれない。我々は、なかったことにするのが誰にとっても最善だと判断してしまった。彼等は、私たちが殺したようなものだよ」

声はなめらかだったが、顔には苦悩がありありと浮かんでいた。痛々しくて、目を逸《そ》らしてしまう。

「だからってナチに協力することはないだろう」

「保護拘束《シュッツハフト》は知っているかい」

「危険分子を拘束してそのまま強制収容所にぶちこむ、ゲシュタポお得意の無茶苦茶な手法だろう」

四年前、ヒトラーが首相の座について間もないころ、国会議事堂《ライヒスターク》が焼け落ちた。放火犯は共産党員で、これを共産党による陰謀と見なしたナチスによって、大量の党員が予防拘束された。その多くが収容所に送られ、以来ゲシュタポは治安維持という名目のもと、保護拘束を堂々と行うようになった。共産党は壊滅し、さらに一月後には全権委任法も成立、ヒトラーは首相就任からわずか二ヶ月たらずで一党独裁の基盤を固めたこととなる。一連の流れを見て、共産党中央の指示によるものだったと思う人間は、少なくともマティアスの周囲にはいなかった。

「そうだ。正確には、潜在的危険分子だがね。ゲシュタポは、保護拘束の権限を駆使して無数の共産党員とユダヤの民を収容所に送りこんだ。アルベルト・ラーセンが来る前に、実は私のもとにゲシュタポも来ていたんだが、事情を知るヘル・レオナルディが面会を拒否してくださったんだ。アルベルトがSDだなんて知らなかったし、へル・ロレンツの紹介状も持っていたから、我々も危険ではないと判断して会ってしまったんだ」

ロレンツ弁護士の人のよさそうな丸顔が脳裏に浮かんだ。アルベルトとは何度か会ったと言っていたし、彼もすっかり騙《だま》されていたのだろう。

無理からぬことだ。むしろ、一目で危険を察知したベールンゼンの嗅覚《きゅうかく》が異常なのだ。

「最初は友好的に話していたんだが、私がテオの死について言葉を濁していると豹変《ひょうへん》してね。身分を明かし、ゲシュタポよりSDと取引をしたほうが安全だと半ば脅すように説いてきたんだ」

「ああ、俺にもそんなことを言っていたな。ゲシュタポじゃなくて幸いだったと。あいにくさっぱり区別がつかないが」

「私も詳しくは知らないが、SDは新しい組織で、若い人間が多いそうだね。仕事内容は類似しているようだし、近親憎悪《ぞうお》が生じているのだろう。とにかく、ゲシュタポは一度狙《ねら》った獲物は逃がさない。性犯罪でしょっぴくことができないのなら、ベールンゼン神父による反国家的煽動《せんどう》の名目で保護拘束し、裁判なしでダッハウに送りこむだろうと言っていた」

「反国家的煽動？」

大仰な響きにマティアスは眉《まゆ》を顰《ひそ》めた。ベールンゼンがナチスを公然と弾劾《だんがい》し、SAと戦っていたのは、コンコルダート締結以前の話だ。

しかし期間など彼らには関係ない。敵対した者を決して許さないナチスは、執念深く復讐《ふくしゅう》の機会を待っていたのだろう。SAを粛清した《長いナイフの夜》でも、十年以上前に起きたビアホール一揆《いっき》でヒトラーへの協力を拒んだバイエルンの政治家たちが、どさくさにまぎれて殺された。

「叛逆罪《はんぎゃくざい》とされれば、ダッハウから二度と出てこられまい。修道院も確実に閉鎖だ。だが、道徳裁判を経てならば望みはある。ベールンゼン院長が淫行《いんこう》の罪を犯したわけでなし、隠蔽《いんぺい》と責任を問われるのみならば、罪はそこまで重くはならない。失脚は免れないが、この事態における最善を目指すのならば、ゲシュタポが本格的に動く前にSDに協力すべきだと説得されたのだよ」

「信じたのか」

「むろんすぐには信じなかった。彼らが真実を語るほうが珍しいからね」

「あいつは、隠蔽だけでもダッハウ行きは確実だと俺を脅してきた。挙げ句に、一緒にぶちこまれたくなければ、テオとの関係を認めろととんでもないことまで言ってきたぞ」

「災難だったね。だが、彼らがよくやる手だ」

フェルシャーは物憂《ものう》げに嘆息した。

「SDでも共産党を担当する部署では保護拘束を行使するそうだが、基本的にはゲシユタポのやり方だそうだ。だから必ず裁判を挟むことになる。私は結局、彼らと手を握ることを選択した。間違っていたのかもしれない。後悔していないと言えば、嘘《うそ》になる。だが私はすでに選択し、判決は下された」

彼の視線が、聖マリア像へと流れる。無意識の行動だろう。悲しげに手を差し伸べる聖母は、彼の悔悛《かいしゅん》と祈りを今までどれほど受け止めてきたのだろうか。

「……ベールンゼン院長とは会えたのか」

「法廷で顔を合わせたが、言葉は交わせなかった。その後、手紙を頂いた。君は正しい選択をしたのだから悔いることはないと——そう、おっしゃっていた」

嚙《か》みしめるように言って、フェルシャーは目を閉じた。涙は見えなかったが、睫毛《まつげ》が震えたのを、マティアスは見逃さなかった。

自分が彼の立場だったらどんな選択をしただろう。SDに拘束された時、マティアスはただただ否定し続けた。だがそれは、志願者という、ある意味部外者の立場でもあったから可能だったのかもしれない。

フェルシャーは人々を導く修道司祭だ。ベールンゼンの修道院に四年近く身を置いており、若い修道士の教育も担《にな》っていた。なんとしても修道院を守らねばならないという思いは強かったことだろう。

何かを守るためには何かを切り捨てねばならない。極限の状況を迎えた時、これが最善であると胸をはって決断できる人間がいったいどれほどいるだろう。

ベールンゼンとフェルシャーは、間違ったのかもしれない。だが同時に、正しくもあったはずだ。

「結果的には院長はダッハウには行かず、修道院もかろうじて残った。俺がこうしてここにいるのも、あんたたちのおかげなんだろう」

マティアスの言葉に、フェルシャーは一瞬胸を衝《つ》かれたような顔をし、息をついて微笑《ほほえ》んだ。この男はいつも笑っている。

「君は素直だね」

「単細胞だとよく言われる。なぜ、修道院の者たちにアルベルトとの取引を説明しない？　そうすれば彼らだって考えを改める」

「彼らには、あまりこういう話は聞かせたくない」

「じゃあなんで俺には話したんだ」

「君はアルベルトの友人だからね。ベールンゼン神父のご意向もある。君だけには真実を告げてもよいと」

「なぜ」

フェルシャーは探るような目をマティアスに向けた。

「君は、反政府運動に身を投じるつもりだったのだろう？」

体が強《こわ》ばった。見抜かれている。

「やはりね。院長はそれを危惧《きぐ》しておられた。危険を顧みず突っ走るのではないかと」

「だから修練院に放り込んだのか？」

「半分は正解だ。君にはおそらく、ミュンヘンＳＤの監視がついている」

呼吸が止まった。唾《つば》を呑《の》みこむ音が大きく響く。マティアスは唇を嚙みしめ、喉《のど》を押さえた。

「だが君は俗界と接触を絶っている。ほとぼりがさめれば、彼らもいなくなるだろう。もう、勝敗は決しているのだからね」

「……ならいいが」

「ベールンゼン院長は心底君に期待されているんだよ。君は、時代に必要とされる聖職者となるはずだ。テオも君は修道司祭に向いていると太鼓判を押していた」

ロレンツ弁護士もそんなことを言っていた。なんの冗談かと思い聞き流していたが、テオドールと最も親しかったフェルシャーの口から同じ言葉を聞くと、どうにもむずがゆい。

「なぜそう感じたのか知らないが、俺のラテン語の成績を見たらとてもそんなことは言えないだろう」

「努力でカバーできる。司祭に最も必要な資質はそこではない。君は、それをもっている。テオのように」

「テオはわかるが明らかに俺は違う。買いかぶりすぎだ。あんたにこんなことを言うのもなんだが、志願も修練院に来たのも、俺の意志じゃない。そんな罰当《ばち》たりな奴、ほかにいないだろう? 今だって、自分の信仰というものが全く見えない。ただ逃げているだけのような気がして、焦《あせ》りばかりが募ってゆく」

「マティアス、神が救われると定められた者は、どうあっても、神のもとに進むようにできているんだよ。なにより君は、あれほどの目に遭っても、誰も憎んではいないじゃないか」

「アドルフ・ヒトラーと奴《やつ》を生ける神と崇《あが》める馬鹿《ばか》どもについては、まとめてぶん殴りたいほど腹を立てているぞ。俺はもともと気が短いしな」

「だがそれは個人的な怒りではない。たしかに激しすぎるきらいはあるが、君の怒りはいつだって、義憤だ。自分ではない誰かを苦しめるものに対して向けられている。現に君は、アルベルトにもそれほど怒りを抱いていないだろう？」

そう言われてはじめて、マティアスはかつての友人にさほど腹を立てていないことに気がついた。彼の顔を思い浮かべて強く感じるのは、悲しみだ。

「一発しか殴らなかったことを悔やんでいるさ。だが、あいつの果ての見えない闘争が、いつか納得のいく形で終わればいいとは思っている」

フェルシャーは、納得したように頷いた。

「君がそういう人間だから、彼は君が苦手だったのかもしれないな」

「ふん。友だと思っていたのはこちらだけだったようだからな。滑稽《こっけい》じゃないか」

吐き捨てる彼を、フェルシャーの碧の目がじっと見つめている。魂の奥底まで探るような視線に居心地の悪さを覚え、「なんだ」と仏頂面で尋ねると、フェルシャーはごまかすように笑った。

「いや。やはり君はテオ側の人間なんだな。アルベルトの気持ちが少しわかるよ」

「どういう意味だ。なんでまたテオを持ち出す」

「すまない、こちらの話だ。ところで、私が君に会いに来たのは、君のこれからについて重要な話があるからだ。マティアス、さきほど君は、焦りばかりが募ると言ったね」

　露骨に話を逸らされたのは気にかかったが、追及するのもためらわれ、しぶしぶ頷く。

「ああ。悪いが、カトリックの弱腰には我慢ならん。告白教会と手を組んで、ナチに対抗すべきじゃないのか？」

「気持ちはよくわかる。しかし、告白教会の牧師たちは非常に勇気があるけれども、彼らの声が人々に届いているとは言いがたい。ドイツ的キリスト者の勢力があまりに大きくなりすぎたんだ」

「だからって指をくわえて見てろと言うのか？　心あるカトリック信徒たちが全土で孤独な戦いをしているんだぞ」

「近いうちに彼らの苦労は報われるだろう。我らカトリックこそが、ドイツ国民の目を覚まさせる唯一《ゆいいつ》の存在となりうるのだから」

　自信に満ちた声音にマティアスは表情を改めた。根拠もなく、フェルシャーがこのような大言を吐くとは思えない。

「何か隠しているな」

睨《にら》みつけるとフェルシャーは笑った。いつもの柔らかい笑みではなく、悪戯《いたずら》を成功させた少年のような顔だった。椅子《いす》の上に置いていた黒い鞄《かばん》を手にとり、油紙に包まれた箱状のものを取り出す。恭《うやうや》しい仕草で紐《ひも》をとき、油紙を取り払うと、白い冊子が現れた。

「読んでみたまえ」

差し出された冊子の表紙に視線を落とした瞬間、マティアスは息を呑んだ。

「……これは」

「我々が沈黙している時間は終わった。これから、あのアンチキリストどもを駆逐することになるだろう」

紐で綴《と》じられただけの簡素な冊子には、長い表題がついていた。

『ドイツ帝国におけるカトリック教会の状態について、使徒座との平和と交わりの中に生きる敬愛する兄弟たち、大司教、司教および他の高位聖職者たちにあてた、神の摂理による教皇ピウス十一世聖下の回勅《かいちょく》』

ローマ教皇が信徒にむけて公《おおやけ》に発するものは、司牧《しぼく》書簡、使徒的勧告と呼ばれるが、それらよりさらに重要なものを回勅と称する。ラテン語で書かれた回勅は全世界の司教のもとに送られ、各国の言語に翻訳された上で、重要なミサで読み上げられる。

現在に至るまで、教皇回勅こそ、世界で最も多くの人間が耳にする、一個人の思想表明なのである。影響力という点では、どの国の王も大統領の教書も、回勅には遠く及ばない。ゆえに滅多に出されるものではなかった。

その貴重な回勅に、はっきりとドイツにおけるカトリック教会の件と記されている。きわめて珍しい。

「枝の主日に、ドイツ中の教会でいっせいに読み上げられる。聖下がそうお望みだ」

マティアスは驚いて目をあげた。

復活祭のちょうど一週間前にあたる枝の主日は、今年は三月二十一日。もう四日後に迫っている。

「ずいぶん急な話だ」

「情報が漏れないよう、急でなければならないのだ。この冊子が極秘でベルリンのプライジング司教のもとに届けられたのが、十四日。そこから全司教のもとに届いたのが昨日。司教座で印刷されたものを特使が教区司祭たちに配っている」

「郵送ではなく？」

「極秘だと言っただろう。郵便などで送れるものか」

「では、君はどこからこれを」

「ファウルハーバー猊下《げいか》から手渡された」

マティアスは息を呑んだ。

ミハエル・フォン・ファウルハーバーは、ミュンヘン・フライジングの大司教にして、緋《ひ》の衣を纏《まと》う枢機卿である。

「いいのか、そんな大切なものを俺に見せて」

「枝の主日には、全カトリック教徒、いや全ドイツ国民が知ることだ」

引っかかる。そもそも、三日前に届いた標題がすでにドイツ語で書かれているところからして妙だ。教皇の言葉をそんなに大急ぎで訳すはずがなかろう。

「翻訳はしていない。今回の回勅は、はじめからドイツ語で書かれたんだ」

見透かしたようにフェルシャーは言った。

マティアスはさらに驚いた。回勅はラテン語で記すものと決まっている。ドイツ語の回勅など前例がない。震える手で表紙をめくった。

Mit Brennender Sorge

回勅の正式な表題は長いため、最初の二、三語をとった略式の表題を付す。つまり、この回勅の表題はこの三語ということになる。

――燃えるがごとき憂慮をもって

歴代教皇の回勅の中で、唯一のドイツ語の回勅。ドイツ語による標題。

燃えるがごとき憂慮と募る不審の中で、予はドイツにおける教会と信徒の苦難を見守ってきた――そうした書き出しから始まる文書を読み進めるうちに、マティアスは身体《からだ》の芯《しん》が熱くなるの感じた。いつしか息を止め、まばたきすら忘れ、一心に文字を追っていた。

最初に感じた予感は確信に変わった。

大変な内容だ。

NSDAPやヒトラーという単語は全く登場しない。しかし、教皇が炎のごとき怒りをもって弾劾しているのがドイツの独裁者とその政党であるということは、誰の目にも明らかだった。

教皇が発する言葉の中で最も重要な意味をもつ回勅で、ここまではっきりと特定の国家や人物を弾劾する事態は希有《けう》だ。それほどに回勅の影響力は甚大《じんだい》であり、へたをすれば世界の動きすら変えかねないことを、教皇自身がよく知っているからである。

これまでヴァチカンは、何十通にも及ぶ抗議文を、ドイツ政府に送っている。それはあくまで一国家として他国の政府に送られたものであり、民衆の目に触れる機会はない。教皇がヒトラー個人に親書を宛《あ》てたとしても、同様である。

しかし司牧書簡や回勅は信徒の前で読み上げられるのを前提とした文書だ。この回勅が、ドイツに、いや世界にどれほどの衝撃を与えるか。考えただけで体が震える。

「草案は、ファウルハーバー猊下が書かれたそうだ」

読み終えた後も身動きできないマティアスに、フェルシャーは言った。声をかけられるまではすぐそこに人がいることも忘れていた。

「ああ……一月に、司教団の代表が、聖下のお見舞いにローマまで行かれたが、そのときか」

「そうだ。聖下が、彼らを招かれたんだ。たいへんお辛《つら》い状態でいらっしゃったのに、面会を望まれたと聞いている」

ピウス十一世の容態が思わしくないということは、耳にしていた。各国の司教が次々と見舞っていたから、ドイツからも司教団が向かったと聞いてもなにも思わなかったが、隠された意図があったとは。

フェルシャーは、淡々と経緯を語った。

ドイツ司教協議会議長にしてブレスラウ大司教ベルトラム枢機卿はじめ、司教団の中でも指導的立場にある五名は、まずヴァチカン国務長官のもとを訪れた。かつて駐ドイツ大使をつとめたこともあるエウジェニオ・パチェリ国務長官は、コンコルダート締結の立役者でもあった。コンコルダートが全く守られず、カトリック系の諸団体が弾圧される現状を憂える彼は、教皇教書を出して公開抗議をするつもりだと明言した。ヴァチカン側の強い態度に、司教たちは驚いた。公開抗議という形をとれば、激怒したナチスがコンコルダートを破棄する可能性すらある。

ドイツ政府に遵守《じゅんしゅ》する気がないとはいえ、コンコルダートが存在するおかげで、教会の最低限の権利が守られてきた点は否《いな》めない。コンコルダートを盾にゲシュタポの横暴に抗議し、権利を取り戻したことも一度や二度ではなかった。それを失ってしまえば、今度こそヒトラーは、共産党に行ったように、徹底的な弾圧を命じるかもしれない。

強硬派のベルリン司教プライジングは「その時はその時で徹底抗戦するまでだ」と

応じたが、最長老のベルトラムは、せめて教皇の親書という形にできないかと提案した。

ベルトラム枢機卿は、七十を超す老人であり、若い頃に近代ドイツ・カトリック界最大の試練《文化闘争《クルトゥルカンプフ》》を経験している。宰相ビスマルクによる容赦ないカトリック攻撃の嵐《あらし》を耐え抜いた彼は、国家権力に真っ向から刃向かう恐ろしさを、誰よりも知っていた。普段から、とかく過激に走りがちなプライジングを宥《なだ》める側にまわり、自身の説教でも決して攻撃的な言葉を使わなかった。彼が激しく憤《いきどお》り、政府に抗議をしたのは、「神より与えられし肉体への冒瀆《ぼうとく》である」断種法が制定された時ぐらいだろう。

今回もその忍耐強さは発揮されたが、パチェリは受け付けなかった。それは教皇の意志でもあった。ヴァチカンは申し入れという形では何も変えられず、ただ事態が悪化していくだけだということを、厭というほど思い知っていたからだ。

その後、彼らは病床のピウス十一世に、ドイツの現状を報告した。教皇は深く嘆き、司牧書簡の公開を彼らに約束したという。教皇の決意の深さに司教たちも覚悟を決めた。

そして草案作成の依頼を受けたミュンヘン大司教ファウルハーバーは、苦心惨憺《さんたん》しつつ三日間でまとめあげ、パチェリ国務長官に提出した。ナチスを極力刺激しないよう、名指しでの批判は避けたという。

「たしかに名前は出していないが誰でもわかる。かなり徹底的にやりこめているが、よくここまで書いたな」

マティアスは回勅を改めてめくりながら言った。

「猊下の草案は、長さもその半分以下で、もっと穏やかなものだったそうだ。おそらく聖下とパチェリ猊下が手を加えられたのだろう。しかも、司牧書簡ではなく、最も格式の高い回勅になってしまったから、ファウルハーバー猊下もさすがに慌《あわ》てておいでだったよ」

苦笑まじりに言ったフェルシャーを、マティアスは胡散《うさん》臭そうに見やった。

「大司教とずいぶん親しいようだ」

「そういうわけではないが……猊下も、ベールンゼン院長の裁判に関しては、責任を感じていらっしゃるのだ」

ファウルハーバー大司教は、プライジングほどではないにせよ、反ナチの傾向が強い。ミュンヘンは、ナチス発祥の地である。彼は、この政党の揺籃《ようらん》期から現在の権力の絶頂に至るまでの全てを目撃してきた。暴力とデマゴーグと裏切りによって、奴らがどのように力を手に入れていったかを、どの司教よりも知っているはずだった。

ファウルハーバーが、ナチスが第一党になった後のミサ説教で、党による旧約聖書攻撃を堂々と批判したことは、当時、衝撃をもって迎えられた。一連の説教をまとめた書籍を、マティアスも何度か読んでいる。ナチスの人種主義、異教信仰を批判し、キリスト教の起源となったユダヤ教を擁護すらしていたその書物は画期的な視点を有しており、そのために、ナチスからも目をつけられていた。

「そうか」

閃《ひらめ》きが走り、マティアスは目を見開いた。

「ベールンゼン院長が狙われたのは、猊下と親しかったからなのか」

さすがにナチスも、大司教を狙うわけにはいかない。つまりベールンゼンは見せしめ――生《い》け贄《にえ》だったのだ。これ以上よけいなことをすれば、おまえのまわりから仲間が消えていくぞという警告だ。

「そうだ。だから猊下も、最近はナチスを刺激しないよう、ずいぶん気を配っていらした」

「ああ、そういえば」

マティアスは顔をしかめた。ファウルハーバーがはっきりと党を非難したのは、例の旧約聖書排除命令の時だけだった。昨年末にはヒトラーと会談したが、相手の気遣いと細やかな政治感覚に感動する始末で、カトリック教会も協調すべしなどと発言した。おもねるような言動も多々見られた。

枢機卿は緋の衣をまとう。緋色は血の象徴だ。神の信仰のためならば喜んでこの身を投げ出すという覚悟を示した色である。しかし今やそれは、自分の血ではなく、兄弟の血で染められかねない。

「お立場ゆえに耐えていらしたが、それもじき終わる。信徒たちの孤独な戦いも終わるのだ。この苦難の時代に共に戦う勇気をと呼びかける神の代理人の言葉は、福音に等しきものとして彼らの心に響く。司教団も、回勅を支持する共同教書を出すはずだ。これで、国内の教会はひとつになる」

フェルシャーの頬は紅潮していた。いつも穏やかな彼が、興奮をあらわにするのは非常に珍しい。

修道院にいたころ、ベールンゼンやテオドールはナチスについて時おり苦い思いをあらわにしたが、フェルシャーは世俗の話はいっさいしなかった。彼のつきそいでミュンヘンの街を歩いていた際、足をひきずっている彼にナチの若者たちが嘲笑《ちょうしょう》を浴びせた時にも眉ひとつ動かさず、文句をぶつけようとしたマティアスを微笑んで押しとどめた。

「この足は神から賜ったものだ。私には彼らの言葉が祝福に聞こえる。私は今日、彼らのために感謝の祈りを捧《ささ》げるだろう」

相手がナチであることなど全く認識していないように見えた。幼いうちから修道士となることだけを願い、そのために生きてきたという彼は、まさに信仰だけで満たされた世界で生きているようだった。テオドールなどに比べるとずいぶんと浮き世離れした空気があり、慈愛溢《あふ》れる人物であることに間違いはないが、マティアスはいささか彼を苦手としていた。

それだけに裁判で証言台に立ったと聞いた時には、彼にとって重要なのは神だけなのだと思いもしたが、認識を改めなければいけないようだった。

「なるほど。たしかにこいつは、カトリックにしかできないかもしれない」

マティアスは、改めて教皇回勅を見つめた。燃えるがごとき憂慮をもって。今まで沈黙していた者たちにも、同じように燃える想《おも》いがある。

「そうだ。我々は告白教会にだいぶ遅れをとってしまった。しかしこの回勅は、彼らのバルメン宣言以上の、絶大な効力を発揮するだろう。プロテスタントから、ドイツ的キリスト者と告白教会が分離したが、我々カトリックは聖下の回勅のもと、より強く結束し、ナチの暴政に立ち向かうことができる」

フェルシャーは回勅ごとマティアスの手を強く握った。

「マティアス、君にはベールンゼン院長の意思を継いでほしい。彼はかつて、信仰のために敢然と戦った。院長が戦っていた頃より、状況がさらに悪化した今、あの修道院でそれができるのはおそらく君だけだ」

「だから、買いかぶりすぎなんだ。カスパール修道院長はじめ立派な兄弟はいくらでもいるじゃないか」

ベールンゼンの後を継ぎ、修道院の院長を継いだカスパール修道士は、前任者とは正反対の人物だった。年齢はさほど変わらないが、小柄で色白で、眼鏡の下の目は垂れ下がり、常に微笑んでいるように見える。実際、まず声を荒らげず、温和を絵に描いたような人物だった。あまりにおっとりしているので、厳しい状況に追い込まれた修道院をまとめるには難しいのではないかと思われたが、世間の冷たい目から兄弟を守り、毒気を抜く笑顔でゲシュタポをやんわり押し返す手腕はなかなかのものだった。

「もちろん、カスパール院長も素晴らしいお方だ。だが、世に出て戦われる方ではない。争いは極力避けねばならないが、アンチキリストが現れたのなら団結して戦わねばならない」

「そのために俺はここに放り込まれたって言うのか」

「君はこの困難な時代にあっても真実を得ようと戦うだろう。ならば、信仰を盾に人々を守ってほしいと我々は願っている。もちろん決めるのは君自身だが」

マティアスはすっかり混乱していた。彼らの言うことがさっぱりわからない。この碧の目には、なにが見えているというのだ。

「初誓願までには時間がある。本当に召命があったかどうか、よく考えてみるといい。だが、それとは別に、今日から手伝ってほしいんだ」

「何を」

「これを枝の主日までに印刷する。全カトリック信徒に配るのだ。人手が足りないんだよ」

「この回勅を？　三日で？」

驚き、改めて冊子を見た。

「そう。これを国内の全カトリック信徒に配る。教会関係の印刷所は今日から寝られないだろうね。これから君の労働時間は全て印刷に捧げてくれ。ここにも印刷所はあるだろう？」

マティアスは唖然《あぜん》とした。規模の大きい修道院ならばともかく、たいていの修道院には印刷工が一名か二名いればいいほうだ。この修練院には、七十過ぎの老修道士がひとりいるだけで、あとは修練士たちがもちまわりで手伝いをしている。印刷するものといえばささやかな機関誌のようなものだけだから問題はないが、ドイツの全カトリック信徒に配るような数を刷るとしたら話は変わる。しかもこの回勅は、異例の長さを誇っている。

「無茶だ。修練長がそんなことを許すはずがないし。話したのか？」

フェルシャーは微笑んだ。

「いいや。伝えるかどうかは君が決めてくれ」

「今から三日で版下をつくって印刷しろと？　修練院をあげて取り組んでも間に合うかどうか。聖務日課どころじゃない」

「そうだね。もちろん、ここで印刷しようがしまいが、回勅は必ず朗読される。文書に残す必要はない」

「何だそれは。印刷しろと言うなら、君が説得するのが筋じゃないのか」

「私の役目は君に託すところまでだ。これは、カトリック界の抵抗の狼煙《のろし》となるだろう。だからこそ、君たちが、勇気と誇りをもってやるべきだと思うんだ」

言いたいことはわかる。

修練士には、世俗のことにまるで興味がない者もいないではないが、たいていは政府の暴虐《ぼうぎゃく》に憤り、それ以上に司教団の弱腰に憤っている者も少なくない。修練士の多くはとても若い。十代の者もいる。苦難の道を歩み、時に妥協に通じる忍耐強さを手に入れた先達《せんだつ》を侮《あなど》るのは若者にしか許されぬ特権だが、修練士たちもまたその傲慢《ごうまん》から自由になることはできない。マティアス自身も含めて。

ならばおまえたちが立て。

この戦いに立ち上がれ。

命令ではなく、自分の意志で。

しかしそれはむろん、この修練院を危険にさらす行為でもある。今のドイツでは煽《せん》動《どう》ととられかねない。

目を瞑《つむ》り、逡巡《しゅんじゅん》する。しかし、長い時間ではなかった。

「わかった。やってみよう。いや――」

マティアスは顔をあげ、フェルシャーの目をまっすぐ見据えた。

「必ず、やり遂げる。任せてくれ」

＊

一九三七年、三月二十一日。

聖週間の開始を告げる枝の主日に、カテドラルを訪れたイルゼ・ラーセンは茫然《ぼうぜん》としていた。

今、目の前で起きていることが、理解できない。プライジング司教みずから説教壇に登り、力ある声で朗読しているのは、おきまりの使徒行録ではない。

教皇回勅である。

イルゼは横目で、隣に座る老婦人を見やった。彼女もまた唖然としていた。他の信徒もほとんど同じ反応だった。

ここにいる誰も、回勅が朗読されることを知らなかった。その内容も驚くべきものだった。

教皇は、ドイツの信徒に直接、語りかけていた。

「人種、あるいは民族、国家、あるいは国家形態、国家権力の担い手、あるいは他の人間的共同体形成の基礎的価値を、地上の価値序列から抜き出し、偶像崇拝的に神格化する者は、神によって創造され命じられた物事の秩序を倒錯させ、偽造する者である。そのような者は、真実の神への信仰からも、そうした信仰にふさわしい人生観からも遠くかけ離れた者である」

プライジングの口を借りて、教皇は訴えていた。

この文言はここだけで読み上げられているものなのだろうか？　いや、回勅なのだから、そんなはずはない。今ドイツの全教会で同じ回勅が朗読されている。しかしにわかには信じられなかった。

――アルビーは知っていたの？

イルゼは、最後に見た夫の顔を思い浮かべた。一昨日《おととい》の夜、緊張した面持ちで帰ってきて、「悪いが、これからまたすぐ出る。一日か二日、帰れないかもしれない」とせわしなく告げると、おざなりなキスを残して、また出て行ってしまった。何があったの、とは訊《き》けなかった。ひょっとして、この事態の収拾にあたっていたのか？　いや、あの時点で把握していたのなら、そもそもこの回勅が読み上げられることなどなかったはずだ。

信徒たちはうろたえ視線をさまよわせている。今にも扉が開き、ゲシュタポが雪崩《なだ》れこんでくるのではないかと背後を窺《うかが》う者もいた。

しかし、長い朗読が進むにつれ、唸る虫のようなざわめきは引いていき、熱を帯びた静寂が聖堂内に張り詰めていった。やがて、すすり泣きがまじりはじめた。

今までの苦難を思い、他ならぬ教皇がそれを理解してくれたという喜びを味わっているのか。あるいは、異教の空気に飲み込まれ、本来の信仰を忘れかけていた自らを恥じる思いからか。誰もが食い入るように説教壇を見上げ、プライジングの語る言葉のひとつひとつを聞き漏らすまいとした。放たれる真実の信仰の光を、見逃すまいとした。

朗読が終わったとき、聖堂は興奮に包まれていた。たとえばクリスマスの、厳粛ではあるものの歓喜に満ちた静かな空気ではなく、今だれかがここでマッチを擦れば、たちまち爆発してしまうのではないか、だがそうなってもかまわないとでもいうような、異様な熱気だった。イルゼは額に滲《にじ》む汗を拭《ぬぐ》った。総毛立っているのに熱い。息をするだけで胸が苦しかった。

ミサは信仰宣言を経て、聖体拝領に移っていた。奉納されたパンと葡萄酒《ぶどうしゅ》は、祈りによって祝福され、天上の主を賛美するサンクトゥスが高らかに謳《うた》われる。捧げられたパンと葡萄酒はキリストの肉と血に変化し、それによって天にあげられた方が祭壇に現れ、救いの奉献が更新されるのだ。教会にいる者全てが、この儀式によって、自分自身をも主に捧げることになる。奉献の儀によって供物《くもつ》は聖なる変化を遂げる。キリストの尊い供物の中に人は取り込まれ、一体化する。そしてその聖体を拝領することによって、罪深い人間の身体に神の命が吹き込まれ、罪は赦《ゆる》され、悪は遠ざかるのだった。

　聖体拝領を待つ列に並びながら、イルゼは高鳴る鼓動をおさえることができなかった。あの朗読を聞いた後での拝領は特別な意味をもつ。キリストの命と一体化することと、それは敢然とNSDAPに立ち向かうということに相違ない。自分は果たして、ここにいていいのだろうか。

　アルベルトの仕事はこの熱狂をたたきつぶすことなのに。

　列は少しずつ、前に進んでいる。絢爛《けんらん》たる光と薫香《くんこう》が近づいてくる。無意識のうちに、自分の腹部に手をあてていた。

　今すぐ逃げ出したい気持ちと、この子のためにも主の赦しを受けなくてはという思いが、イルゼを引き裂いた。

　心臓が口から飛び出しそうだった。プライジングは眼力でこの女が神の敵であると見抜いてしまうのではないか。世を救い、罪に汚《けが》れた身を浄化する聖体は、怒りの炎でこの体を内側から焼き尽くしはしないだろうか。

　どうしても列から外れる勇気をもてず、イルゼはついに、プライジングの前に跪《ひざまず》いた。

「我らの主、イエズス・キリストの御体があなたの霊魂を永遠の生命の為《ため》に守りたまわんことを」

プライジングは厳かに言った。まともに彼の目が見られなかった。

口を開き舌を差し出すと、聖餅《ホスチア》が載せられる。

身体が震え、頭が真っ白になった。ああ灼《や》かれる。神の怒りの業火《ごうか》がこの身を灼く。そのまま崩れ落ちてしまいそうになる身体を叱咤《しった》し、イルゼはようやく立ち上がった。

飲み込んだホスチア――キリストの命に驚き、体じゅうの血が沸騰している。原罪は浄化される。しかし人は弱いものだから、またすぐに汚れてしまう。だから何度も聖体拝領を繰り返さなければならない。そうしなければ神は遠ざかってしまうのだ。

苦しい。この痛みは自分が受けねばならないものだ。自分はアルベルトに守られている。だから彼が神に背いた罰は、全てこの身で引き受けよう。彼の罪は浄化される。生まれてくる子供にもきっと神の怒りは及ばない。祝福されたきよらかな子供が生まれるはずだ。

ミサを終え、棕櫚《しゅろ》の枝を手に外に出たイルゼは、再び人の波に呑み込まれた。広場では回勅の冊子を求める信徒と、ゲシュタポがもみ合っている。

「散れ！　回勅の配布は禁止だ、手に入れれば罪に問われるぞ！」

「そこをおどき！　あたしたちには主がついているんだ。手を出せるものなら、出してごらん！」

高圧的なゲシュタポの声と信徒の激しい怒りの声が真っ向からぶつかりあい、大変な騒ぎになっていた。イルゼは巻き込まれないように、人の群れから外れようとした。しかし聖堂から出てきた信徒の群れに押され、思うように動けない。通してと叫んでみても、興奮している彼らの耳には届かなかった。

もしゲシュタポが実力行使に出たら。このまま連行されてしまったら。イルゼは青ざめた。両手で必死に腹部を庇《かば》い、どうにか群衆から外れようと試みる。押し戻される。喧噪《けんそう》はいよいよ大きくなる。

「さがりなさい！」

激しい怒りをはらんだ声が響いた。

人々は雷に打たれたように動きを止めた。全ての視線が、カテドラルの入り口に向けられる。

密集していた人垣が自然と割れる。突如、目にも鮮やかな赤が現れた。殉教《じゅんきょう》をあらわす赤い祭服《カズラ》を翻《ひるがえ》して現れたのは、ベルリン司教プライジング伯爵《はくしゃく》その人だった。神父を従え、つかつかと石畳を進む姿は威厳に溢《あふ》れ、絶えず揺れ動くカズラは炎のごとく彼をとりまいている。灰色のゲシュタポの一団の前に立つと、すっと右手をあげ、眼鏡の奥の目を怒りに燃え立たせて言った。

「あなたが手にしているのは教皇聖下の回勅です。信徒が求めるのは当然のこと！　遮る権利など誰にもない。これ以上の無礼はコンコルダート違反と判断するが、よろしいか！」

空気を震わせる気迫に、イルゼたちは竦《すく》みあがったが、ゲシュタポの指揮官とおぼしき男は表情を変えずに言い返した。

「違反したのはそちらだ。これは明らかに、ドイツ国家に対するヴァチカンの宣戦布告である」

「ドイツ国家？」

プライジングは顔を歪《ゆが》めた。

「私はドイツ国民だ。あなたがたも、そしてここにいる信徒の皆さんも同じドイツ国家の民である。我々は祖国であるドイツを心から愛する者である。しかし、そのドイツを神格化し崇《あが》めることを強要し、我らを真の信仰から遠ざけようとする国の指導者たちは、我らとドイツを破滅に追い落とす者である！」

指揮官の顔色が変わった。

「ご発言は大逆罪に相当しますぞ」

「ほう。そうであると判断するならば、今すぐ私を連行するがよい。そして、捏造《ねつぞう》だらけの道徳裁判にでもなんにでもかけるがよい！　ここにいる信徒全てが私の発言を聞いている。いや、ドイツ中の信徒が、そして近いうちに世界中の信徒が、聖下のお言葉を受け取るだろう。どちらが正しいかは彼らが判断する。さあ連れていけ！」

プライジングは無抵抗を誇示するためか、大きく両手を広げた。自然と信徒たちが彼を守るように集まり、人垣をつくる。

「ありがとう、兄弟たち。ですがどうか、道を空けてください。野獣どもに捕らえられるのは、私だけで結構」

しかし、司教の言葉に従い道を空ける者はいなかった。むしろ、人垣はどんどん厚みを増していく。全てを覆《おお》い尽くす灰色の影から信仰の炎を護《まも》るように、人々は決然とした面持ちでゲシュタポの前に立ちはだかった。息詰まるような沈黙が続く。一陣の風が吹き、広場の樹木がいっせいに葉を鳴らす。

勝敗は決した。

無言でゲシュタポが引き下がった。

信徒たちは歓喜に沸いた。再び回勅に殺到する。司教の前に跪いて涙する者もいた。ようやく自由に動けるだけのスペースが生まれ、イルゼはよろよろと人垣から離れた。心臓の音が高くひびく。視界が揺れる。吐きそうだ。熱いのに体が震える。一刻も早く、どこかに座りたかった。

気がつけば、カテドラルに入っていた。まだ多くの信徒が残っている。イルゼはかろうじて空いている場所を見つけ、落下するように座った。そのまま、呼吸と動悸《どうき》がおさまるのを待った。なぜこれほど苦しいのかがわからなかった。漂う乳香が、よけいに胃を痙攣《けいれん》させる。戻ってきたことを後悔したが、しばらくは立ち上がることもできそうになかった。

聖堂のあちこちに、いまだに熱気がわだかまっていた。しかしさすがに声高に語る者はいない。興奮ぎみの囁《ささや》きがそこここで生まれ、聖堂の空気をうねらせ、震えているイルゼに襲いかかってくるようだった。

ああ、お願い。どうか黙って。切実な願いが通じたのか、ふいに聖堂が静まりかえった。聖堂だけではない。開け放たれた扉のむこう、広場からも急に声が聞こえなくなった。

なにごとかと顔をあげたイルゼは律動的な足音を聞いた。石畳を打つそれは次第に近くなり、とうとう聖堂中に高らかに響き渡った。ひとつではない。いくつもの不吉な音。

入ってきた男の姿を見て、イルゼは愕然《がくぜん》とした。体に力が戻っていれば、声をあげていたにちがいない。

暗い灰色の制服。さきほど散ったばかりのゲシュタポがまた戻ってきたと、ほとんどの者は思っただろう。

しかしイルゼは知っていた。

ＳＤだ。

ゲシュタポとＳＤの違いは何か。そう問われて即答できる者はまずいない。なぜなら俺たちにもよくわからないからね。以前、シュラーダーがふざけて言っていた。当人たちですら、そして双方の長であるハイドリヒすら、はっきりとはわかっていない。それほど近しく曖昧《あいまい》な、双子のような存在だ。服装もほぼ同じ。

しかしすぐにそれとわかったのは——怜悧《れいり》な横顔を見せて、周囲に全く目もくれず祭壇に突き進んでいく男が、彼女の夫だったからだ。

「ロサイント助祭！」

アルベルトの声が鞭《むち》のように聖堂の空気を打つ。

祭壇の近くにいた一人の若い助祭が、見えざる矢で縫い止められたように立ちすくむ。

「用件はわかっているな。一緒に来てもらおう」

「ここは祈りの場所です。立ち去りなさい」

「失礼、まだ君がここに残っていると聞いたのでね。ミサが終わるまで待ってやったことを感謝してくれてもいいと思うが」

「私が何をしたというのです」

ロサイントの態度は毅然《きぜん》としていたが、声はかすかに震えていた。

「共産党員と結託し、政府転覆を計画した」

すでにこれ以上はないというほど凍りついていた空気が、限界を超えた。ひび割れの音が聞こえた気がした。

「……君は正気なのか！」

短くはない沈黙の後、ロサイントはようやくそれだけを吐き出した。アルベルトは動じていない。

ここからは、もう彼の背中しか見えない。しかしおそらく、ぞっとするような表情をしているであろうことは、手にとるようにわかった。

「暗号を記したステッカーは押収《おうしゅう》した。捕らえた共産党員は、君をお仲間だと認めたよ。ご高説は、本部で承《うけたまわ》ろうじゃないか」

剣を振り下ろすような声だ、とイルゼは思った。

枝の主日の夜には、すでにドイツの外にも回勅の内容が知れ渡り、各国がヒトラーの対応に注目していた。

「とうとうカトリックが、総統に牙《きば》を剝《む》いた」

「いよいよ政府と教会の全面戦争が始まるかもしれない」

恐怖と期待が渦巻く中、マティアスは修練院内で倒れていた。勇敢にゲシュタポと戦ったせいではない。単に体力の限界を超えたためだった。

マティアスだけではなく、修練士たちはみな似たような状態にあった。

四日前、フェルシャーに回勅を託されたマティアスは、すぐに修練長に伝え、修練士たちにも協力を呼びかけた。それまであまり人と交わろうとしなかった彼が、熱心に近づいてきたことに皆驚いていたが、回勅に目を輝かせ、協力を誓った。

静寂を旨《むね》とする修練院はたちまち興奮に包まれ、一同は全力で印刷に打ち込んだ。聖務日課は免除されなかったが、深夜の読書課でほぼ全員が舟を漕《こ》いでいても、修練長は叱責《しっせき》しなかった。

最終日は不眠不休で、完成したばかりの冊子を大量に抱えて配り歩いた。教会ではゲシュタポに邪魔をされてもらいそこねた者も多いらしく、冊子は飛ぶように売れた。手持ち分がすぐになくなり、一度修練院に引き返し、新たに刷り増さねばならないほどだった。

体力は限界を超えたが、久しぶりに心は満たされていた。必死に手をのばし、教皇の声を綴《つづ》った本を求めていた信徒たち。彼らはこれほどまでに、教会が立ちあがることを切望していたのだ。

政府は回勅の配布を禁止したというが、明日にはまた印刷を再開して、さらに配るつもりだった。正しい言葉は正しく届けられなければならない。福音があまねく地上に行き渡らねばならないように。人は言葉によって生き、言葉によって死にもする。たった一人で暴虐《ぼうぎゃく》に立ち向かえる者は多くない。しかし教会が立ちあがれば、信徒もそれに続くだろう。明日になればきっとドイツ司教団も回勅の支持声明を出すはずだ。そうすれば、勇気をふるって立ちあがる者がもっと出てくる。

久しぶりにぐっすり眠ったマティアスは、朝課を終えると、すぐに印刷の作業に入った。しかしそれも、血相を変えた修練長がやって来るまでだった。

「印刷は中止です、マティアス。これをご覧なさい」

彼が差し出したのは今朝の新聞だった。首を傾《かし》げて受け取ったマティアスは、第一面に踊る大きな文字を見て絶句した。

『カトリックと共産党の恐るべき陰謀！』

食い入るように記事を読み始めたマティアスの顔から、血の気が引いていく。大逆罪の容疑でベルリン・カテドラルのロサイント助祭と数名の仲間たち、そして共産党員が捕らえられたと書かれていた。

「でたらめです。奴《やつ》らお得意のこじつけだ。回勅の報復にちがいありません！」

「だが、《フランクフルター・ツァイトゥング》にも載っているのだよ。カトリック新聞には何も載っていないが……問い合わせたら、事実だと」

フランクフルター・ツァイトゥングは一般紙だ。言論統制の影響は受けているものの、ナチ党機関紙の《民族の観察者《フェルキッシャー・ベオバハター》》のようにどうでもいいことを大げさに書き立てはしない。

「……まさか。共産党と手を組むなんて、考えられません」

教皇も回勅で宣言している。「共産主義は内面的に邪悪であって、キリスト教的文明を救いたいと願う者は、いかなる領域においても、これと協力するのを受諾する事ができない」と。

「だが、事実に違いない。ロサイント助祭には一度だけ会ったことがあるが、非常に真面目《まじめ》で、立派な青年だ。愛国者でもある。なぜこんな行為に及んだのか……」

苦渋に満ちた表情で、修練長は言った。

いつのまにかその背後には、騒ぎを聞きつけて集まってきた修道士たちがいた。誰もが昨日は興奮冷めやらぬ様子で目を輝かせていたのに、今日は一転して、青ざめた顔をしている。

「若者の志は純粋で真摯《しんし》であるぶん、尊い。だが、ことを急ぎすぎたな。時期があまりにも悪かった」

修練長の声に慌てた足音が重なった。赤ら顔の修道士が息せききって駆けてくる。

「大変です！　ホフマン神父が捕まったそうです！」

マティアスたちは一様に息を呑《の》んだ。ホフマン神父は、このあたりでは最も大きいカトリック系出版物を扱う印刷所の責任者だ。

「罪状は」

修練長がつとめて冷静な声で尋ねると、修道士はなんとか息を整えながら応じた。

「た、大逆罪的内容の印刷文書の配布です。このぶんでは、他にも捕まった者はいると思われます。すでにゲシュタポに制圧され、回勅を没収された印刷所も出ています。

印刷を続けるのは、無理です！」

修道士が悲鳴じみた声を上げる。人々の目がいっせいにマティアスに向けられた。

マティアスは頑《かたく》なに首をふった。

「昨日、手にできなかった信徒たちと約束したのです。今日必ず持参すると」

修練長はマティアスの肩に手を置いた。

「皆さんには私から話しましょう。今は待ちなさい」

「ですが！」

「司教団がどう発言するかわかりません。彼らの共同教書が出てからでも遅くはない。今配布を行えば、ここだけではなく、手渡した信徒の皆さんも危険に晒《さら》すことになります」

マティアスはぐっと詰まった。

「復活祭まで待ちましょう。復活祭にはきっと、司教団からなんらかの声明があるはずです」

「司教団が、まさかこの事件に怯えて、なにも声明を出さないということは……」

マティアスは新聞を忌々《いまいま》しげに睨みつけた。

「ないと信じましょう。司教団の支持もなく動くのは危険です。今は、待つべきです」

修練長は噛《か》んで含めるように言った。しぶしぶながら引きさがらざるを得なかった。

しかし、マティアスの不安は、的中した。

一週間が経《た》っても、一ヶ月経っても、司教団は回勅に対し支持声明を出すことはなかったのである。

＊

「君があげた成果は実にすばらしい。我が総統もお喜びだ」

男は満面の笑みで言った。

体つきは小柄なほうで、目も口元もさがった柔和そうな顔立ちは、眼鏡をかけていることとあいまって、田舎の小学校の校長といった印象を与えた。

「神をも欺《あざむ》く恐ろしい犯罪を阻《はば》んだのは、大きい。これこそ天が我が総統を嘉《よみ》していらっしゃる証《あかし》だ。そして君は、大いなる意志の使徒として選ばれ、みごとにその大役を果たした。国家の英雄を前にして、私も身が引き締まる思いだ」

「もったいないお言葉です、閣下」

アルベルトは謹厳な表情で、仰々しい言葉をつらねる男を見かえした。

SS国家長官ハインリヒ・ヒムラー。威厳や気高さといったものとは無縁ではあるものの、その生真面目さ、ヒトラーへの狂信的な忠誠、そして強運によって、NSDAPの大幹部にのぼりつめた男が合図をすると、副官が黒い小箱を差し出した。ヒムラーは恭《うやうや》しく箱を受け取り、ゆっくりと蓋《ふた》を開く。黒い台座には銀の髑髏《どくろ》が鎮座していた。

「この指輪は、総統への忠誠と絶対の服従、我らの兄弟愛、同志愛の象徴である」

ヒムラーは、自らの言葉に緊張したように、唇をかすかに震わせた。

「したがって、何時如何《いついか》なる時であっても、貴官は民族の為に自己を犠牲にする覚悟がある事を、この指輪にて確認しなくてはならない。髑髏に続き記されているルーン文字は、アーリア民族の歴史に由来する聖なるものであり、我々は国家社会主義の哲学の下にそれらを回復しなくてはならない」

髑髏はSSの象徴である。骨になるまで戦い抜くという不退転の決意と忠誠の証だ。神聖な髑髏とルーン文字、オークの葉でかたどられた銀の指輪は、もともとは古参のSSのみが有していたが、今では功績めざましい隊員にも与えられる名誉の印となっている。

二ヶ月前の四月四日、カトリックの神父と共産党が共謀し国家転覆を目論《もくろ》んだとして鳴り物入りで始まった裁判は、同二十二日に結審した。主犯のロサイントは懲役十一年、共犯の活動家たちにもそれぞれ懲役刑が下された。

ロサイントは、大逆犯というにはあまりに小物だった。ただ共産党のステッカーの呼びかけに応じ、連絡を取り合っていたにすぎなかった。しかし、仮にもカトリックの聖職者が共産党と接触すれば、それは反逆の意志ありと見なされても仕方ない。カトリック教会からもロサイントへの非難の声があがっている。

アルベルトは遠慮なくロサイントを追いつめ、巧みに誘導し、最終的にはロサイントが空想もしなかった壮大な国家転覆計画を、その口から引き出したのだった。

ロサイントの悪名が高くなるにつれ、彼の大罪をつきとめたアルベルトの名声は高まった。興味をもったヒムラーに尋ねられたハイドリヒは、アルベルトの功績を事こまかに語った。神父である兄の罪を自ら断罪したという点に、「SS隊員は教会ではなく、SSを通してのみ神と正義を知らねばならない」という思想をもつヒムラーはことに感激し、今回のSS名誉指輪授与の運びとなったのだ。

自分は幸運な道化であることを、アルベルトは自覚していた。それでもSSの儀式用につくられたこの神殿で、高官が居並ぶ中、SS国家長官じきじきに指輪を与えられた瞬間には、晴れがましい気持ちを抑えることはできなかった。

受け取って下がるとき、拍手をするSD長官ハイドリヒの姿が目に入った。

ハイドリヒは無表情だったが、目が合った一瞬、うっすらと唇の端をあげた。

『完璧《かんぺき》な人生だ』

声が聞こえた。ハイドリヒの口は動いていなかったが、アルベルトの耳には確かにそう聞こえた。


「完璧な人生を手に入れろ、ラーセン」

かつて、この男はそう言った。

SDに入って間もない頃だ。イルゼと結婚し、華やかな首都に引っ越して、ようやく開き始めた未来に胸躍らせていた頃、アルベルトは突然ハイドリヒに呼び出された。

SDとゲシュタポを束ねる、冷酷無比と名高い長官の部屋に通されたアルベルトは極度に緊張していたが、当のハイドリヒは、「金髪の野獣」という異称からは考えられぬほど友好的に彼を迎え入れた。見るからに上等な飴色《あめいろ》の革のソファにアルベルトを座らせると、SD入隊と結婚を祝福し、共通の友人であるヘーンの話で新人の緊張をたちまちのうちに和らげた。そしてアルベルトがようやく、形式だけではない微笑《ほほえ》みを浮かべられるようになったころ、いっそうにこやかに本件を切り出した。

「君がヘーンの2課を志望しているのは知っている。私もそのつもりだった。しかし113のほうから、ぜひ君が欲しいという話が来ているのだよ。考えてみてくれないかね？」

考えもしなかった提案に動揺した。提案のかたちを取っているものの、命令に他ならない。

「なぜ、113が私を？　私は宗教関係にはあまり詳しくはないのですが……」

冷たい汗を流しながら、そう尋ねるのが精一杯だった。

「君がテオドール・ラーセンの弟だからだ」

血の気が引いた。もう何年も前に決別した兄の名を、ここで耳にするとは思わなかった。しかも、よりにもよって、SD長官の口から。

「さらに彼の周辺には、君にとってなかなか愉快な駒《こま》もいる。113の計画に、君ほど相応《ふさわ》しい人材はいないのだよ。まるで天が君のためにつくりあげていたかのように、美しい布陣なのだ。こんなことは、そうそうあるものではない。なにより、君にとってもこの上ない機会だと思うのだよ」

「機会……ですか？」

怪訝《けげん》そうに訊き返したアルベルトに、ハイドリヒは「そうとも」と頷《うなず》き、椅子《いす》から立ち上がった。

「なにしろこの国で、私以上に君が抱えている苦悩を理解できる人間はおらぬと自負しているのでね。私は、これは君こそが担うべき任務だと信じているのだよ」

ハイドリヒは、舞台俳優よろしくゆっくりと歩きながら言った。彼の母親が女優だったことを思いだした。

「人は時に、自分のものではない罪まで背負い、苦しまねばならない。私も同じだ、ラーセン。君も、口にするもおぞましいあの噂《うわさ》を一度は聞いたことがあるだろう」

アルベルトを一瞥《いちべつ》した彼は、そこに予想通りの反応を見たのだろう、わざとらしいぐらいやさしげに微笑んだ。

「ああ、そんな顔をする必要はない。慣れているからね。つまり、私の祖母がユダヤ人だという噂だが」

「ですが人種局の調査で根も葉もない嘘《うそ》だと証明されたはずです」

目の前の男を見るかぎり、なぜそんな噂が出回ったのか、アルベルトには不思議でならなかった。なにしろ、NSDAPが理想とする、北方アーリア人種の身体的特徴をほぼ完璧な形で備えているのだ。SS入隊の際に行われる、あの実に馬鹿げた人種適合を見る身体検査がもしこの大幹部にも適用されていたとしたら、さぞ上位にランクされたにちがいない。

「その通り。だが噂は一人歩きを始め、真相は私自身がもみ消したことになっている。ヒムラー閣下ですら未《いま》だ誤解されたままだ。いちいち訂正するのも骨が折れるから放っておいているがね。そもそも、噂が事実であれば、私は今ここにいるはずがないのだから」

泰然《たいぜん》とした風を装《よそお》ってはいるが、噂にいまだ苛立《いらだ》っていることは明らかだった。全《すべ》てのNSDAP幹部の弱味を握っていると言われるSD長官も、根も葉もない噂に翻《ほん》弄《ろう》されるところは、他の人間と変わらない。

「そうは言っても、不快でないわけではない。時折、くだらんことを喚《わめ》く連中の前に調査書の写しをばらまいたあげく、奴らを射《う》ち殺してやりたいと思うこともある」

ハイドリヒの足が止まり、アルベルトは息を止めた。影が落ちる。かすかな衝撃が背中に響く。顔をあげれば、ハイドリヒの手がアルベルトの座る長椅子の背に置かれていた。

「影は一生ついてまわる。君は必ず、この新生ドイツで欠かせぬ存在になる。だがそうなればなるほど、影は濃くなり、君を苦しめる。君を妬《ねた》む者は、わずかな傷さえ放っておいてはくれまい」

視界の端に、背もたれを摑《つか》む指に力がこもるのを認めた。音楽家の父親をもつハイドリヒは、ヴァイオリンの大変な名手であるという。その評判に相応《ふさわ》しい、白く長い指だった。だが、いささか長すぎる。背もたれを緩《ゆる》く摑《つか》む手の形は蜘蛛《くも》の脚によく似ている。

「君は、私が得ることのできなかったチャンスを手に入れた。自分の人生にこびりついた汚物を自ら浄化したまえ。そうすれば未来永劫《えいごう》、君は誰にも責められまい。そして君の手に残されるのは——」

蜘蛛が素早く動いた。

それはアルベルトの手を摑み、喰らうように指を開かせる。

茫然としているアルベルトに、ハイドリヒはにやりと笑いかけた。

「完璧な人生、だ」

そして今、ヴァイオリニストの手とは似ても似つかないずんぐりとした手が、アルベルトの左手を摑んでいる。

広げられた手の薬指には大きな髑髏の指輪がはまっていた。

「へえ、これが名誉の指輪か」

シュラーダーは遠慮なくアルベルトの腕を引き、顔を近づけてしげしげと指を注視した。彼の婚約者のビルギットも重たげな前髪をかきあげて、興味深そうにのぞき込んでくる。

「大きいのねえ。重くないの？」

「重い。正直言って邪魔だ。だが着用を義務づけられているから仕方ない」

左手の薬指に必ず着用のこと。念を押されている。

若輩者にはめったに授与されないものだから、いちいち人が目を留めるのも面倒だが、なにより業務に差し支《つか》える。外せない以上、一刻も早く慣れる必要があるので、休日の今日もアルベルトは指輪をはめたままだった。

ベルリンにおけるもっとも親しい友人二人を招いてのささやかな昼食会には、いつもより少しよそよそしい空気が流れていた。それは彼らのせいではなく、単に場所の問題だった。

ラーセン夫妻が慣れ親しんだシュティーグリッツのアパートメントを引き払い、ティアガルテンのこの部屋に移り住んだのは、半月前のことだった。

ミッテにあるSS本部から歩いても十五分程度という、夢のような近さである。広大なティアガルテン公園と、優雅なラントヴェーア運河をのぞむこの区域は、前世紀末に高級住宅街として開かれたところだった。彼らが入居したクリームイエローの外壁が美しいアパートメントも、裕福な一家が暮らした邸宅である。階段や天井のところどころに、ユーゲントシュティール様式の装飾が施された部屋には、先住者の家具のほとんどが残されており、いずれもが美事なものだった。ベッドだけは持ち去ったか売られたかしたらしく新調したが、それ以外は何も買う必要がなかった。

はじめてこの家を見たとき、イルゼは狂喜し、自分に美しい新居を与えてくれたアルベルトに何度もキスをした。彼女の一番のお気に入りは今腰掛けているロココ調の椅子であり、シュティーグリッツのソファは、あっさりと古道具屋に売り飛ばされた。

「指輪もちにはふさわしい部屋だよな。これで出世コースに完全に乗ったな、羨《うらや》ましいよ。俺もこいつが欲しい」

シュラーダーはまだ羨ましそうに指輪を見つめている。男にじっと見られるのはどうにも気持ちが悪い。

「見ていてもいいが、いつまでも鴨《かも》が切れないぞ」

そう言うと、あっさり視線を離してくれた。目の前で魅惑的な香りを漂わせている鴨のローストを気にしていたらしい。前日からイルゼが準備していた料理だ。羽根をむしり、内臓を手早く処理して肉をミルクにつける姿を見て、ずいぶん回復したなとアルベルトは胸をなでおろした。少し前までの彼女は、病的なまでに血や汚《けが》れを恐れ、肉を口にすることすらいやがっていた。夜は子供のように風の音にさえ怯えたし、街中で、黒い僧衣を見れば真っ青になっていた。

やはり引っ越してきてよかった。

「言っておくが、俺が軍に召集されて戦死するようなことがあったら、おまえがこれをヒムラーに届けなきゃならないんだぞ」

「前線なんて行かないぞ。なんのためにSSに入ったと思ってるんだ。VT（特務部隊）ならともかく」

「俺が出征する事態になったら、おまえも当然、召集されるだろうが。体が木っ端《こっぱ》みじんになっても、敵に切り刻まれても、これだけは取り返してもらえと厳命された。ヴェーヴェルスブルク城に埋めるそうだ」

ええ、といかにもいやそうな声をあげる彼の横で、ビルギットとイルゼが「こわいわねえ」と顔を見合わせて苦笑している。

ビルギット・ミュッケは、黒い巻き毛を無造作に結い上げた、小柄な女だった。髪も瞳《ひとみ》も黒かったが、肌は抜けるように白く、その対比が独特の神秘的な空気を与えている。性格はきわめて合理的で、とくに経済観念が発達していた。シュラーダーより二歳年上ということもあり、主導権を握っているのは、彼女のほうだった。

「あなたたち、おめでたい場で縁起でもないことを言わないでよ。せっかくの昇進と引越祝いの場で、木っ端みじんになるだの狼《おおかみ》に食われるだの腐り落ちるだの」

「そこまで言ってないよ、ビギー」

「前線に行かれたら困るわ、ねえイルゼ？　おなかの子だって秋には生まれるんだから」

アルベルトとシュラーダーの視線が、イルゼの腹部に集中した。イルゼは恥ずかしそうに手でそっと隠す。

胸の下に切り替えの入ったグレーのワンピースの腹部のあたりが、だいぶ膨らんでいた。

「そうね。戦争はいやだわ。最近、軍人たちが元気過ぎてちょっと怖いぐらい」

「大丈夫、ご発言は過激だけど総統は平和主義者だよ。あの回勅の後だって、教皇への表敬訪問をとりやめただけで、コンコルダートにはなんの手も加えなかったしね。それまあヴェルサイユ条約で理不尽に奪われた土地は取り返すおつもりだろうけど、それぐらいさ。そのへんは国防軍が張り切ってやるだろうし、俺たちには関係ない。戦争は白手袋の戦争屋に！」

シュラーダーは自分のグラスに勝手にラム酒を注ぎ、高く掲げた。

「それならいいけれど。でも捕まった神父さまもこのままだと戦争になるから行動したっておっしゃったんでしょ？」

「いやあ、奴らにはなんでも戦争準備に見えるのさ。NSがやることなすこと全て気に入らないんだよ、坊主どもは」

「そりゃあ彼らからすれば頭に来るでしょうよ。同情はしないけどね。でも今回は、あのおっかないカトリックのお坊さんは抗議しなかったんでしょう？　ええと、名前をなんと言ったかしら」

巻き毛を細い指でもてあそび、ビルギットは首を傾《かし》げた。

「プライジング。声は上げなかったな、残念ながら」

鴨を着々と切り続けながら、アルベルトは言った。ローストの途中でかけたスープがたりなかったのか、若干焦《こ》げてしまったが、切り分けると、肉と詰め物の玉葱《たまねぎ》やセロリがなんともいえぬ香りを漂わせ、口中に唾《つば》がたまる。

「なんで残念なの？」

「抗議してくるようなら、拘束ぐらいはできたかもしれない。助祭に大逆罪の証拠があるわけだから」

「新聞があれだけ煽《あお》ったのに来なかったよなあ」

シュラーダーはラム酒を手にしたまま、動きを止めている。目がすでに鴨しか捉《とら》えていない。まるで子供だ、とアルベルトは笑いそうになった。

「共産党が絡《から》んでいるからな。ベルトラム枢機卿《すうきけい》あたりから黙っておれと釘《くぎ》を刺されたんだろう」

「しょせん奴らは腑抜《ふぬ》けだよ。ローマのパパがせっかく頑張ってくれたのに、最後の最後でびびっちまって。回勅の支持声明すら出しやしない。不肖の息子たちに父上もさぞがっかりされたことだろうよ」

シュラーダーは鼻を鳴らした。その点は、アルベルトも同意見だ。

回勅の知らせを受けた時は、「やられた」という思いだった。当日まで全く見抜けなかったのは、完全にこちらのミスだ。

率直に言えば、驚いた。弱腰を貫いていたカトリックがはっきり抗議の姿勢を見せるとは思わなかったのだ。

回勅《燃えるがごとき憂慮をもって》は、現時点で世間に出回っている政府批判文書の中で、最も過激なものといっていい。それを極秘でローマから運び、全く気取られることなくドイツ全土の教会に行き渡らせる。一致団結していなければ、できないことだった。

枝の主日の夜、113の課長ハルトルは、部下を集めて重々しく宣言した。

「カトリックとの全面戦争だ。コンコルダートが破棄されれば、その場ですぐに、総統閣下より全教会制圧の命令が下るだろう。準備を怠らぬように」

ロサイント関係の書類の処理が残っていたため少々出遅れたものの、その後はろくに帰れない日々を同僚と共有した。一週間後の復活祭では、全警察が警戒のために出動した。その間にも、教会省と司教団の間では抗議文が行き交い、ヴァチカンとドイツ外務省との間で激しいやりとりがあったが、結局それだけだった。

拍子抜けした。衝突を避けられて安堵《あんど》したというよりも、ただ単に脱力したというほうが近い。

「どちらにとっても、コンコルダート破棄は恐ろしいということだろう。さて、つまらぬ話はともかく、まずはどうぞ」

四人分きれいに取り分けると、シュラーダーとビルギットから歓声があがった。ビルギットは菜食主義者に転向したはずだったが、一ヶ月ほど前に我慢の限界に達し、凄《すさ》まじい勢いでハムを貪《むさぼ》りはじめたという。そのときの鬼気迫る様子をシュラーダーが面白くおかしく語り、アルベルトとイルゼをたいそう楽しませた。気の置けぬ友人との食事はどんな娯楽にも勝る。イルゼも久々に、心から楽しそうに笑っていた。

もうじきこの食卓に、もう一人が加わるのだ。アルベルトはイルゼの膨らんだお腹《なか》を愛《いと》おしげに見つめた。この素晴らしい部屋で、愛する妻子と暮らせるのならば、何の文句もない。生まれてくる子供が男なら、この名誉の指輪にじきに目を輝かせるだろう。女ならイルゼのように美しい娘になるだろう。いずれ、シュラーダーとビルギットにも、子供が生まれるはずだ。彼らが子供を連れてくれば、今は広すぎるように感じるこの空間も、格好の遊び場になるかもしれない。

子供の笑い声。軽やかに駆ける音。母親たちが笑い混じりにたしなめる声。幸せな光景が脳裏をよぎり、アルベルトの胸の内は満たされていった。113に移ってはじめて、深い充足を感じた。

酒がまわり、体温があがったせいか、ビルギットはわずかに開いていた窓を押し開けた。ラントヴェーア運河から吹く涼やかな風に心地よさそうに目を細める。緑豊かな初夏の季節、ロマンチックな運河沿いの散歩道は、多くの人で溢《あふ》れていた。

窓の真下を子供が駆けていく。五歳ぐらいだろうか、宗教画の天使のようなブロンドの巻き髪と白いワンピースをふわふわと揺らしている。ベージュのジャケットを着た若い男が「シャロン、あまり走るとまた転ぶよ！」と笑いながら追いかけ、そこから数歩遅れて、大きな帽子をかぶった女性が大きなおなかを庇《かば》うようにしてゆっくりと歩いていく。木陰のベンチでは老夫婦が寄り添って座り、揺れる枝を映す運河の水面を静かに眺めている。背後を通り過ぎた子供の歓声に妻が振り向き、彼女が何かを口にすると、夫のほうも振り向いた。二人はそろって同じ微笑みを浮かべ、走り去る子供を見送った。

「みんないいものを着てるわねえ」

絵に描いたような幸福を目にしたビルギットの感想に、シュラーダーは肩をすくめた。

「即物的だな。なにより羨ましいのは、フィルハーモニーまで五分ってとこだろ。気が向いた時に、歩いてフルトヴェングラーを聴きに行けるなんて夢みたいじゃないか」

「でもあの人、いつ逃げ出すかわからないじゃない。ユダヤ人と親しいヒンデミットを庇ったおかげでゲッベルスを怒らせて、帝国音楽院副総裁やベルリンフィルの音楽監督を辞めさせられたわ。あの時なんて、むしろ喜んでたし。乞《こ》われて指揮者に戻ったけど、次にもめごとが起きたら亡命しそう」

「ベルリンフィルを辞めたがる指揮者なんているはずがない。ニューヨーク・フィルの誘いも断ったし」

「NSDAPが妨害したのよ。そんなことばっかりやってると、まともな文化人からそっぽを向かれて、太鼓持ちしか残らなくなっちゃうわよ。フルトヴェングラーが一時外れただけでベルリンフィルが急に劣化したって、あなた嘆いてたじゃないの」

「戻ってきたら持ち直したじゃないか」

「そうね、ベルリンフィルは戻ってきてくれたからまだいいわ。でもカンディンスキーは追い出したまんまじゃない。まったく、ふざけてる。バウハウスも閉鎖してしまったし、やりすぎなのよ！」

憤懣《ふんまん》やるかたない様子でシュラーダーを睨みつけたビルギットはバウハウスの生徒だったと聞く。「建築の家」の意味通り、美術・建築の教育を担《にな》う学校には、才能豊かな生徒が多く集まっていたが、当時の校長マイヤーが共産主義者だったこともあり、一九三三年にNSDAPが政権をとると閉校に追い込まれた。

もっともビルギット自身は在校中に自分の才能に見切りをつけており、閉校を機に美術からは手を引いたらしいが、彼女が最も好むのは前衛芸術であり、フランスに居を移したカンディンスキーを神のように崇めていたそうだ。

「俺が追い出したんじゃないって」

「最初のデートの時に、カンディンスキーの作品を意味不明で気持ち悪い絵だって言ったじゃないの！」

「よく覚えてるな……」

シュラーダーは弱り切った様子で、助けを乞うようにアルベルトを見た。ビルギットに芸術方面の話は禁物だ。彼女はもちろんNSDAP党員だし、婦人会の活動にも熱心だが、彼等が美術界に対して加えた仕打ちは未《いま》だに許していないらしい。

「落ち着け、ビギー。夏にたしか、君の好きそうな美術展があるぞ」

アルベルトが助け船を出すと、ビルギットは凄《すご》い勢いで食いついてきた。

「本当？」

「ああ。党は大ドイツにふさわしい美術展を開催するそうだ。その一方で、退廃芸術を集めて貶《おとし》めるという意地の悪い趣旨だがね」

「カンディンスキーとかムンクとかを見られるなら名目はなんでもいいわ。どこの美術館に行っても撤去されてるんだもの。たぶん、退廃芸術展のほうが人を集めると思う」

機嫌をなおしたビルギットは、鼻歌を歌いつつ、再び眼下の運河を見下ろした。

「本当に素敵なところよねえ。今度、ここからの眺め、スケッチしてもいい？」

「いつでも来て。ずっと家にいるから退屈なの」

イルゼもほっとしたように微笑んだ。危機を脱出したシュラーダーは、調子づいて
「ここなら、子供にも最高の環境だな」と続ける。

「わがままを聞いてくれたアルビーには感謝してる。それに報いるためにも、この子をぶじに産んで、立派に育てないとね。SS隊員の妻としての最重要任務だもの」

イルゼはわざと重々しく言った。多産が奨励されるNSDAPの中でも、SS隊員はより多く純粋で優秀なアーリアの血を残すことを求められる。アルベルトたちの年齢で未婚であれば、周囲からプレッシャーがかけられるのだ。シュラーダーが同棲《どうせい》して長いビルギットとこの秋の結婚を決めたのも、そのせいだ。

「あなたたちの子供なら、総統もさぞお喜びになるわよ。銀の燭台《しょくだい》を狙《ねら》うべきね」

「銀の燭台？」

イルゼはきょとんとしてアルベルトを見た。

「子供が生まれるとヒムラー閣下から贈り物が届く。四人産めば、直筆のメッセージつきで高価な銀の燭台がいただけるそうだ」

「あんまり、欲しくないわね。とくにメッセージは」

遠慮のないイルゼに、シュラーダーとビルギットがそろってふきだした。

「燭台はともかく、静かだし公園はすぐそこだし、子育てにも最高の環境よね。ヴェルナー、私たちのアパートはちょっと狭すぎやしないかしら」

「ここに比べたらどこでもそうさ。俺たちが結婚する時にも都合よくユダ公が引っ越してくれればいいけどね」

他愛《たわい》ないやりとりに、イルゼの顔がわずかに強《こわ》ばった。

「ユダヤ人？」

「そう、ほら、このあたりは、もともとユダヤの資産家が多かっただろう。ニュルンベルク法には深い感謝を捧《ささ》げないと。あれがなきゃ、俺たちの年でこんなところ、とてもじゃないと手に入らないさ」

その口調に他意はない。彼はただ純粋に、年齢に見合わぬ素晴らしい住居を手に入れたラーセン夫妻を羨んでいるだけなのだ。

しかし今や、イルゼの顔からは血の気が完全に失《う》せていた。

ああ、これはまずい。アルベルトは額に手をあてた。

「本当なの、アルビー」

イルゼは鬼気迫る目で夫を見た。

「ここがもともとユダヤ人の家ってことなら、その通りだが」

「どうして黙っていたの！」

突然声を荒らげた彼女に、二人の客は面食らっている。

「言うほどの話でもないだろう。引っ越してきたとき、前の家族のことなんて普通は気にしないものじゃないか」

「信じられない。よく平気でそんなことができるものだわ」

イルゼは立ち上がり、今まで自分が座っていた椅子におぞましいものを見るような目を向けた。

「彼らは無残にここを追い立てられて、そしてどこに行ったの？　収容所に放りこまれたの？　この椅子もテーブルも……皆、ユダヤ人が使っていたというの？　それを私は何も知らずに使っていたというの！」

あっけにとられている二人の目から、妻の狂乱を少しでも隠そうと、アルベルトは間に立ちはだかった。

「落ち着け、イルゼ。君はてっきりこの家を気に入っていると思っていたけどね」

「ええ、とてもね。でも……ユダヤ人が住んでたなんて……」

「家を返せと押しかけてくるとでも言うのかい？　そんな心配は要らないよ」

「そういうことじゃないわ。ただでさえ呪《のろ》われた存在じゃないの。それなのにこんな……ああ、彼らの復讐《ふくしゅう》はさぞ恐ろしいものにちがいないわ」

また復讐か。アルベルトはため息をついた。

「彼らにそんな力はない。復讐なんてしようがないんだ。心配するな」

「いいえ、アルビー、あなたは彼らを侮《あなど》っているわ。ユダヤ人は二千年にわたって呪われ、奪われ続けてきたのよ。その、怒りの力は……」

急に途切れた。それまでひどく歪《ゆが》んでいた顔から表情が抜け落ちている。あまりに急激ではげしい変化だったために、三人はただ黙って彼女を見守るほかなかった。

イルゼはまばたきもせずに虚空《こくう》を見つめている。目は夫に向けられてはいたものの、あきらかにここではないところを見ていた。

「……やっぱり、いるわ」

かわいた唇が動くと、ひびわれた声が石のように転がりおちた。

「何が？」

ほとんど義務感だけでアルベルトが尋ねると、イルゼは腕をあげ、部屋の隅を指し示す。

アルベルトは目を向けた。当然何もない。イルゼの体が急に前に傾いた。慌《あわ》てて腕を差し出さなければ、そのまま床に頭から倒れこむところだった。抱き起こすと、イルゼは気を失っていた。金の髪を払うと青白い瞼《まぶた》が現れる。ぴくりとも動かない。

「そこよ」

「どうしたの？」

おそるおそるといった体《てい》で、ビルギットが訊いた。こちらを見ていいものかどうかためらっているのがありありとわかる。

「ああ、たいしたことはない。彼女なりの逃げかたさ。怖さに耐えられなくなると、とりあえず気を失う。往時の貴婦人のようにね」

茶化してみたが、二人の表情は固いままだった。

「大丈夫なのか」

シュラーダーも、ビルギットと同じぐらい青ざめていた。

「目が覚めたら元に戻るよ。すまない、妙なところを見せて」

「いいや。俺が口を滑らせなければ……」

「おまえは何もおかしなことは言っていない」

「でも、イルゼがこんなにユダヤ人を嫌っているなんて。知らなかった」

ビルギットは心底、意外そうに言った。婦人会の勉強会でイルゼがどういう態度を取っているのか、よくわかる。

「いや。そういうわけでもないんだが」

アルベルトはため息をついた。どう説明したらいいのだろう。

イルゼはごく普通のドイツ人だ。この場合の「ごく普通」とは、ユダヤという民族全体に対してはヨーロッパ人のほとんどがそうであるようにある程度の嫌悪感《けんおかん》を抱いてはいるけれども、同時に個人的に好感をもった相手ならば友人づきあいも問題なく行えるという意味においてである。

ハイデルベルクにいた頃、彼女が最も親しくしていたカバレットの友人はユダヤ人だったし、いま彼女が贔屓《ひいき》にしているという菓子屋《コンディトライ》のエーファ・ボックもまたユダヤ人だ。街中にあふれかえるNSDAPのポスターの、白い肌に金髪の健康的なドイツ人に比べ、いつも背中のまがった黒ずんだ姿で描かれているユダヤ人の姿を見て、「ばかばかしい」と吐き捨てたこともある。

「ユダヤ人というより、彼女は他者の怒りを恐れているんだ。子供に呪いが降り注ぐんじゃないかとね。俺がロサイントを捕らえる瞬間をその場で見ていたらしく、あれから強迫観念にとりつかれたようだ。あの回勅は、政治的にはともかく、我が愛すべき妻には確実に影響を与えたようだよ」

アルベルトは自嘲《じちょう》をこめて嗤《わら》った。

教会で聖職者を捕らえる夫という図はイルゼに相当な衝撃を与えたらしい。数日ぶりに家に帰った際、彼女は暗い顔で棕櫚《しゅろ》の枝を握り締めており、アルベルトを見て怯《おび》えた。声をかけるとようやく夫だと理解したらしく、それからは朝までしがみついて離れなかった。アルベルトは一刻も早く引っ越さなければならないと決意した。

「あれを見ていたのか。不運というかなんというか」

シュラーダーは苦いものを飲みこんだような顔で言った。

「子供が生まれればまた落ち着くさ。ちょっと失礼」

アルベルトはあくまで軽い口調を貫き、力を失ったイルゼを抱え上げて寝室に運んだ。

イルゼは、罪のない顔で眠っていた。困ったものだ。やっと落ち着いたと思っていたのに。何が引き金になるかわかったものではない。

「告解でも行かせたら少しは落ち着くんじゃないか」

居間に戻ると、シュラーダーが真面目《まじめ》くさった顔で言った。

助言されるまでもなく、イルゼは最近、よく教会に通っている。おそらく告解も行っているだろう。彼女は黙っていたが、周囲の親切な人々が細かく教えてくれる。

信仰のきっかけとなり、それを深めていくのに最も効果的な感情は、恐怖。そして罪の意識だ。いつの時代も、それだけは変わらない。

家族や友人、そして司祭たちを容赦なく破滅に追い込んでゆく夫の罪を背負いこんでいるかのように、彼女は苦しみ、怯え続ける。イルゼを罰し、今の生活を破壊しようとするものは、もうこの世界のどこにもいないというのに。

イルゼは神を熱心に求めている。神を信じるならば、サタンの存在も同時に認めることになる。アルベルトには見えない闇《やみ》が、イルゼには見えるのだろう。家族を脅《おびや》かす影が。

「そうだな。彼女が望むなら」

「ああ。おまえから見れば馬鹿馬鹿しいかもしれんが、人間には気休めが必要だったりするもんさ。とくに子供ができたご婦人なんかにはね」

「子供には洗礼を受けさせるべきよ、アル」

ビルギットも真剣な面持ちで身を乗り出した。

「さすがに、子供はどうだろう。ビギー、おれたちの仕事を知っているよな」

「ええ、知ってるわ。教会を浄化してるのよね」

あっさりとビルギットは口にした。

「あなたは神様がいなくても平気なんでしょうよ。でもたいていの人間はそうじゃないってことを、そろそろ覚えるべきね。とくに母親なら、神の加護のない人生を我が子に与えるなんて、恐ろしくてできないわ」

「おいおい、婦人会で言ったら怒られるぞ。魂まで汚染されてるって」

シュラーダーは茶化したが、ビルギットはとりあわない。

「あんなところで言うわけないでしょ」

シュラーダーは苦笑し、アルベルトの肩をたたいた。

「あのなあ、ビギー。アルベルトは魔女狩りと称されている男だぞ。婦人会で言うより、こいつの前で教会を肯定するほうがやばいんじゃないか。おまえもダッハウに放りこまれちまうぞ」

「私は今、イルゼの夫に話してるの。SD隊員様にじゃないわよ」

ビギーの黒い目が、まっすぐアルベルトを射貫《いぬ》いてくる。こういう表情をしている女に逆らってもまず勝ち目はない。アルベルトは降参の意をこめて、両手をあげた。

「わかった。子供の洗礼については、我が妻とよく話し合おう」

「ぜひそうして」

ビルギットは尊大に頷いた。

残念ながら、話し合いの機会は訪れなかった。

夏の盛り、うだるような暑さの日だった。

運河の水はよどみ、ティアガルテンの猛々《たけだけ》しい緑すらも萎《しお》れる日、イルゼは紫色の子供を産んだ。予定日よりもひと月近く早かった。

知らせを受け、本部から病院に駆けつけたアルベルトが見たものは、純白のシーツに同化してしまいそうなほど白い顔で天井を見上げているイルゼと、やはり白いおくるみに包まれた我が子だった。

娘だった。エーリカと名付ける予定だった彼女は、しかし一度も呼吸することのないまま天に召された。そしてイルゼはただその傍らで呼吸をしているだけだった。

無機質な白い空間を満たす圧倒的な死の光景に、アルベルトはしばらく立ちすくんでいた。ここで自分ができることは何もないと悟りながらも、イルゼの睫毛《まつげ》がゆっくりと動いたのを見て、ふらふらとベッドに近づいた。

「イルゼ」

名を呼んだきり言葉が出せない。こういうときにどう言えばいいのか、誰も教えてはくれなかった。ただ、いたわるように、白い頰を包んだ。霞《かすみ》がかった榛色《はしばみいろ》の瞳《ひとみ》がアルベルトを見ている。二人はそのまましばらく、無言で見つめ合った。

「ごめんなさい」

彼女は消え入りそうな声でつぶやいた。

「謝ることはない。誰が悪いわけでもないのだから。……大変だったね」

イルゼの表情は変わらない。ただぼんやりと天を見あげている。その目に自分の姿が映っているのか不安になるくらい、頼りないまなざしだった。

「エーリカを抱いてあげて。とても小さくて、冷たいけれど」

イルゼは自分の傍らに横たわる小さな塊に、震える手を伸ばした。力が入らないのだろう。

アルベルトはエーリカを抱き上げた。足下から崩れ落ちそうな喪失感の中、人間になりそこなった小さな塊が美しい少女に育ったところを想像しようとしたが、無理な話だった。

「あんまり小さくてかわいいから、神様が惜しくなってしまったのだろう」

「神様はひどいわ。私を連れて行ってくれればよかったのに……」

娘を片手で抱いたまま、イルゼのこめかみにはりついた髪を払い、枕《まくら》の上にひろげた。見事な蜂蜜色《はちみついろ》の髪が、今日はずいぶんと色褪《あ》せて見えた。

「悲しいことを言わないでくれ。君のために決闘までしたんだぞ、俺は。忘れたのか」

イルゼは震える指を伸ばし、アルベルトのこめかみの傷に触れた。

「覚えているわ。この傷、懐《なつ》かしいわね。もう本当に遠い……」

「まだ四年しか経《た》っていないじゃないか」

「四年？　そうだったかしら。なんだかもう、何十年も経ったような気がするわ」

「気が早いな。それは実際に何十年も過ぎてから言ってほしいよ」

「……そうね。何十年後……」

目を閉じたままイルゼは薄く笑う。そのまましばらく黙っていた。やがて青ざめた瞼が震え、ゆっくりともちあがる。

「アルビー、お願いがあるの」

彼女の視線は夫ではなく、その腕に抱かれた冷たい我が子に注がれていた。

「なんだ」

「神父様を連れてきて」

「……イルゼ」

「ええ。無理よね。わかってる」

イルゼは目を閉じた。

「でも、私たちの子は……神様の元に返してあげたい。誰も待っていないところにたったひとりぼっちで返すなんて、耐えられない……」

イルゼの目尻《めじり》から涙が転がり落ちた。

「わかった」

アルベルトは言った。

「君の望むようにしよう。エーリカが迷子にならないように」

イルゼは目を開いた。眼球の上に涙が溢れ、一気に流れ落ちる。

「……ありがとう。本当に、ごめんなさい」

「謝るな。神父が来たら、僕も祈るよ。エーリカのために」

イルゼは何度も頷いた。ありがとう、と何度も繰り返す。それしか言葉を知らぬ鸚《おう》鵡《む》のように。

3

一九三八年九月

四頭馬車を操る勝利の女神《ヴィクトリア》を戴《いただ》く、堂々たるブランデンブルク門をくぐると、西に向かって巨大な公園が広がっている。北はシュプレー川、南はラントヴェア運河に挟まれたこの森は、ベルリン市民の憩《いこ》いの場所となっていた。

九月下旬の早朝ともなると、さすがに人もまばらだ。太陽もまだ目覚めきらず、あたりにはラヴェンダー色のうすい霧がかかっている。まだ人の汚染を受けていないこの時間のティアガルテンは、森としての本来の威厳を取り戻しているように見えた。大きく息を吸い込めば、重たげな緑の葉から放たれる樹々《きぎ》の吐息が肺を充《み》たす。

薄闇の中、立ち並ぶ樫《かし》の木は、マティアスを受け入れるでもなく、ただ冷ややかに見下ろしている。卑小な人間として、この厳粛な空気を乱さぬよう、静かに遊歩道を進んだ。

こうして人気《ひとけ》のない森林を歩いていると、ミュンヘンの実家のすぐ近くにあった英国庭園《エングリッシャーガルテン》を思い出す。内なる衝動となかなか折り合いをつけられなかったころ、早起きしては庭園を無闇《むやみ》に走り回った。ティアガルテンよりさらに巨大な英国庭園は十八世紀につくられたものだが、朝靄《あさもや》の中では古代から息づく本物の森のように思えたものだ。

幼年期を過ごしたハウプツモールヴァルトの森。四年過ごしたザーレム。森にまつわる記憶はいつだって幸せなものだ。

やがて空気が湿り気を帯びて重くなり、マティアスは足を止めた。目の前には、湖《ゼー》がある。ベルリンを横切るラントヴェア運河から水をひいた、ノイアー湖と呼ばれる美しい人工湖だ。夏には連日賑《にぎ》わいを見せるオープンカフェも、今は静寂の中まどろんでいる。座る者のいない椅子や卓は露に濡《ぬ》れ、いかにも寂しげだった。

ノイアー湖をのぞきこむ。暗い水面に黒ずくめの一人の男が映っていた。我ながら亡霊のようだ。

マティアスはさりげなく周囲をうかがった。少し離れた場所に、老夫妻が立っている。ゆっくり、とてもゆっくりと移動していた。朝の散歩が日課なのだろう。

そのむこうから、背の高い男が黒い犬を連れて歩いてくるのが見えた。軽快な足音とともに現れた彼は、みごとな白髪をきちんと整え、濃い緑色のツイードの上着をはおっている。犬は、漆黒のグレート・デーンだ。しなやかな体を覆《おお》う艶《つや》やかな毛並みは、この犬が愛情と手間をたっぷりかけられていることを示していた。

目が合うと、紳士は帽子をとって優雅に挨拶《あいさつ》をした。

「やあ、よい朝ですな」

「すがすがしいですね。おはようございます。ああ、すばらしい犬ですね」

紳士と犬は目の前で足を止めた。主《あるじ》の手前、鼻を寄せてくるようなことはしないが、グレート・デーンは両目にあふれんばかりの興味をたたえてマティアスを見ていた。成犬になったばかりといったところだろう。

「モリッツといいます。ご覧のとおり、たいへん人懐っこくてね」

「挨拶をしても？」

「ええ、喜びます」

マティアスが手を差し出すとモリッツは控えめに鼻を寄せた。

「やあモリッツ、おはよう。マティアスだ。元気かい」

モリッツはちらりと主を見た。紳士が微笑《ほほえ》んで頷くと、モリッツは大喜びでマティアスにとびつき、嘗《な》め回した。顔中をべとべとにされながら、家族で飼っていたシェパードのマックスを思い出していた。

「ノインツェルト伯でいらっしゃいますね」

マティアスは笑顔でモリッツの相手をしながら、小声で尋ねた。

「そうだ。君はブルーダー・パウルだね」

答えたのはもちろんモリッツではなく、その飼い主だ。朝の散歩を終えた老紳士は、帰宅して簡単な食事をとった後、いつものように国防軍の軍服をまとい、ノインツェルト少将として国防軍統合司令部に向かうことだろう。

「進行はいかがですか」

「カナリスがイギリスに使者を送り、チェコ問題に関して決して妥協するなとチェンバレンを説得すると息巻いていたのだが……どうも、雲行きがあやしい」

「というと？」

「フランス首相が、ヒトラーもまじえて三国で首脳会談をすべきだともちかけているらしい。戦争を回避したい気持ちはわかるが、これはまずい」

陸軍でも高位にある伯爵は、まずいという口調にそぐわぬ、やわらかい笑顔を保っていた。傍目には、通りすがりの若者に愛犬の自慢をする好々爺《こうこうや》に映ることだろう。

「宥和《ゆうわ》政策ですか」

「それほどヨーロッパは戦争に倦《う》んでいるのだ」

「しかしヒトラーはなんとしても、チェコに進軍するでしょう。オーストリアだってあっというまに併合してしまった。ここで宥和など持ち出すとしたら、イギリスもフランスもどうかしていますよ。同盟国のチェコを売るつもりですか」

「今のドイツを敵にまわすよりは、他国の領土をくれてやって手懐《てなず》け、自分たちの安全を確保したほうがいいと考えるかもしれないな。いかにも奴《やつ》らしい、傲慢《ごうまん》な考え方ではある」

「愚かな。ヴァチカンの事例から何も学ばなかったのでしょうか。ヒトラーにとって約束などなんの効力も発揮しないとわかりきっているでしょうに」

マティアスは、ほとんどモリッツに押し倒されかけながら、苦々しく吐き捨てた。

一九三八年九月現在、ドイツの状況は日に日に悪化している。もっとも、そう考えているのはごく一部の人間だけで、大半のドイツ国民は好転していると捉えているだろう。

今年の二月、スキャンダルによってブロンベルク国防相、フリッチュ陸軍最高司令官が相次いで辞任に追い込まれた結果、ヒトラーが国防軍司令官に就任した。その翌月には、軍をすばやく出身国オーストリアに進軍させ、併合《アンシュルス》を完了させた。そして今また、チェコスロバキア西方の工業地帯ズデーテン地方を割譲せよとチェコ政府に迫っている。

屈辱のヴェルサイユ条約で奪われた国土を取り戻せというスローガンのもと、国民の支持をとりつけてきたナチスは、今や禁じられていた再軍備を公然と行い、領土への野望を隠しもしない。ドイツの国力は上昇の一途をたどっているように見え、ヒトラーの名声は頂点をきわめていた。国民は熱狂的にハイル・ヒトラーを叫び、女たちはヒトラーの姿を見れば歓喜のあまり失神する始末だ。

かくなる状況の中、オーストリアに続きチェコの一部が併合されることを問題にする者など、ほとんどいなかった。ズデーテン地方にはもともとドイツ系の住民が多い。チェコ政府より圧迫を受けていた彼らがドイツへの併合を望んでいたこともあり、ドイツ国民の多くは併合こそが正しい道だと信じていた。

しかしチェコスロバキアは、イギリス・フランス両国と同盟を結んでいる。チェコと武力衝突ということになれば、イギリス・フランスとも戦争状態になる。あの悲惨な欧州大戦の再来だ。

両国との戦争を望んでいない国防軍では、陸軍参謀総長ハルダーのもと、ひそかにクーデター計画が練られた。決行は、ヒトラーがチェコ侵攻の命令をハルダーに下した時点と決まった。

そのためにも、イギリスとフランスには、このズデーテン問題に対し、いっさい妥協してもらっては困る。黒幕たる国防軍諜報部《アプヴェーア》長官《スパイマスター》カナリス提督は、イギリス首相チェンバレンに対し、くれぐれも強硬姿勢を貫くようにと依頼した。このまま進めば、同盟国の支援を受けたチェコがドイツの要求を強気に退け、業《ごう》を煮やしたヒトラーが進軍を命令する日も遠くはないと思われたが――。

「もし、イギリスとフランスがチェコを捨てれば、クーデター計画はどうなりますか」

犬の涎《よだれ》で顔中を濡らしたマティアスが尋ねると、ノインツェルトは愛犬の頭を撫《な》でて、さりげなく引き離してくれた。

「むろん白紙に戻るだろう。平和的に割譲されるのであれば、問題はない」

「平和的に、ね」

マティアスは皮肉に笑った。

あくまでもチェコ以外の国家にとっての話だ。頼れるはずの同盟国によって勝手に国土を売り飛ばされ、戦争が回避できたと喜ぶほどおめでたい国民がこの世にいるとは思えない。

「もし会談が実現し、平和的割譲とやらが決まったとしたら、得をするのはヒトラー一人ということになりますね。彼は絶対にズデーテンだけでは満足しないでしょう。いずれ必ず軍をどちらかに動かします」

「ああ。だがそのときまで、我々は動くことはできない」

国防軍にはナチスに反感をもっている者が少なくない。しかし同時に、伝統あるプロイセン軍人である彼らには、主君に命懸けで忠誠を尽くす者としての誇りがある。ヒトラーが最高司令官に登りつめた以上、何があっても従おうという者が多数存在するのも事実だった。

「ただの人間であることは、帝国軍人であることより難しいものですね」

マティアスは言った。それまで微笑みを崩さなかったノインツェルトの顔が、かすかに歪んだ。

「我々ドイツ人はそのようにできている。教会も同じだろう」

「おっしゃるとおりです」

前世紀、ドイツの文豪ジャン・パウルは、いみじくもこう言った。

社会の中でドイツ人は、人間として、すなわち社会人としてはめったに現れない。

彼らは良き官吏、良き教授、良き兵士として現れる。

マティアスはモリッツの頭を抱え、ごしごしと首を撫でた。尻尾《しっぽ》をちぎれそうなほど振っている。ドイツ人の犬好きはつとに有名だ。自分たちはしょせん制度の犬だという自覚があるからかもしれない。

「司教団は今回も動かないのかね。オーストリア侵攻に反対したロッテンブルクの司教が追放処分になったそうだが」

「行動を起こさないでしょうね。なにしろ、昨年の回勅の時も支持声明を出さなかったぐらいですから」

マティアスは自嘲ぎみに吐き捨てた。

《燃えるがごとき憂慮をもって》から、すでに一年半が経過している。その間に状況はますます悪化していった。教会の視点から言えば、これははっきりと悪化だった。

道徳裁判と弾圧は激しさを増し、プロテスタントの告白教会では指導者であるマルティン・ニーメラー牧師が逮捕され、強制収容所に送られた。高名な聖職者の強制収容所行きをためらわなくなったという証《あかし》だ。

「教会こそ、よくわからんな。プライジングは司教会議で何度も、公然たる抗議行動を起こすべきだと訴えているようだが」

「彼とミュンスター司教ぐらいでしょうね。今も気炎をあげているのは」

「ローマはどうかね。噂《うわさ》によれば、教皇がまた不穏な説教をされたようだが」

ノインツェルトの口調に揶揄《やゆ》の響きを感じ、マティアスは肩をすくめた。

「『我々は霊的にユダヤ人である』ですか」

「そう、それだ。まさか、反ユダヤ主義の牙城《がじょう》たるヴァチカンの頂点がそんな発言をするとはにわかには信じがたいのだが」

先日、ベルギーの巡礼団への即興説話で、教皇は激しい調子で反ユダヤ主義を批判したという。そのときに件《くだん》の言葉が発せられた。

NSDAPの人種差別とは種類が違うものの、カトリックの総本山という立場上、ヴァチカンはユダヤ教を容認していない。観念的な反ユダヤという点においては、もっとも根深い伝統を持っていると言ってもいい。しかしピウス十一世は、公《おおやけ》の場でそれを真っ向から切り捨てたのである。巡礼団もさぞ困惑しただろうし、ヴァチカンの高官たちの慌てぶりも目に見えるようだ。

「たとえ神学論争を巻き起こし、聖座の権威を損ねてでも、ナチの危険性を全世界に訴えたいというお考えのようですね」

「では、同じ趣旨の回勅が近々出されることもありうるか」

「一時、教皇宮殿内に頻繁に、反人種差別で知られるイエズス会士を見かけたというので、あるいは。彼は大変な名文家だそうですし」

ノインツェルトは眉根《まゆね》を寄せて、考えこんでいた。マティアスは先回りして尋ねた。

「回勅が公布され、再び反ナチ機運が高まれば、仮に宥和政策が成立したとしても、クーデター計画が続行される可能性はありますか」

「……それは、ありうる。司教団が動けば、なおよい」

「ここまでの対応から見て、司教団はあてにできません。ただ、クーデターが成功すれば即座に支持にまわりましょう。民衆の説得は、彼らが請け負ってくれるはずです。ただし、成功した場合のみです」

我ながら意地の悪い口調になった。ノインツェルトも苦笑した。

「よほどうんざりしているようだ」

「私見を述べさせていただけるなら、今後もドイツ司教団よりヴァチカンと直接接触されたほうがいいと考えます。クーデター後の政府も、すぐに教皇の名において承認されるでしょう。欧州各国への根回しも、ローマを通じて行ったほうが安全です」

「うむ。一理ある」

ノインツェルトは頷《うなず》いた。

「これからも、君たちとは定期的に連絡をとりたい。今度、我々の集まりに参加してくれないかね。さまざまな職業の者たちがいる。だが願いはひとつだ」

「ぜひ。どちらに？」

「最近はモルトケの家によく集まっている。知っているかね」

マティアスは目を瞠《みは》った。モルトケの名を知らぬドイツ人などいない。ビスマルク時代にドイツ参謀本部の名を世界に轟《とどろ》かせた、伝説の参謀総長モルトケ。その血を継ぐ現在のモルトケ伯がまだ若く、そして頭脳も性質もずばぬけてすぐれているということはよく知られている。たしかイギリスで弁護士資格を得たはずだ。

「もちろんです。ベルリンに戻られていたのですか」

「さすがに祖国の現状に黙っていられなくなったのだろう。とくに教会の試練に同情的だ。君に会えば喜ぶだろう。我々より歳《とし》が近いしね」

ノインツェルトは親しげに肩をたたいた。マティアスは、喜んでうかがいます、と答えた。無節操に人脈をひろげていくのは危険だが、モルトケならば問題ないだろう。信用できる反ナチ勢力とはできるだけ多くの接点をもっておきたい。

「閣下もどうか、周囲の説得を引き続きお願いします」

「わかっている。回勅の話を聞けば、彼らも心強いだろう。そのためにも、回勅公開の時期を教えてもらいたい」

「はい、わかり次第ご連絡いたします——それじゃ、モリッツ。またな」

マティアスは最後にモリッツをひと撫でし、立ちあがった。モリッツはまだ尻尾を振っている。

名残惜しげなモリッツとその飼い主に別れを告げ、マティアスはノイアー湖《ゼー》沿いに東の方角を目指し歩いていく。もうティアガルテンに用事はなかったが、用心に越したことはない。気ままな散歩を楽しむ青年といった体《てい》でぶらぶらと歩いた。しかしどうも落ちつかない。おそらく服装のせいだろう。黒い外套《がいとう》に黒いスラックスというごく平凡な恰好《かっこう》だったが、この体はすっかり、修道服に馴染《なじ》んでしまったらしい。

今年の復活祭に合わせ、マティアスは初誓願を宣立した。召命があると確信はできなかったが、ドイツの信仰が危機に瀕《ひん》している今、離れるのはためらわれた。国民は全能感におかされている。悪魔の囁《ささや》きは、凄《すさ》まじい勢いで、本来は謙虚で誠実な人々をつくりかえているのだ。

神の愛を知ることは、人間の限界を知ること。このような時代だから信仰が必要なのだ。信仰を弱者の逃避だと笑うナチスの思想こそが、おのれの弱さから目を逸《そ》らした逃避なのだと、気づかせねばならない。

神と共に生き、神の御名《みな》のもとに戦い続ける。そう決意し、マティアスは誓願式に臨んだ。気が短く衝動に駆られて闇雲に走り出してしまう自分にとって、信仰を保つことこそが最も理性的に、人らしく生きられる手段のように思えたのだ。あるいは、人であるために、信仰を利用しているとも言えるだろうか。これは罪なのかもしれない。しかし、神がおそばにいらっしゃると感じることで、格段に頭が冴《さ》えるのだ。

修道名は、パウロを選んだ。弱い時こそ私は強いという彼の言葉が、マティアスの信仰の核であるからだ。

誓願式を終えたマティアスが派遣されたのは、懐かしいミュンヘンの修道院だった。てっきり、遠くの修道院に派遣されるものと思っていたので驚いたが、ファウルハーバー大司教を通じてベールンゼン元院長の働きかけがあったのかもしれない。ベールンゼンの後を継いで院長となったカスパール修道士をはじめ懐かしい顔ぶれに温かく迎えられた時は、さすがに涙が滲《にじ》んだ。

ああ、ここが自分の家だ。彼らこそが家族だ。本来ならばとうの昔に弾《はじ》き出されていたはずなのに、こうして兄弟として戻ってこられたということは、今度こそ家族を守り抜いてみせよという神のご意志なのかもしれない。

かつて為《な》す術《すべ》もなく失った、シェルノ家の面々。そしてテオ、ゲオルグ、ベールンゼン院長。もう二度と誰も失いたくはない。

決意もあらたに、慌ただしくも充実した修道生活に入ったものの、それはわずか一月たらずで破られることになる。

四月の半ばを過ぎたある日、マティアスに面会にやって来た者がいた。

「じつは勧誘に来たのだ。《連隊《レギメント》》に加わってもらえまいか」

ミュンヘンの弁護士、ヨーゼフ・ロレンツだった。彼はカスパール院長と話をつけ、マティアスを外へ連れ出した。灰色の雲に覆われた日だった。夕方には雨が降りだし、夜には雪になるかもしれないと言われるほどの寒さで、中庭にはほとんど人の姿はない。弁護士は、まったく寒さを感じていない様子でプラタナスの下に置かれたベンチに座ると、穏やかな口ぶりで驚くべきことを切り出してきたのだった。

「《連隊》？」

「端的に言えば、抵抗組織だ」

マティアスは大きく目を見開いた。ロレンツは相変わらず人のよい笑みを浮かべている。表情と口にしている言葉が全くつりあっていない。

「……なぜ私に？」

「昨年のロサイント事件を覚えているね。彼を捕らえたのが誰か、知っているかい」

「いいえ」

「アルベルト・ラーセンだ」

瞬間、心臓が大きな音をたてた。

「その功績により、ヒムラーに表彰すらされている。それだけではないんだ。彼の暴《ぼう》虐《ぎゃく》はとどまるところを知らない。先日は、ベルリン近郊の街の司祭が、SDに踏み込まれた挙げ句に自殺をしてね。その事案を担当したのもアルベルトだ。ひょっとしたら、彼によって殺されたのかもしれない」

ロレンツはここに来てはじめて眉《まゆ》を顰《ひそ》め、アルベルトの最近の行動をいくつかあげた。アルベルトはベルリンにいるはずで、彼が担当する事件はほとんどがここからは遠いブランデンブルク州のものだが、ロレンツはそれぞれの事件の詳細まで把握していた。

「関係者だから、彼の暴虐を止めるのに協力しろということですか」

「君も煮え湯を飲まされた一人だ。このままでいいとは思わないだろう？　もともと我々は、バイエルン内における組織だったのだが、最近はあちこちに協力者が出来てね。アルベルトの情報もベルリンの仲間から得たものだ」

「告白教会ですか？」

「いや。教会内だけで対抗できる状況をとっくに越えている。最近接触したのは、我々とは全く異なるノウハウと人脈をもつ組織でね。かと言って、ロサイントのようにことを焦《あせ》り組む相手を間違えては自滅する。ブルーダー・パウル、君ならば誰と組むべきだと思う?」

腕を組み、しばらく考えこんだ。そもそも《連隊》がどういうメンツを揃《そろ》えているのかわからない。が、ロレンツが来たということは、元中央党支持者が主軸なのだろう。それなりの実力者が集まった組織、全く異なるノウハウと人脈。そして《連隊》という言葉を使っているということは――。

「国防軍が妥当ですか」

返答に、ロレンツは満足そうに頷いた。

「将校団の大半はプロイセン貴族だ。オーストリアの伍長《ごちょう》あがりのヒトラーを嫌っている者は多い。それに先日の、ブロンベルク国防相とフリッチュ司令官の相次ぐ辞任劇。こんなにたて続けにスキャンダルが出るのは、おかしいだろう。国防相が娼婦《しょうふ》と結婚して将校団の名誉を傷つけたのは事実だが、司令官のほうは全くの濡《ぬ》れ衣《ぎぬ》だ」

悲運なフリッチュ陸軍最高司令官のスキャンダルの顚末《てんまつ》は、マティアスも新聞で知っていた。男娼を買っていたことをゲシュタポに公表されたが、後に同姓同名の別人であることが発覚したという。フリッチュが辞任した後で無実が明らかになったが、彼が司令官の座に返り咲くことはなかった。

陸軍トップの辞任劇により、ヒトラーは国防軍司令官として、軍隊の指揮権を手に入れた。誰がどう見ても、ナチが得意とする類《たぐい》の工作による結果だ。

「将校団は激怒した。とくに参謀本部だな。オーストリア併合の次はチェコか、ポーランドか。背後の英仏を刺激すれば、たちまち大戦争になる。参謀本部は、彼らを相手に戦争すればまず勝てないと見ている。しかしヒトラーはやる気だ」

「それで参謀本部はクーデターを目論《もくろ》んでいるというのですか」

ロレンツは重々しく頷いた。

「その通り。レジスタンスのパートナーとして、国防軍以上に頼れる相手がいると思うかい?」

「いないでしょう。軍事力の担《にな》い手なのですから。だからこそ、ヒトラーは最も用心しているはずです。そう簡単にいきますか」

「簡単ではないからこそ、綿密な計画が必要なのだ。作戦をたてるのは参謀本部の本分ではないかね」

そこまで言われれば、マティアスも黙るしかなかった。

「さて、ひとつ問題がある。クーデターを起こすのならば、誰もが納得する正当な理由が要る。なんといっても、ヒトラーは国民からの絶大な人気を誇っている。その彼を権力の座から引きずりおろして、将校団が新政府を樹立したとしても、支持を得るのは難しい」

敗戦後に建てられたヴァイマル共和国政府が民衆の支持を得られなかったことは記憶に新しい。彼らが国民、とくに軍人に憎まれた理由は、「匕首伝説《あいくち》」のせいだ。まだ戦えた、勝算もあった。にもかかわらず戦争に負けたのは、裏切り者が背後から匕首で襲いかかったゆえ――この「裏切り者」とはもちろん、共和国を樹立した社会主義者たちである。彼らの裏切りが敗因と信じている者はいまだに多い。

国防軍がクーデターを起こしたとしても、たしかに多くの国民に匕首伝説を思い起こさせるだけだろう。

「なるほど。それで、教会の力を借りようというわけですか。ならば、プロテスタントに頼めばいいでしょう。どのみち将校団はそちらのほうが多いのでしょうし」

「そちらの根回しはすでに済んでいるだろう。だがドイツ人の半分はカトリックだ。教皇が新政府を承認すれば、国外の反応も変わる。司教団にとっても、悪い話ではない。仮にコンコルダート破棄という事態になっても、軍が守ると保障できれば、今よりは行動がしやすいはずだ」

「しかし軍部と教会が結びつくのは、あまりに危険ではありませんか。教皇は許可なさらないでしょう」

「ヒトラーを引きずり下ろすという名目ならば説得はできよう。このままナチをのさばらせておくほうがよほど危険だ。戦争に至ってしまえば、引き返せん」

ロレンツは熱心に語った。

もともとこの話をもちかけてきたのは、参謀本部の友人なのだという。ロレンツはヴァチカンの高官にも知己が多いため、仲介人として選ばれたらしい。悩んだあげく、今できる最大限のことをすべきだという結論に達し、彼らと手をたずさえることに決めたのだそうだ。

「だが、彼らと電話や郵便でやりとりするわけにはいかない。検閲と盗聴の危険は常にある。連絡係が必要なのだ」

つまり雑用係ということか。マティアスは肩をすくめた。

「光栄なお話ですが、私にはSDの監視がついていると聞きました」

「安心したまえ、昔の話だ。君はじつにまじめな修練士だったからね。だが今度は、我々が監視を受けるようになってね。おおっぴらに動けないのだ」

身分がある者が動きまわれば目をつけられる。まったく目立たぬ、ごく平凡な修道士こそがふさわしい。ナチスに強い怒りと危機感をもち、いざという時は自分を守れる程度の腕はある。いよいよまずいという時になったら、あっさり切り捨ててもそれほど痛手のない、チェスの歩兵《ポーン》。

たしかにうってつけだ。ロレンツの笑顔が、メフィストフェレスのそれに見えた。

「……わかりました」

マティアスはしばらく迷った末に言った。

「たしかにもう、静観している場合じゃない」

回勅が出た時のあの喜び。そのあとの深く苦い失望。この一年、司教団には何度も失望させられた。彼らは動かない。それはもはや決定的な現実だ。

ロレンツはあからさまにほっとした顔をした。そしてマティアスの両手を握ると勢いよく上下にふって、何度もありがとうと言った。

「ただし、修道院に迷惑はかけられません。この身がどうなっても一向にかまいませんが、修道院に危害が及ぶような任務はご遠慮します」

「もちろんだとも。院長には私が話しておこう。危険な仕事はやらせない。マティアス、君は言われたことだけをやってくれたまえ。決して、目立つ行動をせず、自分の判断で動いてはいけない」

ロレンツは念を押した。

その日から、マティアスは《連隊《レギメント》》とロレンツが呼ぶレジスタンスの一員となった。最初はミュンヘン市内でのみ活動していたが、やがてロレンツに命じられるまま、あちこちに出向くようになった。あの修道院に荷物を届けに。あちらの病院に手伝いに。いくらでも外出の口実はあった。

そして今回、とうとう首都ベルリンで参謀本部の協力者と直接会うことになった。貴族にして高級軍人。しかし、全くえらぶったところのない、感じのいい人物だったが、あの様子では今回のクーデターは不発のまま潰《つい》える可能性が高いだろう。

それならば、それでいい。自分は結果をロレンツに伝えるだけだ。次の一手は、彼とその仲間が考えるだろう。

遠くから聞こえる鐘の音にはっと我にかえった。朝の澄んだ空気を震わせる音色はすがすがしく、マティアスはしばし足を止め、聞き入った。

空はすっかり明るくなっていた。白い雲が申し訳程度に浮いている。よい天気だ。風は冷たいが、歩き回って火照《ほて》った体には心地よい。

もっと散策を楽しみたかったが、そろそろミュンヘンに戻らねばならないだろう。用事は済んだ。ベルリンに来る時はいつもとんぼ帰りだな、と思いつつ、適当なところでティアガルテンを抜けようと歩き出したマティアスは、しかしほどなく足を止めるはめになった。

ティアガルテンのいたるところにベンチがある。ちょうど進行方向にも、庭園内を流れる小川のそばに二つ並んで配置されていた。その手前のベンチのほうに、座っている者がいる。

マティアスは視力には自信があった。距離にして二十メートルはあるが、霧の晴れたこの空の下では見間違えようもない。

ベージュ色のトレンチコートと中折れ帽の間にわずかに見える白い横顔は、アルベルト・ラーセンのものだ。

茫然《ぼうぜん》と立ちすくんだ。なぜ彼がこんなところに？　いや、ここにいるのはおかしくはない。彼はベルリンの人間だし、このラントヴェア運河の南側は高級住宅街という話だ。ＳＤでの活躍めざましい彼ならば、このあたりに住んでいてもおかしくはないだろう。しかしなぜよりにもよって、この時間に？　朝の散歩を日課にでもしているのか。だがそういう恰好でもない。

マティアスはあたりを見回した。人気《ひとけ》はない。近くの木からは、駒鳥の澄んだ鳴き声が聞こえる。

唾《つば》を飲み込み、足を踏み出した。すぐに回れ右をして逃げ出すべきだ。しかし頭の中で鳴り響く警鐘とは裏腹に、足は彼に近づいていく。

立ち並ぶ木々をうまく使えば、気取られずに近くまで行くことはできるだろう。遠目で見ても、アルベルトのたたずまいは尋常ではなかった。暗い色の服を着ているわけではないのに、影が凝固しているように見えたのだ。

あと十メートルのところまで至り、ここが限界だろうと足を止める。樫に身を隠してひそかに男を観察する。

アルベルトの横顔には、明らかな疲労があった。ゲシュタポやSDは夜明けに獲物の家へ踏む込むことが多いから、一仕事終えた後なのかもしれない。

ラーセンに目をつけられたら命はないと思え。北部や中部ドイツでは、そう囁かれているという。

思えば、ベールンゼンへの処分はずいぶんとましなほうだった。あれがアルベルトの初仕事だったというから、そのせいだろう。幸運だった。ロサイント助祭を有罪に追いこんだあたりから、アルベルトの行動は目に見えて強引で高圧的なものになった。プライジング司教は彼を直接呼びつけて抗議したが、アルベルトは法律ばかりか教会法をも利用してもっともらしい理由をでっち上げ、正当性を主張し、司教も最終的には黙りこんでしまったという。以来、高位聖職者からの抗議にはアルベルトが派遣されている。ナチらしい脅迫と理屈で手強く対抗してくるため、司教団もさすがに辟易《へきえき》したのか、目立つ抗議をしなくなった。

ナチズムの冷酷な実行者、呪《のろ》われた異端審問官。さまざまな異称が彼に与えられたが、昨年の冬アルベルトに狙《ねら》われたある神父が自ら命を絶ったことで、死神と呼ばれるようになった。自死したのは、オラニエンブルクの教区神父だったグラーザーという男だ。カトリック界にまれに存在する親ナチの神父で、だからこそ自分に捜査の手が伸びたということにショックを受けたのかもしれない。ラーセンが現れたことでもはや行く手には苦難に満ちた死しかないと絶望したのか、短剣で胸をひと突きして死んだという。北部の教会でどれほど彼が恐れられているか、わかろうというものだ。

その死神が眼前にいる。数多くの司祭や修道士たちの命を踏みつけにし、出世の階段を駆け上った、人生の成功者が。

しかし彼は少しも幸せそうではなかった。唇はかたく引き結ばれ、青い目は美しいせせらぎも、柔らかく揺れる緑の葉も映してはいない。ここではないどこかを、じっと見ている。

以前、マティアスの前に現れた彼は、堂々としていた。演技をしていたにせよ、内側から溢れる自信と充実が、アルベルトをいっそう大きく見せていた。しかし今の彼は、まったく虚《うつ》ろだった。

「おまえの闘争は、まだ終わっていないんだな」

かつての友にマティアスは心の中で語りかけた。

疲労の色濃い横顔に、ザーレムで共に過ごした少年の面影が重なる。深い悲しみを封じるように、敢然と前に向けられていた青い目。

疲れきり、立つ力も残っていないというのに、決してうつむいてはならないという誓いのために、ただ前方を睨みつけているような。

音もなくその場を離れた。

あの男は信仰の敵だ。彼のせいで多くの者が犠牲になった。人の心など持ち合わせていないのだと誰もが罵《ののし》っている。

むろんマティアスの中にも怒りはある。しかしそれよりも胸を占めるのは、ザーレムを去る時に何もできずに見送った時に感じたのと同様な無力感。寂寥《せきりょう》だ。

「神の母、聖マリア。罪深いわたしたちのために、今も、死を迎える時も祈って下さい」

天を仰ぎ、マティアスは祈りを捧げた。

いつか友は、報いを受けることだろう。しかし、その時に救いが残されていますように。この闘争は無意味だったと気づき、うちひしがれた時に、神の深い愛に気づくように——

4　一九三八年十一月

一九三八年十一月七日、五発の銃弾が世界を変えた。

舞台はパリのドイツ大使館。

被害者は三等書記官フォン・ラート。

加害者は、十七歳の少年ヘルシェル・グリューンシュパン。

パリで少年が放った銃弾は、翌日には凄《すさ》まじい嵐《あらし》を巻き起こし隣国ドイツに吹き荒れた。

理由は、グリューンシュパンがユダヤ人だったためだ。

犯人はその場で捕らえられたが、銃弾を受けたラート書記官は重体であり、暗殺未遂事件の「未遂」がいつ消失するかわからない状態だった。

新聞やラジオが煽《あお》りたてたおかげで、翌日の十一月八日には、もはやドイツでこの事件とヘルシェル・グリューンシュパンの名を知らぬ者はいなかった。ラートは悲劇の英雄としてまつりあげられ、ラジオは彼がいかに優秀な書記官であるかを繰り返し語り、貴重な人材をドイツから奪おうとした憎きテロリストを責め立てた。

「暗殺の動機は復讐《ふくしゅう》ですって」

朝食の席で新聞を見ていたイルゼは、そうつぶやいた。どの新聞も一面にこの事件をとりあげている。

グリューンシュパン家はポーランド系ユダヤ人の家系で、かつてポーランド国内で荒れ狂った反ユダヤ主義の嵐を逃れ、ハノーファーに移り住んできたらしい。彼らの国籍はいまだポーランドにあるという。

今年の春ポーランド政府は、五年以上国外に住んでいるポーランド人から国籍を剝《はく》奪《だつ》すると発表した。そして十月半ばには、彼らのパスポートは十月末日をもって無効となると宣告した。猶予《ゆうよ》はたったの二週間。あまりに急な決定だった。十一月になれば彼らは無国籍となり、母国に帰ることはおろか、ドイツにおいても違法滞在に問われる身分となるのである。

ドイツ、ポーランド両政府の目的は、ポーランド系ユダヤ人の駆逐だ。ポーランド国籍を有している者は現在ドイツに五万いると言われるが、そのほとんどがユダヤ人である。

かくして彼らは十月末にはドイツを追われ、またポーランドに入ることもかなわず、何日間も国境付近の荒野を彷徨《さまよ》うことになった。パリで生活をするグリューンシュパン少年の家族も例外ではなかったのだろう。家族への、そして同胞への理不尽な仕打ちに少年は怒り狂い、復讐に走ったと聞く。

「ああ、そうみたいだな」

コーヒーを啜《すす》りながら、全く関係のない頁《ページ》を開いている夫の姿に、イルゼは肩をすくめた。

「関心なさそうね」

「113の出る幕ではないだろう。112は死にそうに忙しいだろうが」

「112ってユダヤ人担当だったかしら」

「そう。シオニストSS支部ともいう」

妻は首を傾《かし》げた。

「そう呼ばれてるのさ。世界で一番、ユダヤ人のパレスチナ移住に力を尽くしているのはSSだ。なにしろ《ハガナ》に協力してまでの大仕事だからな」

「ハガナ?」

「ユダヤの軍事組織だよ。敵にしたら怖い相手だ」

「でもNSにしてみればれっきとした敵よね？　それがパートナーなの？」

たしかに一見奇妙な話だが、SSの役割は、NSDAPの信条の忠実な実行者たること。彼らは、あくまで合理的にユダヤ人をドイツから排除することに専念していた。かつてのSAがしたような暴力による迫害ではなく、能率的な一斉移住という方法を選んでいた。もっとも、能率的というのはあくまでSS側の話で、ユダヤ人の都合や心情はいっさい斟酌《しんしゃく》されない。

NSDAPは反ユダヤ主義を掲げているとはいえ、その程度は人によってばらばらで、一貫しているとは言い難い。たとえば、経済界と結びつきの強いゲーリング空軍元帥《げんすい》などは、ユダヤ系資本家の追放にあまり積極的ではなかった。一般市民がどうなろうといっこうにかまわないが、経済界の重鎮を一掃してしまえば、ドイツ経済に深刻な打撃を与えかねないからだ。その対極に位置するのが、ゲッベルスら狂信的な人種主義者たちである。彼らは、とにかく全ユダヤ人をドイツから排除しなければ、気が済まない。そのため、シオニストと組んで移住に取り組んでいるSSが党の反逆者呼ばわりされることもままあった。

「今回の事件のおかげで、移住作業に支障がでやしないかと112はぴりぴりしている。彼らにとっても、ユダヤ人にとっても、グリューンシュパンは最悪の大馬鹿《ばか》者だろうな」

「……また大迫害が起こるかもしれないってこと？」

「ゲッベルスあたりが復讐を行うべきだとラジオで煽っているからな。しばらく外に出ないほうがいい。騒動に巻き込まれて怪我《けが》でもしたら大変だ」

「今日も撮影があるのよ。夕方からは、ダンスのレッスンがあるし」

「タクシーで行けばいい。だがあまり遅くなるなよ」

「ええ、わかってる」

イルゼは微笑《ほほえ》んだ。

去年の夏、エーリカを失った彼女は、しばらくひどくふさいでいた。しかし、アルベルトだけではなく、シュラーダー夫妻や友人たちが彼女を励まし、何かにつけ連れ出してくれたおかげで、二ヶ月が過ぎる頃には、だいぶ落ち着きを取り戻していた。

失意のどん底にあった彼女になにより慰謝を与えたのは、少女の頃そうであったように、やはり映画だったらしい。イルゼは毎日、映画館に通った。そしてある日、アルベルトにこう告げた。

「私、またオーディションを受けてみたいんだけど、どうかしら」

アルベルトは一も二もなく賛成した。イルゼには今、打ち込めるものが必要なのだ。少しでもイルゼの力になれればと、アルベルトはドイツ最大の映画会社ウーファの幹部や、パーティで知り合った俳優に引き合わせた。それが功を奏したのか、イルゼにはほどなく仕事が舞いこむようになった。

最初はレビュー映画の《ガールズ》だったが、その次には、台詞《せりふ》はないがガールズとは衣裳《いしょう》が違う役が与えられ、その次には台詞のある役が――というように、着々とステップアップしていった。現在はレビュー映画から、その怜悧《れいり》な美貌《びぼう》をより引き立たせるロマンスやサスペンス映画での役柄に移行しつつある。

ようやく夢の舞台に立ったイルゼは、輝いていた。榛色《はしばみいろ》の瞳《ひとみ》を長らく覆っていた怯《おび》えの影は去り、本来の快活さを取り戻した彼女は、美の絶頂期を迎えていた。

夢を叶《かな》えるための地道な努力を知っていたアルベルトは素直に喜んだ。カバレットで脚を晒《さら》して踊っていた頃から、イルゼは常に体調管理に気を遣っていた。この手の職業にありがちなアルコールや麻薬への耽溺《たんでき》とも、まったく縁がない。ときどき、強いアルコールのにおいを漂わせて帰ってきたりもするが、仕事上しかたのないことだし、体を損ねるほどでなければ何も言わなかった。

ベルリンはとりあえず平穏だった。ラジオは事件のことを騒ぎたててはいたものの、恐れていたポグロムが起きる気配はない。ラートの容態が快方に向かっているという報告があったのも、大きかった。

しかし翌日になると、事態は一変した。書記官の容態が急変し死亡したのである。報道機関は総出でユダヤ人の冷酷さをがなり立て、国民の怒りと恐怖は、いやがうえにも高まった。

アルベルトは、今日こそは家から出ぬようにと妻に念を押し、プリンツ・アルブレヒト街に向かった。途中でユダヤ人商店が連なる通りに足を延ばしてみたが、どの店も閉められている。賢明だ。

なにしろ今日は十一月九日なのだ。

NSDAPにとって特別な日である。十五年前の十一月八日から九日にかけて、ヒトラー率いるNSDAPを含む右翼政党が、戦争の英雄ルーデンドルフ将軍を旗頭にミュンヘンでクーデターを起こした。結局は失敗に終わったが、この《ミュンヘン一《いっ》揆《き》》は党が栄光の一歩を標《しる》した日であり、毎年、大きな式典がミュンヘンで開かれる。記念すべき日に、新たなドイツの殉職者が誕生した。彼は邪悪なユダヤの手によって命を奪われた。宣伝相のゲッベルスは、この好機を徹底的に利用するだろう。今ごろミュンヘンの式典会場でも、ヒトラーや古参党員を前に過激な演説をぶって煽りに煽っているはずだ。

もしかして、これは彼の書いた筋書きなのではないか。そんな考えすら頭に浮かぶ。

SD本部に着くと、さすがに昨日よりは緊迫した空気が漂っていた。112の気の毒な同僚に声でもかけていくか、と部署をのぞいたアルベルトは、そこに意外な人物を見つけて目を瞠った。

「グリューバー牧師？」

声をかけると、SD隊員と話していた男がこちらを向いた。

ごく普通の背広を着ていることもあり、一見したところ聖職にある人間だとわかりにくいが、彼は現在のドイツ・プロテスタント界で最も有名な人物といってもいい。

一ヶ月前、ベルリンのシュテッヒバーン街に、告白教会の公認のもと、ひとつの機関が設立された。その責任者がグリューバー牧師である。ビューローと呼ばれるグリューバー事務所は、瞬《また》く間に全土に支部をもつに至った。ユダヤ人の亡命や生活の援助、児童の教育など広範囲にわたって活動する救済組織である。

「ああ、ラーセンさん、おはようございます。ご無沙汰《ぶさた》しておりましたね」

グリューバー牧師は、やや疲れの見える顔に笑みを浮かべて言った。感じのよい笑顔を、アルベルトは呆《あき》れて見やる。

「まさかあなたとこんなところでお目にかかろうとは」

「ユダヤ人の保護と移送について相談していたのですよ。近々、大変な事態が出来《しゅったい》しそうですから」

グリューバーは、政府に抵抗を続ける告白教会の一員である。その告白教会の創始者ニーメラー牧師は、昨年逮捕されてダッハウに送られた。もちろんグリューバー自身、113の重要な監視対象である。

その彼が、すぐ隣の112で、ＳＤ隊員と顔をつきあわせてユダヤ人の移送について会談している。

奇妙極まりない光景だ。いや、非常にＮＳＤＡＰらしいとも言える。いずれの政党、組織も、一枚岩ということはありえないが、ＮＳＤＡＰは複雑怪奇だった。そもそも国家社会主義ドイツ労働者党という政党名からして、意味がよくわからない。極右のようでいて左翼のようでもある。実際、政党ができて間もない頃は、党員に左右両方が混在していたという。海外からはイタリアのファシズムと同様のものと見なされているが、明らかに違うとアルベルトは思う。

表に出ているのは、たしかにドイツ国粋主義だ。しかしその根底にあるものは、彼らが忌《い》み嫌うソ連のボリシェヴィズムに近い。そう考えると、謎《なぞ》の政党名もしっくりくる。既存の価値観の全否定――それがＮＳＤＡＰの本質なのではないかと、アルベルトは考えていた。

「そうですか。健闘を祈ります」

アルベルトは早々に退散しようとした。プロテスタントは自分の担当ではない。

「あっ、ラーセン！　待て待て」

奥のほうから、妙に弾んだ声が聞こえた。誰かと思えば、これまた本来ならば112にいるはずのない人物だった。

「ちょうどいいところに来た。このあとそっちに行くつもりだったんだ」

やたら親しげに肩をたたいてくるのは、シェレンベルクＳＳ大尉《たいい》である。大半の女性がハンサムと評する顔には、笑みが浮かんでいた。

一歳上のシェレンベルクは、ボン大学法学部卒の俊英で、経歴にはアルベルトとの共通点が多いが、人に与える印象は正反対といってよかった。端正な顔はくるくると表情を変え、そのすばらしい社交術で彼は会う人々を魅了した。あまりにそれが巧みなために、能力ではなく世辞だけで出世街道に乗ったと陰口をたたかれることもしばしばだが、実務能力だけで部下を評価するハイドリヒに重宝されているところを見れば、いかに高い能力を備えているかは明らかだった。

「内務省の参事官殿がこんなところでどうしたんです」

「参事官なんて名ばかりで俺は使いっ走りだよ。いや、ゲッベルス殿が今日あたり何かやらかしそうだろ。それで、112に対策の確認に」

「ゲシュタポに出向かれたほうがいいですよ」

「これから行くよ。いいだろう、俺だってSDなんだ。たまには古巣の空気を吸いたいのさ。冷たいな、君は」

シェレンベルクはアルベルトの肩を抱いたまま廊下に出た。扉を閉めると、緊張感のない顔がにわかに改まった。

「まったく、グリューバーには驚いたね。バレたらゲッベルスに、またSSは反逆組織だなんだと文句を言われるぞ」

「私も驚きましたよ」

「カトリックのほうはどうだい？　ヴァチカンのほうから不穏な噂が聞こえてきたんだが」

「ああ、新しい回勅の件ですか」

「そう。なんせ聖下は我々は霊的にユダヤ人であるなんてほざきやがったからな。ここでポグロムなんて起きたら、まちがいなく回勅を出してくる。ヨーロッパ中のカトリック信徒が聴くクリスマスのラジオ演説で大々的にNS批判なんてされたら、結構ダメージはでかいぞ」

「回勅は出ないと思います」

「なぜそう言える？」

「ピウス十一世の病状は重いようです。前回の回勅は、教皇が反対を押し切って発せられたものでしょう。今回はおそらく、パチェリ国務長官が握り潰《つぶ》すかと」

「パチェリか。まあ彼はたしかに親ドイツ派だが」

かつてヴァチカンの駐ドイツ大使として長くベルリンに住んでいたパチェリ枢機卿《すうきけい》は流暢《りゅうちょう》なドイツ語を操ることで有名だ。周囲の修道士や修道女にもドイツ人が多く、飼っているオウムにもドイツ名をつけてかわいがっているという。

「コンコルダート締結の責任者です。そして、次期教皇となる可能性がもっとも高い。現教皇は長くはないでしょう。ならば今、こちらを刺激してコンコルダート破棄という最悪の結果を迎えることはなんとしても避けようとするはずです」

シェレンベルクはにやりと笑った。

「俺も同じ考えだ。政府には、ヴァチカンを気にしている輩《やから》が多くてね。よほど前回の回勅がショックだったと見える」

「問題ありません、とお伝えください」

「回勅が出そうになったら、ひとつ教皇暗殺ということで手を打ってくれよ」

きつい冗談に笑ったが、ふと、ハイドリヒだったらあるいは本当に下命しかねないと思った。

「ま、それはそれとして。もうひとつ重要な頼みがある。こっちが本題だ」

「なんでしょう」

おもむろに表情を改めた相手にあわせて、アルベルトも笑みをおさめた。

「今度、食事をしないか？」

「……は？」

「ドリス・ライマーのファンなんだ、俺。頼むよ」

アルベルトはあっけにとられた。まさかこんなところで、妻の芸名を耳にするとは思わなかった。

「ラーセン、『春の呼び声』は傑作だぞ！　試写会で見て俺は確信した。あれはドリスの出世作になる。ヒロインを完全に食ってるね。君もそう思うだろ？」

「いえ、実はまだ見ていないので……」

試写会の日にベルリン・カテドラルとトラブルがもちあがり、やむなく欠席した。

「なんだって？　君、ひどい亭主だな。そのうちドリスに愛想をつかされるぞ。俺なら仕事なんてほっぽりだして妻の晴れ姿を見に行くのに」

「はあ、すみません」

なぜ謝っているのかわからなかったが、迫力におされて謝罪した。シェレンベルクであれ、仕事を放り出すことはないだろうが、女好きであることはつとに知られている。

「とにかく、ドリスと会わせてほしい。どんな食事が好きだ？　ベルリンで一番いい店を予約しよう。どうだろう。駄目か？」

「かまいませんが」

途端に彼はぱっと顔を輝かせた。

「やった！　よし、スーツを新調しなくっちゃ。そうだ、ドリスはどんな花が好きかい？　サインしてもらってもいいかな？」

本気で浮かれているらしい彼を見て、アルベルトはこみあげるため息をこらえた。

「嬉《うれ》しいわ、私の出番はそんなに多くないんだけど」

ベッドの中で話を聞いたイルゼは愉快そうに笑った。

「美人に目がないんだよ。どうだろう」

「いいわよ、食事ぐらい。面白そうな方じゃない。それにどなたと会うのも勉強になるわ」

「注意してくれよ。本当に女好きだから」

「あら珍しい、妬《や》いてくれているの？」

小首を傾げ、アルベルトをのぞきこむ。

その悪戯《いたずら》っぽい視線や、きれいにあがった口角には、深刻な妄想にとりつかれていた頃の暗さは微塵《みじん》も見あたらない。

「まあね。君の周辺もずいぶん賑《にぎ》やかになった。いいことではあるが、時々不安になるよ。映画界には魅力的な人物がたくさんいるからね」

「それなら私だって同じだわ。あなただって、華やかな場に出てしょっちゅうきれいな人に囲まれているじゃない」

「そんなことはない。地味な裏方仕事だ。時々、自分が灰色の背景になっているような気がしてならないよ」

「よく言うわ。SSの婦人会に出ても、最近は妬《ねた》まれて大変よ。出世頭の妻もなかなか大変なんだから」

イルゼは笑いつつ、アルベルトの左手に自分の右手を絡《から》めた。日中は薬指にはめられている《名誉の指輪》は、サイドテーブルの上だ。

「何度、表彰されたかしらね。もう狩る相手はどこにもいないんじゃない？　最近、道徳裁判も落ち着いてきたし、113の妻たちは、どこの部署なら夫が功績をあげられるか、情報交換に熱心なの」

「参考までに、ご婦人がたのおすすめは？」

冗談めかして尋ねると、イルゼは真面目に答えた。

「ユダヤ人の担当よ。教会が落ち着いたから、次は本格的にユダヤ人への弾圧が始まるだろうって」

「112への異動はないと思う。もし辞令があっても、さすがに今度は理由をつけて断るかもな」

「どうして？」

「もともとコミュニストと坊主《ぼうず》は嫌いだが、ユダヤ人にとくに恨みはない。それにこの家を譲ってもらった恩もある」

ユダヤ人一家は、現在はアメリカで暮らしているらしい。そう知らせると、イルゼはあからさまにほっとした。収容所行きになったという知らせであれば、引っ越そうと言い出したに違いない。

「アルビーはもともと、2課に行きたかったのよね。ヘーン先生のところ。いつか移れるかしら」

「どうだろう。ヘーン先生は国家戦略研究機関の長だからな。2課長は経済部門担当のオーレンドルフ氏が継いだ」

「どんな方？」

「優秀な人だよ。有名な弁護士だ。合理性の塊で、NSDAPに都合の悪い調査結果でも平気で報告するから、ヒムラー長官から蛇蝎《だかつ》のごとく嫌われているがね」

「いかにもハイドリヒさんが好みそうな人ね」

「ちがいない」

二人は顔を見合わせて笑った。

「2課に行けるといいわね。アルビーはどこまでえらくなるのかしら。……でもそうしたら、私、ここにいられないかもしれない」

アルベルトは目を見開いた。

「何を言ってるんだ」

「だって今年、ブロンベルク将軍が辞任に追い込まれたでしょう？　再婚相手が元娼婦だったからって」

アルベルトは顔をしかめた。くだらないスキャンダルだ。まさかイルゼが気にしているとは思わなかった。

「君は娼婦じゃなかろう」

「場末のカバレットの踊り子やレビューガールだって似たようなものだと思われてるわ」

「身元調査で問題ないと判断された。それが全てだよ」

今ではずいぶん緩くなってはいるが、当時SS隊員が結婚する時には、相手女性も念入りに身元を調査された。

経歴、そして血統。望ましくない経歴、もしくはユダヤや東方の「劣等民族」の血がまじっていた場合には許可されない。しかしSS隊員自体、血統さえ証明されれば入隊前の経歴はほとんど問題とされないぐらいだったから、その妻においても重視されるのは血だけだ。戦死したイルゼの父クラウス・バウムバッハの家系も、六歳時に病死したという母マルガの家系も、四代遡《さかのぼ》ってユダヤの血が見つからない「純粋」

ドイツ人である以上、前歴がカバレットの踊り子であっても問題とされないはずだった。

しかしイルゼの表情は晴れない。婦人会で妬まれて大変、と冗談めかして言っていたが、事態は思ったよりも深刻らしい。自分から過去について口にしたことはないだろうから、誰かが悪意をもって探ったのだろう。尾鰭《おひれ》がついたひどい噂《うわさ》にまでなっているのかもしれない。

NSDAPの女性観は呆れるほど古風だ。理想のドイツ女性とは、洗いざらしの金の髪を風になびかせ、安産型の大きな尻《しり》を質素で清潔な木綿のスカートに包んだ、働き者で健康な女性のことだった。夫によく仕え、不平を言わず黙々と働き、健康な子供を次から次へと産む女。美しく装《よそお》う女は男を誘惑する邪悪な存在であり、男のように社会で働こうとする女もまた呪われた存在らしい。時代錯誤な、よきドイツ女性の心得とやらがまかり通るSSの婦人会では、華やかなイルゼは浮いてしまうのだろう。以前はなんとかうまくやっていたようだったが、映画に出演してからは、そういうわけにもいかないようだ。

「婦人会の誰がどう言ったのか知らないが、君の経歴には一点の曇りもない。彼女たちは君を妬んでいるだけさ」

「……そうかしら、でも……」

イルゼが憂鬱《ゆううつ》そうに口を開いた時だった。呼び鈴がけたたましく鳴り響く。顔を見合わせた。もうすぐ日付が変わる時刻だ。

「なに？」

怯えるイルゼの両肩に手を置き、アルベルトはすぐにベッドから降りた。冷気が薄い寝間着をすべり、肌につきささる。

「君は寝ていろ」

ガウンをひっかけ、寝室を出る。居間から廊下に出て扉を開けると予想通り制服姿の部下カウフマンが立っていた。

「夜分、失礼いたします。ユダヤ人を標的とした暴動が起きました」

報告も予想通りだった。想像外のことといえば、あと一日はかかるだろうと思っていたことぐらいだろうか。

「すぐ行く」

アルベルトは部屋にとって返し、制服に着替えはじめた。イルゼもさすがに起きだし、青ざめた顔で身支度を手伝う。

「とうとう起きたの？」

「そうみたいだな。ここは安全だから心配しなくていい。念のため、俺が戻ってくるまで誰も部屋にはいれるなよ」

「いつ戻ってこれるの？」

「運がよければ今夜かな」

妻の額にキスをすると、アルベルトは大股《おおまた》で部下のもとへと急いだ。吐く息が、やたらと白い。

ティアガルテン区からミッテ区に至る道は静かなもので、報告が虚偽のように思われたが、SD本部の中はすでに慌《あわ》ただしい空気に包まれていた。

――ラート殺害に激怒したベルリン市民による、ユダヤ人への報復が始まりました。

アルベルトが部下から受けた報告は、ここに来てより深刻なものであることがわかった。同様の騒ぎは、ベルリンだけではなく、ドイツ全土でいっせいに起きたらしい。ユダヤ人の家屋、商店、そしてシナゴーグが破壊され、火を放たれるという事件が相次いでいるそうだ。

「被害状況をすみやかに報告。破壊された商店や家屋から略奪を試みる者はその場で逮捕せよ。治安の回復に努めるように」

ハルトルは、ハイドリヒからの指令を見せ、険しい顔で命じた。

「課長、SSは関与していないのでしょうか」

シュラーダーの質問に、ハルトルは顔を憤怒《ふんぬ》に染めた。

「当たり前だ！ 各国と慎重な外交交渉をしている時期に、ここまで馬鹿げたことをしでかすのは、ゲッベルスに決まっているだろう。我らSSの流儀ではない！」

普段はあまり声を荒らげない男だが、この日ばかりは雷のように怒鳴りちらした。

ハルトル曰《いわ》く、各大管区指導者《ガウライター》には、以下の指示が通達されたという。

第一に、怒れる市民たちをさらに扇動し、シナゴーグに火を放ち、ユダヤ人の企業、商店、住居を破壊すること（制服を着用してはならない）。隣接するドイツ人の住居に被害があってはならないから、ターゲットを慎重に選定し、ことをすすめること。リストに掲載されている資産家、社会的地位のあるユダヤ人を優先的に逮捕し、掲載されていない者でも反抗的な態度を見せた場合には同様に捕らえること。生死は問わない。

「我々の出動目的は治安維持だ。市民に扮《ふん》して扇動を行っているSAやSSも街頭にいると思われる。奴《やつ》らと騒ぎは起こすな。だが、その他の者の略奪は断じて許してはならない。そして、非ユダヤ系の住居や商店、もしくはユダヤ系外国人に害が及ばぬよう、くれぐれも気をつけろ」

アルベルトたちは、夜の街へと飛び出した。

なんとも矛盾した命令だった。扇動は放置せよ、しかし略奪は許すな。ユダヤ人への迫害自体は問題ないというわけだ。

ミッテはいつもと変わらず静かにまどろんでいるというのに、ユダヤ人地区に入ると様相は一変した。角材や工具を手に、ユダヤ人への憎悪《ぞうお》を叫びながら走っていく男たちは、どれが本当の市民でどれが工作員なのか、区別がつかなかった。

ユダ公は死ね、パレスチナへ帰れと喚《わめ》く声、ジークハイルとドイツの正義の勝利を謳《うた》う声とともに、シナゴーグは燃え落ちた。店々は破壊され、けたたましい音をたてて砕け散るガラスは、炎を受けてまばゆく輝いている。ある種の美を感じさせる光景ではあった。しかし視線を動かせば、ユダヤ人の髪を摑《つか》んで引きずる男や、もう動かなくなった者を囲んでなおも棒を振り下ろしては狂ったように哄笑《こうしょう》する者たちの姿がある。

地面を黒く染めているのは夥《おびただ》しい血だ。悲鳴は炎とともに夜空に舞い上がるが、彼らの神は、黙したまま応《こた》えない。

わけもわからぬまま引き立てられ、殴られて倒れ伏す男。彼にとりすがって泣く女。その傍らで破れた服を纏《まと》った幼児が、泣き喚きながら母親を捜していた。地獄絵図だ。

燃えさかる炎は、人の奥底に眠る獰猛《どうもう》な本能を揺り起こし、爆発させる。

アルベルトも炎に煽られるようにして走り回った。頭に血がのぼった暴徒が、ユダヤ人ではない者にまでその刃《やいば》を振るおうとした時には力尽くで止め、どさくさにまぎれて日頃恨んでいる資産家の家に火を放とうとした者を羽交い締めにした。火事場泥棒を追い払い、ユダヤ人商店の商品や家財道具は、安全な場所に避難させた。

騒ぎは朝まで続いた。東の太陽だけがもたらすことのできる夜明けが、この日ばかりは天を焦《こ》がす炎が運んできたかのように見えた。

「人は最初に本を焼き、そして人を焼く」

夜が明けてもなおおさまらぬ火を見上げ、アルベルトはつぶやいた。

前世紀の半ばに死んだ詩聖ハイネは、この日を正確に予期していたらしかった。ユダヤ人である彼の詩集は、五年前にこのベルリンで、猛《たけ》り狂った若者たちによって燃やされた。そして今、彼らは詩人の予言通りに人を焼く。

実際に暴動に加わっている者たちは、それほど多くはなかった。その何倍にものぼる市民たちが、ただ黙って、燃える家屋や流れる血を眺めている。アルベルトと目が合うと、気まずそうに逸《そ》らし、中にはそそくさと逃げていく者もいた。安心しろ、俺とおまえたちは同類だぞ。そう笑いかけてやりたかった。

暴動に参加はしない。邪魔もしない。ただ、眺めているだけだ。自分たちはこんな蛮行に関与してはいないのだと無言で叫びながら。


アルベルトが自宅に帰ることができたのは、十日の夜だった。夜中にたたき起こされて以来走り回っていたために、歩きながら眠りそうになったりもした。やっとの思いで帰宅すると、イルゼがとんできた。

「おかえりなさい、アルビー。ずいぶんお疲れの様子ね」

「ああ、ただいま。疲れたなんてものじゃない。一刻も早く眠りたいよ」

「わかるわ。そのまま寝室に直行するべきだと思う」

アルベルトは眉《まゆ》をひそめた。

「どういう意味だ？」

「いいこと、アルビー。あなたはこれから、何も見ない。見えないのよ」

イルゼは顔を近づけ、声をひそめて言った。

「驚かないで。いえ、驚いたとしても声をあげたり、飛び出したりしないでちょうだい。気づかぬふりをして寝室に行って」

「……何を言っているんだ？」

「来ればわかるわ。今言ったこと、覚えていてね。それがあなたのためでもあるの」

彼女は先に立ち、階段を昇り始めた。首を捻《ひね》り後に続いたアルベルトは、居間に出て、息を呑《の》んだ。

見知らぬ人間が、身を寄せ合って立っている。恰幅《かっぷく》のよい壮年の男と、その妻とおぼしき小柄な女性だった。二人は共にフランネルのシャツに厚手のカーディガンを重ねていた。下はそれぞれウールのスラックスとスカートをはいていたが、おそらく上は寝間着なのだろう。さらに男のほうは、左右の靴下の色が違っている。怯えた表情でじっとこちらを見つめる彼らを、アルベルトもまた食い入るように見つめた。急いで記憶のページをめくる。しかし、どう考えても、見覚えはない。

「失礼ですが……お会いしたことはありましたか？」

そう尋ねるほかなかった。テーブルには三つのコーヒーカップが置かれ、今の今まで、彼らとイルゼがここでくつろいでいたことを示していた。

「アルビー、まっすぐ寝室に行く気はないのね」

イルゼは諦《あきら》め顔で言った。

「当たり前だ。自分の家に見知らぬ客がいて、挨拶《あいさつ》もせずに寝室に向かう人間などいるものか」

「じゃあ紹介するわね。こちら、ボック夫妻よ。私とビギーがとびきり気に入ってるお菓子屋さんのオーナー」

テーブルに並べられていた、美味《おい》しそうなタルトを目に留め、ため息が洩《も》れた。

「何を考えているんだ、イルゼ。君は自分がしていることがわかっているのか」

「わかっているわ。困っている友人を助けただけよ」

イルゼがボック夫人に微笑みかける。アルベルトは呆れかえった。決して外出するなと忠告したはずなのに。

「君って女は……」

アルベルトは額を押さえた。ユダヤ人をSS隊員の家に匿《かくま》うとは。ゆうべ、自分のせいであなたの経歴に傷がついたら、などとしおらしいことを言っていたのは誰なのか。これが露見したらよほど大事だ。

「申し訳ありません、ヘル・ラーセン」

面積の広い額にびっしりと浮かぶ汗を拭い、ボックは謝罪した。

「奥様のご厚意に甘えてしまい、大変なご迷惑をおかけしてしまいました。今すぐ、出て行きます」

「何を言ってらっしゃるの、ヘル・ボック。謝る必要なんてこれっぽっちもありません。さあ、お座りになって」

イルゼは毅然《きぜん》と告げた。

「あなたがたは悪いことなんて何ひとつしていません。パリで青年が誰かを殺した？　だったら犯人を裁けば済むこと。どうして異国で起きた犯罪のせいで、あなたたちがこんな目に遭わなければいけないの」

彼女の鋭い目が、アルベルトに向けられる。

「いいえ、そもそもニュルンベルク法の意味が全くわからないの。彼らはまぎれもないドイツ人よ。十七世紀からずっとここに住んでいる。ドイツ語を喋《しゃべ》り、ドイツの教育を受け、ドイツの生活をし、ドイツを愛し、ドイツに忠実だわ。なのに、この馬鹿げた騒ぎはいったいなんなの？」

「落ち着け、イルゼ」

「落ち着いているわ。あなたもそこに座ったらどう、アルビー。コーヒーはいかが」

「いや、結構」

「あなたの担当はカトリック教会のはず。ユダヤ問題は関係ないんでしょ？　なら、ここにいるあなたは、ＳＤ将校でもなんでもない、ただの一市民よ。ここにいるボックさんたちも同じ一市民。そうでしょ」

無茶苦茶な理屈だ。だが、腕を組み、ボック夫妻を守るように立ちはだかるイルゼは、異様な迫力を放っていた。

「ユダヤ人を問答無用で逮捕せよなんて命令は出てないでしょ？　彼らは、法に触れるようなことはしてないわ。暴力に抵抗せず、隠れていたところを私が勝手にここに連れてきただけ。ほら、なんの問題もないじゃない」

「近所の人間に見られたらどうする」

「暗かったし、誰もいなかった。見られてたって、友達だって言えばいい話でしょう」

アルベルトは首をふり、改めてソファを指し示す。

「座ってください」

こうなっては仕方がない。対処を誤れば、イルゼはもちろん、自分にも危険が及ぶ。

「とは言え、これ以上匿うのも無理だ。夜が明ける前にお帰り願おう」

「冗談でしょう、アルビー。彼らの家は破壊されたのよ。戻る場所はない。うろうろしていれば不審者扱いでゲシュタポに捕まって、ザクセンハウゼンに送られてしまうわ！」

「だからってここで匿い続けるわけにはいかないだろう」

「それを話し合っていたのよ。彼らにはビザが必要だわ。アルビー、各国の領事館にもお友達がたくさんいるわよね」

こぼれそうになるため息を、アルベルトはかろうじてこらえた。予期したとおりの展開だ。

「……まずパスポートがなければ話にならない。お持ちですね」

アルベルトは、ボックを見て尋ねた。

「は、はい。もってきました」

彼はすぐにパスポートを差し出した。イルゼをよほど信用しているのだろう。SD将校というアルベルトの立場を考えれば、この場でパスポートを没収されるほうが自然だというのに、彼らはためらわなかった。

開くと、顔写真の横に、大きく《J》と記されていた。Jude《ユーデ》のJ。ユダヤ人のパスポートは、一瞥《いちべつ》してそうとわかるようになっている。まず顔写真は、左耳が見えるように斜めを向いている。ボックの妻は長い髪をたらしていたが、こちらを向いた左耳の部分だけは髪をかきあげた状態で映っていた。

人種局によれば、ユダヤ人の特徴は左耳の形に表れるという。あいにくアルベルトには、自分たちとどこが違うのか全くわからなかった。パスポートの名前には、男には必ず「イスラエル」、女は「サラ」と書き加えられていた。大変な念の入れようだった。

「金は？」

「かき集められるだけは……旅費にはなると思います」

「国外に親戚《しんせき》はいますか」

「パリに従弟《いとこ》がおります。しかし、もう十年近く会っておりません。手紙のやりとりはしていましたが……」

アルベルトは腕を組んだ。

「フランスは難しい。すでにユダヤ難民で溢《あふ》れかえっているし、この騒ぎでみな国境に殺到しているだろうから、今から行っても追い返される可能性は高い」

「あの……できましたら、まずはスイスに出たいのですが」

ボックがおそるおそる口を挟んだ。

「スイスですか？」

「銀行に資産の一部が……」

このみすぼらしい男たちがなぜスイス銀行に預金しているのだろうという疑問は、イルゼがすぐに解いてくれた。

「ボックさんたちは、三年前まではこの近くに住んでいらしたそうよ。会社を経営していらしたの」

納得した。ニュルンベルク法により、ユダヤ人は多くの職業から締め出された。生活がままならなくなった者たちは、移住か転職を迫られた。ボック一家は後者を選んだのだろう。彼らのように職を追われた実業家やインテリ層は、職人に弟子入りしたり、慣れない菓子づくりに励むなどして、なんとか生活しているらしかった。

「預金を受け取ることができれば、いろいろ支度が出来ます。ビザを取得するのにもしこれだけでは足りないにしても、すぐにお支払いできます」

「そのまま住んでしまえばいいわ。スイスは中立国だからいいじゃない。銀行にはユダヤ人の顧客も多いから、きっと好意的なはずよ」

「馬鹿言っちゃいけない」

アルベルトは妻の幸福な思いこみを言下に否定した。

「ユダヤ人のパスポートにJの字をいれたのは、もともとはスイス政府の要請によるものだ」

「どういうことですか」

ボック夫人が青ざめた顔で尋ねた。夫の体の幅の半分しかなさそうな彼女は顔もいたって細く、黒目がちの目がいっそう大きく見える。細かく震え、さらに目を見開く姿は、幼い少女のようだった。

「彼らはユダヤ人の資産を愛していますが、難民を受け入れる気はさらさらないということです。国境ですぐにユダヤ人を判別できるよう、ドイツ政府に要請したのですよ」

アルベルトの言葉に、哀れな夫妻は押し黙ってしまった。美しき森と湖の国に亡命するのはおろか、預けていた資産を受け取るあても失ってしまったのだから、仕方がない。

「あなたたちならどこでもすぐに稼げるわ。まずは、安全な場所に逃げることが大切よ」

イルゼは、ボックたちの気を引き立たせるように、明るい声で言った。

「アメリカはどうかしら。真っ先に非難声明を出したのはルーズヴェルトよ」

「ポーズにすぎん。アメリカにはもともとユダヤ移民が多いからな。アメリカ領事館のビザ申請所はすでにパンク状態で、彼らも今は発行数を抑えている」

「それじゃ……海を越えてうんと遠くに行けば関係ないんじゃないかしら？　オーストラリアは？　あそこは過ごしやすいって聞いたわ」

「断固拒否だ。あの国の反ユダヤ主義はドイツにひけをとらないよ。もともと人種差別が非常に激しい国だ」

ボック夫妻の顔に絶望が広がる。彼らを代弁するように、イルゼが険しい表情で「ひどいわ。皆、他人事《ひとごと》なのね」と吐き捨てた。

「四ヶ月前に、ユダヤ難民問題についての会議がスイスのエビアンで開かれた。三十二ヶ国が参加したが、どこも進んで受け入れようとはしなかったし、なにも決まらずに閉会となったそうだよ」

「……最悪ね」

「どこも自分の国が大事なんだ。生産手段をもたない難民を大量に受け入れようという無限の慈悲を有するのは、そうだな、それこそ天国ぐらいじゃないのか」

イルゼは眉を寄せて黙ってしまった。ボック夫妻も下を向いている。

「パレスチナはどうだろうか」

しばし迷った後、アルベルトは切り出した。

「112の移民局の話は聞いたことは？」

「噂だけは……」

「本来、パレスチナ移住には、委任統治国であるイギリスのビザが必要だ。だが、移民局はあちらのシオニストと組んで、不法入国させている。あそこならビザは必要ない」

ボック夫妻の顔は晴れぬどころか、ますます恐怖に強《こわ》ばった。パレスチナは、シオニズムに興味のないヨーロッパ系ユダヤ人にとって、血なまぐさい荒野でしかない。

「あそこは危険よ、アルビー。アラブ人が襲ってくるって言うじゃない。そもそもあんなの移住じゃない、ただの追放よ」

「ならば、脱出に固執する必要はないんじゃないか。国内でのユダヤ人居住そのものが禁止されたわけではない。資産がまだ多少なりともおありなら、どこか部屋を借りて——」

「その場しのぎよ」

夫の妥協案を、イルゼは一蹴《いっしゅう》した。

「あなただってわかっているでしょう。ユダヤ人に対する風当たりはひどくなるばかり。こんなことが起きてなお、この国にとどまっているなんて危険よ」

それならばなぜニュルンベルク法が成立したときに逃げなかったのだ。アルベルトはそう反論しかけて、口を噤《つぐ》んだ。

あの当時ならばまだ移住は難しくはなかっただろう。しかし、夫妻がとどまった理由がわかるだけに、何も言えなかった。

彼らは、正真正銘のドイツ人だ。真面目《まじめ》に働き、国家を愛し、国家に忠実な、前の大戦では兵士として戦場に立った、ドイツ人らしいドイツ人。他のヨーロッパの国々の者たちから時に愚鈍と笑われるほどの、国への大きな信頼と忠誠心を備えたドイツ人だからこそ、国に残ったのだ。

愛する同胞たちが、なんの罪も犯していない同国人である自分たちを、本気で迫害などするはずがない。これは何かの間違いだ。一時的に国を覆《おお》った熱病のようなもの。すぐに落ち着くだろう。先祖代々この地で暮らしてきたからこその、無邪気で深い信頼が、彼らの心にはあったのだ。不当に職を奪われてもなお、彼らは愛する国でもう一度やり直せると一途《いちず》に思い続けていたにちがいない。

「……国を問わないのであれば」

深い悲しみと恐怖に震える彼らを見やり、アルベルトは口を開いた。

「ヨーロッパはまず無理だ。合衆国も。それでもかまわないのであれば、ビザがとれないことはない」

ボックたちは顔を見合わせた。淀《よど》んでいた目に希望が灯《とも》る。

「ただ、いくら出せるかによるな。その国に親族がいない場合には、ビザ発行のためにかなりの金額を要求される」

「いくらぐらいなの？」

「よくは知らない。担当ではないからな」

ボック夫妻は慌てて鞄《かばん》から袋を取り出した。アルベルトを疑いもせず、必死の形相でライヒスマルク紙幣の詰まった袋を手渡す。中身を確認したアルベルトは、首をふった。

「これではおそらく、一人ぶんがせいぜいというところだ」

「では、妻だけでも」

「駄目よ、二人揃《そろ》っていなければ。残りは私が出すわ。いくら必要なの？　アルビー」

威勢のいい声の主を一同は唖然として見つめた。イルゼは挑戦的にアルベルトを見返した。

「馬鹿《ばか》言うな」

「本気よ。端役《はやく》でもお給料は出るもの。しばらくフラウ・ビュットナーのレッスンはお休みすることになるだろうけれどね」

「イルゼ、いけないわ。とてもありがたいけど、そんな大金……」

フラウ・ボックが慌てた様子で声をあげた。

「遠慮をしている場合じゃないでしょ。あなたたちの命がかかっているのよ」

有無を言わさぬ口調に、ボック夫人エーファは押し黙った。アルベルトはため息をついた。こうなった時には何を言っても無駄だ。

「預かろう。明日、話を聞いてくる」

パスポートを鞄におさめる様を、ボックはさすがに不安そうに見つめていた。アルベルトはそれきり何も言わず、寝室に引き上げた。

疲れ果てていた。自宅からも安らぎが失われた今、彼ができるのは、全ての感覚を遮断して、とにかく眠ることだけだった。

質《たち》の悪い悪夢であればいいと願ったが、翌朝目覚めたときにも、ボック夫妻は変わらず居間のソファにおさまっていた。今日はさすがにまともな服装で、昨夜はひどく乱れていた髪も整えられていた。ボック夫人のほうは薄く化粧もしており、アルベルトの姿を見ると慌ててコーヒーを淹《い》れに行った。アルベルトは通り一遍の朝の挨拶をすると、コーヒーも飲まず、早々に家を出た。

夫がどこかの国のビザを持ち帰るまで、イルゼはボック夫妻を匿い続けるつもりだろう。さすがに何日も隠しておくのは危険だ。つきあわされる身としてはたまったものではないが、こうなっては仕方がない。アルベルトはすぐに、ベネズエラ領事館の二等書記官モレーロに連絡をとった。一年前にパーティで知り合ったこの知人は、万事調子のいい男だった。ユダヤ人の悲運に対してはさして興味がない様子だったが、そのぶん深く考えることもなく、アルベルトの依頼通り、ビザを発行してくれた。もちろん相応の賄賂《わいろ》は必要だ。逆に言えば、取引次第では、最も確実に迅速に対応してくれる男でもあった。

「驚いたわ。どんな手を使ったの？」

わずか二日でビザを取得した彼に、イルゼは目を丸くして尋ねた。

さあね、と気のない返事をして、アルベルトはボック一家に土産を手渡した。彼にとっては忌々《いまいま》しい代物《しろもの》だが、ボック夫妻にとっては命のビザだ。息をひそめてSS将校の自宅に隠れ住んでいた彼らは、目に涙を浮かべ、アルベルトを見上げた。

「ありがとうございます。なんとお礼を申し上げてよいのか……」

ボックは感極まり、言葉を途切らせた。間違いなく才覚も人望もあり、かつてはベルリンの上流階級に属していた紳士が、自分より二十も年下の若造を神のごとく拝む姿は、滑稽《こっけい》だった。

「お金は足りたの、アルビー」

「値切ったよ。だからこいつも買ってきた」

アルベルトは、鞄から二枚の切符を取り出した。

「これで国境を越えられる。朝一番の列車だ。すぐに準備したまえ」

ボック夫妻がアパートを出たのは、朝の四時過ぎのことだった。あたりは夜明けの気配すらなく、幸いなことに雨が降っている。先に外に出て、周囲の家の灯りが消えていることを確認したアルベルトの合図で、ボック夫妻はひとりずつ外に出た。アルベルトはイルゼを家の中に残し、物陰に夫妻を呼んで告げた。

「広場まで出れば車は拾えるだろう。よけいなことは、いっさい喋るな」

「はい」

古びてはいるものの質のよい黒の外套をまとったヘル・ボックは、充血した目でアルベルトを見つめ、右手を差し出した。

「ありがとうございます。このご恩は一生忘れません。いつか必ずお礼を――」

「結構」

差し出された右手を無視して、アルベルトは言った。

「すみやかに我々のことは忘れてくれ。そして二度と思い出さないでくれ」

ボックは眉を寄せ、何かを言いかけたが、結局は黙って頷《うなず》いた。

霧のように闇《やみ》を埋める雨の中、小さなトランクを一つもっただけの夫妻は、体を寄せ合い、足早に去っていく。すみやかに忘れろというアルベルトの命令通り、彼らは一度も振り向かなかった。

建物の陰から姿が消えるのを見届けたアルベルトは、慎重にあたりを見回し、アパートに戻った。

「ありがとう、アルビー」

疲れ果てた彼を出迎えたのは、コーヒーの香りと、申し訳なさそうな妻の顔だった。差し出されたタオルで水滴を拭《ぬぐ》い、アルベルトは音をたててソファに腰を下ろす。ここ数日というもの、どこにいても気が休まることはない。万が一彼らが何かしでかして、国境を越える前に捕らえられたとしたら。そう思うと胃がきりきり痛む。いつもは心やすらぐコーヒーの香りも、吐き気を催させるだけだ。

「疲れ果てたよ。まさか君が、こんなとんでもないことをしでかすとは思わなかった」

「ごめんなさい、本当に」

イルゼはコーヒーをアルベルトの前に置くと、隣に腰を下ろした。

「露見したら、君の立場だって奪われるだろうに」

「……私、一時的に、ユダヤ人を避けていたことがあったでしょう」

苦しげに、彼女は言った。

「エーファにあんなによくしてもらってたのに、一方的に避けてたわ。ひどいことをしたと思っているの」

「あのときの君は体調が悪かった。仕方がないだろう」

「そんなの言い訳にならないわ。私は、自分の中のおかしな影に負けて、エーファを裏切ったのよ。私、思うの。もしあのままエーリカが生まれていたら……私、いまだにエーファたちを遠ざけていたんじゃないかって」

　最後のほうはほとんど消え入りそうだった。アルベルトの視線を感じたのか、イルゼは唇を噛《か》み、うつむいた。

「エーファは笑って許してくれたけど、いつか必ず償わなきゃと思っていたの。彼女の身が危険にさらされたら、何があっても助けるって」

「立派な心がけだが、俺の承諾なしにこういう形で巻きこむのは勘弁してほしい」

「巻きこむつもりはなかったの。ただ、とにかく匿わないと収容所につれて行かれると思って、夢中だったのよ。後のことはここで相談すればいいと思って……アルビーがあの日のうちに帰ってくると思わなかったから」

　こんなに悄然《しょうぜん》としているイルゼを見るのは、久しぶりだった。おとといは、あまりに無茶な言い分にはらわたが煮えくりかえったが、あれはボック夫妻に不安を与えまいとして虚勢をはっていたのだろう。アルベルトは大きくため息をついた。

「わかった。もう過ぎたことだ。だが、二度とごめんだよ」

「わかってる。力を貸してくれて、ありがとう」

イルゼは彼の膝《ひざ》に手を置いた。かすかに震えていることに、はじめて気がついた。目許《めもと》が赤くなっている。ずっと怯えていたのだろう。

アルベルトはカップを起き、妻を抱き寄せた。

「ビザさえあれば、国は出られる。もう彼らは安全だ」

「……ええ……ありがとう」

イルゼは夫の肩に頭を預け、何度も、ありがとうと繰り返した。

すぐに馴染《なじ》むはずのぬくもりがなかなか伝わらない気がして、髪を撫《な》でる。

最近、イルゼに触れるとき、奇妙な、透明な膜のようなものを感じることがある。その冷たさに、ほんの一瞬だが身が竦《すく》む。あの白い塊を思い出させるのだ。一度も呼吸することなく天に召された、儚《はかな》い肉体を。

おそらく、イルゼも感じているのだろう。以前の生活に戻ったように見えても、それはいたるところに顔を出した。

この暮らしを決して壊さないよう、注意を配りながら、彼らは生活していた。それは苦痛ではなく、今やごく当たり前の習慣になっていた。ふいに襲ってくるひやりとした感覚をやりすごしてしまえば、問題もなく幸福な日々を過ごせることを、どちらもよく知っていた。

「こんなに早くビザが手に入るとは思わなかったわ。ベネズエラ領事館のお友達は、ずいぶんと親切なのね」

イルゼは疑り深い口調で言った。あまりに手早かったことに、不安が消えないらしい。

「奴は女に目がないんだよ。病気に近い。彼好みのブロンド美女を紹介して、あとは少々の賄賂を渡したら、ビザを発行してくれたよ」

イルゼは驚いて体を離し、アルベルトの顔をのぞきこんだ。

「そんなものなの？」

「そんなものだ。嘘じゃない」

おそらくイルゼが直接頼めばもっと早かっただろう、と思った。もっともそのかわり、イルゼを一日貸し出さなくてはならなかったろうが。

「コネって本当に効くのね」

「そりゃあね。もしボック氏に党の高官とのコネがあったら、名誉ドイツ人として認められていただろう。事実、総統の料理人はユダヤ人という噂だ」

「映画界でもそうだわ。ゲッベルスお気に入りのある女優さんがユダヤ人じゃないかって。本人は否定しているけど。もっとも、寵愛《ちょうあい》が失われた時が彼女の命運が尽きる時だから、生きた心地がしないでしょうけど」

「ならきっと、今ごろどこかのビザをとろうと頑張っているさ」

「そういう美女はどこで調達してくるの」

「ああ、《サロン・キティ》からさ」

「何？」

「ベルリン一の娼館《しょうかん》だ。海外の王族が訪れるようなところさ。とびきりの美女が揃っている」

イルゼの視線が冷たくなる。アルベルトは苦笑した。

「勘違いしないでくれ。ＳＤが経営しているんだよ」

「アルビーは関係ないんでしょう？」

「そうでもない。聖職者を落とすには、美女と美青年のどちらもが必要なんでね」

「道徳裁判に引き出すために、そういう女に聖職者を誘惑させたこともあったの？」

「想像に任せる」

イルゼは何も言わず、窓を見やった。いつもは目を楽しませるラントヴェーア運河も、今は重い灰色の底に沈んでいる。見下ろす白い横顔は無表情で、何を考えているのかは、アルベルトにも読み取れなかった。

「ボックさんたち、いつかスイスに預けたお金を取り戻せるかしら」

朝の遠い光景を陰鬱《いんうつ》に濡《ぬ》らす冷たい雨。イルゼの声は、しめやかな音に溶けるような、ごく静かなものだった。

「総統が失脚すれば、できるだろう」

「つまり、私たちの未来が閉ざされた時ってことね」

「そうなるな。君も一緒に逃げたかったんじゃないか」

イルゼはゆっくりと振り返り、一度、大きくまばたきをした。

「なぜそう考えるの」

「この間、おかしな話をしていただろう。ここにいられなくなるかもしれないって」

「……そういう意味で言ったわけじゃないわよ」

困ったように微笑《ほほえ》む顔は美しかったが、やや乾いた皮膚からは、ここ数日間で蓄積した疲労が透けて見えた。

5 一九三九年二月

ローマに向かう国際列車は満席だった。

一年で最も寒いこの時期に、これほど席が埋まっているのは珍しい。客のほとんどが黒い服を着ており、あちこちから啜《すす》り泣きが聞こえてくる。気が滅入《めい》るような重い空気が漂っているのには、理由があった。

過日――一九三九年二月十日、ローマ教皇ピウス十一世が帰天した。現実世界と積極的に手を結び、神の力をもって世の不平等と不合理を解決しようと願った教皇は、長年患《わずら》っていた心臓病と糖尿病についに屈し、神の御許《みもと》へと召されたのだった。

世界で最初にナチ政権のドイツを正当な国家と認めた男は、最期《さいご》に激烈な反ファシズム、反ナチズムの戦士として息絶えた。

教皇の死は、世界中のカトリック信徒に悲しみを与えた。各地の教会にその死を悼《いた》む信徒が押し寄せ、ローマは人で溢れかえった。イタリアのみならず、全ヨーロッパから、偉大なる神の代理人の死を嘆く人々が駆けつけたためである。

サン・ピエトロ寺院に到着する教皇の棺《ひつぎ》を、ローマ中の教会が弔鐘を鳴らして迎え入れている頃、国際列車のコンパートメントにおさまったマティアス・シェルノは、まだブレンナー峠にいた。

ヨーロッパ大陸とイタリア半島の間には、巨大なアルプス山脈が横たわっている。古代ローマ時代、アルプスの北は未開の地であり、住まうのは蛮族ばかりだった。良きものも悪《あ》しきものも全《すべ》てはこの巨大な障壁をどうにか越えて行き交い、混じり合い、ヨーロッパが形成された。二千メートルを越す山々が連なるアルプスにおいて、最も標高が低い峠が、このブレンナー峠である。標高一三七五メートル、冬も雪に完全に閉ざされることはなく、そのため古代より交通の要衝とされてきた。

オーストリアのチロル州と、イタリアのトレンティーノ・アルトアディジェ州の境に位置するこの峠は、マティアスにとっても懐《なつ》かしい場所だ。ミュンヘンで地元の少年団に所属していたころは、夏になると山野に出かけてはキャンプを張った。美しい山々に抱かれたチロル地方は、ミュンヘンからの距離を考えても、少年たちの自立心と団結を育てる旅行に最適の目的地だった。

「南進」は、いわば、ドイツ人の本能である。明るい日差しが降り注ぐ、人生の快楽と洗練された文化が花咲くイタリアに憧《あこが》れ、やがてその心の動きのままに南を目指すのは、血に組み込まれた願いといっていい。

少年時代、ゲーテの詩を皆で詠《うた》い、この偉大な詩人と自分を同化させて、マティアスは意気揚々とこの地をめざした。しかし結局、国境を越えることはできなかった。場違いなほど飾りたてたイタリア軍将校や、まるで話の通じなさそうな税関職員が少年たちの前に立ちはだかり、威圧的に帰れと命じたからだった。当時のドイツとイタリアは友好国ではなかった。マティアスらを引率していた大人たちは、これは純然たる青年活動であり、ほんの少しばかり「南進」したらすぐに戻ると説得にかかったが、敵は応じようとしなかった。あえなく引き返すこととなったマティアスは、どれほど願っても、かなわぬことがあると初めて知った。

あれから、十六年が経過し、同じブレンナー峠にいる。もっとも今度は徒歩ではない。大人になった彼は、鉄道で峠を越えようとしていた。隣国オーストリアはドイツに併合されており、イタリアはとうに友好国である。以前に比べれば、国境越えに対する状況は遥《はる》かに容易なはずだった。

しかし、現実はそうたやすく進まなかった。さきほどから、寒々としたブレンナー駅に止まったまま、列車はいっこうに動こうとしない。ミュンヘンを出発し、ローマに向かうこの国際列車の乗客のほとんどは、明後日まで許されたサン・ピエトロ寺院への一般弔問客たちだ。早くしなければ、期間内にローマにたどり着けないという苛《いら》立《だ》ちがある。しかし、それを口に出来る者はいないようだった。

マティアスは、窓から駅のホームを見た。なんの変哲もない寂しい駅で、オーストリアのナチ党員たちが忙しく走り回っている。ざっと見たところ、五十名はいた。

「ブルーダー・パウル、何かあったのでしょうか」

コンパートメント席の真向いに座った男が青ざめた顔で言った。

年のころは四十代後半といったところで、厚みのない体を黒い外套《がいとう》に包んでいる。長めの金髪には櫛《くし》が通っておらず、灰色の目はさきほどからしきりに瞬《まばた》きを繰り返していた。彼の右腕には、十四、五歳の少女が凭《もた》れかかっており、小さく震えている。豊かな髪は黒かったが、意志の強そうな鷲鼻《わしばな》や彫りの深い顔立ちは、男との血のつながりをはっきり感じさせるものだった。

「国境ですからね。しかも今日は満員です。全員のパスポートを見るだけで時間はかかると思いますよ」

マティアスは朗らかに口にしたが、コンパートメント内の重い空気は変わらなかった。

「しかし、あの人数。尋常ではありません」

男はしきりに外を気にしている。娘も弱々しく顔をあげ、窓の外を見た。

「では、様子を見てまいりましょう。ハウエルさんは、ここにいてください。リーゼロッテ、ついでに水ももらってこようか？」

出発前から熱があったらしく、苦しげだったが、ここに来てますます悪化しているようだった。しかし娘は黙って首を横に振った。

「わかった。もう少しの辛抱だよ」

マティアスは娘の頭を撫で、通路に出た。ホームに降りるまでもない。隣の車輛《しゃりょう》に続く扉が荒々しく開けられ、ナチの制服をまとった男たちが雪崩《なだ》れこんできたのだ。そのうちの一人が、マティアスを見て「席に戻れ！」と怒鳴った。

「何があったのですか？」

「ただの通関検査だ。さっさと戻れ」

手前のコンパートメントの扉が開かれ、隊員が二人、踏み込んできた。ただの通関にしては、人数が多い。マティアスの目の前にいるだけで五名。隣の車輛にはまだ残っているようだったし、他の車輛にもいるだろう。現に、マティアスの背後から足音が近づいている。

「席にお戻りいただけますかな、司祭様」

その声に、マティアスは振り向いた。やや小柄の、四十半ばとおぼしき男が立っている。口元にほのかな微笑があったが、帽子の陰から射貫《いぬ》く目は鋭い。

「お待たせして申し訳ない。順番にお尋ねしておりますので、お戻りを」

チロル訛《なま》りに、イタリアの血が入っていることがひと目でわかる容貌《ようぼう》。彼もまたSSの制服を着ていた。部下らしきSS隊員たちは、ホームへの出入り口を塞《ふさ》いでいる。

「ただの通関にしてはずいぶんおおげさでは」

「なに、たいした話ではありません。手配中の害虫が乗客にまぎれているという報告が、ミュンヘンから入りましたのでね。念のために」

「亡命者ですか?」

「ええ。教皇への弔問客に乗じようとは罰《ばち》当たりな輩《やから》です。司祭様、あとでその者たちの告解でも聞いてやったほうがいいかもしれませんよ」

冗談めかしたSSの言葉に、マティアスは眉をひそめた。

「私は修道士です。その資格はありません」

「失礼いたしました。ひとまずはお戻りを。ご協力をお願いします」

丁寧に促され、マティアスはコンパートメントに戻るしかなかった。

「どうでした」

座席に座っていた二人の目が同時にマティアスに向けられた。彼はどう答えるべきか迷ったが、結局は正直に明かした。

「検問です。手配中の犯罪者がまぎれこんでいると、ミュンヘンから報告が入ったそうです」

場が凍りついた。しばらく、誰も口を開かなかった。

「……それは……まさか私のこと、ですか」

やがて、ハウエルが声を絞り出すようにして言った。

「違いますよ」

マティアスはきっぱりと答えた。

「あなたがたがここにいることは我々以外、誰も知らない。知りようがないでしょう」

「ですが……実際、私は手配中の身です。それに……」

男は少女をちらりと見やった。

二人は親子だった。パスポートにはヘルマン・ハウエルにリーゼロッテ・ハウエルと記されているが、いずれも偽名だ。本物のパスポートには、ローゼンシュタインという姓と、《J》の刻印がある。

ヘルマンは、ニュルンベルク法でいうユダヤ系混血であり、娘のリーゼロッテは純粋ユダヤ人として規定されている。ヘルマンの妻の信仰はカトリックだったが両親がユダヤ人だったからだ。もともと病気がちだった妻は、昨年秋のユダヤ人大迫害――通称《水晶の夜《クリスタルナハト》》で心身ともに大きなダメージを負い、二週間ほど前に息を引き取った。

「大丈夫です。《連隊《レギメント》》から情報が漏れるはずがありません。このパスポートも、偽造とは決してわからないはずです」

マティアスは小声で励ました。

ヘルマン・ハウエル――本名ハインリヒ・ローゼンシュタインは、法学者にして文学者であった。以前よりナチスに批判的だった彼は、人権を無視した政府に存在価値はないといった趣旨の過激な論文を発表したために、反政府的危険分子と認定された。しかし、ゲシュタポが彼の自宅に踏み込んだ時、そこはもぬけの殻だった。レギメントと称する抵抗組織が、すでに彼を匿った後だったからだ。

ローゼンシュタインは、レギメントに名を連ねる国防軍の将校たちと親しく、以前より亡命をすすめられていた。祖国を捨てることを迷い続けていたが、《水晶の夜》

事件が起き、愛妻が他界するに至り、いよいよ国を捨てる決意を固めた。娘だけは、なんとしても護《まも》らねばならないからだ。

ヒトラーは一月の議会演説で戦争の必要性を高らかにアピールし、同時にヨーロッパ中のユダヤ人を根絶すると宣言した。もはや、一刻の猶予《ゆうよ》もならない。戦争が始まれば、国境は封鎖される。今ならばまだ国外に逃げることができる。ユダヤ人たちが有り金をはたいてビザを手に入れようと各国領事館に殺到する中、ローゼンシュタインはレギメントに頼った。指名手配中の彼は、ビザがあれば逃げられるわけではなかったのだ。偽造パスポートと入念な準備が必要だったために、ひと月近くもレギメントのメンバー宅に匿われていた。

彼らの逃亡を助けるようマティアスに命令が下ったのは、昨日のことだった。水晶の夜に、シナゴーグから引きずりだされたユダヤ教の導師《ラビ》を逃がそうとしたところを袋だたきに遭い、ようやくその傷が癒《い》えた頃だった。

――一般弔問を装《よそお》い、亡命者を国外に脱出させよ。

命令は簡潔だった。この時期に、よりにもよって修道士にそんな依頼をする神経を疑ったが、よくよく考えてみれば理に適《かな》っている。一般弔問のためにドイツからも多くの信徒が移動する。母数が多ければ、監視の目は届きにくい。なにより、国境警備が非常に厳しくなった今、これほど明確で疑われにくい出国理由はそうそうなかった。

マティアスは、改めてハウエルを見つめた。かつては堂々たるという表現がふさわしかった体躯《たいく》は痩《や》せこけ、茶褐色の髪もわざわざ脱色した上、金色に染められている。トレードマークの髭《ひげ》もきれいに剃《そ》り落とした。ローゼンシュタイン時代の写真が出回っていたとしても、今の「ヘルマン・ハウエル」を見てすぐにそうだとわかる者はいないだろう。なにより、ローゼンシュタイン夫人の死は公《おおやけ》にされていない。ゲシュタポ側は、彼らは三人家族だと思い込んでいるはずだった。

しかし、大丈夫ですよといくらマティアスが言っても、ハウエルの怯《おび》えは消えないらしかった。目は充血しており、土気色の唇は震えている。不自然なほどの怯えは敵の注意を惹《ひ》きつけてしまう。

「いいですか、恐れることはありません。我々はただ、ヴァチカンへ弔問に行くだけです。やましいところは、何ひとつない」

マティアスは微笑み、鞄から聖書を取り出した。

「さあ、こういう時こそ、聖書を読みましょう。神に全てを委《ゆだ》ねるのです。そうすれば、疑いの心も恐怖も消えるでしょう」

親子は明らかに気乗りがしない様子だったが、それでも何もしないよりはましだと思ったのかもしれない。次々と鞄から聖書を取り出したが、娘は慌《あわ》てるあまり、聖書を取り落としてしまう。拾いあげて手渡すと、リーゼロッテは長い睫毛《まつげ》を震わせてマティアスを見た。

「詩篇の五十一がいいです」

澄んだ声で彼女は言った。マティアスが昨日ハウエル親子に引き合わされて以来、リーゼロッテの声を聞くのは、これが初めてだった。

「好きなのかい」

「はい。一番好きです」

リーゼロッテは頷いた。

「《神の求めたもう供物《くもつ》は、砕けたる魂なり》という箇所が」

「信仰の本質を突いた、すばらしい言葉だね。では詩篇五十一を。君が読んでくれるかな、フロイライン」

「はい、ブルーダー」

彼女は聖書を開かなかった。目を閉じ、乾いて白っぽくひびわれた唇をゆっくりと動かす。

「ああ神よ、願わくは汝《なんじ》の慈《いつく》しみによりて、我を憐《あわ》れみ、汝の憐れみの多きによりて、我が諸々《もろもろ》の咎《とが》を消したまえ」

マティアスは目を瞠《みは》った。さきほども美しい声だと思ったが、これは明らかに鍛えられている声だ。

「汝のヒソプをもて我を浄《きよ》めたまえ、されば我、清まらん。我を洗いたまえ、されば我、雪よりも白からん」

彼女の声は、淀んだ空気を浄めていくようだった。暗誦《あんしょう》するリーゼロッテの声は、彼女自身だけではなく、その父親の顔からも絶望を払い落としていく。

「──汝の救いの喜びを我に返し、自由のみたまを与え、我を保ちたまえ。されば我、咎《とが》を犯せる者に、汝の道を教えん」

詩篇五十一。不義の罪を犯し、またそれを隠すために女の夫を最前線に送ったダビデ王が、預言者ナダムに厳しく罪を追及されたときに綴《つづ》った詩だ。そこには深い悔恨と、ただ一途に神だけを求める信仰が顕《あらわ》れている。

人の罪は人が浄めることはできない。ただ神のみが赦し、浄めることができる。地上のあらゆる王も、それを神のかわりに為《な》すことはできない。

「我が舌は、声高らかに汝の義を歌わん。主よ、我が唇を開きたまえ、されば我が口、汝の誉《ほま》れをあらわさん」

もう少しで、リーゼロッテが最も好きだという箇所にさしかかる。しかし、彼女は口にすることができなかった。勢いよく開けられた扉と乱れた足音によって、遮られたのだった。

「パスポートを」

武装した兵士が現れ、居丈高にマティアスたちを見下ろした。マティアスがまず最初に差し出すと、ひったくるように奪う。

「全員だ。早く出せ」

促され、ハウエル親子は震える手でパスポートを差し出した。手袋に覆われたSS隊員の手が、素早く彼らのパスポートを確認する。顔写真と実物を何度も見比べ、パスポートをためつすがめつして確認する。

偽造パスポートは専門の職人が作った非常に精巧なものだ。見破られるはずがない。レギメントの人間は太鼓判を押してはいたが、それでも背中にいやな汗が流れるのはどうしようもない。

「おまえは修道士か。この家族との関係は？」

大柄な若い兵士がマティアスをじろりと睨《ね》めつけた。マティアスのパスポートだけは、正真正銘の本物だ。

「ご一家は、慈善活動に熱心でいらっしゃるので、だいぶ前より親しくさせていただいております。先日教会でお会いしたときにローマの一般弔問に参列されるというので、一緒に切符をとったのですよ」

「ふむ。鞄をあらためさせてもらう」

隊員たちは、トランクからハンドバッグに至るまで全て開き、中を確かめた。鞄には数日ぶんの衣類や聖書、財布、日用品といったものが少しばかりおさめられているだけだ。

マティアスが強く命じたのだった。亡命には、必要最低限のものだけを持参する。これが絶対条件だ。よけいなものを持ち運べば命取りになる。

もっとも、彼らにそんな余裕もないはずだった。ナチスの政策は、ユダヤ人から最後の一ペニヒまでむしりとり、自立した生活がいっさいできないよう追い詰める容赦ないものだ。《水晶の夜》により破壊された街の賠償は、被害者たちが背負わされたために、多くのユダヤ人は財産のほとんどを失い、ビザを手に入れることすらできなくなった。

ナチ隊員たちは鞄の中身を丹念に調べたが、結局は巡礼者に相応《ふさわ》しいものしか見つからなかった。

「返却しよう。ご協力、感謝する」

青年がハウエルにパスポートを渡そうとした時だった。

「待ちたまえ」

通路から声があがった。彼らは弾《はじ》かれたように道をあけ、敬礼する。現れたのは、通路でマティアスに声をかけた、チロル訛りのSS隊員だった。周囲の男たちの態度から言って、この部隊の責任者であることは間違いない。

「そのパスポート。よく見せてくれ」

隊員が恭《うやうや》しく、三冊のパスポートを隊長に手渡す。彼は、目を細めてパスポートを確認している。

「ハウエル親子に、シェルノ修道士ね。ふむ。ところで、リーゼロッテ・ハウエルさん」

男は急にリーゼロッテの顔をのぞきこんだ。

「大丈夫ですか？　真っ青だ。さきほどまではあんなに美しい声で詩篇を詠《よ》んでらしたのに」

彼女は弾かれたように顔をあげたが、目を泳がせていた。そしてすぐにうつむき、震え出す。額には脂汗《あぶらあせ》が滲《にじ》んでいた。

「失礼、娘は気管支が弱くてね。この季節に外出すると、どうしても」

とっさにハウエルが助け船を出す。SSの隊長は「それは大変ですね」と鷹揚《おうよう》に頷いた。

「体調が悪いところ申し訳ないが、立ち上がって、その外套《がいとう》を脱いで頂けますかな、フロイライン」

リーゼロッテばかりか、ハウエルの表情も凍りつく。

「見てわからないのですか。彼女は体調を崩して震えているんですよ。外套を脱げですって？」

立ち上がって抗議するマティアスに、男は薄ら笑いを返した。

「すぐお返しいたしますよ。ブルーダー、あなたもお脱ぎください」

マティアスは相手から目を逸らさずに黒い外套を脱ぎ、近くの隊員に叩《たた》きつけた。

「好きなだけ調べなさい。なんならこの服も脱ぎましょうか」

「そこまでしなくて結構。服の上から調べさせていただきます」

「もしや、我々が亡命者だとでも疑っているのですか？　ローマまでの切符を見せたでしょう。聖下に最後の拝謁《はいえつ》を済ませたら、すぐに帰国するのですよ」

「落ち着いてください、ブルーダー。私はこの仕事が長くてね。十八の時から、もう三十年近くなります。ですから、なんというんですかね？　多少、鼻がきくといいますか」

　男はにやりと笑った。

「根拠はない。ただピンとくるんです。百発百中というわけにはいきませんが、なかなかの的中率でね。まあ、小職の嗅覚《きゅうかく》が鈍っていたと証明していただければそれで済むことです。我は我が咎《とが》を知る、我が罪は常に我が前にあり——ですよ」

「非科学的ですね」

「ほう、よりによって修道士に非科学的と言われるとは」

　隊員の一人が嘲笑《あざわら》う。マティアスは挑発を無視して、リーゼロッテに手を差し伸べた。

「仕方ありません。ここは、ご協力いたしましょう」

　触れた手は氷のようだった。リーゼロッテは縋《すが》るように彼を見ている。マティアスは黙って頷き、励ますように微笑んだ。運が悪いとしか言いようがないが、どうせ何も見つかるはずがない。神に任せるほかなかった。

　リーゼロッテ・ハウエルは、父に助けられながらなんとか外套を脱いだ。SS隊員がそれを奪い、ポケットの中を調べ、隠しがないかくまなく探る。不自然な感触に眉《まゆ》を寄せると、遠慮なくナイフで引き裂いた。リーゼロッテが悲鳴を飲み込む。黒く粗末な生地の外套の中から、不似合いなきらめきをもつ大粒のルビーが現れた。マティアスの顔から血の気が引いてゆく。

「スカーフもとりたまえ」

手渡されたルビーを眺め、SS隊員は冷ややかに言った。まさか、とマティアスは息を呑《の》む。リーゼロッテは涙を浮かべた目で彼を見ると、唇を小さく動かした。声は聞こえなかったが、ごめんなさい、と言ったようだった。

震える手でゆっくりとスカーフをほどく。周囲から感嘆の声が漏れた。細い首から鎖骨にかけて、真珠とルビーが連なる首飾りがかかっていた。その大部分はシャツの中に隠れていたが、一部だけでも、相当な値打ちものであることがわかる。

「これはこれは。見事なものだが、あなたのような娘さんには少々早いのではないかな？」

隊長は嘲笑《ちょうしょう》を浮かべ、ハウエルにむかって顎《あご》をしゃくった。部下たちが乱暴な手つきでハウエルから外套を剝《は》ぐ。彼の服からは何も出てこなかったが、鞄は二重底になっており、そこからはダイヤと金の懐中時計などが見つかった。

「慎《つつ》ましくあるべき巡礼者にしては、ずいぶん高価な宝石をたくさんお持ちですな。まるで、国を捨てるユダヤ人のようだ」

戦利品を前にSSの指揮官は片頰で笑った。背後の部下たちは、舌なめずりせんばかりの顔で、宝石を見つめている。

頭を抱えたくなった。なんということをしてくれたのだ。

「さて、こうなった以上、無罪放免というわけにはゆかぬ。同行していただけますね」

ハウエル父子の顔は絶望の一色に塗り替えられた。パスポートを正式に照合でもされれば、確実に終わりだ。彼らの行き先は薄暗い収容所しかない。

「冗談ではない！」

マティアスは二人を庇《かば》うように、男の前に立ちはだかった。勢いよく動いたために、胸に痛みが走った。三ヶ月前に折った肋骨《ろっこつ》だ。胸を押さえつつ、SS指揮官を睨みつける。

「そんなことをしたら、一般弔問に間に合わないではないですか」

「弔問は明後日までです。質問に答えていただいた上で、本国にパスポートの照合をするだけですよ。まあ、長くても二時間ほどですな。問題ありません」

「列車はもう明後日までいっぱいなんです。唯一《ゆいいつ》とれた切符なんですよ。それとも、あなたが特別列車でも用意してくださると言うんですか」

「このようなものを隠しもっているあなたがたがいけない。一刻も早く潔白を証明したほうが身のためでしょう」

「あなたがたはいつも、亡命者を探すという名目で、国境を渡る者から金品を巻き上げているのではないですか。ただちに司教団に報告すべき事項ですね、これは」

隊長の背後に立つ男たちが色めきたつ。かまわずマティアスは続けた。

「そもそもあなたがたが探しているのは犯罪者でしょう？　我々がそのように見えますか」

「ユダヤ人には見えるかもしれませんなあ」

「パスポートにJの刻印はありません」

「最近、偽造パスポートなるものが多数出回っているようで。職人たちの腕もあがっておりますからね」

男は顎をしゃくった。部下たちがハウエル親子の腕をとり、コンパートメントから引きずり出そうとする。

「やめてください。彼らは敬虔《けいけん》なカトリック教徒です。私が保証いたします」

「あなたがいくら言っても証明にはなりません。二、三個別に質問をして、パスポートの照合をすれば、すぐわかることです。むしろなぜあなたがここまで必死で庇われるのか、理解に苦しみますね」

「濡《ぬ》れ衣《ぎぬ》と知っていて庇わないはずがない。真実は神のみがご存じだ。それよりなぜあなたがたは、彼らの持ち物ばかり気にして、私の荷物を気にしないのですか」

マティアスは、兵士によって乱暴にばらまかれた鞄の中身を指さした。そこには、衣類と聖書のほかに、皺《しわ》の寄った封筒がある。封筒を拾い上げ、指揮官の前に差し出した。

「なんですかな」

封蠟《ふうろう》の砕けた封筒の差出人を見た男は、目を剝《む》いた。

「どなたかはご存じですね」

顔を寄せ、いかにももったいぶってマティアスは言った。

リッカルド・レオナルディと署名があった。ローマの名門、ヴァチカンの大物。ドイツ人にはろくに知られていないだろうが、ここはオーストリアとイタリアの国境で、オーストリアは純然たるカトリック国家だ。

わかってくれてよかった。そうでなければ効果は半減する。マティアスは隊長に顔を寄せ、相手だけに聞こえるよう囁《ささや》いた。

「宛名《あてな》は、ご覧の通り。我が修道院の院長です。私は院長の代理としてここにいます。我々は、レオナルディ氏の内々の招きで、ローマに向かっております」

「……内々の招き？」

「ええ。ご存じでしょうが、彼は親ドイツ派であるパチェリ枢機卿《すうきけい》の側近の一人。法律顧問団の半数はドイツ人です。教皇ともなれば、もっと増えるでしょう」

ピウス十一世が帰天した今、次期教皇の最有力候補は、彼の第一の腹心であり、国務長官を務めてきたエウジェニオ・パチェリ枢機卿だった。しかし、枢機卿団による教皇選挙はまだ先の話だ。

「聖下は素晴らしいお方でした。しかし強硬な態度をとられることも度々ありました。そのため、ドイツ司教団はもとより、ヴァチカンも何度も胆《きも》を冷やしたものです。あなたの国でもそうでしょう？　あなたがたの司教団は聖下に激しく批判されていましたね」

男は眉間《みけん》に皺を寄せた。昨年、ドイツ軍に侵攻された際、オーストリア司教団があろうことか歓迎の声明を出し、教皇を激怒させたという経緯がある。ヒトラーがオーストリア人であり、また自国の信徒を護るために歓迎するほかなかったのだろうが、教皇は激しく抗議を行った。

「いらぬ争乱を起こさぬためにも、パチェリ猊下《げいか》に教皇になっていただかねば困るのです。そのためには今から動かねば。もちろん大金も必要です。フロイライン・ハウエルが身につけていたのは早急に必要なぶんであり、ここで取りあげられてはどうにもならない。おわかりでしょう」

パチェリは、ヴァチカン随一のドイツ贔屓《びいき》だ。性格は穏和で忍耐強く、争いは好まないという。苛烈《かれつ》な気性の教皇に長く仕えたことからも、平和を好む――悪く言えば妥協的な性格は明らかだった。今、ヴァチカンが必要としているのは、まさに彼のような教皇なのだ。

教皇が変われば全てが一変する。彼は自分の信条を反映させた人事を行うだろう。より多くドイツ人を取り入れた人事を。ヴァチカンにいるのは聖職者だけではない。レオナルディのような、代々教皇庁に仕える俗人官僚も大勢いる。

「だが、それならばこんな形で輸送せずともいいのでは?」

隊長は疑わしげに、青ざめているハウエル親子を横目で見やった。その顔には、さきほどまでの勝ち誇った色はない。

「目立ってはならない。ごく普通の巡礼者のように参れ、と念を押されました。他の候補に気取られるわけにはいきません。おわかりでしょう? こうしたことはいかに迅速に、秘密裏に動くかが肝要なのです。あなたがたのおかげでずいぶん目立ってしまいましたが」

ヴァチカンといえどもひとつの国家である。ＳＳの帽子に包まれた男の頭の中ではすさまじい勢いで、権力闘争の物語が展開しているにちがいなかった。

「もっとも、我々が参らずとも、パチェリ猊下は予定通り教皇に選出されるでしょう。そうなれば、レオナルディ氏の権勢もいよいよ盛んになります。彼は立派な方ですが、自分の邪魔をした者は、どんな些細《ささい》なことであれ、決して容赦はしませんよ」

その囁きに、男の顔は強《こわ》ばった。マティアスは口を噤《つぐ》む。相手が結論を出すのを待つほかはない。

彼はＳＳだが、ナチズムの熱心な信奉者ではなさそうだ。そう判断したのは、彼の年齢と、もう三十年近くもこの仕事をしているという言葉からだった。ドイツでも、仕事を続けるためにナチスに入党した公務員は多い。かつては厳しい審査基準を設け少数精鋭を謳《うた》っていたＳＳは、膨張を繰り返すうちに誰でも入れるようになった。この男のように、明らかにイタリアの血のほうが優勢な者でも。

オーストリアＳＳの中にはドイツ軍を快く思っていない者も少なくないだろう。いきなり人の家に土足であがりこんできたドイツの親玉と、千年以上も昔から頭上に君臨していた神の代理人の、どちらがより、彼らの魂に近いか。

賭《か》けだった。この男がマティアスの推測とは違い、ナチズムの使徒であれば、勝負は負けだ。主よ、どうかこの者が正しい選択をしますように。マティアスは祈った。

ひそひそ何かを話していたかと思うと突然黙りこんだ上官を、部下たちも不安そうに見つめている。ハウエル親子は、固唾《かたず》を呑んで成り行きを見守っていた。

「拝見してもいいですかな」

たっぷり一分は沈黙した後、男は封筒を見て言った。その言葉も、マティアスが予想していたものだった。

「あなたにその覚悟がおありなら」

挑発するように微笑むと、男は目に見えて怯《ひる》んだ。

しかし、背中を冷たい汗に浸しているのは、マティアスのほうだった。

手紙を摑《つか》む親指の下にはちょうど消印がある。インクが滲み、掠《かす》れてはいるものの、よくよく目をこらせば、1938という文字が見えよう。さらに封筒の中身は、単なる礼状だ。昨年カスパール院長がローマのレオナルディに贈った貴重な書物に対する礼が、長々と認《したた》められているのみ。

昨日レギメントから亡命援助の命令が来た後で院長の部屋に忍び込み、こっそり失敬してきたものだ。一般弔問となれば、表向きの目的地はローマ、ヴァチカンだ。ヴァチカン、と考えて、レオナルディに思い至った。パチェリの側近、そしてフェルシャーの庇護者《ひご》。この道行きでは何が起きるかわからない。備えは充分にしておきたかったが、時間がない。十分ほど悩んだあげく、マティアスは以前、カスパール院長の部屋を整理していた時にレオナルディからの書状を発見したことを思い出した。彼の名は、万が一の時に使えるかもしれない。そう思い、掃除の際にそっと抜き取り、修道服に忍ばせて出てきたのだった。

主よ、どうか我々をお護りください。このまま彼を去らせてください！

必死の願いは、しかしマティアスの表情には全く出ていなかった。自信に満ちあふれ、ふてぶてしい顔で、目の前の敵を見下ろしている。

突然、先の車輌が急に慌ただしくなった。乱れた足音の後、扉が勢いよく開く。

「SS軍曹《シャルフューラー》！」

現れたSS兵士が踵《かかと》を合わせ、右手を高く掲げた。

「手配中の政治犯、ただいま発見、確保いたしました！」

「……なんだと」

男は呻《うめ》いた。

マティアスは今すぐ跪《ひざまず》いて感謝の祈りを捧《ささ》げたいのをこらえ、ただ黙って男と兵士たちを見つめていた。腕をとられていたリーゼロッテは、言葉にならぬ声をあげて、その場に崩れ落ちる。

「たしかか、そいつは」

にわかにホームが騒がしくなった。喚《わめ》く声が聞こえる。その後何かを潰《つぶ》すような音がして、声は途切れた。

「はい、密告の通りであります。逃亡を図りましたので、拘束したところです」

隊長は眉間に指をあて、ため息をついた。

「私の鼻もあてにはならんようだ。大変申し訳ないことをした」

「いえ。誤解が解けて何よりです」

あえて、責めることはしなかった。何事もなくやり過ごせればそれでいい。しかし、背後の兵士たちは納得しなかった。

「隊長、ですがこの宝石は！　パスポートを照合すればおそらく――」

「やめろ。我々の誤解だったのだ。無礼はゆるさん」

右手をあげ、SS軍曹は部下の抗議を遮った。

「いつかまたお会いすることがあれば、改めてお詫《わ》びさせていただきたい、修道士様」

「いいえ、あなたは職務を忠実に遂行されただけです。過《あやま》ちを赦《ゆる》すことができるのは神だけです。どうぞ主に祈ってください。それと、できれば早々に耳鼻科で受診されることをおすすめいたします」

あてこすりに男は口元を捻《ねじ》るようにして笑った。

「ご忠告の通りにしよう。どうぞ、よい旅を」

顎をしゃくり、部下たちを先に行かせた。

最後に扉を閉めるとき、彼はナチ式の敬礼をしなかった。

第三章　恩寵《おんちょう》の死

1　一九四〇年二月

車の揺れが、いっそう激しくなった。ヘッドライトに照らされた荒々しい道を見るまでもなく、街の外れに来たのだということがわかる。

後部座席に座ったアルベルトは、窓に顔を近づけた。吐いた息で窓が曇る。革手袋をはめた指で乱暴に拭《ぬぐ》うと、後続車のライトが霧の中に不気味な影を映し出した。糸杉だ。闇色《やみいろ》の霧を突き刺すがごとく聳《そび》えるその姿は、見えぬ月を摑《つか》もうと地底から這《は》い伸びた悪魔の手のようである。

車の速度が次第に落ちていく。前方の車に続いて、アルベルトたちの車も停止した。

扉を開けると、森閑《しんかん》とした冷気に体が竦《すく》みあがった。思ったよりも霧が深い。ライトに照らされた霧のむこうに、年月を経てはいるものの頑丈そうな塀が延々と続いている。

「思ったよりでかいな」

シュラーダーがつぶやいた。

塀の続く先は霧の向こうに消え、ここからはどれほどの距離があるのかは見えない。しかし、修道院の見取り図は完璧《かんぺき》に頭の中にたたき込んでいる。アルベルトが目で合図をすると、別の車に乗っていた男が頷《うなず》き、トラックから降りた兵士たちを引き連れて裏口に回った。

全《すべ》てを吸いこみそうな夜の霧も、荒々しい足音と金属音を受け止めることはできず、不気味な呻《うめ》きを響かせた。塀のむこうは静まり返っている。まだ、誰も気づいていない。あるいは気づいているが、息をひそめているのか。対応のための時間を与えてはならない。アルベルトが右腕をあげると、残っていた男たちが正門の前へと陣取った。門の横に取りつけられた鐘を鳴らした。反応はない。時計を見れば午前零時。当然だ。

「破りましょうか」

カウフマンSS曹長が言った。

「それは駄目だ。あくまで紳士的にな」

こんな真夜中に押しかけて紳士的も何もなかろう。自分の言葉に苦笑してしまった。

三度、鐘を鳴らしたとき、門の横の小さな窓が開いた。顔の上半分だけを覗《のぞ》かせた男は、向けられたライトに色素の薄い目を眇《すが》めている。

「なんの用です」

不機嫌を隠そうともしない声には、まぎれもなく恐怖がまじっていた。

「非常識な時間の訪問はお詫《わ》びします。ここを開けていただけませんかね。少々調べたいことがあるので」

アルベルトは慇懃《いんぎん》に、しかし有無を言わせぬ口調で言った。

「応じる理由がありません。ここがどこかはご存じですかな」

「幸い、文字は読めますので」

「あなたがたがご興味を持たれるようなものは何もありません」

「それは我々が決めることです。門を開きなさい」

「探られるような場所ではありません。あなたがたの世界とは無関係です。我が国のカトリック団体の保護は、コンコルダートによって保障されています」

アルベルトの背後で失笑が漏れた。いまだにコンコルダートを盾にしようとする者がいようとは、という嘲《あざけ》りが、その忍び笑いには滲《にじ》んでいた。

反ナチの闘士ピウス十一世は一年前に死んだ。コンクラーベで選出されたピウス十二世ことエウジェニオ・パチェリは、即位後まっさきにドイツ大使を呼び寄せた。彼が全世界の国家元首の中で最初に親書を送った相手は、ヒトラーである。

ドイツの恋人。ナチの教皇。反NSDAP陣営からはそう揶揄《やゆ》されることもある現教皇のもとでは、コンコルダートなどもはや完全に有名無実化していた。

「あなたがたが罪を犯していないかぎりはね。反政府的分子が匿《かくま》われているという密告がありました。開けなさい。容疑が晴れれば速やかに撤収いたします」

問答は無用、門を開かなければこちらから破るまで。慇懃な態度にははっきりとした意図を滲ませると、修道士は明らかにうろたえた。

「しばしお待ちを。院長に許可を頂かないことには……」

「院長には私が直接、お話をいたしましょう。――開けよ」

遮るように窓が閉じられた。色めきたつ男たちを制し、アルベルトは門をじっと見つめた。

やがて閂《かんぬき》を抜く音がして、ひどい軋《きし》みをたてながらゆっくりと門が開く。男たちは堂々と羊の園に踏み込んだ。裏口のほうも騒々しい。別働隊が指示通り雪崩《なだ》れこんだのだろう。アルベルトはまっすぐに院長室へと向かう。

「なんだね、君たちは？」

ベッドから起き上がった院長は、七十過ぎの小柄な老人だった。簡素な木綿の寝間着に痩《や》せこけた体を包み、憐《あわ》れなほど怯《おび》えている。

頭髪は全く残っておらず、顔も全ての部位が皺《しわ》に埋もれかけ、もはや骸骨《がいこつ》に近かったが、落ちくぼんだ眼窩《がんか》に嵌《は》まった目だけは鮮かな青を残しており、それがやけに癪《しやく》に障《さわ》った。

「ユダヤ人を匿っているという知らせがありました。敷地内を捜索中です。どうぞお静かに」

「ユダヤ人？　まさか」

「報告があった以上、調べないわけにはいかないのですよ」

反論は許さない。アルベルトは近くの兵士に監視を託し、外に出た。

白い列柱と灌木《かんぼく》に囲まれた中庭には、修道士たちが集められている。一様に震えていた。恐怖ではなく、単純に寒さのためだろう。二月半ばの深夜、寝間着姿のまま寝所から引きずり出されたのでは、無理もない。凍傷になる者もいるかもしれない。

思ったよりも広さはあるといっても、歴史に名を残すような大修道院でないかぎり、たかがしれている。探索はすぐ終わるはずだった。片隅で震えている哀れなユダヤ人が引き出されれば、修道士たちもこの凍った中庭からは解放されるだろう。ただし、大半はゲシュタポに連行されることにはなろうが。

「ＳＳ大尉《ハウプトシュトルムフューラー》！」

カウフマンＳＳ曹長が血相を変えてやって来た。

「見つかったか」

「いいえ、それが……どこにもおりません。抜け道の類もくまなく探したのですが」

青ざめた部下の顔を、アルベルトはまじまじと見つめた。

「確かか」

「はい」

確認するまでもなく、このカウフマンがくまなく探したと言ったらそうであるに違いなかった。裏口から入った別働隊も右往左往している様子だ。

「だから言ったでしょう。ありえないと」

背後で、冷ややかな声がした。ふりむくと僧衣を整えた院長が立っていた。さきほどは卑小に見えた男が、静かな威厳をもってアルベルトを見つめていた。アルベルトはすぐに視線をそらし、カウフマンに向き直った。

「もう一度よく探すんだ。修道士にまぎれている可能性もある。一人ずつ尋問せよ」

「はっ！」

カウフマンはすぐに敬礼を返し、戻っていった。

「無駄ですよ。お帰りなさい。あなたがたの蛮行は中央に報告させていただきます」

院長は押し殺した声で言ったが、アルベルトはいっさい反応しなかった。

報告を受けている間じゅう、ハルトルは不機嫌そうに口をすぼめ、指で机をたたいていた。

「密告が虚偽だったか、事前に逃げられたか。どちらだ」

報告を終えると、ハルトルは低い声で訊《き》いた。

「情報は信用できる筋からでした。おそらく事前にこちらの動きを察知され、逃走されたかと」

「B2でも同様の報告があった」

ハルトルはため息をついた。

昨年九月、ドイツ軍はポーランドに侵攻した。その一週間前に、不倶戴天《ふぐたいてん》の敵と目されたソ連と不可侵条約を結び世界中を愕然《がくぜん》とさせた、わずか一週間後のことだった。

ドイツは電撃戦によって劇的な勝利を挙げ、その勢いは留まるところを知らなかった。二十年前、西欧諸国によって屈辱的なヴェルサイユ条約を結ばされ、軍事力のほとんどを奪われて、どん底にたたき落とされたドイツは、連戦連勝の神の国へと生まれ変わった。

この戦争は正しい。前《さき》の大戦のように、国内の裏切り者によって負けるようなことは決して起こらない。すでにドイツの浄化は済んでいる。国を病み衰えさせていたものは全てNSDAPによって剔出《てきしゅつ》され、ドイツ民族は古来の健全で英雄的な本性を取り戻している。

そもそも今回の戦争は侵略が目的ではない。不当に奪われたものを取り戻すための戦いである。正しい国土、正しい国力を取り戻すことができれば、すみやかに平和は訪れる。その時こそは、世界の指導者たる資格を神に与えられたドイツ民族が範となり、ヨーロッパに、そして世界に恒久の平和をもたらすだろう。そのための、尊い戦いなのだ。

党が繰り返し説いてきた言葉を国民の多くは信じている。直前まで戦乱の再現に怯えていた者たちまで、破竹の勢いで勝ち進む我が軍の強さを見せつけられ、次々と考えを翻《ひるがえ》していった。目に見える成果というものは、いつの時代でも、全ての不安を凌《りよう》駕《が》してゆく。勝利によって神の加護と正義は我にありと信じてしまうのは、人の性《さが》だ。

ヒトラーの権勢は絶頂にある。

その一方で、治安維持を司《つかさど》る保安警察や情報部は、新たな局面を迎えていた。今まで区分が不明瞭《ふめいりよう》だったSD、刑事警察、ゲシュタポらが統合され、国家保安本部（RSHA）が設立された。長官はSS大将となったラインハルト・ハイドリヒである。

アルベルトが所属するSD113は、RSHA第Ⅳ局——ゲシュタポに吸収された。シュラーダーあたりは、「たしかにやってることは変わらなかったけどな」としばらく落ち込んでいた。

Ⅳ局B部が宗教を担当し、部長はハルトルが務めることとなった。アルベルトはカトリック担当B1課の課長に抜擢《ばつてき》されたが、ここのところ成績がふるわない。

ドイツ・カトリックの現状を考えれば、以前よりも仕事は減っていてしかるべきだった。すでにカトリック系新聞はこの国から消滅し、同系列の青少年団体や労働組合の多くも解体されている。ドイツ司教団は表だった抗議をせず、むしろ開戦時には総統を称《たた》え、将兵を激励する共同教書さえ発表した。

アルベルトはその内容をはっきり覚えている。兵役義務は名誉の義務であると訴え、この戦争がいかに正しいものであるかを延々と語り、わけても結末部分が傑作だった。

「主よ、我らを偉大な種族たらしめたまえ。我らの総統にして最高司令官であるお方が、天より授けられた任務全てを何事もなく果たせるよう、祝福したまえ。我ら皆、彼の指導の下に民族と祖国に忠実であること、神聖なる任務と理解できますように」

あれほど、国家や人種、特定の人物を神格化してはならないと前教皇が繰り返し発言したというのに、それをすっかり忘却したかのような追従《ついしょう》ぶりだった。十字架《クロイツ》は逆スワスティカ《ハーケンクロイツ》に屈服した。それは間違いがない。もはや、道徳裁判で力を削《そ》ぐ必要もない。

その一方で、開戦後、ビザを手に入れることがほぼ絶望的となったユダヤ人の亡命を手引きする者たちが、次々と現れはじめた。プロテスタントのビューローやカトリックのラファエル連盟とは異なり、それらは非合法かつ極秘の地下組織としてマークされており、すでにいくつかを摘発済みだ。しょせん素人《しろうと》集団であり、ゲシュタポとSDがつくりあげた密告の包囲網の中で、いつまでも自由に動き回れるはずがない。にもかかわらず、ここのところ、知らせを受けて踏み込んでも獲物が消えているという事態が続いている。

B部だけではなく、他の敵性分子を担当するA部でも同様の報告が相次いでいた。

反政府傾向のある貴族の邸宅、資産家の別荘、廃工場——何度かゲシュタポは無駄足を踏んだ。

「こちらの情報が漏れていると考えるのが妥当かと存じます。認めたくはありませんが」

「……そうだな」

「SS内部、もしくは党幹部に近い者が関与している可能性すらあります。修道院から数名連行してきましたので、引き続き尋問を行い、背後を洗います」

ハルトルは頷いたが、心ここにあらずといった様子だった。

「ヘル・ハルトル？」

怪訝《けげん》そうに呼びかけると、上司は我に返った。頬杖《ほおづえ》を外し、アルベルトに向き直る。

「ああ、すまん。引き続き調査せよ。A部からも情報を提供するように伝えておく」

「はい。それでは」

敬礼をして、立ち去ろうとした時だった。

「ラーセン」

扉の取っ手に手をかけたところで、声をかけられる。振り向くと、眼鏡ごしに生真《きま》
面目《じめ》そうな瞳《ひとみ》がじっとこちらを見ていた。

「君は、E計画《エー・アクツィオン》について知っているか」

その単語には聞き覚えがあった。

「総統官房直轄《ちょっかつ》の新組織による極秘計画がある、という話は聞いておりますが、そのことでしょうか」

「そうだ。RSHAでは、ハイドリヒ長官から詳細な話を聞いているのはおそらく私だけだ。長官は君にも参加せよと仰《おお》せだ」

「長官が？」

驚いて訊き返すと、ハルトルは頷いた。

「そう。君を名指ししてきた」

なぜですか、と尋ねようとして、思いとどまった。無意味だ。ハイドリヒは理由を訊かれることを基本的に好まない。なにより目の前にいるのは、ハルトルだ。

「特殊な任務ではあるのでね。誰にでも内情を知らせるわけにはいかん。君ならば耐えられると思ったのではないか。あくまで推測にすぎないが」

部下の内心を読んでいたらしく、上司は気をきかせて言った。人を選ぶ特殊な任務。ろくなものでないのは明らかだ。

「百聞は一見にしかずだ。至急、ブランデンブルクに行ってきたまえ。連絡はこちらで入れておく」

ハルトルは机の引き出しの一番下から封筒を取り出した。紙の色は緑。極秘扱いの証《あかし》だ。

受け取ったファイルは、不吉な重みをアルベルトの腕に伝えてきた。


車が停まったのは、ブランデンブルク州の外れにある、巨大な建物だった。ベルリンから数十キロしか離れていない。ハーフェル河畔に聳《そび》える建物は病院と紹介されていたが、それにしてはものものしい雰囲気が漂っていた。

「《エー・アクツィオン》の視察か。最近、多いんだ」

出迎えたSS将校は、妙に馴《な》れ馴《な》れしい態度で言った。階級章に目を移せば、SS大尉だ。目線はアルベルトよりやや下にあり、体はずいぶん厚みがあった。顔や鼻は妙に長く、一見間の抜けた造作だが、灰色の目に宿る酷薄な色が不吉な印象を与えていた。彼はこの病院の警備隊の責任者で、ヴィルツと名乗った。

「病院にしてはずいぶん堅牢《けんろう》な造りだな」

「もともと刑務所だったんだ。昨年、改装されてね。中はきれいなもんさ」

案内された内部は、たしかに清潔だった。病院らしい静寂に支配されている。いや、いささか静かすぎるかもしれない。これだけの規模なのに、入院患者の声がほとんど聞こえないというのは異常だった。アルベルトとヴィルツの靴だけが、硬質な音を立てている。

「ここは精神病院だったな」

「そう。地方の病院でもてあました患者がここに収容される。だが静かなもんだろう？　最高の施設が揃《そろ》ってる。不治の病に苦しむ全ての患者が、天国にいるような心地になるのさ。だからいつも静かなんだ」

ヴィルツは大きな扉の前で足を止めると、ばか丁寧にノックをした。

「エーベルル博士。ＳＤ本部のラーセンＳＳ大尉が視察に」

扉が開かれると、大きなデスクのむこうで白衣の男が立ち上がるのが見えた。顔の部位が中央に寄った顔立ちには、シューラーダーに通じる愛嬌《あいきょう》があったが、総統を真似《まね》た髭《ひげ》と、一筋の乱れもなく後方に撫《な》でつけられた黒髪は、その性格が友人とは正反対であることを示している。アルベルトの敬礼に、同じくナチ式敬礼を返し、「はじめまして、所長のエーベルルです」と硬い声で挨拶《あいさつ》をした。

「ＲＳＨＡⅣ局Ｂ１課のラーセンです。《エー・アクツィオン》の責任者が博士ですか」

「計画全体の責任者は別におりますが、この病院においてはそうです。どの施設でも、医者が実施することになっております」

エーベルルはちらりとヴィルツを見やった。その表情には、嫌悪《けんお》が見え隠れしていた。ヴィルツはわかっているのかいないのか、にやにやと二人を眺めている。

「この計画は、総統の深いご慈悲によるものです。ですから決して、野蛮な方法で実行してはなりません。荘厳《そうごん》で、なおかつ理性的に。相手に苦痛や恐怖を与えることなく、速やかに実施すべきなのです。そのために必要なのは、軍人ではなく医者なのです」

医師の言葉を、ヴィルツはせせら笑う。

「ガスの栓を開けるぐらいは無学な俺でも出来ますがね」

エーベルルは今度ははっきりと怒りをこめて彼を睨みつけた。

「その行為に、恐怖や嫌悪、ましてや喜びがあってはならん。我々医師だけが義務として冷静に行うことが出来る。人間の死を見届け、サインをすることができるのは、医師だけなのだ」

ヴィルツは無言で肩をすくめるだけだった。

「ガスとは？」

アルベルトが尋ねると、博士の顔にようやく笑みが浮かんだ。

「一酸化炭素です。こちらでは当初、銃による安楽死が行われていましたが――」

エーベルルは横目でヴィルツを見た。

「それでは効率が悪いですし、なにより患者たちに要らぬ恐怖と苦痛を与えることになります。我々の本意ではない。そのためここは、患者を輸送した部屋に一酸化炭素を噴出する方法を採ることを前提に、改装されました。一酸化炭素であれば患者はほとんど苦痛を感じることもなく、速やかに死に至ります。先月、実験に成功し、今月より順調に処理を進めております」

その口調は淀《よど》みなく、表情もいきいきと輝いていた。彼にとって、この病院での任務は、医師としての誇りを充分に満たすものであるらしい。

E計画。エー・アクツィオン。なんの変哲もない名前だが、その内容は障害者の安楽死計画である。

昨年のポーランド侵攻と同時に総統から極秘の命令が下り、専門機関が設立されたという。総統官房直轄の同機関は、慎重にスタッフを選んだ。彼らは任務について口外しなかったため、RSHAの一課長であるアルベルトも本日ハルトルから資料を手渡され、はじめて全容を知った次第だ。

水面下で着々と準備が進められていた計画は、先月下旬からいよいよ実行に移された。このブランデンブルクの他に、ゾンネンシュタイン、ハダマー、ベルンブルク、ハルトハイム、そしてグラーフェネックに施設が置かれ、夏までには全てが稼働《かどう》するという。

ドイツを統《す》べるヒトラーは著書『我が闘争』で、はっきりと述べている。

「病人・弱者・奇形児の遺棄、つまり彼らを絶滅するのは、最も病的な人間を保護しようとする現代の軽蔑《けいべつ》すべき狂気よりもよほどまともで、実際には数千倍も慈悲深い」

自分の言葉を彼は具現化した。実際に、きっかけは「慈悲」だった。総統に決意させたのは、きわめて重い障害をもつ息子を抱えた父親からの手紙だという。彼は、息子に最大の慈悲、つまり苦痛のない永遠の安息を与えてくれるよう、神の使者である総統に願ったのである。ヒトラーはこの手紙に感銘を受け、すぐに自分の医師を父親のもとに遣わし、望み通りのものを与えた。

障害者への「恩寵《おんちょう》の死」は、理性的な医師や博士の管理のもと、あまねくドイツに行き渡ることとされた。しかし露見すれば世間の反発は必至である。全ては極秘で行わなければならない。

それでも、あらゆる施設から患者が消えれば、さすがに訝《いぶか》しむ者も出てくるだろう。真っ先に気づくのは、おそらく教会だ。福祉施設の多くが教会によって運営されている。

「坊主《ぼうず》どもが知れば激怒するだろう。今までの恨みもこめて、猛烈な反発に転じる可能性もある」

ハルトルは、アルベルトをブランデンブルクに送り出す際に言った。

「昨年、神学者のヨーゼフ・マイヤー博士を通して、安楽死問題についての教会の考えを調査したのだがね。あのベルトラム大司教すら猛烈に反発した。ユダヤ人に関しては沈黙している彼らでも、これだけは許せなかったと見える。どこに基準があるのか、私にはよくわからん。カトリックの手前勝手な正義の基準にはいい加減反吐《へど》が出るが」

アルベルトは自分が呼ばれた理由を悟った。そろそろ司教団から苦情が来る頃合だから、うまく鎮静化せよということらしい。

「ファウルハーバー大司教は、終身収容ならばどうかと妥協案を示してきた。だから今回の計画は、表向きはそういうことになっている。しかし内実は違う。なにしろ戦時下だ。前線で兵士が祖国のために命懸けで戦っているというのに、ろくに労働もできず社会に何も還元できない者たちのために、貴重な税金を使うわけにはいかん。これは民衆のためでもある。それでも、馬鹿《ばか》げたキリスト教的人道主義におかされた民衆は、心の奥底では我々に賛同しつつも、人としては顔をしかめなければならないと思っている。まあ、凡人である彼らに葛藤《かっとう》を与えることもない。だからこそこれは、極秘で行われねばならんのだよ」

元神父のSD部長は滔々《とうとう》と語った。そして今、アルベルトの目の前で計画の遂行方法について熱心に説明する医師にも、ハルトルと同じ熱意があった。

エーベルル医師は生真面目そうな人物で、異様なところは感じられなかった。やや権威主義的なきらいはあるが、与えられた使命に誇りをもち、あくまで真摯《しんし》にこの任務にあたっているように思われた。

速やかに、清潔に、「慈悲」は施されるべきである。彼は繰り返し力説した。まるで、ヴィルツにあてつけるかのように。

ここでかつて何が起きたかアルベルトには知るよしもないが、おそらくヴィルツは殺人に愉悦を感じるタイプの人間なのだろう。嬉々《きき》として、患者たちを射殺したに相違ない。

デスクの上の内線電話がけたたましい音をたてた。エーベルルはすぐに受話器を取り、二、三返答すると、笑顔でアルベルトを顧みた。

「患者の車が到着したようです。どうぞ、消毒の様子をご覧になってください」

促され、アルベルトはヴィルツと連れだって廊下に出た。三人分の足音を打ち消すように、エーベルルは早口でまくし立てた。

「患者たちには、充分な配慮がなされております。ここまで輸送するバスの中では、あたたかい毛布、コーヒーやお菓子がふるまわれ、専門の看護師が献身的に介護をします。状況を判断できる者がいるとしても、よりよい病院に移るだけだと思うでしょうね。実際、先方の病院はそのように信じて送り出してくださいます。もっとも、たしかにここはよりよい病院であることにはちがいありませんが」

「天国に最も近い場所ですからな」

茶々をいれたヴィルツを、博士は黙殺した。どれほどこの施設が細心の注意をもって運営されているか、その全てを伝えようと、彼は熱心にアルベルトに説明を続けた。

「送り出した病院や家族たちは、当然、消息を知りたがるでしょう」

「輸送と施設管理はそれぞれ異なる会社が行うことになっておりますので。そのあたりで、うまくやってくれるでしょう」

融通のきかないお役所仕事を逆手にとったというわけか。周到さに、アルベルトはむしろ呆《あき》れた。

「私には理解できませんな。害虫であることにかわりはない。ユダヤ人や共産主義者どものように堂々と抹殺の宣言をすればよいではないですか。彼らはよくて、障害者は駄目というのが納得いきませんよ」

ヴィルツは不満も露《あら》わに口にした。アルベルトは冷ややかに彼を見た。

「ユダヤ人たちは、このような形で抹殺されているわけではありません。強制労働収容所に入れられてはいますが」

ヴィルツはアルベルトを横目で見返し、せせら笑う。

「ポーランドに新しく出来た収容所に、シュレージエンのユダ公どもが移送されたじゃないか。あそこなら、世論も気にすることなく、遠慮なく全員殺せるさ」

「君は口を開けば、その話題ばかりだ」

エーベルルが憤然と遮った。

「そんなに行きたければ、とっととポーランドに転属を願えばよい。そして好きなだけユダヤ人を殺してきたまえ」

「志願したのですが、引き続きここの任務にあたれと命じられてしまったのでね。残念ですよ、《耕地整理《フルーベライニグング》》はたいへん魅力的だったのに」

ポーランド侵攻にあたって行われたある作戦の隠語がさらりと出てくるあたり、やはりここは世間とは隔離された極秘空間なのだと実感する。《耕地整理》という表現もまた、極秘のはずだからだ。

この戦争の目的は、ドイツの生存圏《レーベンスラウム》を拡大することにある。まずは東。そして西へ。

ポーランドはじめ東欧は、ユダヤ人が非常に多い地域である。ドイツ人が入植し、幾世代にわたって住み続けるには相応《ふさわ》しくない。ならば、為《な》すべきことはただひとつ。毒をまきちらす雑草や石ころを取り除き、健やかな作物が育つよう土壌を浄化するのである。

「これですよ、ヘル・ラーセン。この男には困ったものだ」

エーベルル博士はため息をついた。

「もっとも、ヘル・ヴィルツがこの後ポーランドに行ったとしても、欲求が満たされるようなことはないと思いますがね。もっと効率的な耕地整理が可能になりますから」

「一酸化炭素中毒死させるという方法が、ポーランドの収容所でも採用される可能性があるという意味ですか」

「この手法ならば一度に大量に処分できます。そもそも、処理するほうも、そこにいる男のような者ばかりではありません。真面目に任務を遂行しようとする善き兵士たちがほとんどでしょう。いくら相手が劣等人種とは言え、生き物を連日黙々と射殺し、破損した死体を処理するのは、精神的にも肉体的にも負担がかかります。これならば、引き金を引く必要はないし、死体もきれいですから」

「引き金のかわりに、あんたがガス栓をひねるわけですなあ」

「だから医師でなければならないと言っているんだよ。倫理的にもね。さて——ここが消毒室です、ラーセンさん」

地下へと続く階段をおりきると、控え室とおぼしき部屋の向こうにそっけない鉄の扉が見えた。青い制服を着た監視員が敬礼で出迎える。制服は違うが、SS隊員だとすぐにわかった。

「シャワー室です。縦五メートル、横四メートル、高さは三メートル」

大きな窓のついた灰色の扉をあけると、壁にそってベンチが置かれ、その下に管が通っていた。よく見れば、小さな穴が空いている。ここからガスを出すのだろう。

「奥の部屋には焼却炉があります。ご覧になりますか」

「結構」

「ではこちらを」

博士はアルベルトを隣室に誘《いざな》った。さきほどのシャワー室とは違い、壁が白く塗られ、野戦ベッドが六つ並べてある。

「こちらでは、シャワー室に入れるのが難しい患者のために、薬剤による安楽死を行っております。先日の実験では、モルヒネなら短時間で死に至らせられることがわかりましたが、ルミナール注射は窒息死に至るまで十五分もかかりました。ルミナールを投与した患者には苦痛を長引かせてしまい、かわいそうなことをしましたよ」

憐れみを感じさせない口調で、博士は言った。

再び階段を昇り、一階廊下に出ると、裏口のほうからやってくる一団が見える。SS隊員に先導され、乱れた足音を響かせながら近づいてくる彼らは、揃いの病院服を着ていた。車椅子《いす》上でただ虚《うつ》ろに目を見開いているだけの者や、仮面のような無表情を貼《は》り付けている者もいたが、たいていの者は不安そうにあたりを見回していた。

「今日は全員、シャワー室行きです。扉の窓からご覧ください。実に効率がいいことがご理解いただけますから。一分後には全員意識を失い、五分後には死亡しております。眠るように天に召されるのですよ。苦痛と悲しみに満ちた彼らの生は、総統の大きな慈悲に包まれて終わるのです。幸せだとは思いませんか」

得意げに語る博士の声を聞き流し、アルベルトは機械的に相槌《あいづち》をうっていた。今すぐこの場から立ち去りたい。わきあがる衝動を顔に出さぬようにするだけで、精一杯だった。

帰宅すると、肉を煮込む香りがアルベルトを出迎えた。いつもならば腹が鳴るところだが、反射的に口を押さえてしまった。

「あら、お帰りなさい。今日はお早いこと」

キッチンから現れたのは、イルゼではなかった。縦にも横にも大きい体に、人のよさそうな丸い顔を乗せた、中年女だった。化粧っ気のない顔は頰や鼻の頭が赤らんでおり、癖の強いブルネットは頭のうしろでまとめられている。らくだ色のセーターに、焦《こ》げ茶色のぶ厚いスカートという格好は、田舎の母親像と聞いて多くの人間が思い浮かべるようなものだ。

「ご苦労さまです、フラウ・ブラウン。遅くまで」

「ああら、とんでもない。夫が死んでから、せっかくの腕をふるう機会がなかったんですもの。紹介してくれたヴェルナーには、本当に感謝しているんですよ、こんな美男美女のおうちに出入りできて！」

ブラウン夫人は大仰に手をあげて言った。

「こちらこそ、紹介してくれた彼には感謝していますよ。イルゼから連絡は？」

「いいえ、ありません」

気の毒そうに夫人は言った。自らの言葉に傷ついたように肩を落とすのを見て、アルベルトは「仕事が順調なのはいいことですよ」と苦笑して、着替えのために寝室に向かった。

うちの叔母なんだが、旦那《だんな》を亡《な》くしてから落ち込んでてさ。よかったら通いで使ってもらえないかな、もともと家政婦をやっていた人だし。シュラーダーが珍しく遠慮がちに切り出したのは、ちょうどアルベルトがＲＳＨＡのＢ１課長についた頃だった。当時アルベルトは、家政婦をさがしていた。

二年前から映画の仕事を始めたイルゼは、『春の呼び声』が評判となり、その半年後には小品ではあるものの主演に抜擢された。残念ながらその映画はヒットしなかったが、仕事は増え、アルベルトより帰りが遅い日が続き、ロケーションで何日も帰らないことがあった。時間をかけて製作するハリウッドとはちがい、ドイツ映画はほぼ短期間で撮影されるので拘束時間は短いものの、日常生活を営むのはほとんど不可能といってよかった。アルベルトはアルベルトでＲＳＨＡの課長として以前にも増して多忙な日々を送っており、優雅だった我が家はあっというまに荒《すさ》んでいった。そこで信用のおける家政婦を捜していたところ、シュラーダーが血縁者を推薦してきたわけだ。

ブラウン夫人は、予想以上に有能だった。家政婦としてもベテランというシュラーダーの言葉は、常におおげさな彼にしては珍しく、真実をついていた。少々好奇心が強すぎるのと、いつでも喋《しゃべ》りたくてうずうずしているのは玉に瑕《きず》だが、家事はきっちりとこなしてくれる。料理もうまかった。

しかし今日は、どうやっても食べられそうになかった。明日は来なくていいと言っておこう。つくってもらった豚塊肉の煮込み《シュヴァイネブラーテン》は明日食べればいい。ここまで漂ってくる香りに顔をしかめながら、アルベルトは黒いカシミアのセーターとスラックスに着替えた。

「どうします、すぐにお食べになります？　あら、なんだか顔色が悪いみたい」

居間に戻ると、すぐにブラウン夫人がコーヒーを盆に載せてやって来た。最初はなかなかアルベルト好みの苦みが出せず苦労していたが、すぐに彼女曰《いわ》く「灼熱《しゃくねつ》の泥のような」コーヒーをきちんといれてくれるようになった。

「大丈夫です。ああ、時間をおいて食べますよ。さきほど、ちょっとつまんできたのでね」

「奥様のお好きなシャブリも買っておきましたけれど、今日はお帰りになるかしらね」

「さあ。映画の完成祝いだと言っていたから朝までかかるかもしれない」

「本当にご活躍ですね、奥様は」

その口調には、棘《とげ》があった。

イルゼは、華やかな世界の新しい友人に夢中で、昔からの友人とも距離を置くようになった。かつて頻繁に行き来していたビルギットとすら疎遠《そえん》になっている。

「最近は私なんて、二の次、三の次よ。連絡なんてきやしない。私たちよりも、あっちの世界の人間たちと話しているほうが、そりゃあ楽しいに決まってますけど」

かつてイルゼが罪の意識が生み出す幻覚に苦しんでいたころ、毎日のように家にやってきて支えてくれた彼女は、寂しそうに笑っていた。

「でも、しょうがないわね。子供の頃からの夢がかなおうとしているんだもの。社交は大事だし、当然のことよ」

イルゼをよく知るビルギットは、手のひらを返したとしか言いようのない友人の態度に、なんとか理解を示そうとしていた。しかし、そうした好意的な見方はごく一部にすぎなかった。

「次は主演らしいので、ずいぶんはりきっているようです。結構な大作らしくてね」

ブラウン夫人の棘に気づかぬ風を装《よそお》って、アルベルトはコーヒーを口に運んだ。

「主役ですか。素敵ですね」

「今撮っている監督にとても気に入られたらしくてね。いい画《え》を撮る人だからと喜んでいましたよ」

「……どうやって気に入られたのやら」

ブラウン夫人は胸の内でつぶやくにとどめるつもりだったらしく、自分の声にとびあがらんばかりに驚いて、両手で口を覆《おお》った。

「も、申し訳ありません、旦那さま」

「よく聞こえませんでした」

愛想良く微笑《ほほえ》んだが、ブラウン夫人は顔を赤と青のまだらにして、そそくさと帰り支度を始めた。

「それでは失礼いたします。明後日に」

「お願いします。気をつけて」

慌《あわ》ただしい音とともに立ち去る夫人を見送り、アルベルトは扉を閉めた。居間に戻り、窓を開ける。斬《き》りつけるような風が吹き込んでくるが、わだかまった肉の匂《にお》いをいさぎよく断ち切ってくれるのはありがたい。冷気とコーヒーのおかげで、ようやく胃痛もましになってくる。

「どうやって気に入られた、か」

アルベルトは苦笑した。誰かのために心を割いている余裕はない。B1の成績不振。そして、今日新たに加わったE計画。

小一時間ほど、ソファでぼんやりしていたらしい。さすがに体が寒さに強《こわ》ばってきたので窓を閉め、暖房をつけた。そこでふと、キャビネットの近くにおいてあった灰皿を目にとめ、帰り道に煙草《たばこ》を購入したのを思い出した。

鞄《かばん》から取り出した箱から紙巻煙草を一本くわえ、ライターで火をつける。吸い込むと一気に苦味が押し寄せる。最初は咳《せ》き込んだが、思ったより悪くはなかった。

煙草など何年ぶりだろうか。子供の頃、好奇心に駆られて手を出したが、たいして美味《おい》しいものとは思えなかったし、直後にひどい風邪をひいたこともあり、以来手が遠のいていた。

SD本部では煙で霞《かす》んでいない部屋を探すほうが難しいが、それでもまだ政府関係の建物はましなほうだ。NSDAPは、禁煙・禁酒を謳《うた》っているからだ。

街中では、妊婦はとくに酒と煙草を控えるようにと訴えるポスターをしばしば目にする。先日医療チームがニコチンは肺ガンの大きな原因になるとつきとめ、大々的に発表した。その直後には禍々《まがまが》しい色合いのポスターが街中に張られ、煙草の恐怖を大衆にこれでもかとアピールしていた。そういえば、今日寄った煙草屋の隣の壁にもポスターが貼ってあった。なぜ剝《は》がさないのかと店主に尋ねると、

「お役所が貼っていったんですから剝がせませんよ。それにねえ、案外こういうポスターがあったほうが、人は寄ってくるもんでね。売り上げが減るどころか、最近増えてますよ」

とのことだった。その時の、してやったりといった店主の顔を思い出し、アルベルトは苦笑した。彼の言う通り、ドイツにおける酒と煙草の消費量はまるで減る傾向を見せない。この部屋にはシュラーダーや同僚たちもよくやって来るが、彼らが来るたびに、部屋は煙でいっぱいになる。あのポスターを信じるならば、彼らの肺はすっかり病に侵されていることになるだろう。

ポスターの絵柄は、ふざけているのかと思うほど、おどろおどろしい。煙草の先から悪魔が現れ、人を喰らおうとしているイラスト。街中に溢《あふ》れている、ユダヤ人の有害さを訴えるポスターと全く同じ趣向だった。

子供でもひと目でわかる寓意。完全な善悪。白と黒。金髪に青い目で伸びやかな肢体のアーリア人種に、黒髪に邪悪な黒い目とまがった腰の不吉なユダヤ人。

『ユダヤは気高きアーリアを汚染する』

たちのぼる紫煙を眺め、アルベルトはつぶやいた。

「こいつも、反国家的な人間も、ナチにとっては変わらないということか」

それはもはや政治的な信条などではない。

当初は純粋に生物的な枠組みに留まっていたダーウィンの進化論は、前世紀の末から、人類社会の生存競争にまで適用されるようになった。自然淘汰《とうた》、適者生存。最初に提唱したのは、イギリスの哲学者ハーバート・スペンサーである。社会ダーウィニズムは自然と、劣悪な分子を排除して、良質のものだけを残そうという動きに発展してゆく。

どこの国でも流行した思想だったが、特にドイツにおいて急速に広まったのは、敗戦がきっかけだった。悪《あ》しき分子が善きものを凌駕したために、国家が内部から崩壊したとされ、病んでいると見なしたものが激しく憎まれた。ＮＳＤＡＰはその時の憎悪を、思想を、現在も生真面目に実行しているにすぎない。健康のために煙草と酒を控え、適度な運動をせよと呼びかけ続けている。

煙ごしに、異様に美しい青緑の目が見える。

暖炉の上に掲げられた、総統アドルフ・ヒトラーの肖像だ。酒も煙草も嗜《たしな》まぬ、菜食主義者。彼に恋焦がれる女たちに囲まれながらも、独身を守り、ただドイツとドイツ国民の幸福だけを考える救世主。現実と理想が入り混じった偶像。嗜好品《しこうひん》に興味のない菜食主義者というのは、たしかな事実だ。

「一回、吸ってみてはいかがですか。案外、悪くないですよ」

アルベルトは、無言の総統に向かって煙草を掲げてみせた。

答えはない。この世ならぬところを見ている双眸《そうぼう》は、病んだものを激しく嫌悪し続けるだろう。それが人の限界だ。神は、悪とわかるものにさえ存在を許す。旧約聖書の時代、一度は憎み滅ぼしはしたものの、それ以降は審判の時まで手出しはしないと宣言した。

社会ダーウィニズムが示す、最高の進化形とは、「神」である。完全無欠の「善きもの」は神しかいない。少なくとも、人間が思い描くことができるのは、そう呼ばれる存在だけだ。実在するか否《いな》かは、たいした問題ではない。そこを目指すということが、重要なのだ。

果たして、このような思想が、唯一《ゆいいつ》絶対の神をもたない国でも生まれるものだろうか。たとえば、近々軍事同盟を結ぶと言われている極東の島国は？　あそこには天皇という生ける神がいるらしい。しかし元来は、無数の神をあがめる国なのだという。古代ゲルマンの神々ともまた違う形だ。面識のある日本の駐在武官は、今の天皇崇拝は総統崇拝と同じだと言っていたが、根底にある思想は全く違うように思えてならなかった。

ドイツにはただひとつの神がおり、それ以外の神は存在しない。ならば、一度神を否定したところで、結局目指すものは同じなのではないか。アダムとイブの時代から、人は神を目指すものだ。神と同一の、全きものになりたいと切望する。そして人が、神の実在に拠《よ》らず全き善を実現しようとすれば、それ以外を徹底的に排除するしかない。善を行うことは、すなわち罪を犯すことでもあるという矛盾が生じるにも拘《かか》わらず。

一度、神の存在を意識してしまったものは、どれほど否定しようと、そこから逃れられぬのかもしれない。

神によって無垢《むく》な魂に打ちこまれた棘《とげ》は、二度と抜け落ちることはない。普段は忘れられても、ふとした拍子に棘はさらに深く突き刺さり、その苦しみに人はのたうつのだ。そこから逃れるために、人はさらに善きものを目指す。切り捨てるものがなくなり、最後には自分自身を切り刻むことになっても――。

煙に濁った頭が紡《つむ》ぐとりとめのない思考を断ち切ったのは、車が窓の下に止まった音だった。

扉が開く音に続いて、女の笑い声がする。耳慣れた声だ。アルベルトは立ち上がり、窓から外を見下ろした。車のそばで、二人の男女が抱き合っているのが見えた。あたりをはばかる様子はない。顔の角度から、口づけを交わしているのは間違いない。

静かにカーテンをひいた。近くの建物にはまだ灯りがついている。また近所から皮肉を浴びることになりそうだ。

ほどなく、乱れた足音が階段から聞こえた。扉が開き、ミンクをまとったイルゼが現れる。彼女は上機嫌で、鼻歌を歌いながらそのままキッチンへと向かおうとした。そのとき外から風が吹き込み、カーテンが大きく揺れ、イルゼの目がようやくこちらを向いた。

不審そうな顔は、すぐに驚きに覆われた。

「アルビー。起きていたの」

月が明るかったこともあり、アルベルトは部屋の灯りをつけていなかった。

「まあね。結構飲んできたんだな」

「完成記念パーティだったのよ。飲まずにどうするの。あなたこそ煙草だなんて。どうしたの？　はじめて見るわ」

「たまにはいいかと思ってね」

イルゼはじっと夫の顔を見つめ、そのまま一歩近づいた。アルコールが強く香った。

「何かあったの？」

「いいや」

「嘘《うそ》。なんの理由もなしに、あなたがそんなことをするはずがないもの」

「全《すべ》ての行動に明確な理由がなければいけないのかな」

「理由がない行動なんていくらでもあるわ。でもアルビーに限ってはそうじゃないのよ」

「それは知らなかった」

「私には言えないってこと」

「言うほどの話でもない」

「やっぱり何かあったんじゃない」

イルゼはため息をつくと、アルベルトの指から煙草を抜き取った。

「こんなもの、やらないに越したことはないわ。おやめなさいな」

灰皿に押しつける華奢《きゃしゃ》な指を、アルベルトは目を細めて見やった。

「経験上の助言かい？」

「そうよ。キスが美味しくないもの」

妻の腕が蛇のように伸び、首に巻きついた。アルコール、そしてイルゼが最近つけている香水が、アルベルトの体を包み込む。

近づく顔を、触れる寸前で押しとどめた。イルゼが傷ついた顔をする。

「どうして？　ただいまの挨拶よ」

「さすがに、他の男とキスしたばかりの唇は遠慮したいな」

イルゼはゆっくりと体を離し、夜風に吹かれて少し乱れていた髪をかきあげる。

「やっぱり、見ていたの」

「隠す気はまるでないように見えたが」

「ただの挨拶よ。彼は脚本家なの、次の映画の」

「そうか」

イルゼの顔が大きく歪《ゆが》んだ。ソファに崩れ落ち、目を瞑《つむ》る。そのまましばらく動かなかったので、眠ったのだろうかと思った頃、唇がようやく動いた。

「……怒ってもくれないの」

「君の業界ではとくにつきあいが重要だとは理解しているつもりだ。最近、あまり芳《かんば》しくない噂も聞く」

「ごめんなさい。いけないって、わかっているの。でも私、怖くて……」

「何が怖い？」

「主演の映画、売れなかったでしょ。その後もぱっとしないわ。仕事は来るけど、ろくなものじゃない。そんなのにいくつ出たってだめなのよ。だから……」

　美しく整えた爪《つめ》を子供のように噛《か》んでいる。アルベルトはさりげなく彼女の口元から手を遠ざけ、諭すように言った。

「イルゼ、君はまだ映画界に入って二年しか経《た》ってない。そんなに焦《あせ》る必要があるのか？」

「だってこれだけたくさん映画ができて、どんどん新人女優も出てくるのよ。私はもう若くない。次でなんとしても勝たなければ、私はもう終わりなの」

「君はまだ充分若くて美しいと思うけどね。もちろん、才能だってある」

「あなたはいつもそう言ってくれる。嬉しいわ」

　イルゼは弱々しく微笑んだ。

「でも、薄々わかっているの。私に才能なんてない。レビュー映画から移されたのは、ダンスも歌もたいしてうまくないからよ。だからって、演技がとびぬけてうまいわけでもない。そうよ、みんなが言うとおり、私はあなたのコネで役をもらったのよ。ただそれだけ」

「君は昔から酔うと自虐《じぎゃく》的になる癖があるな」

「自虐じゃないわ。事実よ」

静かに言った直後、両目から涙を溢れさせる。彼女は鼻を啜《すす》り、やがてしゃくりあげ、ついには顔を覆って泣き出した。

「あと一度。あと一度だけ待ってほしいのよ」

イルゼは顔から手を離し、アルベルトに向き直った。涙でマスカラとアイラインが剝がれ落ち、ファンデーションもよれて、ひどい顔だった。

「次の映画は単なるロマンス映画じゃないの。脚本を読んで涙が流れたわ。この映画で主役を演じられるなんて夢みたいだと思った」

彼女はアルベルトの胸に縋《すが》りつき、必死の形相で訴えた。

「たったひとつ、誇れるものができればそれでいい。そうしたら、私はもう何も怖くない。だからお願い、もう少しだけ、待って。私は、もう少しで」

呂律《ろれつ》が回らなくなってきた。瞳も不自然に揺れている。酒臭さに耐えきれず、アルベルトは顔を背けた。

「水をもってこよう。飲んだら、寝室へ」

「お願い、アルビー。わかってほしいの」

「わかった。とりあえず寝たほうがいい。話は明日改めて聞こう」

「いいえ、わかってないわ。ずっと言わなければと思っていたの。でも言えなかった。私ほんとは」

「黙るんだ」

地を這《は》うような低い声に、イルゼは大きく肩を震わせた。息を止め、夫の顔を見上げる。

「酔っぱらいの戯《ざ》れ言《ごと》は聞きたくない。話があるなら、素面《しらふ》のときにしてくれ」

「飲んだけど酔ってはいないわ」

「酔っぱらいは必ずそう言う。君に今必要なのは熱いシャワーと睡眠だけだ。見ろ、我らが総統もあきれていらっしゃる」

彼は妻の肩を抱き、暖炉の上の肖像画を指し示した。イルゼは操られたように、のろのろと顔をそちらに向ける。肖像と視線が絡《から》んだ途端、イルゼは大きく体を震わせた。肩を抱いた手に力をこめると、イルゼは弾《はじ》かれたようにこちらを向いた。総統を指し示していた指を彼女の鼻先に立て、色を失った唇に軽く触れる。

「総統の前でみっともないところを見せてはいけない。君は、総統の昼食会に招かれるような女優になりたいのだろう？」

イルゼは黙って頷《うなず》いた。目は夫の顔に据えられたまま、怯《おび》えたように見開かれている。

「だったら、しっかりしろ。大丈夫だ、言ったはずだろう。俺は決して君を見棄《みす》てない」

しばし無言で見つめ合う。イルゼは小さく息をつくと、自分の肩を抱く夫の手を外して立ち上がった。

「そうだったわ。たしかに、お酒が過ぎたみたい。先に寝るわね」

「それがいい」

習慣に従って夫の頬にキスをしようとしたが、さきほどのことを思い出したのか寸前で身を離し、寂しそうに微笑んだ。

「おやすみなさい、アルビー。……ありがとう」

2

一九四〇年四月

ナチスは自分たちが支配する帝国を、第三帝国と自称している。

神聖ローマ帝国時代の第一帝国、プロイセンによって統一された十九世紀の第二帝国、それに続くドイツの栄光を継承する存在だという稚拙なアピールだ。とはいえ、ポーランド侵攻以来勝利を重ねてゆくドイツ軍の姿は、強国を短期間で次々と打ち破っていった第二帝国の栄光を思い起こさせるものであり、ヒトラーをかつての偉大な軍人になぞらえたポスターが出回った。

ナチスのプロパガンダに興味を持てないマティアスは、ポスターを見ても失笑するだけだったが、今日ばかりはなんとも言えぬ気持ちになった。

「はじめまして、ヘル・シェルノ。ノインツェルト伯からお話をうかがってより、お会いしたいと長らく願っておりました」

マティアスの目の前に現れた男は、微笑んで右手を差し出した。年の頃はマティアスとほとんど変わらない。目の位置はマティアスより高かったが、線はずいぶんと細かった。知性を感じさせる明るい目の色と、いかにも貴族然とした微笑みは見る者を惹《ひ》きつけるが、とくに強い印象を与える容姿ではない。

そして、彼はモルトケと名乗った。このドイツでもとくに知られた名家の姓である。その名をドイツに――いやヨーロッパ全土に知らしめたのは、目の前にいるヘルムート・ジェイムズ・フォン・モルトケの三代前の当主、「大モルトケ」ことヘルムート・カール・ベルンハルト・フォン・モルトケだった。一八〇〇年に生まれ、六十目前にしてドイツ帝国陸軍参謀総長の座についた彼は、当時の新技術である鉄道と電信を駆使し、デンマーク、オーストリア、フランスといった強国を続々と撃破して国家統一に貢献した。ドイツ第二帝国の栄光を担《にな》ったこの不世出の戦略家は、ドイツ参謀本部の名を世界に轟かせ、国内はもちろん敵国軍人からも尊敬を集めたという。

「こちらこそ、モルトケ伯。お招きいただき、光栄の至りです」

マティアスはなんとか笑みをつくり、軍神の後継者の手を握った。あたたかく、柔らかい手だった。少年時代に想像したような神々《こうごう》しい英雄とは違い、威厳よりも柔らかさが目立つ人物であることが嬉しかった。

修道院に入ってからマティアスは、大モルトケに対して少年時代とは全く違う感情を抱くようになっていた。敬愛していることに変わりはない。しかしそれは、強きものへの無邪気な憧《あこが》れではなく、共感を基盤とした感情だった。

大モルトケは、若い頃はトルコの軍事顧問として活躍したものの軍人としてはほぼ無名に近く、むしろ文筆家として名高かった。そもそも彼は、歴史学者になりたかったが金がなく、仕方なくデンマークの士官学校に入ったらしい。見た目は世辞にも立派とは言えず、極端なほど寡黙《かもく》で気弱であり、自他ともに認める「軍人に不向きな男」であった。自らの性格に生涯苦しみ、軍人であることに悩み続けたというモルトケの一面に、マティアスは強く惹かれたのだった。

マティアス自身、まさか修道士になるとは思ってもいなかった。人生に激しい波風が立たなければ、決して選ばなかった道だ。

いまだに、正しいのかどうかわからない。だからこそ、昔とは違う顔で心の中に佇《たたず》む大モルトケをますます強く思慕し、苦悩し続けながらも使命を全うした姿に励まされた。

目の前にいる彼の子孫は、英雄の頭脳と気弱ととられかねないほど穏やかな性格を、共に強く受け継いでいるように思えた。

「ベールンゼン神父の志を最も受け継いでいる闘士だと伺っております。今日は皆、あなたに会うのを楽しみにしていたのですよ。どうぞ、こちらに」

わざわざマティアスを玄関ホールまで出迎えてくれたモルトケは、仲間たちの待つ客間に向かって歩き出した。芸術に造詣《ぞうけい》の深いモルトケ伯らしく、ホールや廊下には世界中から集められた絵画や凝った細工の家具が置かれていたが、目をやる余裕はなかった。客間に至るわずかな時間に、モルトケ伯本人にもすっかり魅了されていたからだ。

マティアスの緊張を和らげ、これから引き合わせる人々への期待をもたせる口調は、実に見事なものだ。若さに似合わぬ大人物だとノインツェルト伯も太鼓判を押していたが、わずか三、四歳の差しかないのになんという違いだろうと、わが身を恥じずにはいられない。

もともと、モルトケの名に恥じぬずばぬけた頭脳の持ち主として知られる彼は、すでに二十歳の頃から、地元シュレージェンの社会問題を解決するため様々な改革に取り組み、母の出身国であるイギリスで法律を修めた後は、国際法の専門家としてベルリンで活躍していた。昨年の開戦時には、国防軍諜報部《アプヴェーア》の法務顧問として招集され、現在もその職にある。

アプヴェーアといえば、長官のカナリス提督は反ナチスとして仲間内では有名な人物だ。彼に招かれたモルトケもヒトラーが政権の座につく前からの反ナチ派だった。そもそも彼がドイツで弁護士にならず、わざわざイギリスに渡ったのは、司法分野で進むナチ化を嫌ったためだ。

「ベルリンに帰ってきてから、シュレージェンで社会運動と荘園《しょうえん》経営をめぐって苦楽を共にした仲間がここに集まってくるようになりましてね。またその仲間たちがどんどん新しい仲間を連れてくるものですから、あっというまに大所帯です。少々騒がしいかもしれませんが、どうかご勘弁を」

モルトケの言葉通り、客間が近づくと、開け放たれた扉から賑《にぎ》やかな声が聞こえてきた。ちょうど社会主義とキリスト教について論じているらしく、いささか語調が荒い。

「議論が白熱しているようですね。お邪魔ではないでしょうか」

マティアスの言葉にモルトケは笑った。

「とんでもない。今日はまだおとなしいほうですよ」

彼は扉を叩《たた》き、室内の客たちの注意を惹いた。議論はぴたりとやみ、複数の目がいっせいにマティアスに向けられる。広い部屋には、少なくとも十五名はいた。

その瞬間、マティアスの心は熱い想いに満たされた。昔、シェルノ家の客間には、いつもこんなふうに大勢の客が集まっていた。両親は客を招くのが大好きで、学校から帰ってくると、いつも誰かがいたものだ。賑やかで、笑い声が絶えなかった我が家。たくさんの食べ物と美酒が振る舞われ、マティアスは菓子をこっそりくすねては、腹を空《す》かせている仲間たちのもとに走ったものだった。

部屋の内装や客層は、モルトケ家のほうが数段上等だったが、鮮やかに甦《よみがえ》った幸福な光景に、とっさに目の奥に力をこめなければ、涙が滲《にじ》んでいただろう。

「皆さん、新しい友人を紹介いたします。勇敢なフランシスコ会士のマティアス・シエルノ氏です。ああ、ブルーダー・パウルとお呼びしたほうがよろしいでしょうか?」

よく通る声で、モルトケは言った。

「いえ、お好きなように。はじめまして、皆さん。お会いできて光栄です」

修道士らしい――と自分では思っている笑顔で、マティアスは挨拶《あいさつ》を述べた。気の利《き》いたことの一つでも言えばいいのかもしれないが、そういう技術はもっていない。

一見したところ、モルトケと同年代の青年が多かったが、中にはずいぶん年上の男もいる。服装もまちまちで、イエズス会士の僧衣を見つけたときには、いささか驚いた。

「お待ちしておりましたよ。ベールンゼン神父の最後の愛弟子《まなでし》」

「どんな情報でも亡命者でも素早く確実に届ける現代の神馬《スレイプニル》ですな。お噂はかねがね」

「今日はぜひ、各地の抵抗運動のお話を伺いたいと思って遠路はるばる参ったのですよ」

「私はあの話を聞きたい。亡命者を連れて国境を越えられた話を」

「小生はやはりベールンゼン神父のあの件の真相をですね――」

次々とかけられる声に、マティアスの心は揺れた。ノインツェルトとモルトケが親しいのは知っているが、彼らにまで自分の活動が筒抜けなのはまずくなかろうか。そもそもいつから、ベールンゼンの最後の愛弟子とされてしまったのだろう。

「ご安心を。この屋敷には敵はいません。盗聴器もありませんよ」

マティアスの不安を見抜いたのか、モルトケは微笑んだ。

「君たちも少し落ち着きなさい。彼はミュンヘンから到着したばかりなのですよ。君たちのことを誰ひとりとして知らないのですから」

モルトケは、室内にいる客をひとりずつマティアスに紹介しはじめた。

現在、ドイツ国内にはレギメントの他にも多くの抵抗組織が存在している。ここにいるのは、モルトケの荘園がある地にちなんで「クライザウ・グルッペ」と呼ばれる面々だ。メンバーの中心は、モルトケと同じ若きエリート層だが、紹介された人物の中には、軍人や学者のほかに労働組合関係者や社会主義者の元国会議員もいた。ルター派の牧師に、さきほどのイエズス会士もいる。

「はじめまして、ブルーダー・パウル。フランシスコ会の兄弟とこのような形でお話しできるとは嬉しいことです。我々は今や宗派を越えて結びつき、この試練を乗り越えねばなりません」

眼鏡をかけた小柄なイエズス会士は、熱心な表情で訴えてきた。フランシスコ会士の常として、妙に貴族的なイエズス会士を前にすると一瞬身構えてしまうが、感じのよい人物だった。この小さな体には、自分よりもはるかに大きな信仰と知識が詰まっているのだろうな、とマティアスは思った。

保守的な軍人と社会主義者、イエズス会士、そしてフランシスコ会士。反目しあっていた面々が一堂に会する。これは奇跡に近い。マティアスは感動を覚えた。

どの組織もたいていは、同じ階層、分野でまとまるものだ。レギメントも軍人や保守系の知識層で構成されている。教会との連携がどこまで進んでいるのかは知らないが、確実に言えるのは、レギメントに社会主義者はいないということだ。しかしモルトケは個人の信条に捕らわれない人物のようだった。

これだ、と思った。雑多な、しかし純粋で若い力。それを統括するのは《モルトケ》。

彼ならば反政府勢力をまとめ上げられるかもしれない。モルトケならば、国民もついてくるのではないだろうか。

「そう、ブルーダー・ニコラウスのおっしゃる通り。今、この国を覆う国家社会主義という奇怪なイデオロギーに対抗するには、ドイツを再キリスト教化するしかないのですよ。我々はそう考えているのです、ヘル・シェルノ」

ひとしきり紹介が終わると、モルトケはマティアスに椅子を勧め、さっそく切り出した。

「再キリスト教化ですか？」

マティアスは面食らってモルトケを見た。まさかこの若き俊才から、そんな古風な言葉を聞くとは思わなかった。

「ヴァイマル時代の議会制民主主義こそが、ナチスの台頭を許したのです。中央党を含め、どの党も党利を優先したがために、政治は混乱を極めました。異教的世界観によって破壊された国民の精神を再建するには、まずはキリスト教を基盤に置くべきなのですよ」

モルトケの言葉を受け、元国会議員の社会主義者が立ち上がった。痩せた体と、昔の皇帝のような立派な髭がアンバランスな印象を与えるが、その黒い瞳は若々しく燃えている。

「そう、キリスト教社会主義倫理。我らの考えはそこに尽きます。ドイツはまさしく、この倫理によって再建されなければなりません」

「……キリスト教と社会主義は相容《あいい》れないように思うのですが」

マティアスは控えめに異議を唱えた。彼の発言は、国家社会主義ドイツ労働者党という滅茶苦茶《めちゃくちゃ》な党名とさして変わらないような気がする。

「いや、これこそ新国家に必要なのです。議会民主制は怪物を産みましたが、かといって帝国時代の政治も現代にそぐわぬもの。階級を撤廃し、あくまで人権とキリスト教を中心に据えた政治体制を――」

元国会議員は滔々《とうとう》と演説を始めた。たちまち茶々が入り、反論とさらに再反論が行き交い、室内は一気に活気づく。最初はぽかんとして聞いていたマティアスも、気がつけば強引に話に加えられ、闘犬ベールンゼンの薫陶《くんとう》を受けた君こそその運動の中核を担うべきなのだなどと、熱心な説得まで受けるはめになった。

彼らは真剣に論じ合っていた。あるべき政府の姿。国民を救う政治とはどんなものなのか。理想の政治を実行するには、具体的にどのような政治形態がふさわしいか。その場合、大統領は誰に？　具体的な人選にまで話が及び、マティアスはこれが、ずいぶん前から繰り返し議論されてきたことなのだと知った。

疲れることを知らぬ青年たちは、ときおりテーブルの上にたっぷりと用意された料理をつまみ、よりすぐりの酒や香り高い紅茶で喉《のど》を潤《うるお》し、休みなく議論に興じる。あのイエズス会士も積極的に発言している。彼もまたマティアスが常々感じているように、司教団に激しい怒りを抱いているらしく、新政府樹立の暁には司教団を罰する必要があると非難した。

彼らの話は面白い。よくぞ言ってくれた、と膝《ひざ》を打つこともしばしばだった。しかし議論が進むにつれ、マティアスはひとつの疑問に捕らわれ、やがてそれは無視しえないほど大きなものとなった。

「伺ってもよろしいでしょうか」

議論が一段落ついたのを見計らって、マティアスは口を開いた。

「皆さんの議論は大変興味深い。そのような新国家が成立すれば、国民はきっと救われるでしょう。ですがそれにはまず、現政権を倒さねばなりません。それについては、どのような計画をお持ちなのでしょうか」

熱気に充《み》ち満ちていた部屋の空気が、急速に冷えていった。

「我々が考えることではないのでは」

大学で哲学を教えているという教授が、重々しく言った。モルトケは、重くなった空気を少しでも明るくしようと、笑顔でマティアスを見た。

「ヘル・シェルノ、我々は他の組織とは違います。ドイツの正しい姿を模索し、国民を救う方法を探しているのです」

「ですが、政府を倒さなければ全ては夢物語です。以前、国防軍にはクーデター計画があったと聞きました。結局、英仏の妥協のせいで消滅したそうですが、あれはどうなっているのでしょうか？」

「昨年のポーランド開戦時にも、そのような話は出ましたよ。私も決起に参加するよう呼びかけられましたが、断りました」

「なぜですか」

「クーデターでは国民の支持は得られません。ナチスですら、ペテンとはいえ、当時の議会政治の原則に則《のっと》り、合法的に権力を手にしているのです」

「ですが今はヴァイマル時代とは違う。ヒトラーの独裁下にあります。合法的な権力奪回など不可能ではありませんか。クーデター以外にどのような手段が？　それとも国民の決起を待つというのですか？」

マティアスは立ち上がり、ぐるりと彼らを見回す。とっさに目を逸らす者が何人もいた。

「それこそ最悪の事態です。国民が立ち上がる時は、どうしようもないほど追い詰められた時だけです。あなたがたはそうなるまで祖国を放置しておくのですか。せっかくこれほど各分野の専門家が揃っているのですから、現状を打破する方法を今すぐ考えるべきでは」

「簡単なことではないのだよ、ヘル・シェルノ。我々は慎重に前進しなければならないのだ」

学者がため息まじりにたしなめると、イエズス会士も同調した。

「そうですよ、ブルーダー・パウル。フランシスコ会の兄弟の率直さは好ましいですが、みなさん気が短くていけない。我々が現状を悲しんでいないと思いますか？　ですが、明確な未来図がなければ改革など――」

「こうしている間にも、虐《しいた》げられている者、今まさに死のうとしている者がいるんです！」

マティアスは机を叩き、イエズス会士の言葉を遮った。

「たしか亡命の話をお望みでしたね。いいでしょう、話します。二年前、私はユダヤ人親子の亡命を手伝いました。二人ともカトリック信徒でした。アメリカ行きの船に乗る前に、彼らは言い残しました。一刻も早く、ナチスを倒してほしいと」

怒りのあまり自分の声が震えていることに、マティアスは気がついた。

ブレンナー峠を越えたあの日については、昨日のことのように覚えている。父子が宝石を持参していたせいで、大変な目に遭った。しかし彼らの気持ちもわかる。なんの保障もない新天地で頼れるものは金銭しかない。もはや神にすら見捨てられた父子には、本当にそれしかなかったのだ。

「主は私たちになぜこれほどの試練をお与えになるのでしょう。そして我々を正しく導いてくださるはずの教会はなぜ沈黙しているのでしょう。我々は、ただ火にくべられる燔祭《はんさい》の贄《にえ》でしかないのですか？」

ハウエルことローゼンシュタイン氏は灰色の目に涙を浮かべてマティアスに訴えた。燔祭の贄。なんと的確で強烈な皮肉だろう。彼らユダヤ人は、あの水晶の夜、ドイツ人が放った炎に焼かれた。炎は主のおわす天まで焦《こ》がし、多くの命と絶望を主に届けた。

《汝《なんじ》また燔祭をも喜び給《たま》わず、神の求め給う供物《くもつ》は砕けたる魂なり》

詩篇の言葉通りに、ことは成っている。リーゼロッテは、この句が一番好きだと言っていた。命の危険が迫るあの時、あえて彼女が詩篇五十一を諳《そら》んじたのは、何故《なにゆえ》だったか。今ならば理解できる。

水晶の夜を経ても、教会は抗議声明を出さなかった。プロテスタントも同じだ。その直前にユダヤ人を擁護する声明を出した教皇も沈黙を貫いていた。病状が相当重かったのだろう。それ以外に沈黙の理由は考えられない。それは同時に、彼以外のヴァチカン幹部に、ユダヤ人を庇《かば》う気などさらさらないということを示していた。《燃えるがごとき憂慮をもって》の時には熱心にドイツ司教たちと相談を重ねたというエウジェニオ・パチェリも例外ではない。

コンコルダートは、あくまでカトリック教会と信徒を守るためのもの。かつてイエスを殺したユダヤ人のことなど、何も触れてはいない。ピウス十一世の死に絶望したのは、ユダヤ人のほうかもしれなかった。

娘のリーゼロッテは、父よりもっと容赦がなかった。危機を切り抜け、無事に船に乗れることを神に感謝するようにマティアスが言うと、彼女は父親そっくりの目を怒りに燃やして反論した。

「いいえ。守ってくださったのは神じゃない。ブルーダー・パウル、あなたです。神は人を救えない。人を救うのは人だけです」

きっぱりと言い切って、リーゼロッテは海を見た。その青ざめた横顔も目に灼《や》きついている。彼女が見ているのは、ドイツ人が憧れる穏やかな南の海。陽光に輝く、青の地中海。しかし真冬のあの日、太陽は厚い雲に隠れ、ジェノヴァの海は鉛色に沈んでいた。

「私、生まれてこのかた、自分がユダヤ人だなんて意識したこと一度もなかった。お母様もカトリック信徒で、私は当たり前のように洗礼を受けて、子供の頃から欠かさずミサに通って。聖歌隊に入って声がきれいだと褒められて、嬉《うれ》しかった。私、あのあたりの合唱団ではちょっとした有名人だったの。でも、ユダヤ人だからということでソロパートをおろされて、そのうち合唱団にもいられなくなりました。私はリーゼロッテ・ハウエルなんかじゃない。ユダヤ人のアントニア・ローゼンシュタイン。アメリカについたら、必ずまた、そう名乗ります」

リーゼロッテ――アントニアは再びマティアスの顔を見つめた。

「二度と、神に祈ることはない。感謝も謝罪もしないわ。砕けた魂を所望する神になんて、救われたくはない」

灰色の海。青白い顔。彼女の目に涙はなかった。絶望に満ちた光景だった。思い出すたびに、胸が締め付けられる。

「敬虔《けいけん》なカトリック信徒だった少女がそう口にせねばならなかった。この絶望が、あなたがたにはおわかりですか。悲劇は終わっていない。今や国境は閉ざされ、ユダヤ人の亡命はますます困難になりました。いや、ユダヤ人だけじゃない。《健全なドイツ》に似つかわしくない者は、この国で生きることすら許されなくなっている」

マティアスは身振り手振りをまじえて訴えた。しかし彼が熱をこめればこめるほど、周囲の空気は冷えていく。高い教養をもつ男たちが、そんなことは今更言われなくてもわかっているのだと言いたげに顔を歪め、マティアスから目を逸《そ》らす。

「戦争が激化すれば弾圧も悪化します。ユダヤ人はもはや日々の糧《かて》を得ることさえ難しい。私は毎日のように、隠れ住む彼らに食糧を運んでおります。街の人々も協力してくれますが、ゲシュタポが乗り込んでくるような事態となれば、彼らも涙を呑《の》んで援助を打ち切らざるを得ません。どうか、お願いします。ドイツ精神の再建をはかる前に、今、失われようとしている命を救うことを考えてはくださいませんか」

口を閉ざすと、息を切らして周囲を見回した。返ってきたのは苦い沈黙だった。マティアスは失望もあらわに、大きな音をたてて椅子《いす》に腰を下ろした。

「国防軍は、当分クーデター計画を練ることはないと思います」

やがて、モルトケが小声で言った。

「なぜですか」

「開戦してから連戦連勝でしょう。軍内部では、ヒトラーは本当に軍事の天才なのではないかという見方が急速に広まっているのです。実に嘆かわしいことですが」

「つまり、壊滅的な打撃を受けなければ動かないと」

「ええ。彼らが動かなければ、どうしようもありません。政権打倒は、たやすくないのですよ」

申し訳なさそうに、モルトケは目を伏せた。

マティアスは唇を嚙みしめた。わかっている。この男は何も悪くはない。真実を語っている。ここにいる者の誰も悪くはない。彼らはただ、自分にできることをしているだけだ。教会と同じように。

「……申し訳ありません。せっかくの議論に水を差してしまいました」

大きくため息をつき、マティアスは言った。モルトケはとりなすように笑みをつくる。

「いいえ、ご意見はごもっともです。しかし我々は――少なくとも現段階では、政府を倒す方法は考えておりません。無謀だからです。おそらくレギメントも同じだと思いますよ」

「ええ。そうでしょうね」

マティアスは再び椅子から立ち上がった。やはり、自分は場違いな人間のようだった。知的な会話とやらにはもとより縁がないし、優雅にグラスを傾けていつできるかわからない理想の政府の構想を練るよりも、目の前で救いを求めている者たちを救うほうが、性にあっている。これ以上の滞在は時間の無駄だ。やらねばならない仕事は山ほどある。

「有意義な時間を過ごさせていただきました。ありがとうございます。あいにく所用がありますので、本日はこれで」

「もうお帰りになるのですか」

モルトケも慌《あわ》てて立ち上がる。いかにも残念そうな表情をしていたが、引き留める気はなさそうだった。

「はい、ずいぶん長居をしてしまいました。皆様に主のお恵みがありますよう」

「ありがとう、ヘル・シェルノ。あなたもどうかお元気で。ぜひまた来てください。今日はお会いできて楽しかった」

モルトケは、マティアスを出迎えた時と同じように優雅に微笑《ほほえ》み、手を差し出した。

他のメンバーも、別れ際《ぎわ》は感じのよい挨拶を返してくれた。やはり、育ちがいい者ばかりらしい。

マティアスは苦い失望を嚙みしめてモルトケ邸を後にした。ノインツェルトからモルトケを紹介されたときには、ひそかに会う日を心待ちにしていた。しかし二度と呼ばれることはないだろうし、招かれたとしても二度とここに来るつもりはなかった。

＊

マティアスが姿を現すと、子供たちの歓声が沸きあがった。

「マティアスが来たよ！　みんな、マティアスだよ！」

いちはやく彼を見つけた少年が叫ぶと、部屋という部屋から子供たちが飛び出して、廊下に佇むマティアスのもとに殺到する。

「遅いよ、マティアス！　ねえ、約束していた本はもってきてくれた？　読んでくれるよね？」

まっさきに彼の懐《ふところ》にとびこんだのは、赤茶の髪をおさげにした十歳の少女だった。そばかすの浮いた顔を紅潮させ、甘えるようにマティアスを見上げる。絵本を愛する物静かな少女だが、こういう時は、いの一番にとびこんでくるのだった。

意地でも離れまいとしがみつく彼女の頭をそっと撫《な》でようとしたところで、体の右側に凄《すさ》まじい衝撃が来る。少女よりひとまわり大きな体の少年が、金色の巻き毛を揺らして、マティアスの腕ごと体にしがみついていた。

「そんなのはシュヴェスターに頼めばいいよ。それよりサッカーしようよ、マティアス！　僕ね、すっごく練習してうまくなったよ。今度はドリブルで抜いてみせるよ」

続いて、左側にも誰かがぶつかった。七、八歳ぐらいの少女が潤んだ目でマティアスを見上げている。愛らしい顔立ちの少女だったが、髪が極端に短く、ところどころ地肌が見え、血が滲んでいた。どんなに止めても自分で抜いてしまうらしい。

「マティアス、このあいだモニカに会ったのよ！　みんなモニカは死んだって言うけど、夜にこっそり私に会いに来てくれたの！　マティアスに会いたがってたよ、ねえ一緒に探してくれるよね？　きっと、夏に一緒に遊んだあの湖のところで待っていると思うの」

子供たちは次々とマティアスにまとわりつき、一週間ぶんの言葉をぶつけてくる。修道院が経営するこの聖クララ児童養護施設には、週に一度——たいていは月曜に訪れていた。

「もちろん本はもってきたよ。読んであげよう。よし、ヨーゼフには後で練習の成果を見せてもらおうか。僕にはまだ勝てないと思うけどな。……そうか、モニカは本当に君が好きだったんだね。でも湖はちょっと寒いよ。彼女はきっと、お母さんのところで暖炉にあたっているんじゃないかな。あの子は寒がりだから。春になったら湖に行ってみようね」

マティアスはひとりひとりに丁寧に答え、頭を撫でてゆく。

「まあまあ本当に大人気だこと。老若男女《ろうにゃくなんにょ》問わずだもの、罪な人ねえ」

蟻《あり》にたかられた獲物のような状態のマティアスを見て、カタリナ修道女が豊かな腹を揺らして笑う。

「からかわないでください、シュヴェスター・カタリナ」

「あら本当のことよ。私たちとしては、毎日来てくださると嬉しいのですけど。この子たち、私たちの言うことはちっとも聞かないけれど、あなたの言うことならきちんと聞くんですものねえ」

カタリナがため息をつくと、子供たちはぶうぶう文句を言い始めた。

「だってカタリナはうるさいんだもん！　これは駄目、あれは駄目って」

「そうだよ！　でもマティアスはそんなこと言わないよ！」

「ほらね、こうよ」

自身は子供をもつことはなかったが、今まで何千もの子供たちを見守ってきた老修道女は、おおげさな嘆きの表情をつくった。マティアスは苦笑し、カタリナにむかって歯を剝《む》き出している少年の肩に手をかけた。

「やめなさい、カール。シュヴェスターは、毎日君たちと一緒にいて、心から君たちのためを思っているから厳しく接されるんだよ」

「じゃあ、マティアスは僕らのことはどうでもいいの」

「そういうわけじゃない。でも僕はどうしても君たちと遊ぶほうが楽しいからね。シュヴェスターからすれば、僕も子供なんだ。僕も修道院では怖い院長様にいつも怒られているから、ここでは大目に見て頂いているんだよ」

マティアスの返答に、子供たちは目を輝かせた。

「マティアスも怒られてるの？　なんで？　おねしょするの？」

「きっと掃除をさぼるんだ！　あと、にんじんをのこすんだよね！」

「お勉強時間に騒ぐの？　それで、お尻《しり》、腫《は》れあがるまでぶたれるの？」

矢継ぎ早にとぶ質問にマティアスは苦笑して言った。

「いいや。時々、神様に対して、どうしてこんなことをなさるのですかとお尋ねしてしまうからだ」

子供たちは目を丸くした。

「こんなことって、なあに？」

「……いろいろだよ。さあ、怒られる話はもうやめだ。今日はまず何をしようか」

明るく声をはりあげると、子供たちも歓声を返した。彼らのはしゃぐ姿に、マティアスの顔も自然と綻《ほころ》ぶ。

児童養護施設の子供に会うのには、他の福祉施設に行く時とはまたちがう喜びがあった。マティアスは弟と妹を失っている。病に、そして時代に奪い去られた彼らへの愛情は、無邪気に慕ってくれる少年少女に惜しみなく注がれた。

集まった子供たちに本を読んで聞かせ、元気のあり余った少年と外に出て粗末なボールを追いかける。汗だくになったところに修道女がお茶をいれてくれ、菓子を頂きながら皆でさまざまな話をする。その後は皆で聖母マリアに捧《ささ》げる花を探しに行き、森の豊かな自然の中に神の恵みを見いだし感謝する心を説く。心をこめて礼拝堂を掃除し、聖歌を歌い、全員で祈る。目を瞑《つむ》り、幼い顔を紅潮させて一心に祈る子供たちを見ているうちに、マティアスの胸は締めつけられる。

彼らが生きていくには、とても厳しい世の中だ。政府の政策は刻一刻と弱者を追い詰めていく。このような中でもどうか、彼らが喜びを見いだせますように。子供たちから笑顔が消えることがありませんように。全員が天寿を全うする日まで、見守らせて下さい。どうかその力とその時間を、私にお与えください。マティアスは、聖母に祈る。子供たちに希望を。そして自分にはその希望を守る力を。

昼食が終わってすぐやって来たというのに、全《すべ》てが終わる頃には、もうずいぶん日は傾いていた。「帰らなくては」と告げると、子供たちは大泣きした。なんとか引き留めようと、足に齧《かじ》りつく子供までいた。

「おやめなさい、あなたたち。また来週には来てくれるのよ。そんなことをしたらマティアスはいやがって、もう来てくれないかもしれないわ」

修道女たちが窘《たしな》めると、足に噛みついていた子供は怯えたように顔を離した。

「大丈夫。いやがったりしないよ。でも、人を齧ってはいけない」

「……うん。齧らなかったらまた来てくれる?」

「来るとも。いい子にしているんだよ。また、面白い絵本をもってこようね」

「また神様のお話をしてね!」

「新しい歌を教えてね!」

子供たちは涙を浮かべて、約束を欲しがる。マティアスはそのひとつひとつに答え、頭を撫でてゆく。

「あ、ねえ、マティアス。あのおじちゃんはもう来ないの？」

腕にしがみついていた少女が、思い出したように言った。

「おじちゃん？」

「名前忘れちゃった！　このあいだマティアスと一緒に来たお友達」

「ばかだなあ、アンネ。ヨハンネスだよ。ブルーダー・ヨハンネス！　あの、鼻が曲がった面白いおじちゃん！」

近くの少年が、勝ち誇ったように答えた。

「ああ……彼か」

マティアスは苦笑した。三週間前、ひとりの修道士を伴ったことを覚えていたらしい。

「彼はもともと、北のほうの修道院の人なんだよ。この間は手伝いに来てくれたんだ。今は、自分のおうちに帰ったんだよ」

「もう来ないの？　あのおじちゃん、パパにちょっと似てて……」

少女は涙ぐみ、人形をぎゅっと抱き締めた。

「いつかまた、来てくれるよ。しばらくは忙しいから無理だろうけどね。アンネが寂しがってたことは、伝えておくよ」

伝える手段はもはやない。ヨハンネス修道士はすでにドイツにいないのだ。順調に行っていれば、そろそろアメリカ大陸に着く頃だろう。

子供たちに送られて施設を出たマティアスは、カタリナ修道女に招かれて、隣接する女子修道院へと向かった。木立の向こうに、十七世紀に建てられたという、優美なクリーム色の建物が見える。

「疲れたでしょ、マティアス。あなただけですよ、子供たちに最後までつきあってくれるのは」

夕暮れの道を歩きながら、カタリナは皺《しわ》だらけの顔に微笑みを浮かべて言った。そう言う彼女こそが、ひどくくたびれて見えた。

「一日だけだからできるのですよ。私のほうが彼らに遊んでもらっているのですから。皆さんの日々の努力には、本当に頭が下がります」

ここにいる児童は主に、精神に障害をもつ者たちだ。体を動かせない重症の者もいるが、軽度の障害をもつ児童は身体的にはなんら問題がないために、凄《すさ》まじい行動力に任せて走り回ったりする。大人の思い通りにならない上に、行動が全く読めない。修道女を統轄《とうかつ》するカタリナは六十を過ぎているが、施設で働く他の修道女たちは体力のある若い女性たちばかりだった。

「いいえ。喜びと苦労は常に一体ですもの。これが神様が私にくださった、素晴らしい使命です。子供たちには恨まれがちですけれど、私の愛はいつかきっと届くと信じております」

「もちろん、彼らだってあなたの深い愛情は理解していますよ。だからこそ甘えて憎まれ口をたたくのです。私は母でも父でもなく、彼らにとってはただの遊び仲間ですからね」

「遊び仲間も必要ですよ。大変でしょうけれど、どうかここに来るのをやめないでくださいね。あなたは本当に、彼らにとっての救いなのですから」

「もちろん参ります。救われているのは私のほうです」

奉仕活動に打ち込んでいる時は、よけいなことを考えずに済む。こうして、自分を求めてくれる人々と触れあい、奉仕をする喜びだけが、現実を忘れさせてくれる。

「あ、いらしたわ。シュヴェスター・ヴェロニカ！」

修道院裏手の畑に足を踏み入れたカタリナは、一人で熱心に畑の手入れをしていた修道女に声をかけた。

腰をあげた姿はほっそりとしていた。丸い眼鏡をかけており、振《ふ》り向いた顔は土で汚れている。二人を認めて微笑むと、彼女はエプロンで手を拭きながら、近づいてきた。歩き方はゆっくりで、妙に年寄りじみていたが、近くで見ると遠目の印象よりはずいぶんと若々しい肌をしていた。

「畑仕事なんてずいぶん久しぶり。夢中になってしまいました」

声が妙に嗄《しゃが》れている。若い肌と老婆《ろうば》のような声。妙な修道女だ。

「あなたのような若い方がいると助かるわ。なんでしたら、ずっといらしてくださってもいいんですのよ」

カタリナの口調は、まんざら世辞でもなさそうだった。

「そうしたいのはやまやまですが、それではこちらにご迷惑がかかってしまいますから」

修道女は微笑み、頭巾《ずきん》からこぼれた黒髪をうるさそうに払う。

「あなたが、《スレイプニル》ね？　はじめまして」

彼女はマティアスをレギメントの暗号名で呼んだ。カタリナが気をきかせ、二人からさりげなく離れる。

スレイプニル。とてつもない速さで駆け、空を翔《と》び、主神ヴォータンをどこにでも運んだという、八本足の神馬《しんめ》。

「私もですよ、《サズ》。あなたには、本当にお世話になりましたから」

マティアスは、「真実のもの」というヴォータンの別名をもつ女を、しみじみと見つめた。

サズはレギメントに所属する情報員のひとりで、ゲシュタポの動きについて精度の高い情報を流すことで有名だった。その情報によって救われた亡命者や協力者は少なくない。暗号名だけは知っていたものの、本人に会うのは今日が初めてだ。女性であることすら知らず、てっきり政府関係者だと思っていたので、驚いた。

「こちらこそ、いろいろとね。それで、あなたがいらしたってことは、できたのかしら？」

マティアスが鞄《かばん》から袋を取り出すと、ヴェロニカ修道女ことサズの目が輝いた。

「パスポートとアメリカのビザ。こちらが列車の切符」

彼女はひとつひとつ頷《うなず》きつつ、袋の中身を確認している。この偽造パスポートをもって、彼女は明日、ドイツを出国することになっていた。

サズの情報は貴重だったが、その精度の高さゆえに、身辺へ捜査が及んできたらしい。サズはぎりぎりまで粘ったが、とうとう周囲の説得を聞き入れ、亡命することになった。

亡命が決まった政治犯やユダヤ人を一時匿《かくま》う場所については、試行錯誤が繰り返されていた。以前はレギメント・メンバーの館《やかた》や教会が使われていたが、ヴュルツブルクで、彼らを匿っていた教会にゲシュタポが踏み込む事件が起きた。密告者は結局判明しなかったが、当時の反省を活かし、今は直属の福祉施設をもつ女子修道院が最もよく使われている。もともと女子修道院には男子修道院に比べれば捜査が入りにくいし、潜伏させるには最適だった。経営的に厳しい所が多いためボランティアを必要としており、同じ系列の修道院の修道士が手伝いにくる機会も多いので、該当者を紛れ込ませてしまえば目立たない。

先日の「ヨハンネス修道士」のように、奉仕のためによそからやってきた修道士という肩書で留まるのが基本だが、それがあまり続くと怪しまれるので、女性の場合は修道女に身をやつして、女子修道院に直接潜んでもらうこともある。その後、別区域の施設に向かうという名目で出立し、必要があればまた別の施設に立ち寄り、最終的に国境を越えるのだ。

現在、レギメントが世話する亡命者の半数が、この手法に則り無事に国を出ている。面倒ではあるが、ゲシュタポの目をかいくぐるには、これが一番確実だった。

マティアスはほぼ毎日、いずれかの施設に出向いていたが、その先にはヴェロニカのように亡命者が潜んでいる。マティアスは彼らに情報を与え、レギメント特製のパスポートとビザ、時には資金を届ける。

相変わらずの酷使されっぷりだったが、文句のあろうはずがない。戦時中である。この施設の職員もマティアスと同年代の青年たちの多くがすでに徴兵され、前線で戦っている。マティアスもマティアスより三歳年下だったが、国防軍の一員として銃を手に戦っている。先日、戦地ノルウェーにいる彼から手紙が届いたという。力仕事に最適な若い男が、こういう施設ではとにかく不足しているのだった。

政府は貴重な兵力となる成人男子が修道院に入ることを禁じてしまった。修道士だろうと神学生だろうとかまわず徴兵している有様である。マティアスが兵役を免れているのは、ひとえに《水晶の夜》で負った怪我《けが》のためだ。もう一年以上も前のことなので完治しているが、徴兵検査での国防軍のリストには、まだ治療中であり兵役に耐え得ぬと記されている。レギメントが手を回したのだろう。同じような手段で、徴兵を免れているメンバーは少なくはない。

だからこそ、マティアスは全力を尽くさなければならなかった。ここが、彼の戦場なのである。

サズは、昨日からここで修道女たちと生活を共にしている。一見したところ、本物の修道女にしか見えない。普通、服装だけそれらしくしても、ここまでしっくりはこないものなのに、修道女たちのささいな動きやたたずまいをあっというまに吸収し、真似《まね》することができているのは、たいした才能だった。彼女ならば、怪しまれることなく国境を越えることができるだろう。

「明朝、ミュンヘン駅で、二人の姉妹と合流してもらいます。本物の修道女です。彼女たちとまずはローマに向かってもらいます」

自分の新たな身分を保障するパスポートをじっと眺めていたサズは、顔をあげて微笑んだ。魅力的な笑顔だった。

「わかったわ。あなたも一緒なのよね？」

「いえ。駅までは、こちらのシュヴェスターの誰かが案内します。その先はあなたたちだけで行ってもらうことになります」

「あら残念。もしもの時にもっとも頼れるのはスレイプニルだって聞いていたのに。ローゼンシュタイン父娘《おやこ》を護衛した時の武勇伝を聞いたわよ」

マティアスは顔を赤らめた。あのはったりについては、あまり思い出したくはない。

「乗客の姉妹は、実際にヴァチカンにお戻りになるところです。彼女たちの指示に従ってくだされば、なんの危険もありません」

「ありがとう。でも、それじゃこれであなたとはお別れなのね。ようやく噂《うわさ》のスレイプニルと会えたのに。もう少しゆっくりお話ししてみたかったわ」

「私もです。あなたには、本当にお世話になりましたから」

「少しでもお役にたてたならよかったわ。最後にひとつ、お知らせしなければいけないことがあるの」

サズは表情をあらためた。

「副院長、ゲクラートの調査書の件はお話しになりました？」

近づいてきたカタリナ修道女も、緊張した面持ちで「いいえ、まだです」と言った。

「調査書？」

「ええ。スレイプニル、くれぐれも、《公共患者輸送会社《ゲクラート》》には気をつけて」

「ゲクラート？」

聞いたことのない言葉だ。

「ええ。彼らは患者を集めて殺しているの」

彼女が語った内容は、およそ信じがたいものだった。

ゲクラートはまず病院に調査書を送りつけてくる。調査書には、全患者の病状、年齢、そして人種を記入し、期日までに送り返さねばならない。その書類に基づき、ゲクラートは患者を選別し、引き渡すべき患者のリストを送りつけてくる。そして引き渡し日には、SS付の医師が同乗したゲクラートのバスが来るという。

「そのバスに乗せたら終わりということですか。しかし、そもそもそんな胡散臭《うさんくさ》い調査書、言いなりになって送り返す病院があるなんて信じられません」

マティアスが憤然と言うと、サズは肩をすくめた。

「内務相のサインがあるのよ。誰もあやしまないわ」

「今までは治療は不可能と言われてきた疾病《しっぺい》に、画期的な治療法が発見されたそうなんです。でもその治療は、専門の施設でなければできないそうで」

憂鬱《ゆううつ》そうに言ったカタリナたちは、素直に信じていたのだろう。彼女たちは毎日、治療が難しい患者たちと接している。そして日々苦しくなる財政状態の中でなんとかやりくりしてきた。今まで多くの失業者を救い、ドイツを地獄から引き上げてくれたナチスが、やっとこちらにも手をさしのべてくれたと思ってしまったのも、無理はない。

《水晶の夜》や、数々の教会弾圧は消せない事実だが、国がれっきとしたドイツ人を集めて殺すなどということは、普通の神経をもつ人間にはとうてい考えられないのだから。

実際マティアスも、まだ本当のことだとは信じられずにいる。近代国家がそこまで行うだろうか。自分は、そしてサズは、ナチスへの不信感のあまりに、ありえない犯罪まで幻視しているのではないだろうか。

「……待てよ」

マティアスは目を見開き、手で口元を覆《おお》った。

「このあいだ、ベルゲン養護施設に行ったときも、調査書がどうのという話が出ていたと思う」

たしか一週間前だ。見慣れない調査書が届いたと当惑しながらも、修道女たちがせっせと記入していたのを覚えている。

「それは危ないわ。早く止めたほうがいいわね」

「私たちも、おととい送ってしまって……ああ、なんてことを」

カタリナ修道女は顔を覆った。今日は修道女たちにいつも以上に疲れが見えるような気がしたが、マティアスはようやくその理由を悟った。

この施設には二百人もの児童がいる。睡眠時間を削らなければ、期日までに調査書を送るのは難しい。しかもそれが、殺人のためのものだと知ったとしたら。

「それは仕方ありません。ご自分を責めてはなりませんわ、シュヴェスター・カタリナ」

サズは修道女の背中に触れ、いたわるように言った。

「ゲクラートからすぐにリストが来るでしょうけど、移送には賛成できないとつっぱねるのです。それしかありません」

「だがサズ、それが通じるとは思えない。相手はナチスだ。地方裁判所に告発文を送ってみてはどうだろう」

「私はすでに一週間前には、レギメントに報告しているのよ。レギメントには判事もいるはず。でもなんの返事もないわ」

彼女は白い指を噛《か》んだ。その薬指に、うっすらと指輪の痕《あと》らしきものが残っていることにマティアスは気がついた。

用意されたパスポートは一枚だ。夫とはすでに別れたのか、それとも別口で逃げているのか。気になったが、口にはしなかった。詮索《せんさく》は禁じられている。匿われていた亡命者とその協力者がゲシュタポに捕まった事件以来、マティアスに亡命者の本名や素姓が知らされることはなくなった。捕まった時に、知っている情報が少なければ少ないほどいいからだ。知らないことは、どれほど拷問《ごうもん》されようが、口に出来ない。

「私、本当は最後までこの国で戦いたかった。でもこれ以上は留まれない。この国がどうなってしまうのか、とても不安だわ」

サズの視線を追って、マティアスは先ほどまで子供たちと戯《たわむ》れていた施設を見やった。あの子供たちの命が、不当に奪われるようなことがあったら——考えただけで、ぞっとする。

こんな大罪を放置しておくわけにはいかない。見過ごすだけでも、それは許されない罪になる。

「命にかえてもやめさせてみせます」

マティアスの言葉に、サズは泣き笑いの表情を浮かべた。

「ありがとう、スレイプニル。あなたはとても勇敢な戦士ね。でもどうか無理はしないで」

「私には偉い方々とは違って地位も家族もありませんから」

カタリナが悲しそうに眉《まゆ》を寄せる。

「まあマティアス、そんなことを言ってはいけません。あなたには兄弟がたくさんいらっしゃるのに」

「ええ、そうでした。彼らには迷惑をかけませんよ。とにかく、この情報をできるかぎりの施設に伝えてください。大司教様にも」

「電話はしました。猊下《げいか》は、内務省に問い合わせて、そんな恐ろしいことはやめさせるとおっしゃってくださっていましたわ。だからきっと大丈夫」

カタリナは微笑んだ。

司教たちと、政府の善意を信じている修道女を、マティアスは笑うことはできなかった。本当は、カタリナにもわかっているのかもしれない。その上で信じたいと必死に願っているのかもしれなかった。

——俺自身がなんとかしなければ。今すぐに。

にわかにそわそわしはじめたマティアスを見て、サズは心得たように右手を差し出した。

「最後にちゃんと会えてよかったわ。実はね、私がお願いしたの。最後にスレイプニルに会わせてくださいって」

マティアスは驚き、なぜ、と尋ねた。

「サズはヴォータンの別名よ。自分の半身に会いたいと思うのは当然じゃない」

「そういうものかな」

「ええ、そうよ。スレイプニル、私は一足先に失礼するわ。だからあなたも、何があっても最後は逃げるのよ。フェンリルに飲み込まれないよう、気をつけて」

「もちろんです。神々の黄昏《ラグナロク》を目撃するのは、ごめんですから」

サズと別れた後、マティアスは胸騒ぎが抑えられず、ベルゲン養護施設を訪れた。もう修道院に戻らねばならない時間だったが、カスパール院長にはどうしても重要な用事を片づけたいので遅くなると連絡を入れ、列車とバスを乗り継ぎ、山中の施設に向かった。

そしてそこで、絶望を見た。

「……遅かったか」

マティアスは、主《あるじ》の消えた部屋の中で立ち尽くしていた。

強烈な香りがたちこめていた。換気をしても、この甘く重い香りは壁にも床にもしみこんで、百年経《た》っても消えぬのではないかと思えた。

これほど濃厚に、彼女がいた気配が残っているのに、部屋の主、公爵《こうしゃく》夫人ことルイーズ・ビュルガーだけが消えている。

「この香水は置いていかせたのよ。むこうの迷惑になるといけないから。他の貴重品は全部ひとつにまとめて、名前をつけて、書類に書き込んでもたせたの。他に必要なものがあったら、移送先に改めて送るって……」

マティアスの傍らに立つ修道女が、蒼白《そうはく》な顔で説明した。

「バスは昨日、来たんですか」

「ええ。昼前だったわ」

「だが、おかしなところは何もなかったぞ。《慈善の友》は歴史ある、ちゃんとした施設だ。彼らにも失礼な話じゃないかね」

背後で、所長のグンメルト神父の疑わしげな声がした。

「さすがに殺害のためにつれていくなど、信じられんよ。ちゃんと、専門の医師も付き添っていた。バスは快適そうに見えたし、皆、喜んで乗って行ったのだが」

「全員ですか？」

「公爵夫人はいやがったがね。ここにいないと、テオが帰ってきたときにわからないからと。だが、しばらくしたら戻ってくると言われて、納得して乗ったよ」

マティアスは頭をふった。責めることはできない。彼らはなにも知らなかったのだ。

「何人送ったんです」

「二十六名だ」

「多いでしょう！　寝たきりの患者はせいぜい十数名だったはずです」

「送られてきたリストが二十六名だったんだよ。高度な医療を受けられるなら、彼らのためにもいいことじゃないか」

「《慈善の友》に連絡できますか？」

「昨日、先方に到着したという連絡はあった。それからは何もないが、できるはずだよ」

「電話をお借りします」

マティアスはまっすぐ事務室に向かい、電話を借りた。しかし数分後、マティアスの顔色はますます青ざめていた。

「なんですって、そのまますぐ出発した?」

「はい。なんでも、うちの施設では対処しきれないということが判明したとかで、そのまま。我々も困惑しているのですが」

受話器のむこうの相手も、さっぱりわけがわからないといった様子だった。

「それで、バスはどこに行ったのです?」

「ヘルフ病院と言っておりました。新しい病院で、急に空きができたからそちらに移すと」

「聞いたことのない名前ですね。連絡先はおわかりになりますか」

《慈善の友》の担当修道士が教えてくれた番号を書きとめ、マティアスは礼を言って電話を切った。次にヘルフ病院にかける。

「そのバスなら、さきほど出発いたしました」

冷然とした声に、マティアスは目の前が真っ暗になるのを感じた。

「……患者は誰も下ろしていかなかったんですか？」

「はい。連絡の行き違いがあったようですね。我々はすでに、別の患者さんを受け入れた後でしたので」

「では、彼らはどこに行ったのでしょう」

「さあ……元いたところにお戻りになったのでは？」

にべもない。

マティアスと相手のやりとりを後ろで聞いていたグンメルト神父や修道女たちも、さすがに事態の深刻さに気づいて、震え出した。

「どういうことなんだね、ブルーダー・パウル」

グンメルト神父はかすれた声で訊《き》いた。それには答えず、マティアスは「ゲクラートに電話してみます」と言った。電話はすぐに繋《つな》がった。事務的だが丁寧な声が応対する。しかし内容は同じ。こちらではわからない、一週間もすれば移送先から連絡がくるはず、と繰り返すばかりだ。

「どうだったかね」

受話器を置き、マティアスがため息をつくのと、グンメルトが待ちかねたように尋ねてきたのとは、ほぼ同時だった。

「予想通りですよ。連中、こっちの問い合わせに答える気なんかまるでない。《慈善の友》は単に行き先をぼやかすためのカモフラージュに使われたんです。ヘルフ病院はおそらくナチスと繋がっているでしょう。いくつかの施設を経由してゆき、目的地をわからなくさせるつもりなんです」

みるみるうちにグンメルトの顔から血の気が引いていく。

「わ、私は……私が重症と書いてしまったために、乗せられた者たちまで……」

大きく傾《かし》いだ神父の体を慌てて支えた。

「しっかりしてください。お倒れになっている場合ではありません。これ以上、被害者を出さないために、今すぐ動かなくては」

よかれと思い、無実の者を処刑場へ送るサインをしてしまった。恐ろしい罪に震えるグンメルトを、マティアスは椅子に座らせた。

「事実はどうあれ、悔いても仕方がありません。彼らの無事を神に祈りましょう。そして今できることをしましょう」

グンメルトは無言で頷いた。白茶けた唇がひどく震えていたから、何か話そうとしても、難しかっただろう。

マティアスは、ベルゲン養護施設で車を呼び、街中のロレンツ弁護士のもとに向かった。カールス広場の手前で転がり落ちるように車を降り、目の前のルネサンス調の建物に飛び込むと、美しいブロンドの受付嬢が驚いた様子で目を瞠《みは》った。が、マティアスの僧衣を認めると、すぐさま顔に微笑みをはりつける。

「ブルーダー・パウルですね。お待ちしておりました」

彼女の先導のもと大理石の廊下を進み、奥の部屋へと向かう。美しい家具と法律書に囲まれた部屋で忙しくペンを走らせていたロレンツが立ち上がる前に、マティアスは早口でここにいたる経緯を語った。

「それが事実なら、重大な問題だ」

聞き終えると、ロレンツは眼鏡を外し、胸ポケットから取り出したハンカチで忙《せわ》しなく拭《ふ》いた。額には、うっすらと汗が滲んでいる。

「すぐに裁判所に連絡してください。お知り合いの検事を説得して、ゲクラートを告発してもらうほかありません。ベルゲン療養施設からの患者の移送は違法だと！」

「気持ちはわかるが、落ち着きたまえ。まだ推測の域をでていない。ことがことだけに、慎重にすすめねばならん。間違いでしたでは済まされんのだ」

「推測ではありません、厳然たる事実です。ヒトラーは戦争を待って、この計画を実行に移したんです！ 実際にゲクラートからはなんの回答もありませんでした」

「だが一週間待てばわかると言われたのだろう。せめてそれを待ったらどうだね。報告はそれからでも遅くはない」

「その一週間の間に、患者は殺されるかもしれないのです。新たな犠牲者も出るでしょう。このドイツに、福祉施設や精神病院がいくつあるとお思いですか！」

「マティアス、聞くんだ。君の焦《あせ》りはわかる」

激昂《げきこう》するマティアスの肩を、ロレンツは宥《なだ》めるようにたたいた。

「事実ならばきわめて恐ろしい罪だ。だからこそ、確証がなければ告発などできん。まずは確認すべきだ」

拳《こぶし》を握りしめる。いつもこれだ。この人たちは政府の批判をし、なんとかしなければと重々しく頭を横にふるだけで指一本動かしはしない。

サズが今まで寄越してきた情報に間違いはなかった。それを知っているのに、推測にすぎないとは。マティアスは必死に爆発しそうな怒りを抑えようと努めた。

「わかりました。失礼します」

挨拶《あいさつ》もそこそこに身を翻《ひるがえ》したマティアスの腕を、ロレンツは慌ててつかんだ。

「マティアス、早まるな。勝手な行動だけはくれぐれも慎んでくれ。軽挙妄動は破滅のもとだ。ひとりでできることなど、たかがしれている。自己満足に過ぎんぞ」

「わかっています」

弁護士の手を振り切り、マティアスは足早に事務所を後にした。

＊

週末、シュラーダーに誘われて、アルベルトは久しぶりに映画館に足を運んだ。なぜ男二人で映画なんだと呆《あき》れると、「どうせおまえも寂しい週末だろ？」とあっけらかんとした声が返ってきた。

臨月のビルギットは郊外の両親のもとに帰っているらしい。アルベルトとしては、家でのんびり本でも読んでいたかったのだが、断るのも面倒で、結局は懐《なつ》かしいシュティーグリッツの映画館に向かった。

映画館は満員だった。シュラーダーが選んだのは、派手なステージにきらびやかな衣装の男女が歌い踊るレビュー映画だった。ヴィンターガルテンなどの有名なレビュー劇場のスターを多数起用し、くるくると変わる凝った映像も、なかなか見応《みごた》えがある。お気に入りのスターが歌い踊るたびに、観客はまるで彼らが本当にそこにいるかのように歓声をあげ、熱狂した。

ドイツ軍は破竹の勢いで進軍を続けている。デンマークを無血占領し、ノルウェーももはや陥落寸前。しつこく反撃してきたイギリス軍も本土防衛に追われてそれどころではなく、撤退は間近だろう。ヨーロッパ全土が戦禍《せんか》に巻き込まれていく中、この映画館だけが現実から切り取られ、ぽつんと宇宙に浮いているようだった。

NSDAPが政権をとり、映画大臣と揶揄《やゆ》されるほどの映画狂ゲッベルスが宣伝大臣に就任してからは、映画界と政府の結びつきはより強固になり、数多くのプロパガンダ映画がつくられたが、純然たる娯楽映画もまた多数存在する。とくにレビュー映画は、その中心といってよかった。

総統ヒトラーもこのような映画を愛好しているという噂だが、それは事実だろうとアルベルトは思った。NSDAPの式典では、歌と、舞踊に等しい行進やマスゲームが大きなウェイトを占めている。レビューとそっくりだ。

画面では、レビュー界の大スター、マリーカ・レックがさまざまな衣装に着替え、歌い踊っている。レビュー映画の筋立て、背景、歌や踊り、そして動きばかりか背格好や年齢までも均一に揃《そろ》えられたバックの「ガールズ」たちは、主人公を引き立てるためだけの存在だ。個性があってはならない。この世界で輝くのは、ヒロインだけでいい。名声を手にし、恋人を得、完全無欠のハッピーエンドを手に入れるのは、ただひとり。他は全て、その大いなる栄光に踏みつぶされ、飲み込まれる。

アルベルトは、毎年ニュルンベルクで行われる、街全てが大きな舞台と化す党大会や、自身の宣誓式を思い出さずにいられなかった。大きな舞台に組み込まれた人々はこの映画のガールズたちと同じようにただの背景として存在する。彼らは皆、たったひとりの主役——総統アドルフ・ヒトラーの降臨という一幕を演出するためにそこにいる。

式典での熱狂やレビューに熱狂する人々を見るかぎり、自らを舞台に組み込み、一部品と見なすのは、たしかに快楽であるのだろう。それが人間全てに備わっている本能なのか、あるいはドイツ人により強く見られる性質なのかはよくわからない。

そんなことを考えているうちに、ヒロインはたいした苦労もせずに仕事のライバルにうち勝ち、恋のライバルに勝ち、物語は終わった。わずか九十分のうちに、彼女は歌い踊りながら栄光の半生を駆け抜け、敵だった女にまで称《たた》えられ、全てを手に入れたのである。

万雷の拍手が鳴り響いていた。シュラーダーもじつに機嫌よく手を叩《たた》いた。

「たまにはいいよなあ、こういうのも。なんだか脳みそがほぐれる気がする」

「おまえの頭はいつもほぐれているように見えるがな」

憎まれ口をたたきつつも、相手が気遣ってくれていることには素直に感謝していた。自覚はなかったが、最近、険しい表情をしていることが多かったのだろう。

E計画に関わってから、どうも食が進まない。ブランデンブルク、グラーフェネックに続いて次々と施設が稼働《かどう》してゆくにつれ、教会からの問い合わせも相次いでいる。

「なにか食っていこう。そこでいいな」

返事も待たず、シュラーダーはさっさと通りの向かいにあるカフェへ入った。店内は混んでいたが、幸運にも奥に席を確保することができたため、シュラーダーはさっそくビールを頼み、三十分後には三杯目のジョッキとヴルストとポテトサラダが並んでいた。

「おい、さっきからコーヒーしか飲んでないじゃないか。何か食えよ」

食事にもいっさい手をつけようとしない下戸の同僚に咎《とが》めるような目を向けて、彼はヴルストの皿を寄せてきた。

「いや、いい。腹は減ってないんだ」

「フラウ・ブラウンが心配してたぞ。何を作っても食べてくれないって。口に合わないんじゃないかと悩んでた」

シュラーダーは、汚れひとつない皿を見て心配げに頷いた。

「そういうわけじゃないんだ。食欲がなかっただけでね。彼女の食事は美味《おい》しいよ」

「ならいいんだが」

シュラーダーは三杯目のビールも一気に呷《あお》ると、大きな音をたててジョッキをテーブルに置いた。

「それで、だ。イルゼとは、どうなってるんだ？」

来たな。アルベルトは苦笑した。これが本題だろう。

「どうと言われてもな。相変わらずだ」

「最後に会ったのは？」

「四日……いや五日前かな？」

正直に答えると、シュラーダーの剽軽《ひょうきん》な丸い目が細くなった。

「五日前？　それから連絡はないのか」

「ないよ。いつものことだ。フュッセンに行くと言っていた」

「何をしに？」

「次の作品の舞台なんだそうだ」

シュラーダーは、救いがたいとでもいいたげに首をふった。

「信じてるのか」

「信じるしかないだろう」

「おまえ、それでいいのか？」

「疑えばきりがない。もっともいつも、ご親切な方々が、いろいろと教えてくれるがね。まあ、ああいう世界だ。つきあいも要るだろう」

「……言いにくいけどな。イルゼの相手は、映画関係だけじゃないぞ」

「ああ。党の大物と腕を組んで店に入っていくところを見たという話も聞いた」

シュラーダーは今度こそ絶句してアルベルトを見た。その顔がおかしくて、アルベルトは唇の右端を歪《ゆが》めた。

「なんで別れないんだ？」

「必要がないからだ」

「明らかにおまえたちの結婚生活は破綻《はたん》しているのに？　残念ながら、イルゼは変わったよ。昔の彼女じゃない。ビギーも悲しんでいたが、人生そういうこともあるさ。おまえたちは別々の道を進んだほうが幸せになれると思う」

「そうかな。変わらない人間などいない。だが昔と比べて変わったからと言って別れる理由にはならないだろ」

「そういう段階じゃない。これ以上一緒にいたら、おまえの経歴に傷がつく。ブロンベルク事件を忘れたわけじゃないだろう。妻にいかがわしい噂がたてば、どうなるか」

「声を落とせ」

アルベルトは押し殺した声で言った。店内には家族連れが目立つ。不穏な言葉に、ちらちらとこちらをうかがう者もいた。

「おまえは幹部になる器だ。敵につけこまれるような隙《すき》をつくってどうする。かつては躊躇なく兄貴を断罪してみせたじゃないか」

「仕事さ」

「それでおまえは長官に認められたんだ。なのに、スキャンダルに巻き込まれるような事態になってるんだぞ。いいか、おまえだけの話じゃない。B1課としても困る。おかしな事態になったら、上の連中はおまえを庇《かば》いはしない。切り捨てるだけだぞ」

「わかっている」

「じゃあ、どうにかしろ。それとも何か、フリッチュ将軍のように、いざとなれば前線に飛んで派手に戦死でも遂げて、自分の名誉を回復するつもりか」

ブロンベルクに続いて、濡《ぬ》れ衣《ぎぬ》のスキャンダルにより更迭《こうてつ》された陸軍最高司令官のヴェルナー・フォン・フリッチュ上級大将の無罪は、軍法会議で証明されたが、軍人としても一個人としても、名誉を著しく傷つけられた。彼は、昨年九月にポーランドとの戦争が始まるや否《いな》や最前線に赴き、壮烈な戦死を遂げた。最初から、ただ死ぬことを望み、上級大将の身でありながら連隊長に志願したのである。負傷後いっさいの治療を拒否したとも伝え聞いている。

「馬鹿《ばか》言え。名誉は命よりも重いなんて信じているのは、白手袋の連中だけだ」

「だったら、さっさと……」

「ご心配はありがたいがね。俺はこれでも、イルゼを愛しているんだよ」

シュラーダーは虚を突かれた顔をした。

「だから、ここから先は二人の問題だ。忠告は聞いた。以上だ」

アルベルトは店主を呼び、会計をした。これ以上、不毛な会話をするつもりはないという、この上ない意思表示だった。シュラーダーはむっとしていたが、渋々従った。

「必ず、後悔することになるぞ」

駅での別れ際《ぎわ》、彼は言った。アルベルトは黙って肩をすくめるだけに留めたが、自宅に戻った瞬間に、友人の言葉をすぐに嚙みしめることになった。

見慣れぬ車がアパートメントの前に停まっている。厭な予感に扉を開ければ、案の定、鍵《かぎ》は開いていた。イルゼが戻ってきたとは思えない。ブラウン夫人は今日は休みだ。なにより、階上から聞こえる複数の足音は明らかに男たちのものだ。

「人の家で何をしている」

階段の上で見張りよろしく突っ立っていた男に声をかけると、相手は無表情に敬礼をした。顔には見覚えがある。フィールドグレイの制服を見るまでもなく、ゲシュタポだとわかる。

「ⅣAのフーバーだ。待ってたよ」

「失礼だが、家を間違えているのではないかな。俺はユダヤ人でもコミュニストでもないのだが」

「そのようだ。だが状況的に、彼らと全く無関係とは言いかねる」

「前置きはいい。いったいなんの嫌疑で私の家が荒らされているのか」

「イルゼ・ラーセンへの情報提供だ」

アルベルトは目を瞠《みは》った。

「イルゼがなんだって？」

フーバーはもったいぶるように一度下を向くと、ひとつひとつの言葉を句切るように言った。

「あなたの妻が反政府組織に関わっていた可能性が高い。現在、行方を追っている」

隠し撮りとわかる写真が数葉《すうよう》、アルベルトの前の机に置かれた。いずれも、男女の写真だ。女は全《すべ》て同じ人物だが、傍らにいる男は一枚ごとに違う。

「たしかにイルゼだ」

一瞥《いちべつ》して、アルベルトは言った。なんの感慨も浮かばぬ顔を、フーバーは机越しに見つめている。その視線をアルベルトもまじろぎもせずに受け止める。

正面にフーバー。少し離れた場所にもうひとつ小さな机があり、記録係が座っている。扉には、屈強な体つきの男がひとり立っていた。

尋問する側に身を置いたことは数えきれぬほどあるが、こちら側に座るのは初めてだ。なるほど、あまりいい気分ではない。気が弱い者ならばこの独特の圧迫感だけで、いらぬことまで喋《しゃべ》ってしまいそうだ。ゲシュタポの拷問の凄まじさは内外に轟《とどろ》いている。その取調室にいるという事実が、放りこまれた人間にとっては最も恐怖を煽《あお》られる要因なのだろう。

「ご覧の通り、彼女にはずいぶんたくさんの男友達がいたようだ」

「そのようだな。一人ずつ紹介してくれるのか」

「お望みなら」

フーバーは、何十枚にも及ぶイルゼの資料をめくった。アルベルトも知らぬ彼女の顔が、そこにはいくつも綴《つづ》られているのだろう。

「まあそれは今度の機会にとっておこう。それで？　このお友達が、反政府組織とやらのメンバーなのか？」

「お仲間もまじっているかもしれんな。だが大半は彼女の餌《えさ》だ」

写真の中にはSSの高官もいる。あのシェレンベルクさえいた。昨年のポーランド戦開戦直後に、オランダのフェンローで英国軍将校の誘拐に成功し、総統みずからの手で一級鉄十字章を授与されて以来、彼はすさまじい勢いで出世の階段を駆け上がっている。

「イルゼ・ラーセンはその広汎な交友関係をいかし、彼らから得た情報を、組織に流していた。いったいどれほどの男をくわえこんだのやら」

「ほう。《サロン・キティ》に推薦すべきだったかな」

「あそこは、維持費ばかりが嵩《かさ》んでたいして得るもののないゴミだ。フリーの娼婦《しょうふ》のほうが、相手に警戒されにくい。イルゼ・ラーセンの件はいい教訓になった」

フーバーは右頬を軽く震わせた。ひょっとしたら笑っているつもりなのかもしれない。

ベルリンきっての高級娼館《サロン・キティ》の店主は、表向きはマダム・キティだったが、真の支配者はハイドリヒだ。閨《ねや》ではどんな男も口が緩むという巷説《こうせつ》に従い、美女を揃えているが、フーバーの言う通り、効果はあまりあがっていない。もっとも、娼館としての評判は上々で、最近はもっぱらSS高官の慰安施設と化しているため、閉鎖の予定はないらしい。

「イルゼ・ラーセンの背後には、国防軍諜報部《アプヴェーア》がいた。彼女の手管は、教育を受けたスパイのそれに違いないという証言があってね」

「言ったのはシェレンベルクだろう?」

フーバーは質問には答えず、話を進めた。

「ここで問題なのは、彼らの多くが、君によってイルゼに引き合わされたということだ」

「おいおい、かんべんしてくれ。彼らのほうから、イルゼと会わせてくれと頼みこんできたんだ。俺から言い出したことじゃない」

「彼らの話では、君のほうから言い出したそうだが。女優としては駆け出しだから、よろしく頼むと」

呆れた。アルベルトはため息をついた。

「俺が自分の意思でイルゼを引き合わせたのは、映画会社《ウーファ》の幹部ひとりだけだがね」

「ノルデンか。彼もイルゼの信奉者の一人だ。表向き熱心なNS党員だが、国防軍にも友人が多い男でね」

「知らんよ、そんなことは。だいたい、アプヴェーアの教育を受けたスパイだと？　シェレンベルクもいいかげんなことを。いつそんな教育を受ける時間があったって言うんだ」

「一九三七年の冬から、イルゼは演劇学校やダンスのレッスンに通っているな。消息を絶つまでずっとだ。さて、本当にそちらだけに通っていたのかどうか。どの教師も、過去のレッスン全ての日時を正確に記憶しているわけではないからな」

フーバーは探るようにアルベルトを見た。アルベルトも平然と見返した。

「事実なら配偶者として恥じ入るばかりだが、我々の結婚生活はとっくに破綻《はたん》している。ここ最近は他人同然でね。申し訳ないがなにも知らない」

「そういうことになっているな、表向きは」

「君たちは全て裏があると考えなければ気が済まないのか」

そう言ってから、アルベルトは自分の言葉に笑ってしまった。自身も含め、ゲシュタポは常にそういう目で他者を見ているではないか。

「同じ家に住んでいて、何も気づかなかったわけがない。いや、むしろ君こそが最大の協力者と考えるのが自然だと思わないか」

「だとしたら、ここにいる俺はとんだ間抜けじゃないか。イルゼが抵抗組織の諜報員《ちょうほういん》だということが事実だとして、俺がその企てに協力していたのなら、とっくに逃げているさ。今日なんて、暢気《のんき》にレビュー映画を観て帰ってきたところをとっつかまったんだ」

「イルゼを確実に逃がすためではないのか？」

アルベルトは大きく息をついた。

「埒《らち》があかんな。それより、最後にイルゼが目撃されたのはいつなんだ。おれは五日間会っていない」

「その日にフュッセンで目撃されている。同じ日に、愛人の一人、脚本家のブルックスとシュバンガウのホテルに泊まっているな。翌日の朝、イルゼはミュンヘンで用事があると言って、別れたらしい」

「そのブルックスとやらは協力者ではないのか」

「ミュンヘンのゲシュタポが尋問したそうだがね。あれはただ、逃亡の隠れ蓑《みの》に利用されただけのようだ」

「国境は？」

「ここ四日間の情報を洗ったが、それらしい女は目撃されていない」

「まだ国内に潜伏しているということか」

「それを君に訊きたいのだ」

「だから知らんよ。だいたいそのような状況証拠だけで、抵抗組織の諜報員と決めつけられないんじゃないのか」

「二日前、アルゼンチン大使館の職員が白状した。イルゼ・ラーセンの依頼で、今までに十二人ぶんのビザを発行したと」

アルベルトは片眉をわずかにあげた。

「その前から我々は、ベネズエラ領事館のホセ・モレーロを同様の疑いで追っていた。二ヶ月前に突然、不可解な理由で本国に帰ったがね。だが、彼が何度か通っていた《サロン・キティ》のグドルンが吐いてくれたよ。モレーロが初めて店に来たときに金を払ったのは君だったとね」

アメリカ人ならば、口笛でも吹くべきところだろうか。

「モレーロにビザを発行させていたのも、イルゼだろう。だが君がまちがいなく噛んでいたことがこれで明らかになったわけだ」

「水晶の夜の直後のことなら、事実だ。たしかに俺は、知人のユダヤ人夫妻のビザをとるために、モレーロにグドルンをあてがった。急いでいたものでね。だが、あの時点では、違法ではなかったはずだろう」

「あの時点ではな。もっとも、SSとして決して許される行為ではない。それに、違法になってからも変わらずビザは発行させていたようだが？」

「Jのパスポートではビザはおりないはずだ」

「もちろん偽造パスポートだろう」

「あいにく俺がビザをとったのは、最初の一件だけだ。それには、しっかりJの刻印があったよ。あとは知らん」

「そんな言い逃れが通ると思うか」

「事実だから仕方がない」

突然、机がけたたましく吼《ほ》えた。吹き飛ばされた写真を見て、拾うべきかアルベルトは迷ったが、そのまま黙ってフーバーを見ていた。

「いいかげんにしろ。往生際が悪いぞ、ラーセン」

それまでの冷静な態度をかなぐり捨て、フーバーは机に手をたたきつけた姿勢のままで、アルベルトを睨《にら》みつけた。

「そんなくだらん言い訳が我々に通用するはずがない。おまえこそが一番よく知っているだろう」

「知っているからこそ、真実以外を口にする気にはならん。さっきも言ったが、もし俺がイルゼの協力者なら、ここで君と顔をつきあわせるようなヘマはしない」

「最近、我々の動きが事前に漏れていることはどう説明する。君はB1の課長。B部の行動予定は全て把握しているはずだ」

「拘束に失敗したのは君たちも同じだろう。俺はA部のことは知らん」

「信用できんね。少なくとも、外部の者より情報を入手するのはたやすかったはずだ」

「俺一人に責任を負わせたほうが、君たちとしても楽だろうがな。責任逃れに協力してやるいわれはない」

アルベルトも負けじと身を乗り出し、フーバーを正面から見返した。

「そもそも君たちは、自宅を捜索したのだろう。だが結局、俺の反政府活動を裏付けるものは何も見つからなかった。そうだろう?」

「なぜそう思う」

「見つかっていれば、このような迂遠《うえん》な尋問を行う必要はない。時間の無駄だ、はっきり言おう。君たちが俺の家で見た通り、俺は妻の犯行とやらとは無関係だ」

「たしかに何も発見できなかった。だが、周到な君のことだ。証拠を残すようなことはしないだろう」

アルベルトは椅子《いす》の背もたれに背をあずけ、天を仰いだ。

「安心しろ。抵抗組織について吐いてくれれば、悪いようにはしない。何しろ君の今までの功績は長官もよくご存じだからな」

フーバーの口調が急に柔らかくなった。恫喝《どうかつ》と懐柔。彼らの常套《じょうとう》手段だ。

「早く楽になってしまえ、ラーセン。イルゼは天性の悪女だ。君は優秀な男だが、そういう人間にかぎって誑《たぶら》かされるのはままあることだ。美しい妻を失うのが恐ろしかったのだろう？」

「さあ。正直なところ、自分でもよくわからん」

「君は学生時代、友人とイルゼを賭《か》けて決闘までしているな。羨《うらや》ましいほどの情熱だ」

「今は馬鹿なことをしたと思っているがね」

「たしかに馬鹿だ。そんなことをしなくても、イルゼはどうせ君を選んでいただろう。彼女は一番出世しそうな男と結婚して、ベルリンに来ることを望んでいただろうからね。彼女がプロポーズを受けたのは、君のSD入りが決まってからだろう。まあ、賢い選択だったな」

そんなことまで調べたのか。アルベルトは大仰に肩をすくめた。

「つまり彼女は自分を苦しい生活から解放して、金もコネも与えてくれる男を慎重に選んでいたということさ。SS婦人会でも疎《うと》まれていたそうじゃないか。女同士の足の引っ張り合いは恐ろしいからな。案外、彼女たちに一泡吹かせたくて、我が総統に仇《あだ》なす活動なんぞに足を突っ込んだのかもしれない。女という生き物は、理解しがたいほど下らん理由で、とんでもないことをしでかすものだ」

「女性心理に詳しいことをアピールしたいようだが、その手の講義はあいにく飽き飽きしているんだ」

欠伸《あくび》までしてみせたが、フーバーは動じなかった。心の底から同情しているような表情をのっぺりした顔にはりつけて、彼は言った。

「イルゼは君を利用したあげくに捨て、夫を我々に差し出すことによって、逃げおおせようとしたわけだ。なあラーセン、そろそろ目を覚ましてもいいころじゃないか。あんな売女《ばいた》に義理だてする必要はない。君には罪を償う機会が充分に残されているのだから」

「……罪か」

アルベルトはつぶやいた。

「たしかに、仮にもSDの課長が、妻の犯罪を全く見抜けなかったというのは、罪以外のなにものでもないな。更迭は当然、いやSSからも追放か」

「寛大な処置を約束しよう」

アルベルトは笑った。この世で、ゲシュタポの約束ほどあてにならないものはない。

「いや、自分の過失への処分は甘んじて受けるとも。ところでフーバー君、思いついたことがあるんだが、聞いてくれるか」

「もちろんだとも」

「君の話を総合すると、イルゼについて確定している事実は、ビザ横流しの件だけだ。個人でも充分可能じゃないか？ 情報漏洩《ろうえい》と結びつけてレジスタンスの一味と断定したということは、彼女のお友達の中にAの人間がいた。そういうことだろう？」

アルベルトは写真を見下ろした。

「君たちとしては、そんな醜聞は内々に処理したいよな。局長に知られれば一大事だ。ならば、同じように情報が漏れているBになすりつければいい。ちょうどいい具合にイルゼの夫がいる。夫婦である以上、まず潔白とは主張できない。完璧《かんぺき》なスケープゴートだ。めでたしめでたし」

「もうひと捻《ひね》り欲しいところだな」

「真実は概してつまらんものだ」

「寝言は終わりか？」

フーバーの声が再び低くなった。アルベルトも彼を睨みつける。

重い沈黙が続いた。二人の視線が真っ向からぶつかりあう。どちらも逸《そ》らそうとはしなかった。記録係も、扉の前の隊員も、呼吸すらためらう空気の中、先に音を発したのは、フーバーのほうだった。

「愚かな男だ」

「否定はしない。妻に裏切られていたのに気がつかなかったわけだからな」

「馬鹿のふりもいつまでもつか」

フーバーは立ちあがった。ドアの前の屈強な隊員が、心得たようにアルベルトの体を拘束し、後ろ手に手錠をかける。

「何をするつもりだ？」

答えのわかりきった質問だったが、アルベルトはあえて尋ねた。

「なに、少しばかり素直になってもらうだけさ」

フーバーはにやりと笑った。どうやらその気になればちゃんとした笑顔はつくれるらしい。

連れていかれた地下室には独特の臭気がたちこめていた。一度だけこの部屋を使ったことがある。ロサイント神父とその一派を捕らえるきっかけとなった共産党員の口から、自白を引き出すためにここに入った。

狭い部屋で窓がない。中央に粗末な机と椅子が置かれ、壁際に小さな水道とタンクがひとつ。それだけだ。

アルベルトが座らされた前の机には、ペンチや親指潰《つぶ》し機が並んでいる。オーソドックスだが効果の高い拷問《ごうもん》器具だ。机がところどころ黒ずんでいるのは、流れた血が染《し》みこんだためだろう。背後の水道とシンクは、床に流れた血や汚物を流すためだけではなく、水責めにも使用される。

これらの拷問は、たいてい専門の職員が行う。アルベルトは彼らが共産党員を追い詰める様を横で眺めていたが、その手際は見事としかいいようがなかった。ただ責めるだけでは、相手はすぐに壊れてしまう。人間の体はごくごく脆《もろ》いのだ。同じように、精神も弱い。加減を間違えれば、どちらかを殺してしまう。緩急をつけ、着実に理性も意思もはぎ取り、最終的には恐怖以外の感情をいっさい消してしまう手腕は、芸術的とさえいっていい。

アルベルトは人が破壊されていく様を見届け、頃合いを見計らって、最初と同じ質問をした。おまえは神父どもと手を組んで、ドイツを救おうとしたんだろう。おまえの良心からやったのだろう？　恥じることはない。形がちがうだけで、我々は同じく祖国を愛する者じゃないか。敬意をこめた囁《ささや》きに、共産党員は涙と涎《よだれ》まみれになった顔を弱々しく縦に動かした。この貴重な経験はその後充分活《い》かされた。道徳裁判の被告として出廷させねばならないので、身体《からだ》に傷が残るような拷問はしなかったが、どのように人を追いつめればいいかは、よくわかった。

「仮にも仲間に手荒なことはしたくないのだがね。君がよけいな意地をはり続けぬよう願うよ」

フーバーは、見せつけるように器具のひとつひとつを手にとり、最後にペンチを手にとった。職員に任せず、みずから行うつもりらしい。生粋のゲシュタポだから、こうしたことには慣れているのだろう。

「意地などはってはいない。知らないから知らないと言っている」

ゲシュタポに捕らえられた時点で絶望し、自ら命を絶つ者もいる。言語を絶する拷問に耐えられる自信がない者は、その前に永遠の逃亡を計るしかないのだ。踏みとどまった者でもまず耐えられない。濡れ衣だろうとなんだろうと、いずれ、相手の望む言葉を吐いてしまう。それが、ゲシュタポの尋問だ。

アルベルトはフーバーを見上げた。無表情の下には、嗜虐《しぎゃく》と復讐《ふくしゅう》の喜びがほの見える。今でこそ同じⅣ局に属するとはいえ、フーバーはゲシュタポ一筋、そしてアルベルトはSDの出身者だ。区別がつけられる者はまずいないと揶揄されてはいるものの、当事者たちはそうではない。類似組織であるぶん、近親憎悪《ぞうお》は凄《すさ》まじかった。ハイドリヒの寵愛《ちょうあい》を受けていると噂《うわさ》され、頭角を現してきたアルベルトは、ゲシュタポから明らかにいい感情をもたれてはいなかった。

決してアルベルトを逃すつもりはないだろう。アルベルト・ラーセンがレジスタンスの同志であることは、彼らの中ではもう決定してしまったのだから。

フーバーはアルベルトの左腕を乱暴につかんだ。利《き》き手が左ということも知っているらしい。

「覚えていろ。俺の無実が証明されたら、告訴してやるからな」

「ご忠告ありがとう。だが、そんな日はこないから安心してくれ」

フーバーはゆっくりと、ペンチで小指の爪《つめ》を挟んだ。この男の前で悲鳴をあげる醜態だけはさらしたくなかった。アルベルトは奥歯を食いしばった。それでもとうてい、耐えきれるものではなかった。

窓のない部屋に、やがて獣の咆吼《ほうこう》のような絶叫が響き渡った。

尋問のあと放りこまれたのは、やはり窓のない石の房だった。かろうじてベッドと薄い毛布があるだけ、ましな待遇かもしれない。

アルベルトはふらつく足でベッドに潜り込み、右手一本で苦労して体を毛布に巻きつけた。

寒い。体をまるめても、奥底から冷気がわきあがるようで、歯の根が合わない。何度も顔面を乱暴に水に突っ込まれたせいで、全身水びたしだ。その上、左手の感覚もない。フーバーは時間をかけて五本全ての指の爪を剝《は》ぎ取ったのだ。

明日は右手か。いきなり爪を剝がすのではなく、まずは千枚通しで指と爪の間をじっくりと責められるかもしれない。親指締めで骨を砕かれるだろうか。あるいは足の指か。または膝《ひざ》を砕くか。そういえば今日はまだ鞭《むち》を使ってはいない。フーバーは四肢の末端から責めていくタイプなのかもしれない。震えているのは寒さのためばかりではないことなど、わかっていた。冷静になろうとしても、体が言うことをきかない。

あと何日、もつだろう。終わらせるには、彼らの望み通りに、レジスタンスの仲間を洗いざらい白状するしかない。もしくは、このまま命を絶つか。やろうと思えばできないことはない。ベルトやネクタイはとりあげられたが、シーツで首つりだって可能だ。もっともこの部屋は鉄格子《てつごうし》で廊下と仕切られているだけだから、シーツを裂いて縒《よ》り合わせている時点で見つかってしまうだろうが。舌をかみ切るか。だがこれは存外、難しい。激痛で本能的に加減してしまうか気絶するかのどちらかだろう。

ここで死ぬのは癪《しゃく》だ。フーバーからすれば、どうぞご勝手にというところだろう。秘密が漏れるのを恐れて自死したと言えば済む。

アルベルトは目を閉じた。熱が上がってきた。薬などもらえるはずがないから、やり過ごすしかない。少しでも体力を戻しておかなければならない。

――たとえ死の陰の谷を歩むとも

ふと脳裏をよぎった言葉に、アルベルトは自嘲した。詩篇二十三。困難に直面したときに、キリスト教徒がわが身を鼓舞するために唱える箇所だ。

我たとえ死の陰の谷を歩むとも、災いを恐れじ。汝《なんじ》が我と共におられるがゆえ。汝の鞭と、汝の杖《つえ》は我を慰める。汝は我が敵前で、我が前に宴《うたげ》を設け、我が頭に油をそそがれる――。

よきキリスト教徒だったならば、この事態を喜びとして耐えられるだろうか？　たとえば聖フランシスコの教えのように、イエスの受難に思いを馳《は》せることができるのか。

いや、できないと知っているからこそ、教会は沈黙するのだ。人間はそれほど強くない。ただ黙って、嵐《あらし》が過ぎ去るのを待つしかない。

気がつけばアルベルトは、見知らぬ場所を歩いていた。背の低い木に尖《とが》った葉がみっしりと生えている。月光の下、銀色に輝くのは葉の裏の繊毛だ。あたりを見回すと、この山の斜面にはオリーブの木しか生えていなかった。乾いた土を一歩ずつ踏みしめるたびに、アルベルトの体は重くなった。ここがどこか。自分は何者だったか。ああ、そうだ。思い出した。これから、赦《ゆる》されぬ罪を犯そうとしているのだ。だがそれは、もう決めてしまったことだ。罪と知って、なお避けられぬと決めた。自分の意志だ。もう引き返せない。ならば、最後まで迷わずこの道を歩いてみせよう。

アルベルトは進む。顔をあげ、大地を踏みしめる。この期《ご》に及んでも、今この地が裂け、自分を呑《の》み込んでくれたならと、心のどこかで思わずにいられない。もしくは、あの方が逃げ出してくれていれば。

しかしその願いは叶《かな》わなかった。潤《うるお》いを忘れた大地がアルベルトの足を止めることはなく、やがて眼前に、跪《ひざまず》いて一心に祈りを捧《ささ》げる者の姿が現れた。
ここは終わりの地。裏切りの園。
アルベルトが声をかけると、その男はゆっくりと立ち上がり、こちらに振り向いた。

（『神の棘　Ⅱ』につづく）

神《かみ》の棘《とげ》 I

新潮文庫　す－27－1

平成二十七年七月一日発行

著者　須《す》賀《が》しのぶ
発行者　佐藤隆信
発行所　株式会社新潮社
郵便番号　一六二―八七一一
東京都新宿区矢来町七一
電話　編集部(〇三)三二六六―五四四〇
読者係(〇三)三二六六―五一一一
http://www.shinchosha.co.jp

価格はカバーに表示してあります。
乱丁・落丁本は、ご面倒ですが小社読者係宛ご送付ください。送料小社負担にてお取替えいたします。

印刷・二光印刷株式会社　製本・加藤製本株式会社

ISBN978-4-10-126971-9　C0193